aw -

L’énigme de Cold Spring

CARLA NEGGERS

L'énigme de Cold Spring

Roman

MIRA

Titre original :
KISS THE MOON
publié par MIRA®

Traduction de l'américain par LOUISE ACHARD

Photos de couverture
Avion : © PHOTODISC / GETTY IMAGES
Paysage : © PETER SCOONES / GETTY IMAGES

83/85 boulevard Vincent Auriol 75646 PARIS CEDEX 13.

ISBN 2-280-85542-9— ISSN 1765-7792

A Kate et Zachary

Prologue

Frannie Beaudine alliait l'intelligence d'une Katherine Hepburn aux appas ravageurs d'une Marilyn Monroe, et il ne parvenait pas à croire qu'elle fût à lui. L'idée qu'une femme de cette trempe fût tombée amoureuse de lui, Colt Sinclair, un grand échalas de vingt et un ans, emplissait son cœur d'une fierté et d'une joie indescriptibles.

Elle marchait de long en large devant les baies vitrées de l'immense appartement que les Sinclair possédaient à Central Park, Manhattan étincelant de mille feux à ses pieds. Ses longs cheveux de jais étaient rassemblés sur la nuque en une élégante torsade et deux diamants brillaient à ses oreilles — de faux diamants, car elle n'avait pas les moyens de s'en offrir de vrais. Elle avait même emprunté sa robe de soirée, un fourreau de velours noir qui comprimait légèrement ses seins magnifiques, à la blancheur laiteuse.

Colt s'abstint de lui faire part de l'émotion que lui procurait ce simple spectacle. Des compliments sur sa beauté ne serviraient qu'à l'irriter et porter à son comble l'impatience de la jeune femme. Frannie avait horreur d'être admirée pour son apparence physique, qui risquait à ses yeux d'éclipser ses autres qualités — ses talents de pilote et d'historienne de l'art, son indépendance, son esprit d'aventure. Elle voulait *tout*, avait-elle expliqué à Colt l'été précédent dans le New Hampshire, lorsqu'elle le considérait encore comme un étudiant un peu gauche, frais émoulu de Dartmouth, un fils à papa élevé dans un univers douillet. Elle jouissait déjà d'un prestige exceptionnel dans sa bourgade natale — fille de paysans modestes devenue pilote accomplie, tout en poursuivant ses études d'histoire de l'art en autodidacte grâce à la fréquentation des bibliothèques locales.

Colt, qui était né avec ce « tout » convoité par Frannie, ne doutait pas qu'elle parviendrait à ses fins. Mais il savait aussi que sa beauté constituerait plutôt un atout qu'un obstacle. Ce qui, du reste, s'était vérifié.

Elle lui avait demandé de partir en avion ce soir. Six semaines plus tôt, elle lui semblait encore si distante et inaccessible. Il n'avait pas l'étoffe d'un Sinclair, ainsi que son père le lui avait encore rappelé moins d'une heure plus tôt.

Mais à présent, Frannie était avec lui, et tout lui semblait possible.

Les yeux de la jeune femme, d'un bleu profond presque violet, se posèrent sur lui, étincelants, et elle cessa un instant ses allées et venues. L'agitation qui l'animait était presque palpable.

— Es-tu sûr qu'il n'y aura aucun contretemps avec l'avion ?

— J'en suis certain. Tout est prêt, Frannie. A moins que tu n'aies changé d'avis d'ici là, nous aurons décollé avant minuit.

Elle opina, la respiration légèrement saccadée. Leur plan était minuté dans les moindres détails. D'abord, ils feraient une apparition à la réception inaugurant la donation de la collection Sinclair au Metropolitan de New York. Au début de l'automne, le père de Colt avait proposé à Frannie un poste d'assistant conservateur pour sa collection et la jeune femme avait saisi sans hésiter cette occasion d'aller vivre à New York. Colt s'était à peine rendu compte de sa présence. Elle avait travaillé d'arrache-pied durant tout l'hiver, occupée à recenser, choisir, examiner, contrôler et vérifier l'authenticité de tous les tableaux, sculptures ou objets d'art amassés par les Sinclair durant plus d'un siècle et entreposés dans les locaux qu'ils possédaient dans un quartier marchand de la ville. De leurs nombreux voyages en Amérique du Sud, Afrique, Asie, Europe et Moyen-Orient, ils avaient rapporté de véritables trésors. Frannie s'était dépensée sans compter, et Colt n'avait pu qu'admirer son dévouement bien qu'il s'inquiétât de la pâleur et de l'épuisement que lui valait cet excès de travail aujourd'hui encore, six semaines après qu'il l'avait remarquée au musée et avait vu son existence bouleversée.

Elle souhaitait récolter ce soir une gloire bien méritée pour la tâche qu'elle avait accomplie. Colt le comprenait parfaitement. Frannie Beaudine était une jeune femme assoiffée de reconnaissance et d'affection.

Pour la seconde étape de leur plan, ils s'excuseraient poliment et s'éclipseraient de bonne heure, chacun de son côté, en observant un intervalle décent entre leurs départs respectifs. Des vêtements chauds les attendaient dans un hangar du nord de la ville abritant le Piper Cub J3 de Colt, prêt à s'envoler. La grande aventure : voilà ce qui l'attendait en compagnie de Frannie. Il ne s'agissait pas d'une chasse au lion en Afrique ou d'une tentative d'ascension de l'Everest mais du moins était-ce une aventure qu'il se sentait le courage d'entreprendre. Il aimait Frannie de toute son âme. A quoi bon raisonner, s'encombrer d'interminables préparatifs, attendre le feu vert d'une cohorte de conseillers familiaux pour enlever sa dulcinée dès ce soir, comme elle en avait émis le désir ? La foi, la confiance et la volonté d'agir suffiraient amplement. Toute sa vie, l'une de ces conditions lui avait manqué. Désormais, ce n'était plus le cas.

— Maintenant, il ne nous reste plus qu'à passer à l'action, déclara Frannie. Ton père et ta mère sont déjà sur les lieux de la réception. Il est temps de partir.

— Je voudrais juste dire au revoir à Brandon.

Il crut voir un voile d'inquiétude passer devant les yeux de Frannie. Etait-elle jalouse de l'amour qu'il portait à son frère cadet ?

— Il dort dans sa chambre, ajouta-t-il.

— Fais vite.

Colt s'était représenté cet instant des centaines de fois. Il enfila le couloir à la hâte, les mains moites, le cœur battant à se rompre. L'épaisse moquette étouffait le bruit de ses pas. Il dépassa les portraits d'oncles et de grands-oncles, de cousins et du grand-père, immortalisés au cours de diverses aventures. Aucun photographe n'immortaliserait la sienne. La gloire et la notoriété ne l'intéressaient pas.

Il ne voulait que Frannie Beaudine, songea-t-il en ralentissant le pas à l'approche de la porte entrebâillée de la chambre.

Il poussa doucement le battant et sa gorge se serra à la vue de son petit frère endormi parmi ses peluches, sa forme menue éclairée par les lumières de la rue. Son regard s'attarda sur l'imprimé de son pyjama, représentant des voitures et des petits camions.

Un flot de larmes intempestives lui monta aux yeux. Il avait peu de chances de revoir son frère avant des mois, des années, peut-être. D'ici là, Brandon aurait abandonné son ours en peluche, perdu son imagination enfantine. Colt avait parfois la nostalgie de sa propre enfance, quand il aimait par-dessus tout flâner à travers les galeries du musée d'Histoire naturelle. Son père croyait alors qu'il ne songeait qu'à devenir un véritable Sinclair. En réalité, il assimilait les formes et les couleurs, les particularités de chaque oiseau, chaque animal, chaque objet présenté en vitrine. Dans les coins sombres, où personne ne pouvait le trouver, il tirait un morceau de papier et un fusain pour tenter de reproduire ce qui l'avait frappé.

Chez les Sinclair, les hommes n'embrassaient pas de carrière artistique.

Si Frannie ne s'était pas éprise de lui, Colt se serait probablement déjà jeté du haut de l'Empire State Building. Alors, il n'aurait plus jamais revu Brandon. Aujourd'hui, il lui restait au moins une chance.

Du bout des doigts, il envoya un baiser à son frère endormi et regagna sur la pointe des pieds le salon où Frannie l'attendait. La jeune femme était fille unique. Elle ne pouvait pas comprendre le supplice qu'il venait d'endurer.

Dix minutes plus tard, ils arrivaient au musée. Ils passèrent d'un groupe à l'autre, échangeant quelques mots avec les invités, et burent du champagne en feignant de ne pas être amoureux. Colt jugea que Frannie était la femme la plus élégante, la plus éblouissante de l'assistance. Elle semblait à l'aise avec tout le monde — journalistes, érudits, amateurs éclairés, étudiants sans le sou ou riches donateurs. Elle parlait avec passion et talent de la collection d'art et des trésors qu'elle avait contribué à rassembler tandis que des curieux lui demandaient quand elle avait l'intention de voler de nouveau. Elle était unique, incomparable, et Colt brûlait d'envie de crier à tous qu'elle l'aimait.

Il évita prudemment son père, redoutant que Willard Sinclair pénètre ses pensées et devine ses desseins. Le moment venu, Colt n'avait pas l'intention de dire au revoir à son père. Ni à sa mère, du reste ; il serait impossible de l'arracher à ses amis et à son champagne.

A l'autre bout de la pièce, il vit Frannie qui brûlait d'impatience, incapable de tenir en place, s'éclipser dans un couloir sombre au nez et à la barbe d'un gardien indulgent. Colt la suivit, pris d'un brusque sentiment de panique. Que faisait-elle donc ? Ils devaient s'excuser poliment et prendre tour à tour congé dans les plus brefs délais. Du coin de l'œil, il observa son père qui régalait un groupe d'auditeurs avides du récit de sa dernière expédition en Amazonie. Que n'accordait-il autant de soins et d'attention à ses deux enfants, songea Colt avec amertume ; il s'efforça de refouler le remords que lui causa la pensée de son frère qui n'aurait plus aucun tampon pour amortir les effets du tempérament de plus en plus dominateur de leur père. A l'âge de dix ans, Brandon devrait se débrouiller seul à partir de ce soir, du moins pour quelque temps.

Colt chassa cet accès de mélancolie subite et suivit Frannie dans les dédales du musée où elle disposait d'un minuscule cabinet pour poursuivre ses recherches sur la collection Sinclair. D'un geste furtif, elle fit tourner sa clé dans la serrure et pénétra dans la pièce. Colt pouvait entendre sa respiration haletante. Elle laissa la porte entrouverte, mais il resta dissimulé dans l'ombre, pris d'un sombre pressentiment. Ce qui se passait n'était pas prévu.

Quelques secondes plus tard, Frannie émergea du bureau, et il perçut distinctement un léger rire étouffé. Elle tenait à la main une mallette noire de la taille d'une boîte de peinture.

Colt fit un pas en avant et elle s'arrêta net, son visage déjà pâle blêmissant sous l'effet de la surprise.

— C'est toi, Colt ? Tu m'as fait peur !

— Frannie ?

Il désigna la mallette.

— Qu'y a-t-il là-dedans ?

— Ce n'est pas le moment de poser des questions ni de tergiverser, chuchota-t-elle d'un ton farouche. Tu es dans le bain, Colt. Tu es dans le bain jusqu'au cou.

— Mais…

— Il faut y aller.

Il resta immobile. Muet.

— Tout de suite, insista-t-elle.

Des mèches folles s'échappaient de son chignon lâche, ses yeux bleu nuit étincelaient dans la pénombre et sa poitrine palpitait sous l'effet, non de la crainte, mais de l'exaltation. Elle était si sûre d'elle. Toujours sûre d'elle. Il ne l'avait pas interrogée sur les hommes qu'elle avait aimés. Elle avait vingt-six ans et elle s'appelait Frannie Beaudine ; c'était la belle, l'intelligente, la spirituelle Frannie.

L'expression de la jeune femme s'adoucit.

— Colt… Je ne peux rien faire sans toi.

Il ne bougeait toujours pas.

— Qu'y a-t-il dans cette boîte, Frannie ?

Un léger tremblement agita les lèvres pulpeuses qui avaient perdu toute couleur. Colt vit son regard vaciller imperceptiblement.

— Tu as pris quelque chose dans la collection, dit-il.

— Evidemment. Ce sont des diamants, Colt. Des pierres de grande valeur, d'origine inconnue. Personne à part moi n'en soupçonne seulement l'existence. Dieu sait depuis combien de temps ils moisissaient dans ce local poussiéreux.

— Frannie, je ne peux pas.

Elle eut une moue agacée.

— C'est notre seule chance de pouvoir vivre ensemble. Tu le sais aussi bien que moi. Colt… s'il te plaît, il faut y aller. Si les gardiens nous surprennent maintenant, ce n'est pas le Canada que nous découvrirons à l'aube, mais les barreaux d'une prison.

Il la suivit dehors. Que pouvait-il faire d'autre ? Ils se rendraient en taxi jusqu'à l'aérodrome où se trouvait le Piper Cub. Elle lui avait demandé de l'emmener en avion. Il s'était senti flatté. A présent, il se rendait compte de son erreur : il s'était conduit comme l'idiot sentimental, idéaliste, que son père l'accusait d'être.

Dans le taxi, Frannie posa une main sur la sienne.

— Je t'aime vraiment, Colt Sinclair.

C'était peut-être vrai. Il regarda dehors par la portière tandis qu'ils traversaient le pont. Il faisait bien froid pour voler mais c'était une nuit de pleine lune. Son disque énorme semblait presque encombrer le ciel. Colt s'imagina perché tout là-haut, suivant des yeux le taxi minuscule, la belle aviatrice, le jeune héritier et leurs diamants volés. Il avait rêvé qu'ils s'installeraient au Canada en subvenant eux-mêmes à tous leurs besoins, jusqu'à ce que sa famille ait enfin admis la chose et pardonné leur escapade. Mais Frannie voulait tout, et tout de suite.

Durant six semaines, Colt s'était bercé de l'illusion qu'il pourrait lui suffire.

Il se souvint d'avoir lu *L'Ile au trésor* à son petit frère par une nuit de pleine lune l'été précédent ; une subite envie le prit d'être auprès de Brandon, de le chatouiller pour le faire rire, de l'emmener en cachette dans la cuisine pour préparer du chocolat chaud.

Quelle ne serait pas la surprise de son père, songea Colt ; il était bel et bien un Sinclair, en définitive. Il avait abandonné son frère adoré pour une aventurière sans foi ni loi et, ce faisant, il avait causé sa propre perte.

Oui, c'était bien là le choix d'un Sinclair.

1.

Cinq heures après s'être aventurée sur les terres des Sinclair pour repérer des érables dont on pourrait récolter la sève, Pénélope Chestnut se laissa tomber sur un rocher de granite et reconnut qu'elle s'était égarée. Le soleil descendait déjà sur l'horizon, la température commençait à chuter, il ne lui restait pratiquement plus d'eau et elle n'avait pas la moindre idée de l'endroit où elle se trouvait : dans l'Etat du New Hampshire, au fond des bois dominant le lac Winnipesaukee, et probablement toujours sur la propriété des Sinclair. Mais de manière plus précise, comment savoir ?

Ses parents l'attendaient à 18 heures pour le dîner rituel du dimanche. Son absence ne manquerait pas de les inquiéter. Au vu de ses antécédents, ils n'attendraient guère plus de dix minutes avant de rassembler une équipe de secours composée de chiens, de motoneiges, d'un hélicoptère, d'hommes et de femmes chaussés d'après-skis et armés de torches électriques. Tout le monde participerait aux recherches. Pas un voisin n'y échapperait ; et tous lui en voudraient de les avoir obligés à battre la campagne par cette nuit glaciale de mars.

Quelle humiliation ! Elle aurait préféré passer la nuit dans les bois. Elle pouvait allumer un petit feu, faire bouillir de l'eau si elle ne trouvait pas de ruisseau, survivre sans problème jusqu'au lever du jour. Avec l'éclaircie qui s'amorçait, la température descendrait sans doute très bas au cours de la nuit. Cela ne la dérangeait pas — les nuits glaciales et les journées froides des premiers jours de mars faisaient circuler la sève. En dépit de la situation délicate dans laquelle elle se trouvait, Pénélope était une randonneuse accomplie. Le gel ne la surprendrait pas.

La saison du sirop d'érable était le motif initial de son incursion sur les terres des Sinclair. Un petit coin de leur vaste domaine dans les montagnes et les forêts profondes du New Hampshire jouxtait les cinq hectares qu'elle avait hérités de son grand-père, et Pénélope espérait trouver quelques arbres de plus à inciser. Aussi avait-elle entrepris une petite expédition de reconnaissance, emmitouflée dans un anorak et des gants bien chauds, munie d'un sac à dos avec une gourde d'eau fraîche, une grosse pomme et deux barres de céréales chocolatées. Avec son insouciance et son intrépidité coutumières, elle avait pris plaisir à musarder dans les bois, escalader quelques rochers, traverser un torrent, puis une clairière… jusqu'au moment où elle s'était rendu compte qu'elle n'avait plus aucun repère pour rebrousser chemin.

Tout cela à cause de son étourderie. Elle avait aperçu un pivert qui voletait de branche en branche dans un épicéa, remarqué un nid d'orfraie haut perché dans le tronc creux d'un grand chêne malade, suivi le bruit d'une cascade récemment formée par la fonte des neiges, songé à la visite qu'elle ferait le lendemain à sa cousine Harriet en revenant de Portland, dans le Maine, où elle devait emmener deux hommes d'affaires — à condition que son père l'autorisât à transporter des passagers. Il n'aimait pas la manière dont elle pilotait ces derniers temps. Un esprit vagabond pouvait être source d'ennuis au cours d'une promenade à pied en pleine nature mais aux commandes d'un avion, la moindre distraction avait des conséquences fatales.

A quoi bon ressasser tout cela alors qu'elle était perdue dans les bois à l'approche du soir ? songea Pénélope.

En grimpant au sommet de cette colline, elle avait espéré trouver quelque indice lui permettant de s'orienter : une vue sur le lac, un ruisseau, un mur de pierre, un ruban de fumée s'échappant d'une cheminée qui signalerait la proximité d'une habitation, n'importe quoi... Mais au-dessous d'elle, au-delà d'un profond ravin, la forêt s'étendait à perte de vue. Pas l'ombre d'une piste à suivre pour se tirer d'affaire. Il ne lui restait plus qu'à descendre la colline et à gravir la suivante en tâchant de ne pas perdre espoir.

— Il me faudrait une autre barre de céréales, dit-elle tout haut dans le silence impressionnant qui semblait l'envelopper.

Elle avait mangé la dernière plusieurs heures plus tôt, et la saison des premières baies sauvages était encore loin.

Elle cligna des paupières pour reposer ses yeux fatigués par la réverbération de la neige. Outre ses lunettes de soleil, elle avait aussi omis d'emporter sa boussole et sa trousse de secours. En cas de chute ou de blessure, il lui faudrait rester sur place en attendant que quelqu'un la trouve. Elle avait essayé de repérer ses propres pas dans la neige mais la trace était difficile à suivre ; à deux reprises, elle avait cru y parvenir alors qu'elle tournait simplement en rond pour se retrouver finalement à son point de départ. Elle avait donc jugé plus sage de renoncer, songeant qu'il lui avait de toute façon fallu cinq heures pour arriver jusque-là ; ce n'était sans doute pas le chemin le plus court et le plus direct pour regagner la civilisation. Du reste, le jour n'allait pas tarder à tomber ; dans une heure et demie environ, il ferait complètement nuit.

Désormais, les recherches étaient inévitables. Hélas ! Elle n'y échapperait pas. Le soleil jouait à cache-cache entre les gros nuages gris qui couvraient la région des lacs depuis trois jours et commençaient à peine à se disperser. Pénélope se leva, reprit son sac et avança jusqu'au bord du rocher pour jeter un coup d'œil sur l'autre versant de la colline. La pente était escarpée, presque entièrement recouverte de neige verglacée, à l'exception de quelques plaques de feuilles mouillées et glissantes aux endroits où la neige avait fondu, à la périphérie des arbres ou des rochers.

— Bon, de toutes les manières, je n'ai pas le choix, maugréa-t-elle.

Elle descendit de son rocher, et son pied dérapa sur un petit tas de feuilles brunes aussi lisses qu'une patinoire. Elle parvint à freiner son élan avant de tomber sur le postérieur, le cœur battant d'avoir frôlé le pire. Il ne lui manquerait plus qu'une cheville cassée, à présent ! Elle ramassa et posa au bas de ses reins une poignée de neige, qui fondit aussitôt sur sa peau brûlante, apaisant la douleur. Tout compte fait, il y avait pire à craindre qu'une équipe de secours envoyée par ses parents. Maintenant, elle devait surtout garder son attention en éveil et se montrer prudente afin de ne pas compliquer la tâche de ses sauveteurs.

Elle regretta de ne pas avoir pris son téléphone mobile ni de lampe électrique. Décidément, elle se sentait bien démunie.

Un reflet de soleil sur un objet brillant, au bas du ravin, attira son attention vers la droite. Elle sentit de nouveau son cœur s'emballer. Qu'y avait-il là-bas ? Avec précaution, elle fit quelques pas dans cette direction, s'efforçant de mieux voir à travers les grands pins, les buissons et arbustes dénudés. Les yeux plissés, elle se demanda s'il ne s'agissait pas d'une plaque de mica qui luisait au soleil à l'angle d'une pierre.

Non, il y avait bien quelque chose.

Pénélope descendit encore un peu vers la droite. La neige était particulièrement verglacée de ce côté, et les semelles de ses chaussures de marche accrochaient difficilement dessus. Se retenant d'un bras au mince tronc d'un bouleau, elle se pencha aussi loin que possible pour scruter les profondeurs du ravin.

Il y avait là un important amas de tôle parmi les rochers et les résineux. En été, les hautes fougères et les buissons couverts de feuilles rendraient ces débris encore moins visibles. Même en cette fin d'hiver où la végétation était plus dépouillée que jamais, Pénélope aurait pu passer sans rien remarquer si le soleil ne s'était reflété à ce moment précis sur un morceau de métal.

Et pour que la tôle scintillât au soleil, elle ne devait pas être complètement rouillée ; il s'agissait donc probablement d'aluminium.

Pénélope retint son souffle.

Non.

La structure du fuselage du Piper Cub J3 de Colt Sinclair et Frannie Beaudine était en aluminium. L'habillage avait dû être rongé par la rouille depuis lors, quarante-cinq ans après sa disparition inexpliquée dans le ciel de Cold Spring, New Hampshire. Il avait été aperçu pour la dernière fois par une dizaine d'habitants, lors d'une nuit claire et froide de janvier. Si jamais elle tombait dessus, Pénélope n'espérait pas trouver grand-chose d'autre qu'un tas de ferraille rouillée, des morceaux d'ailes et de moteur éparpillés — bref, tout ce qui n'avait pas été détruit dans l'accident et après des dizaines d'années d'exposition aux rigueurs du climat particulièrement rude de la Nouvelle-Angleterre.

Mais elle ne s'attendait pas à découvrir cet appareil *ici*. Sa théorie personnelle était que les jeunes gens avaient simulé un accident aérien dans le New Hampshire et poursuivi leur vol jusqu'au Canada. Rien ne permettait d'affirmer avec certitude qu'ils s'étaient écrasés dans les parages, ou bien qu'ils vivaient désormais heureux, ensemble, quelque part.

A présent, toutefois, le doute était levé. C'était forcément là le Piper Cub de Colt et Frannie, porté disparu voilà près d'un demi-siècle. Pénélope frissonna soudain en contemplant l'épave. De quoi aurait-il pu s'agir d'autre ? Un mirage, produit d'une imagination rendue fébrile par la fatigue, l'hypoglycémie et la fascination qu'exerçait sur elle le sort de ces amants maudits ? Petite fille, déjà, elle arpentait les bois avec l'espoir secret de tomber sur les restes du fameux Piper Cub. Plus tard, elle avait entrepris de rassembler un maximum d'informations — articles de journaux ou de revues relatant les interminables recherches dirigées par Willard Sinclair, puis des articles sur la collection Sinclair et sur le rôle joué par Frannie dans son organisation en un ensemble cohérent. L'année précédente, Pénélope avait même consacré plusieurs week-ends à interroger les autochtones qui se souvenaient de Frannie Beaudine enfant, puis adolescente, lorsqu'elle fréquentait les Sinclair à l'occasion de randonnées ou de régates sur les lacs des environs, durant les vacances. Les Sinclair étaient tous d'anciens élèves de Dartmouth ; Colt avait obtenu son diplôme l'année précédant sa disparition.

Les recherches intensives pour retrouver l'appareil n'avaient jamais abouti. Seuls les témoignages concordants de plusieurs personnes qui l'avaient aperçu du côté des lacs laissaient supposer qu'il avait dû s'écraser quelque part dans la région. Après avoir passé des milliers d'hectares au peigne fin, les chercheurs avaient dû s'avouer vaincus. Un jour ou l'autre, peut-être, quelqu'un découvrirait par hasard l'épave. La plupart des gens pensaient que si l'avion s'était bien écrasé dans le New Hampshire, il avait sans doute sombré dans les profondeurs d'un des nombreux lacs. A certains endroits, le lac Winnipesaukee se creusait d'abysses vertigineux, pratiquement insondables.

Durant les quarante-cinq années ayant suivi la disparition des deux jeunes gens, pas un Sinclair n'avait mis les pieds à Cold Spring.

Excepté Harriet, bien sûr. Pénélope esquissa une grimace en songeant à la réaction de sa cousine quand elle lui ferait part de sa découverte. Mais les états d'âme de Harriet étaient une autre affaire. Dans l'immédiat, Pénélope devait surtout songer à déterminer la nature exacte de l'épave et à retrouver son chemin.

Elle plissa les yeux pour mieux voir l'amas de tôle. C'était indiscutablement un avion. N'importe quel habitant de la région aurait pensé comme elle avoir découvert l'endroit où le biplace de Colt Sinclair s'était écrasé. De son poste d'observation, Pénélope ne pouvait se faire une idée précise sur les circonstances de l'accident, sur les raisons pour lesquelles le pilote avait perdu le contrôle de l'appareil. Elle imagina le Piper Cub volant trop bas la nuit du drame, arrachant peut-être la cime de quelques arbres avant de heurter de plein fouet la colline — et Colt et Frannie se disant adieu, conscients du sort qui les attendait. Pénélope n'était pas particulièrement romantique, mais l'image des deux jeunes amants précipités vers une mort inévitable lui fit monter les larmes aux yeux.

Le sang battait à ses tempes tandis qu'elle examinait, immobile, les lieux de la tragédie. Pour s'en approcher, elle devrait descendre une pente abrupte, presque verticale, escalader des rochers verglacés, des arbres et des troncs renversés, au risque de se rompre cent fois le cou. Sachant que les cadavres de Colt et de Frannie gisaient là depuis quarante-cinq ans, à l'insu de tous, Pénélope préférait ne pas songer au sort qui l'attendait si, blessée, elle ne parvenait pas à se relever.

De grands arbres dénudés se découpaient avec une netteté implacable sur le ciel de plomb, leurs branches noires soulignées dans les moindres détails par les dernières lueurs du jour. Bientôt, l'horizon s'enflammerait de teintes pourpres et orangées, mirage chatoyant dans la grisaille hivernale de ce paysage monochrome.

Elle ne devait pas s'attarder. S'arrachant tant bien que mal à sa contemplation, elle escalada un gros rocher, puis suivit une pente oblique pour descendre à travers buissons et arbustes ; ses pieds s'enfonçaient dans la neige humide, cotonneuse, bien différente de la neige poudreuse et légère de janvier. Il n'y avait ni ruisseau, ni sentier, ni muret de pierre, ni cabane de chasseurs — pas la moindre raison pour quiconque de s'aventurer par là au cours des précédentes décennies.

Tenaillée par la faim et la soif, les jambes raidies par l'effort, Pénélope atteignit le fond du ravin et entreprit l'ascension de la colline suivante. La perspective de retrouver un toit, un bon feu et de quoi se désaltérer la faisait avancer comme un automate.

Un bref craquement — une branche, peut-être — lui fit ralentir le pas, puis s'arrêter. Retenant son souffle, elle prêta l'oreille.

Avait-elle vraiment entendu un bruit ? Un écureuil, un battement d'ailes dans un arbre proche ? Comment savoir, au juste ?

— Tu es fatiguée.

Sa voix résonna inutilement dans l'air immobile, silencieux, de cette fin d'après-midi. Peut-être était-ce un daim ou un chevreuil, dans le sous-bois, ou même un ours s'aventurant hors de sa tanière après une longue période d'hibernation.

Brrr... Il était grand temps de rentrer.

Ses chaussettes trempées chuintaient dans ses chaussures de randonnée à chaque pas. Si elle n'avait pas encore d'ampoules, elle regrettait ses confortables après-skis fourrés dans lesquels elle aurait eu les pieds au chaud.

Soudain, droit devant elle, elle aperçut des empreintes sur la neige durcie. Pas celles d'un daim ou d'un chevreuil — ni même d'un ours — mais des traces de pas humains qui n'étaient pas les siennes. La personne qui portait des souliers de cette pointure était probablement un homme. Pénélope pivota et regarda la colline qu'elle venait de quitter, incapable de discerner l'épave de l'endroit où elle se trouvait. Neige et rochers gris, arbres gris, ciel blanchâtre... Les débris de métal avaient disparu tel un mirage surgi de son imagination.

Les traces de pas descendaient à flanc de colline vers la gauche, serpentaient parmi les érables, les chênes et les futaies avec une régularité rassurante. Elles devaient être relativement fraîches. Les températures tièdes avaient à peine commencé de les effacer, la dernière chute de neige de l'avant-veille rafraîchissant le paysage et comblant les skieurs qui espéraient pratiquer leur sport favori jusqu'au mois d'avril.

Mais qui pouvait bien s'être aventuré jusque-là et avoir éventuellement aperçu l'épave sans en faire part à quiconque ?

Bubba Johns.

C'était évident. Un avion écrasé ne l'intéressait sans doute pas le moins du monde.

Pénélope sentit sa tension s'évanouir — du moins en partie. Elle n'avait pas peur de Bubba. Le vieil homme était l'ermite de

Cold Spring, un solitaire qui avait élu domicile dans une cabane isolée aux confins de la propriété des Sinclair — en fait, sur un morceau de terre leur appartenant, mais personne ne l'avait jamais inquiété durant les vingt années qu'il avait passées là.

— Bubba ! cria-t-elle à pleins poumons, la voix amortie par les reliefs du ravin.

Aucun écho ne lui répondit.

— Bubba, c'est moi, Pénélope Chestnut !

Elle pouvait presque sentir sur elle ses yeux d'un gris délavé — que d'aucuns prétendaient un peu fous —, assorti à la couleur de sa longue barbe, de sa tignasse hirsute et du long manteau qui couvrait été comme hiver sa haute silhouette décharnée. Sinclair ou pas, c'était Bubba qui occupait ces terres depuis des années. Les parents de Pénélope déconseillaient naguère à leur fille de s'y promener, non pas à cause d'une interdiction quelconque des propriétaires, mais parce qu'elle risquait d'y rencontrer Bubba Johns. Pourtant, un jour où elle était partie seule dans les collines, jouant les exploratrices, à l'âge de dix ans, elle avait fini par se perdre à la nuit tombante. Bubba avait surgi de nulle part, telle une apparition, et l'avait raccompagnée en silence jusqu'à sa porte. Terrifiée, Pénélope avait vu défiler des scènes du *Petit Chaperon Rouge* rencontrant le grand méchant loup au fond des bois. Tout en le suivant, elle avait bavardé comme une pie, attendant le moment où l'ermite la pousserait dans le vide du haut d'un rocher ou la ferait bouillir dans quelque marmite. Sans un mot, il l'avait laissée au bout de l'allée menant chez elle avant de disparaître, refusant même d'entrer prendre un café en guise de remerciement. Les parents de Pénélope n'avaient pas semblé convaincus par cette histoire d'ermite muet qui aurait escorté l'enfant égarée.

Bubba Johns faisait partie du décor au même titre que les élans et les chevreuils, les aigles et les tamias ; et comme tous les habitants de Cold Spring, Pénélope respectait l'existence d'isolement et de solitude qu'il avait choisie.

Elle se retourna et poursuivit son chemin tandis que le disque du soleil rougeoyait à l'horizon, embrasant le ciel de couleurs si intenses qu'elles donnaient envie de s'allonger dans la neige pour les admirer. Elle continua toutefois d'avancer, les membres lourds comme du plomb, l'esprit agité de mille pensées où se mélangeaient Colt Sinclair et Frannie Beaudine, à jamais prisonniers d'une carcasse de métal écrasée, et Bubba Johns à l'affût entre les arbres, attendant peut-être de voir s'il allait devoir la raccompagner comme naguère.

Peu de temps avant l'aube, Wyatt Sinclair renonça à chercher le sommeil et repoussa les couvertures d'un coup de pied. A vrai dire, il ne connaissait pas l'heure exacte car Madge, son ex-compagne, avait insisté pour ôter le réveil de la table de nuit. La pendulette électrique émettait des ondes néfastes, assurait-elle. Selon elle, Wyatt était lui-même un concentré vivant d'ondes néfastes. Pour étayer cette théorie, la jeune femme avait établi son profil astrologique à l'aide de quelque programme électronique. La date, l'heure et le lieu de sa naissance avaient apparemment suffi à lui fournir des révélations l'incitant à déguerpir sur-le-champ.

— Je déménage immédiatement, avait-elle déclaré en bouclant ses bagages. Il y a trop d'énergie négative autour de toi. Tu es… En fait, pour être franche avec toi, Wyatt, je ne me sens pas vraiment rassurée auprès d'un énergumène dans ton genre.

Wyatt n'avait pu s'empêcher de sourire.

— Tu avais besoin d'un ordinateur pour t'en rendre compte ?

Dix minutes plus tard, elle franchissait le seuil — et lui laissait le chat, prétextant quelque allergie à l'espèce féline.

Wyatt gagna le séjour d'un pas mal assuré, trébuchant au passage sur le petit félin qui se trouvait sur son chemin. L'animal se leva et s'étira en faisant ses griffes sur le tapis. Avec son poil gris et ras, ses yeux jaunes et son corps maigre, il n'avait rien d'un chat de concours. Il n'avait pas non plus très bon caractère. Madge l'avait baptisé Salsepareille, mais Wyatt jugeait ce nom ridicule et préférait l'appeler Pill.

Un appartement à New York, un chat, une ex-compagne comme Madge : comment s'étonner qu'il souffre d'insomnie ?

Il alluma quelques lampes, brancha la cafetière, se servit un jus d'orange et actionna la télécommande du téléviseur. Les images d'une chaîne d'actualités apparurent sur l'écran. Wyatt se laissa tomber sur le canapé ; l'horloge de la télévision indiquait 4 h 20 : une heure bien matinale, surtout pour Manhattan. La ville était étrangement silencieuse, du moins depuis la position privilégiée dont il jouissait, au quatrième étage d'un immeuble des beaux quartiers, à l'est de la ville.

Il aimait New York de manière sporadique. Sa mère, la première des trois épouses de Brandon Sinclair, l'y avait élevé jusqu'à la fin de ses études secondaires. Puis les Sinclair avaient pris la relève et il était allé faire ses classes préparatoires, puis une grande école, à Dartmouth et Wharton. Il y avait passé six ans avant de partir quelque temps à l'aventure pour regagner enfin la ville de son enfance, dix-huit mois plus tôt. Qui aurait jamais pu imaginer pareil scénario ?

Si Hal n'était pas mort lors de cette expédition de malheur, sans doute serait-il encore en train de recenser de nouvelles espèces d'oiseaux et de plantes dans quelque contrée lointaine d'Australie ou d'Amérique latine. Mais Hal avait succombé à ses blessures, et Wyatt était rentré au pays.

Il regarda la présentatrice à l'écran et étouffa un bâillement — d'ennui plus que de fatigue. Son insomnie chronique ne pouvait être imputée aux soucis. Il avait de l'argent, un logement agréable et un emploi tout à fait enviable. Dans moins de cinq heures, il serait assis à son bureau de Wall Street. La pièce avait une vue imprenable sur le port. Que demander de plus ?

Il regarda une publicité vantant les mérites d'un laxatif, puis un reportage sur le dernier scandale à Washington, et il s'apprêtait à zapper sur une autre chaîne quand la présentatrice revint enfin annoncer les premières informations.

— La solution de l'une des énigmes les plus controversées de ce dernier demi-siècle pourrait avoir été découverte. Une habitante du New Hampshire déclare avoir aperçu l'appareil que les aventuriers Frannie Beaudine et Colt Sinclair pilotaient la nuit de leur disparition.

Wyatt se redressa et augmenta le volume.

La jeune femme en question s'appelait Pénélope Chestnut, vivait à Cold Spring et avait repéré l'épave au cours d'une randonnée solitaire, le dimanche après-midi. Elle conduirait les autorités locales sur les lieux du sinistre le jour même, un mardi, pour vérification.

Contacté à sa résidence secondaire de Sainte-Croix, Brandon Sinclair, frère de la victime, s'était refusé à tout commentaire.

Wyatt n'en fut pas surpris. La disparition de son oncle avait été le scandale le plus mystérieux et le plus pénible ayant impliqué un Sinclair — même s'il n'était pas le seul, peu s'en fallait, ni le plus récent. La mort de Hal en Tasmanie et la responsabilité présumée de Wyatt — même s'il avait failli subir le même sort que son compagnon — avaient également défrayé la chronique. Brandon affirmait que son fils rejoignait une lignée d'aventuriers suicidaires remontant à l'arrière-grand-père, Roger Sinclair, fameux corsaire pourfendeur d'Anglais durant les guerres de la révolution américaine. Evidemment, il avait fait fortune, trahi ses amis comme ses ennemis et disparu dans la fleur de l'âge.

Les actualités diffusaient à présent la fameuse photographie de Frannie et de Colt prise le soir où s'était scellé leur destin tragique. Wyatt fut frappé par la jeunesse des deux amants. Frannie, native de Cold Spring, était d'une beauté remarquable dans le fourreau noir qui moulait son corps sculptural. Les deux jeunes gens, en tenue de soirée, assistaient à une réception au musée Metropolitan dont ils s'étaient rapidement éclipsés pour filer à bord du Piper Cub de Colt. Personne ne les avait plus revus ensuite, et l'appareil n'avait jamais été retrouvé.

Du moins jusqu'à ce dimanche, songea Wyatt. Il regrettait que les journalistes n'aient pas présenté une photo de Pénélope Chestnut à la place de celle de son oncle et de Frannie Beaudine. Excellent physionomiste, il se trompait rarement dans ses jugements et, en la voyant, il aurait pu sans trop de peine deviner s'il s'agissait ou non d'un canular. Mais il n'y eut aucun cliché ni le moindre reportage sur la ville de Cold Spring, dans le New Hampshire.

Un instant, il caressa l'idée d'appeler son père. La disparition de Colt demeurait pour Brandon une plaie à vif qui infectait tout ce qu'il faisait, y compris la manière dont il élevait son fils. Il ne parlait jamais de son frère, éludant toutes les questions de

Wyatt à ce sujet. Wyatt se demandait s'il fallait attribuer cette réticence au chagrin incurable causé par la perte d'un frère aîné ou à un simple embarras. Quarante-cinq ans après le drame, Colt parvenait encore à faire les gros titres de la presse nationale.

A son crédit, on pouvait dire que Brandon s'était donné beaucoup de mal pour modifier la manière d'agir des Sinclair. Il tâchait de conserver leur esprit d'érudition, d'exploration et d'aventure, débarrassé d'un fâcheux penchant au scandale et aux décès prématurés. Il s'employait à éviter que l'exemple de son frère s'étendît à la génération suivante. Colt serait le dernier Sinclair dont l'impétuosité et le goût du risque auraient plongé toute une famille — parents, épouses, frères et sœurs — dans le deuil et les larmes.

Pour autant, Brandon n'avait jamais avoué à Wyatt combien il aimait son frère, si sa présence lui manquait, s'il s'était senti trahi ou abandonné lors de sa fugue avec Frannie. Une évidence s'imposait, toutefois : l'amour ne suffisait jamais à un Sinclair. Ils portaient en eux une sorte de vide impossible à combler, quels que soient les découvertes dont ils pouvaient s'enorgueillir ou leur degré de réussite en affaires.

Quand son père s'était-il aperçu que son fils ne dérogeait pas à cette règle ? se demanda Wyatt. Quand avait-il deviné qu'un nouveau Sinclair voué à la notoriété et à l'aventure s'apprêtait à prendre la relève ?

Mais c'était là de l'histoire ancienne. Après la tragédie survenue en Tasmanie, Wyatt avait décidé de se ranger. Un bureau, un costume trois-pièces, un emploi où il mettait à profit ses diplômes. Il avait déjà refusé le capital que son père se proposait d'investir dans sa société et s'en passait du reste fort bien. Même un Sinclair déshérité était tout à fait capable de réussir en affaires.

Le chat sauta sur ses genoux et se mit à ronronner d'aise ; Wyatt éteignit le téléviseur et écouta Manhattan s'éveiller par une morne matinée de mars. Ramassage d'ordures, taxis, maîtres promenant leurs chiens, employés d'hôpitaux, hurlements de sirènes dans le lointain. Wyatt caressa Pill d'une main distraite tout en se répétant que Pénélope Chestnut et sa découverte dans les collines proches du lac Winnipesaukee ne le concernaient pas. Sa préoccupation essentielle était de trouver les motivations et l'énergie suffisantes pour arriver au travail à 9 heures.

A 9 h 15, Jack Dunning se tenait près de la baie vitrée du bureau de Wyatt qui dominait le port de New York. Jack était un grand gaillard au visage buriné, aux cheveux châtain clair, vêtu d'un jean et de bottes de cow-boy. Wyatt considéra sans rien dire ce gosse de Brooklyn transformé en Texan. Il avait été détective privé à Dallas pendant de longues années avant de revenir finalement à New York, ayant sans doute épuisé son crédit là-bas. Son principal client, Brandon Sinclair, était un homme à la fois très riche et très soupçonneux, déterminé à protéger sa fortune, sa personne et sa femme, ses deux ex-épouses, son fils et ses deux filles contre tous les escrocs, cambrioleurs et kidnappeurs en puissance. Jack semblait tout à fait disposé à l'y aider. Dès que ses économies le lui permettraient, répétait-il volontiers, il achèterait un ranch au Texas et y prendrait sa retraite. New York lui tapait sur les nerfs et les femmes y portaient beaucoup trop de noir.

Il tourna les yeux vers Wyatt.

— Quelle vue agréable !

Wyatt opina avec un sourire.

— La statue de la Liberté évoque pour moi les vertus de la tolérance.

— Hum ! elle me ferait plutôt penser aux dangers qui guettent les gogos trop candides.

Wyatt n'aurait su dire s'il parlait sérieusement. Au cours de ces derniers dix-huit mois, il avait pu se rendre compte que Dunning était loin du personnage tout d'une pièce pour lequel on aurait pu le prendre de prime abord. Ses traits anguleux et ses yeux d'un gris délavé lui conféraient une expression hermétique. Difficile aussi de lui donner un âge — entre cinquante et soixante ans, sans doute. Du reste, la question ne l'intéressait guère. Jack travaillait pour son père. Il n'était là que parce que Brandon Sinclair l'y avait envoyé.

— Vous avez appris la nouvelle à propos de l'avion de votre oncle ? demanda Jack.

— J'ai regardé les actualités à la télévision, ce matin.

Wyatt s'abstint de préciser à quelle heure. Dunning ne manquerait pas de considérer ses insomnies comme un signe de faiblesse et à classer le renseignement parmi ceux qu'il possédait sur le compte de l'aîné des enfants de son employeur.

— Alors, vous ne connaissez pas la dernière. La femme qui prétendait avoir découvert l'épave a changé d'avis. Il s'agissait d'une erreur qu'elle attribue à un état de faiblesse causé par l'hypoglycémie et l'affolement, parce qu'elle s'était égarée.

— Egarée ?

— Mlle Chestnut était partie en randonnée dimanche après-midi et avait fini par se perdre dans les collines. Ses parents s'apprêtaient à monter une expédition de secours quand elle a réussi à retrouver son chemin toute seule. Elle affirme être retournée sur place hier et s'être rendu compte qu'il ne s'agissait pas des débris d'un avion, mais d'une ancienne décharge de ferraille abandonnée.

Wyatt réfléchit un instant. Une erreur. Il ne s'attendait pas à cela de la part de cette jeune femme — même s'il n'avait pas la moindre raison de s'attendre à quoi que ce fût d'une inconnue.

— Ce n'étaient donc pas Colt et Frannie, en définitive.

— C'est du moins ce qu'elle affirme. Voilà le hic.

Jack se détourna de la fenêtre. Il ne donnait pas la moindre impression de se sentir déplacé dans l'élégant bureau de Wall Street aux murs lambrissés que Wyatt avait loué entièrement meublé, jusqu'aux lampes de cuivre et au sous-main gris ardoise. Pour se lancer dans les opérations boursières de haut niveau, il fallait un bureau de ministre.

Dunning, lui, ne s'éloignait pas du sujet qui motivait sa visite : Pénélope Chestnut.

— Elle affirme à présent qu'elle ne retrouve plus le site de la décharge.

Ce nouveau rebondissement raviva aussitôt l'intérêt de Wyatt.

— Comment est-ce possible ?

— Elle aurait été en mesure de retrouver ses propres traces hier — avec beaucoup de difficulté, car la neige fond pendant la journée. Elle dit qu'elle avait l'intention d'y conduire quelques personnes aujourd'hui, mais il a neigé la nuit dernière et elle ne parvient plus à repérer le chemin. Ce sera peut-être possible au printemps, a-t-elle ajouté.

Wyatt fit pivoter son fauteuil de cuir et évalua rapidement la tournure que prenait l'événement. A priori, cela ne rimait à rien.

— Qu'en pensez-vous ?

— A mon avis, ce sont des foutaises. Cette fille a toujours vécu dans la région. Avec ou sans neige, elle est tout à fait capable de retourner sur les lieux. J'en mettrais ma main au feu.

— Que dit mon père de tout cela ?

Jack esquissa un sourire amusé. C'était un homme impressionnant, à défaut d'être beau. Wyatt devinait qu'il appréciait son père en dépit des abîmes qui les séparaient — différences de culture, comme de sensibilité.

— Votre père est plus diplomate que moi. Il m'a demandé de me rendre sur place et de vérifier le bien-fondé de toute cette histoire. Le New Hampshire au mois de mars : quoi de plus tentant ? Mais je vais y aller pour me faire une idée.

— Et pourquoi être venu m'en parler ? s'enquit Wyatt.

Le sourire se mua en rictus.

— Parce que votre père me l'a demandé.

Wyatt n'en attendait pas moins.

— Très bien. Merci pour l'information. Si vous avez besoin d'aide, prévenez-moi. Vous savez où me joindre.

Jack lui fit un clin d'œil.

— J'ai tous vos numéros sur mon calepin. A très bientôt.

Une demi-heure plus tard, Wyatt n'avait pas tourné une page du dossier ouvert devant lui. Il avait demandé à sa secrétaire de répondre au téléphone à sa place. Quittant son bureau, il s'approcha de la baie vitrée. Un voile de brume enveloppait à présent la statue de la Liberté. Il était d'accord avec Jack. Pénélope Chestnut se moquait du monde.

Il appela son père, conscient par avance de l'inutilité de son geste. Brandon ne lui en apprendrait pas davantage, peut-être même moins que son détective privé personnel. Jack était un professionnel. On pouvait exercer un contrôle sur lui.

— Wyatt, je suis content de t'entendre. Quel temps fait-il à New York ?

— Brumeux. Jack Dunning quitte mon bureau à l'instant. Il m'a expliqué que vous l'envoyez à Cold Spring pour se faire une idée sur les propos de cette femme concernant l'avion de Colt. Avez-vous quelque chose de plus à me dire ?

— Simple précaution de ma part. Si elle s'est trompée et qu'elle fait tout son possible pour sauver la face, très bien. Mais si elle ment, je veux savoir pourquoi. Et, dans ce cas, je veux naturellement retrouver l'avion de mon frère.

Brandon marqua une pause sans que son ton trahisse la moindre défaillance — comme s'ils continuaient à parler de la pluie et du beau temps.

— Après tant d'années, j'aimerais bien savoir ce qui lui est arrivé.

— Vous faites confiance à Dunning ?

— Je le paie assez cher pour cela.

Wyatt s'abstint de tout commentaire. A ses yeux, l'argent n'avait rien à voir avec la confiance — et réciproquement.

— Vous avez sans doute vos raisons, commenta-t-il.

Rien de plus ? Un bref silence suivit sa question.

— Que pourrait-il y avoir de plus ?

— Je ne sais pas. J'ai toujours eu l'impression qu'il y avait autre chose à propos de la disparition de Colt et de Frannie ; quelque chose que vous ne m'avez pas dit.

— Il n'y a rien d'autre, Wyatt. Si tu le peux, viens faire un tour ce week-end. Ann et moi serions heureux de te voir, et tu sais que les filles attendent tes visites avec impatience.

Ann était la troisième épouse de Brandon. Ensemble, ils avaient eu deux filles, Ellen et Béatrice, respectivement âgées de neuf et onze ans.

— Mars n'est pas le mois le plus palpitant à New York, ajouta Brandon.

— Merci pour l'invitation. Je vous ferai savoir si je peux réussir à me libérer.

— Il valait mieux que j'envoie Dunning à Cold Spring, Wyatt. Les autochtones ont tendance à blâmer Colt pour ce qui s'est passé. Frannie Beaudine était une enfant du pays.

— Pas de problème.

La communication achevée, Wyatt ne perdit pas une minute. Il prévint sa secrétaire qu'il devait quitter New York et lui demanda de suspendre tous ses rendez-vous pendant deux ou trois jours, peut-être davantage. Puis il prit l'ascenseur, gagna le hall du grand immeuble des années 20 et héla un taxi pour se faire conduire chez lui. Après avoir nourri le chat, il appela Madge.

— Je dois partir quelques jours. Peux-tu t'occuper de Pill ?

— Tu sais que je suis allergique aux chats.

— Mets des gants et un masque.

— Tu es un sale égoïste, Wyatt. Sous prétexte que tu peux escalader une falaise à mains nues, tu prends les autres pour des mauviettes. Le médecin est formel. Mes allergies doivent être prises au sérieux.

— Si tu ne peux pas t'occuper de Pill, dis-le simplement et je m'arrangerai autrement.

— Puis-je m'installer chez toi pendant ton absence ?

L'appartement de Wyatt était plus vaste et mieux situé que le sien.

— Certainement.

— Bon, je prendrai un antihistaminique, dit vivement Madge.

Moins d'une heure après cette conversation, Wyatt roulait sur l'autoroute en direction de la Nouvelle-Angleterre.

Aucun Sinclair ne s'était aventuré à Cold Spring depuis la disparition de Colt et de Frannie — à moins que son père n'ait aussi menti sur ce point. Car le récit que Brandon Sinclair faisait des événements survenus quarante-cinq ans plus tôt présentait quelques brèches. Wyatt s'en était rendu compte depuis longtemps, mais s'était abstenu d'insister par égard pour le chagrin de son père. Certaines choses ne regardaient sans doute pas un fils, avait-il décidé.

Mais au volant de son cabriolet, sur la route balayée par un vent violent, il se demanda comment vivre en paix avec son père s'il n'apprenait pas enfin la vérité sur le fameux soir où Colt Sinclair et sa compagne s'étaient évanouis dans les ténèbres.

2.

Pénélope s'efforça d'ignorer le cliquetis d'un appareil photo dans son dos. Un journaliste de plus. La nuée de reporters en tout genre qui s'était abattue sur Cold Spring s'était en partie dissipée en apprenant que la découverte de l'avion sinistré n'était qu'une méprise. Une poignée d'entre eux s'attardait encore dans l'espoir de glaner quelques commérages supplémentaires. Pénélope se demanda quel intérêt pourrait présenter pour quiconque une photo d'elle en train de procéder aux dernières vérifications avant le décollage de son Beechcraft.

Un vent glacial soufflait ce matin-là, et elle avait hâte de s'envoler. Elle avait rassemblé ses cheveux en queue-de-cheval, enfilé une combinaison d'aviateur fonctionnelle qui lui donnait l'impression vaguement ridicule d'être déguisée en Superwoman et emporté de quoi grignoter en vol. Dans vingt minutes, elle serait tirée d'affaire. Plus de questions, plus de regards dubitatifs à affronter.

— Vous savez, Pénélope, lança le journaliste en l'appelant par son prénom comme s'ils se connaissaient de longue date, j'ai fait le trajet en voiture depuis New York pour assurer ce reportage. Colt et Frannie font un peu figure de demi-dieux dans les beaux quartiers de Manhattan. Deux amants maudits, riches, beaux, intelligents, audacieux, et condamnés à un sort funeste. A présent, me voilà sur les lieux, et qu'est-ce qui me reste ? Une décharge. Une foutue décharge.

Pénélope ignora son discours. Elle n'avait rien de mieux à offrir que cette décharge. Cela n'avait rien d'affriolant, mais comment expliquer autrement l'amas de tôle qu'elle avait mentionné au début ? Mettre tout cela sur le compte d'un mirage eût été encore moins vraisemblable.

Le journaliste ne renonça pas. C'était un grand barbu dégingandé, absolument odieux.

— Vous n'auriez pas dû alerter les médias avant d'avoir vérifié le bien-fondé de vos affirmations.

Pénélope se détourna un instant de l'avion. Debout près du train arrière, elle essayait de se concentrer sur la série de vérifications à effectuer.

— Je n'ai pas alerté les journalistes. Ce sont eux qui se sont rués ici. Ecoutez, allez plutôt goûter l'une des fameuses tartes à l'auberge locale, chez Jeannie, ou bien boire un thé au jasmin au Soleil Levant, un charmant petit hôtel avec une vue splendide sur le lac.

— Je ne suis pas venu dans ce foutu pays pour boire du thé ou manger des tartes. Bon sang, quel temps pourri ! Dire qu'il y a déjà des jonquilles chez nous, à New York.

— Eh bien, envoyez-m'en un bouquet à votre retour.

Il lâcha son appareil photo, le laissant pendre librement autour de son cou. C'était un petit appareil bon marché qui évoquait plutôt un travail d'amateur. Le reportage n'était sans doute pas destiné à un grand magazine.

— Vous pourriez être un peu plus penaude, maugréa-t-il.

— Je me suis trompée. Cela arrive à tout le monde. Les journalistes m'ont bondi dessus comme des diables sans laisser à personne le temps de vérifier la nature exacte de ma découverte. Ce n'est pas ma faute si vous mettez la charrue avant les bœufs.

Le visage du type s'enflamma. Pénélope craignit qu'il ne lui jetât son appareil à la figure mais, au même instant, elle vit arriver son père. Avec son pantalon de travail et sa grosse chemise à carreaux, il n'avait pas du tout l'air de l'aviateur chevronné qu'il était. La plupart des gens qui ne le connaissaient pas sous-estimaient généralement Lyman Chestnut au premier abord. C'était l'archétype même du Yankee à tête dure — un homme de soixante ans, aux cheveux gris, aux traits burinés, qui régnait sans partage sur l'aérodrome de Cold Spring. Celui-ci, minuscule, n'avait qu'une seule piste et trois hangars, pas de tour de contrôle, et fonctionnait avec trois employés à plein temps : Lyman lui-même, sa sœur Mary et Pénélope. En cas de besoin, ils engageaient du personnel intérimaire ou bien s'adressaient à des sous-traitants. La saison morte se situait en hiver et au début du printemps. Tout au long de l'été et de l'automne, l'activité était à son comble.

Lyman pointa le pouce en direction du parking.

— Fichez le camp. Laissez Pénélope faire son travail.

— Je voulais seulement…

— Vous enfreignez les consignes de sécurité.

Le journaliste bafouilla une vague excuse, puis renonça et battit en retraite.

Pénélope adressa un clin d'œil à son père.

— Pourquoi cette idée ne m'est-elle pas venue ?

— Tu as eu suffisamment d'idées pour la semaine, je pense.

— Que veux-tu dire par là ?

— Rien. Achève ton inspection.

Il fit volte-face et regagna le bureau situé dans le coin d'un hangar. Pénélope le suivit des yeux, contrariée, puis se remit à l'œuvre. Elle savait ce qu'il avait voulu dire : manifestement, il ne croyait pas non plus à son histoire de décharge. *Personne* ne croyait à son histoire de décharge.

Pourtant, en se réveillant ce matin au petit jour, elle s'était rendu compte qu'elle n'avait pas le choix. Elle devait revenir sur ce qu'elle avait dit. Brandon Sinclair, sitôt averti à sa résidence de Sainte-Croix, avait envoyé son propre détective privé, chargé de défendre les intérêts de la famille. Il s'agissait d'un avion appartenant aux Sinclair, découvert sur les terres des Sinclair, et piloté par un Sinclair lors de l'accident. Qui se préoccupait du sort de Frannie, dans tout cela ?

— Et si Colt avait tué sa compagne avant que l'avion s'écrase ? avait demandé Pénélope à Andy Mac Nally, le commissaire de police local qui l'avait convoquée la veille à son bureau. Il s'agirait alors d'un cas d'homicide non résolu. Il n'y a pas de prescription pour meurtre, vous savez.

Andy avait calmement répondu qu'il le savait, en effet, et que cela ne la concernait pas. L'affaire était ébruitée, les journalistes allaient arriver. A cet instant, Pénélope avait compris qu'elle ne maîtrisait plus la situation. Elle était reléguée à l'arrière de l'embarcation, et quelqu'un d'autre négociait les rapides à sa place.

A un détail près. *Elle* connaissait l'emplacement de l'épave. Elle seule, et personne d'autre, à part Bubba Johns qui n'en avait jamais soufflé mot à personne et n'avait certainement pas l'intention de le faire.

La veille au soir, en découvrant les journalistes qui rôdaient autour de chez elle, se proposant de prendre des photos de ses godets de sève et de pourchasser « le sauvage des bois », Pénélope avait mesuré les conséquences de sa désinvolture. Si elle ne réagissait pas rapidement, ce pauvre Bubba Johns serait assailli par la presse, la police et le détective privé de Brandon Sinclair. Même si, par miracle, il n'avait jamais remarqué l'épave de l'avion, il ajouterait une note pittoresque aux reportages sur le sujet. Un vieil ermite aux cheveux blancs installé sur les terres des Sinclair. Cela offrirait un contrepoint amusant au scandale qui entourait l'histoire des amants maudits et de leur fin tragique.

Et puis, il y avait Harriet. Cette affaire ne lui causerait qu'humiliations et embarras sans fin.

Aussi Pénélope avait-elle pris sa décision. L'épave s'était transformée en une décharge de ferraille abandonnée dont elle ne parvenait plus à retrouver le chemin. La fine couche de neige tombée au cours de la nuit ajoutait quelque crédibilité à son mensonge — même si cela ne suffisait apparemment pas à son père, hélas ! Tant pis, se dit-elle. Il fallait bien parer au plus urgent. Du moins Bubba était-il pour l'instant hors de danger.

Elle grimpa dans le cockpit et inspira profondément, tâchant de se concentrer sur son travail. Elle devait transporter un colis contenant des denrées périssables à Plattsburgh, dans l'Etat de New York, pour un consultant qui se trouvait en déplacement professionnel du côté du lac Winnipesaukee. Il fallait le livrer l'après-midi même, sans attendre le lendemain. Son père avait annulé la veille un transport de passagers ; la manière dont Pénélope pilotait depuis plusieurs semaines ne lui plaisait guère et le fait qu'elle se fût égarée dans les bois le dimanche était un signe supplémentaire de négligence et d'étourderie. Elle l'avait échappé belle plusieurs fois d'affilée, et Lyman en déduisait qu'elle prenait les choses un peu trop à la légère, ces derniers temps. Il ne parvenait pas à déterminer ce qui clochait, au juste, et cela le contrariait. Et cette découverte d'une ancienne épave brusquement transformée en décharge n'était certes pas de nature à le rassurer.

Pénélope espéra qu'à son retour le détective privé de Brandon Sinclair et le dernier des journalistes auraient enfin déguerpi. Alors, elle pourrait prendre le temps de réfléchir à ce qu'il convenait de faire quant aux restes du Piper Cub J3 éparpillés à flanc de colline, à cinq heures de marche de Cold Spring.

Il n'y eut ni éclairs zébrant le ciel, ni hommes armés de goudron et de plumes pour accueillir Wyatt à son arrivée à Cold Spring, dans le New Hampshire. En cette fin d'après-midi, le paysage était plutôt morne. Joli, mais morne. La chaîne des montagnes Blanches se dessinait à l'horizon au-delà de la campagne vallonnée, des routes sinueuses, des bouquets d'arbres dénudés et des pinèdes, sous le voile blanc d'une neige tombée de fraîche date. Elle fondait toutefois rapidement par ces températures clémentes, et les routes étaient dégagées. Les uniques signes précurseurs du printemps qu'on pût voir étaient les nids-de-poule et les bosses provoqués par le gel.

Le soleil apparaissait par intermittence et un vent pénétrant faisait paraître le froid plus vif qu'il ne l'était réellement. Wyatt s'était arrêté une fois pour consulter la carte. Il n'avait pas la moindre intention de fournir aux autochtones la satisfaction de le voir s'égarer sitôt arrivé dans la région. Au cours de ses quatre années d'études à Dartmouth, il avait escaladé les montagnes Blanches, y compris le fameux mont Washington, de sinistre réputation ; mais à la demande de son père, il s'était tenu à l'écart du lac Winnipesaukee. A vingt ans, il avait bien d'autres préoccupations que le sort d'un oncle disparu avant sa naissance. Il n'avait jamais vu les terres que les Sinclair possédaient dans le New Hampshire et s'étonnait qu'ils ne les eussent pas encore vendues ou cédées à l'Etat afin d'en faire une réserve naturelle.

Une route à deux voies menait au bourg de Cold Spring — quelques rues pittoresques nichées le long de la rive occidentale du lac. Long de quarante-deux kilomètres, le lac Winnipesaukee était le plus grand de l'Etat, formé par les glaciers, réputé pour la limpidité de son eau et ses trois cents îles. A cette époque de l'année, ce n'était encore qu'une vaste étendue de neige et de glace, avec quelques cabanes de pêcheurs blotties au fond des anses. D'après les indications portées sur la carte, Winnipesaukee signifiait, en abenaki, « Belle eau en altitude ».

Comme la plupart des villages bâtis au bord du lac, Cold Spring s'animait surtout durant l'été et l'automne ; mais à en juger par les boutiques variées qui se succédaient le long de la rue principale bordée d'érables, la population permanente n'était sans doute pas négligeable. Si Wyatt remarqua les vitrines coquettes de quelques antiquaires et magasins de souvenirs manifestement destinés aux touristes, il aperçut en outre une pharmacie, un pub, un magasin de prêt-à-porter et une librairie affichant « photocopies et tirage de photos » — le genre de commerces indispensables en l'absence d'un supermarché à proximité.

Il se gara sur le parking situé en face du pub, mit quelques pièces dans l'horodateur et alla se faire servir un déjeuner tardif, espérant par la même occasion glaner quelques commérages concernant une certaine Pénélope Chestnut. Jusque-là, aucune trace de Jack Dunning — lequel, du reste, ne partagerait certes pas de bonne grâce d'éventuelles découvertes avec le fils de son employeur.

Le pub était bondé pour un jour de semaine, et à 16 heures de surcroît. Une corpulente serveuse aux ongles laqués de mauve circulait entre les tables, une cafetière à la main. Trois des cinq banquettes alignées contre le mur du fond étaient occupées. Sans doute par des journalistes, estima Wyatt. Alléchés par l'annonce de la découverte du Piper Cub, ils étaient sans doute venus de Boston et New York pour photographier le site et s'offraient à présent une pause casse-croûte avant de repartir bredouilles.

Wyatt s'installa sur un tabouret, au comptoir, et prêta l'oreille.

— Bien sûr, qu'elle ment, disait un homme entre deux âges assis à l'autre extrémité du zinc. Il s'agit seulement de savoir pourquoi.

Une femme brune et maigre, en pantalon et col roulé, étouffa un bâillement.

— Tout le monde s'en fout, mon vieux. Les gens se moquent bien de Pénélope Chestnut. Les gens ne s'intéressent qu'au sort de Frannie et de Colt.

— J'aimerais bien connaître ces « gens », un de ces jours, maugréa une autre femme plus âgée, car pour ma part, je me fiche pas mal aussi du sort de Frannie et Colt. La seule chose digne d'intérêt ici est cette dernière part de tarte à la noix de coco, là-bas, sur l'étagère.

Elle éleva le ton.

— Mademoiselle, vous mettrez cette part de côté pour moi, d'accord ?

Wyatt réussit à commander un croque-monsieur au jambon et un café tout en écoutant les propos acerbes des journalistes qui amusaient manifestement les autochtones — deux hommes en chemises à carreaux installés dans une banquette d'angle, à proximité. A les entendre, Pénélope Chestnut avait déjà mené les gens en bateau à plusieurs reprises dans cette paisible bourgade — et pour d'autres motifs.

Au détour d'une conversation, ou en reliant ce qu'il entendait de part et d'autre du comptoir, Wyatt finit enfin par saisir quelque chose. La demoiselle en question était pilote d'avion.

Wyatt ébaucha un sourire. Les pilotes formaient une espèce à part — une espèce qu'il comprenait. Sans être lui-même du nombre, il en avait beaucoup fréquenté, utilisant leurs services et appréciant depuis longtemps leur goût pour l'aventure. A trente-quatre ans, il passait maintenant sa vie derrière un bureau, en costume-cravate. Son sourire se mua en grimace, et il avala rapidement son croque-monsieur. Tout en réglant l'addition, il pria la serveuse de lui indiquer le chemin de l'aéroport.

— Pénélope n'y sera pas, répondit la femme. Elle pilotait son avion, aujourd'hui. Et elle ne parle pas aux journalistes.

Wyatt ne chercha pas à la dissuader sur la profession qu'elle lui attribuait. Suivant ses instructions, il poursuivit la route par laquelle il était arrivé, tourna à gauche en face du fleuriste et suivit la départementale avec ses énormes nids-de-poule et ses bosses dus au gel jusqu'au panneau vert qui signalait l'entrée de l'aéroport.

— Nous y voilà.

A partir de là, la route se transformait en un chemin chaotique, à peine goudronné, qui conduisait à un vaste terrain plat — phénomène plutôt rare dans la contrée. L'aérodrome de Cold Spring. Ce n'était pas un aérodrome prestigieux, mais Wyatt n'en attendait pas davantage. L'unique piste et les trois hangars correspondaient tout à fait à la personnalité de la femme qui avait affirmé avoir découvert l'avion écrasé avant de se rétracter.

La voiture bringuebala sur les montagnes russes du parking, entre les grandes flaques qui devaient geler chaque nuit avant de se liquéfier de nouveau en fin de matinée. Fleurs, arbres feuillus et herbe verte semblaient infiniment loin derrière lui, désormais.

Il se gara à côté d'une camionnette de chasseur toute maculée de boue. Elle était pourvue de quatre roues motrices — comme la Subaru qui se trouvait un peu plus loin. La sienne n'en avait pas. L'air humide et froid semblait pénétrer jusqu'aux os. Wyatt se fraya un chemin parmi les flaques jusqu'à l'extrémité d'un hangar où se trouvait une porte métallique surmontée d'un panneau portant simplement l'inscription « BUREAU ». Visiblement, on allait droit à l'essentiel, par ici.

Un homme d'une soixantaine d'années, debout dans l'entrée, observait les cimes d'une rangée d'arbres gris.

— Si vous appartenez à la presse, l'histoire est finie, dit-il sans même regarder Wyatt. Vous pouvez faire demi-tour.

— Je ne suis pas journaliste.

L'homme tourna la tête, mais Wyatt sentit qu'il gardait l'esprit fixé sur ce qu'il s'attendait à voir, au-dessus de la rangée d'arbres.

— Que puis-je faire pour vous ?

— Je cherche Pénélope Chestnut. Comme je viens de le dire, je ne suis pas journaliste, mais j'aimerais lui parler de ce qu'elle a vu dans les bois.

Les yeux de son interlocuteur se plissèrent imperceptiblement.

— Vous êtes un Sinclair.

Le ton de sa voix n'avait pas changé. C'était le type même du natif de Nouvelle-Angleterre, taciturne et imperturbable, sans une once d'affectation. Wyatt dissimula sa surprise.

— Oui, je suis Wyatt Sinclair. Colt était mon oncle.

— Vous êtes le fils de Brandon Sinclair.

Bien que ce ne fût pas une question, Wyatt opina de la tête.

— C'est exact.

Un lourd soupir fataliste s'ensuivit — comme si l'homme jugeait qu'il aurait dû s'attendre à l'arrivée d'un Sinclair.

— Votre père a envoyé un détective privé, un certain Jack Dunning. Il vient de décoller. Il va faire un petit tour au-dessus des terres de votre famille. Je suppose qu'il va tenter de repérer la fameuse décharge.

— Jack est consciencieux. Quant à moi, je suis ici pour des motifs personnels.

— Je vois. Eh bien, Pénélope devrait réapparaître au-dessus de cette rangée d'arbres dans une dizaine de minutes. Elle manque de carburant. Quelle étourdie ! Elle a beaucoup trop de soucis. Je n'aurais jamais dû la laisser piloter aujourd'hui.

L'homme réprima un geste d'agacement.

— Je suis son père, Lyman Chestnut.

Il tendit la main à Wyatt qui la serra brièvement.

— J'ai connu votre grand-père. Votre oncle et votre père, aussi.

Wyatt hocha la tête en silence. Son père n'avait jamais fait la moindre allusion à Lyman Chestnut.

— J'avais quinze ans lorsque Colt a disparu, poursuivit Lyman. Un sale coup du sort. Ce sont des choses qui arrivent. Un avion s'est écrasé dans les environs, vers l'ouest, il y a deux ou trois ans : on ne l'a toujours pas retrouvé non plus.

Il fixa ostensiblement l'horizon, et Wyatt saisit le message. Quelle que soit son opinion sur la nature de la découverte du dimanche précédent, Lyman Chestnut était solidaire de sa fille.

La porte du bureau s'ouvrit, et une femme solidement charpentée posa les mains sur ses larges hanches en secouant la tête.

— Doux Jésus, cette fille me rendra folle, Lyman ! Elle dit qu'un moteur commence à avoir des ratés. Elle va atterrir. Veux-tu que je fasse venir une ambulance et les pompiers ?

— Appelle la police, parce qu'après ça l'un de nous deux se fera embarquer. Elle ou moi. J'en ai marre, Mary. Elle a dépassé les bornes.

Mary haussa les épaules.

— Pff... Combien de fois ai-je entendu ces bêtises ?

Au même instant, un petit Beechcraft apparut au-dessus des arbres, et Lyman Chestnut retint sa respiration. Wyatt jugea que tout paraissait normal. L'appareil arrivait à la bonne vitesse. La descente s'effectuait de façon régulière. Il atterrit avec fluidité sur l'unique piste goudronnée, sans la moindre anicroche.

Lyman soupira, puis son soulagement céda vite la place à une rage évidente.

— Nom de nom, cette fois, c'est l'interdiction de vol !

Il se tourna vers la femme aux cheveux gris qui gardait les poings cloués sur les hanches et secouait à présent la tête d'un air écœuré — peut-être parce que Pénélope avait atterri saine et sauve sans avoir la peur bleue qu'elle aurait méritée ? se demanda Wyatt.

Lyman pointa le doigt sur elle avec emphase.

— Tu entends, Mary ? Je l'interdis de vol. Cet avion m'appartient, et je suis son patron, nom de Dieu. Je peux parfaitement l'interdire de vol, bon sang de bois !

Taciturne et imperturbable ? Hum ! songea Wyatt, tout en révisant son jugement. Il observa toutefois un silence prudent.

— Pour combien de temps ? demanda Mary.

— Trente jours.

— Elle va devenir folle. Elle va tous nous rendre fous à lier.

— Trois semaines, alors.

Debout entre deux blocs de glace qui fondaient peu à peu, Wyatt regarda Lyman foncer sur l'avion d'un air furieux. Ses mâchoires serrées et son regard ombrageux n'étaient pas de très bon augure pour la femme qui se trouvait dans le cockpit, compte tenu de leur degré de parenté.

Quand il atteignit l'appareil, sa fille avait sauté sur la piste, souriante, comme si de rien n'était.

— Tiens, tiens, murmura Wyatt à part soi.

Il la détailla de loin : combinaison grise d'aviateur digne de la NASA, silhouette élancée, athlétique, cheveux blonds rassemblés en une queue-de-cheval quelque peu ébouriffée, beaucoup d'allure. Pas mignonne ou d'une beauté sophistiquée, mais vraiment remarquable. Si, de plus près, quelque détail fâcheux ne venait pas gâcher le tableau, Pénélope Chestnut ne ressemblait pas du tout à l'image que Wyatt s'était fait d'elle. En roulant vers le nord, il s'était figuré une femme un peu plus âgée — avec veste de tweed, talons plats et l'air pincé des gens de Nouvelle-Angleterre, ou bien une fermière aux joues roses avec une ribambelle d'enfants et son élevage de poules.

Apparemment, il avait tout faux.

Lyman Chestnut s'en prit aussitôt à elle, pointant un doigt calleux dans sa direction ; Pénélope esquissa une moue et s'éloigna sans se soucier de lui. Son père se mit alors à brailler comme s'il voulait être entendu à dix lieues à la ronde.

— Je me fiche pas mal que tu aies maîtrisé la situation ! Tu es tout de même interdite de vol !

La jeune femme lui adressa une grimace sans se retourner. Cette infime marque de prudence fut la seule concession au respect filial que Wyatt put constater dans son attitude.

— Je t'ai vue, Pénélope Chestnut ! lança Mary depuis le pas de la porte. Tu as de la chance d'avoir un père qui tient à toi. Tu lui as infligé des sueurs froides plus souvent qu'une fille ne devrait être autorisée à le faire.

Pénélope respira un bon coup. De plus près, Wyatt s'aperçut que les instants qu'elle venait de vivre l'avaient tout de même sérieusement ébranlée. Elle était sans doute plus pâle et tremblante qu'elle ne voulait le laisser paraître. Il remarqua aussi qu'elle avait les yeux verts, plus verts encore que ceux de son père.

— Je me suis aussi infligé quelques sueurs froides, une fois ou deux, dit-elle.

— Hum ! Le jour où tu auras vraiment la trouille, je veux être aux premières loges. Dois-je appeler l'Aviation fédérale ?

— Non, tante Mary. Pour l'amour du ciel, je ne me suis pas écrasée au sol ! J'ai simplement mal évalué mon niveau de carburant avant de quitter Plattsburgh. Je n'aurais jamais dû vous le dire.

Mary soupira bruyamment.

— Ton père a raison. Tu as besoin de repos, et tu vas prendre un petit congé forcé. J'ai gardé les papiers préparés lors du dernier incident, avant que Lyman se laisse attendrir. Cette fois, il ne changera pas d'avis. Je vais m'en assurer.

— Mais c'est une vraie coalition, ma parole ! J'ai bien le droit…

— Non, ma petite demoiselle, pas dans ce cas.

Mary se retira à l'intérieur du bureau et la porte claqua derrière elle. Wyatt crut discerner une étincelle d'amusement et d'affection dans l'œil de Pénélope Chestnut. Le regard de cette dernière se posa sur Wyatt et se chargea soudain de méfiance — sans la moindre trace d'embarras pour la scène à laquelle il venait d'assister, toutefois.

Avant qu'il n'ait eu le temps de se présenter, Lyman rattrapa sa fille et, refrénant visiblement une colère encore vibrante, se précipita au-devant de lui.

— Pénélope, ce monsieur désire te parler des débris de tôles que tu as découverts dans les bois. Quand tu te seras entretenue avec lui, nous aurons une petite conversation, toi et moi. Wyatt, voici ma fille, Pénélope. Wyatt Sinclair, le fils de Brandon Sinclair.

Il recula comme s'il s'attendait à un feu d'artifice. Pénélope inclina légèrement la tête, examinant Wyatt avec une franchise qui ne le surprit pas. Jean, boots, chemise noire et veste de cuir, ni gants ni chapeau : elle parut évaluer l'ensemble d'un seul regard, passant avec aisance d'un atterrissage difficile et d'une altercation avec son père à une première entrevue avec un Sinclair.

— Je suis parti de New York ce matin, déclara Wyatt.

— Je vois. Eh bien, je suis désolée que vous ayez perdu votre temps, mais je n'ai rien à vous dire sinon que j'ai eu la berlue. La tombée du jour, la fatigue, une imagination trop fertile…

La jeune femme haussa les épaules d'un air fataliste.

— Je n'ai pas découvert l'avion de votre oncle. Ce n'était qu'une ancienne décharge. Voilà, c'est tout. Ecoutez, je dois m'occuper de mon avion…

— C'est moi qui m'en occupe, intervint son père. Tu ferais mieux d'aller prendre un café avec Wyatt. Tu vas avoir trois semaines à tuer. Et si je ne constate pas d'amélioration suffisante dans trois semaines, tu en auras trois autres pour te remettre d'aplomb.

— Je n'ai pas besoin de repos. J'ai besoin de piloter davantage, au contraire.

— On ne pilote pas pour se remettre les idées en place. On pilote quand on a les idées en place.

Pénélope se tourna vers Wyatt.

— Ne pilotez jamais pour votre père.

Ce n'était vraiment pas la chose à dire. Wyatt s'en aperçut aussitôt, même si Pénélope, elle, n'avait rien remarqué. Son père ravala sa colère et s'arrangea pour conserver son sang-froid.

— En l'occurrence, je n'agis pas en tant que père, dit-il posément, de manière à être bien compris. J'agis en tant que responsable de six appareils de transport et moniteur de pilotage chargé du droit et du devoir d'interdire de vol un pilote incapable d'assurer correctement son service. Et toi, Pénélope, tu n'es pas actuellement en état de piloter.

— Très bien, répliqua-t-elle du tac au tac. Je vais me recycler dans le sirop d'érable.

Il y avait de quoi l'étrangler, songea Wyatt.

— Va prendre un café avec M. Sinclair, dit Lyman, à bout de patience, avant de s'éloigner en direction de la piste où se trouvait l'avion de sa fille.

Son départ laissant Pénélope seule à seul avec un Sinclair, Wyatt se demanda si la réputation de sa famille à Cold Spring était aussi détestable qu'il pouvait le craindre. Il était possible aussi que Lyman Chestnut préférât en finir au plus vite avec un entretien qu'il jugeait inévitable entre sa fille et un Sinclair.

D'une main, Pénélope ramena ses cheveux derrière les oreilles, en laissant échapper davantage qu'elle n'en capturait. Elle avait des traits réguliers, presque anguleux, à l'exception de la bouche — pleine et sensuelle. Ses joues avaient repris quelque couleur, et Wyatt remarqua les petites boucles qui brillaient à ses oreilles. Les prunelles vertes se fixèrent sur lui.

— Je regrette que vous n'ayez pu échapper à cette petite prise de bec. Papa se fait trop de souci… Je ne sais pas, je devrais peut-être le ménager davantage. Ces derniers jours ont été plutôt éprouvants. Voulez-vous vraiment aller prendre un café ? Je n'ai strictement rien à vous dire.

Pour sa part, Wyatt ne doutait pas un instant qu'elle pourrait lui dire beaucoup de choses, le cas échéant.

— Je serais ravi de prendre un café.

Elle haussa les épaules.

— Comme vous voudrez.

Comme il s'apprêtait à entrer dans le bureau, elle l'arrêta.

— Non, non, pas ici. Tante Mary ne propose que ses horribles cafés parfumés — à la fraise des bois, par exemple. Beurk…

Celui du Soleil Levant, l'auberge du bord du lac tenue par ma mère et ma cousine, est incomparable. Et l'après-midi, on y sert de divines brioches maison.

— Cela me convient tout à fait.

— Vous n'êtes pas le détective envoyé par votre père, n'est-ce pas ? J'ai cru comprendre qu'il s'agirait plutôt d'un privé dont il s'est attaché les services.

— Vous parlez sans doute de Jack Dunning. Il devrait arriver très bientôt dans le jet personnel du patron. Il est allé faire un petit repérage aérien, si j'ai bien compris.

— Sait-il que vous êtes ici ?

Wyatt secoua la tête.

— Et votre père ?

— Non plus.

— Ma foi, je suppose que vous êtes un grand garçon libre d'agir à sa guise. Allons-y. Nous pouvons prendre mon pick-up.

Ainsi, le pick-up lui appartenait. Il avait affaire à une femme qui pilotait des avions, conduisait un petit camion et s'apprêtait à l'emmener prendre un café et des brioches dans une auberge au bord du lac. Rien à voir, décidément, avec ce qu'il s'était figuré, sans parler des longs cheveux blonds en bataille, des yeux verts, si verts, du corps ferme et souple, de la combinaison de vol, de la vivacité d'esprit.

Elle s'arrêta brusquement au milieu du parking, renversa la tête vers le ciel et inspira profondément. Elle garda un instant l'air dans ses poumons avant de l'exhaler.

— C'est une belle journée de printemps. Je suis heureuse de ne pas m'être écrasée au sol.

Une vraie réflexion de pilote. Il lui fallait une petite dose de danger dans la vie ; peut-être même une sacrée dose.

Soudain, Wyatt comprit comment elle pouvait avoir vu l'épave d'un avion mythique là où il n'y avait qu'une ancienne décharge. Découvrir l'appareil disparu au fond des bois était tout de même plus excitant que de passer devant un tas de décombres.

Il avait donc peut-être effectué ce déplacement pour rien, en définitive.

— Moi aussi, je suis content que vous ne vous soyez pas écrasée, dit-il d'un ton sec. Mais ce n'est pas encore le printemps.

La jeune femme esquissa un sourire.

— D'après le calendrier, vous avez raison. Pourtant, la glace commence à fondre et la sève circule — pour moi, le printemps est là.

3.

Un Sinclair en veste de cuir, d'humeur soupçonneuse, au physique de beau ténébreux. Elle avait bien besoin de cela ! Encore ébranlée par ses mésaventures aériennes, Pénélope attendit que Wyatt Sinclair se hissât dans son camion.

— Hum ! attendez une seconde.

Elle balaya d'un revers de main un petit sachet bleu posé sur le siège du passager.

— Des fleurs de lavande, expliqua-t-elle. J'ai prêté mon camion à papa et je l'ai récupéré avec une épouvantable odeur de cendrier. Il s'est mis à fumer le cigare. Ecœurant.

— Vous avez des opinions bien affirmées.

— En ce qui concerne le cigare, certainement. Du reste, ajouta-t-elle en faisant démarrer le moteur, une opinion est généralement affirmée — sinon, ce n'est pas une véritable opinion.

Elle fit demi-tour sur le parking plein d'ornières qui semblait encore plus dévasté cette année que les précédentes. Sur la route, elle conduisit à vive allure, évitant adroitement les nids-de-poule et freinant avant les bosses occasionnées par le gel. Elle savait de façon précise où se trouvaient les plus importantes qui s'étaient formées au cours du cycle des gelées, fontes et regels de cette fin d'hiver qui ravageait les routes et faisait cependant circuler la sève sucrée des arbres.

A côté d'elle, Wyatt Sinclair se taisait. Il correspondait parfaitement à l'idée qu'elle se faisait d'un Sinclair. Soupçonneux, inquisiteur, beau garçon. Son arrogance naturelle n'était pas aussi antipathique qu'on aurait pu s'y attendre. Tout était si facile pour lui. Les recherches qu'elle avait menées sur Colt et Frannie lui avaient procuré des informations sur toute la famille Sinclair, y compris l'aîné de cette génération. Il avait reçu une solide éducation, parlait quatre langues, pratiquait l'escalade et la randonnée de haute montagne, et échappait de justesse à la mort tous les deux ou trois ans.

Deux ans plus tôt, la chance avait cessé de lui sourire lors d'une expédition en Tasmanie qui avait viré au drame. La combinaison de graves intempéries et de quelques erreurs de jugement l'avait plongé dans les pires difficultés ; sérieusement blessé — trois côtes fêlées et une jambe cassée —, déshydraté, il avait failli succomber à une surinfection des plaies souillées par les parasites, et son compagnon et ami de toujours avait trouvé la mort à son côté. Pénélope avait appris tous les détails de sa mésaventure par les journaux. Même la gazette de Cold Spring s'en était fait l'écho.

Il ne gardait toutefois aucune séquelle apparente de cette terrible épreuve. Peut-être avait-il assez pris de risques, encaissé de coups et rué dans les brancards durant des années, pour se sentir enfin à peu près en paix avec lui-même. Sauf qu'il ne paraissait pas non plus tellement paisible.

Il était beaucoup trop tôt pour tirer des conclusions sur ce que Wyatt Sinclair pouvait éprouver ou pas ; en fait, la sagesse dictait à Pénélope de ne pas s'aventurer davantage sur cette voie. Toujours selon la presse, il avait regagné New York pour travailler dans la finance à Wall Street, peut-être à la suite de cette malencontreuse expérience en Tasmanie. Néanmoins, tous les Sinclair finissaient tôt ou tard par revenir à Manhattan pour prouver qu'ils étaient capables de réussir en affaires sans le soutien de la fortune familiale.

Evidemment, le bruit courait aussi que son père l'avait déshérité. Bien des rumeurs circulaient en permanence sur le compte des Sinclair, et Pénélope avait appris à ne pas croire tout ce qu'elle entendait dire.

Elle jeta un coup d'œil sur son passager qui scrutait le paysage, les yeux noirs légèrement plissés, le menton résolu. S'égarer quelques heures dans la forêt ou manquer de carburant aux commandes d'un petit avion ne seraient sans doute que des incidents dérisoires pour Wyatt Sinclair. Un aller-retour à Plattsburgh pour livrer un colis l'ennuierait à mourir, et il larguerait probablement du carburant afin de pimenter l'ordinaire.

Mais Pénélope aimait son travail et elle ne comprenait pas les raisons de cette nouvelle étourderie. Elle était passée à deux doigts de la panne sèche. Quelle sottise ! Elle aurait volontiers imputé cela aux journalistes, à l'effervescence consécutive à sa découverte, à l'appréhension d'avoir à s'expliquer avec le détective privé de Brandon Sinclair… mais ce n'était pas cela. Ce genre d'incident s'était déjà produit avant sa promenade sur les terres des Sinclair. Son différend avec son père à propos de ses difficultés à se concentrer durait depuis plusieurs semaines.

Peut-être était-elle simplement perturbée par l'approche du printemps, songea-t-elle.

En tout état de cause, elle était interdite de vol et se retrouvait en tête à tête avec un Sinclair, sur le chemin de l'auberge familiale — une destination qu'elle avait suggérée elle-même, pour couronner le tout ! Quelle journée ! Mais un bon café accompagné de brioches lui ferait le plus grand bien, nonobstant le risque de tomber sur Harriet qui avait rêvé toute sa vie de rencontrer un membre de la famille Sinclair. Songeant à l'inattention qu'elle manifestait depuis quelque temps, Pénélope appréhendait cependant davantage ses propres réactions que celles de sa cousine. Ce regard noir sondant le sien de l'autre côté d'une table risquait de lui faire perdre tous ses moyens et avouer la vérité sans autre forme de procès. Manifestement, il était venu à Cold Spring dans l'intention de vérifier si elle mentait. S'il estimait que c'était le cas, il la ferait sans aucun doute parler. Une assurance tranquille, naturelle, émanait de sa personne sans qu'il eût besoin de dire un mot tandis qu'ils descendaient la grande rue en direction du lac. Il obtiendrait d'elle la vérité s'il le désirait ; d'instinct, Pénélope sentait qu'il le savait aussi bien qu'elle.

L'auberge était bâtie sur une bande de terre qui formait une petite péninsule sur le lac, dans le prolongement de la grande rue. Harriet et la mère de Pénélope avaient acheté douze ans plus tôt la Reine Anne, une simple guinguette, pour la transformer peu à peu en un coquet établissement qui jouissait d'un réel succès. C'était un charmant bâtiment doté d'une terrasse arrondie qui dominait le lac et d'une galerie couverte donnant sur un jardin débordant de fleurs en été. Naturellement, à cette époque de l'année, des paillis recouvraient les semis, la neige fondait dans les allées, et le mobilier de jardin était rangé dans la remise.

— Je vous serais reconnaissante de ne pas mentionner qui vous êtes, dit Pénélope tout en braquant soudain à l'approche d'un nid-de-poule. La situation est déjà assez compliquée ; et, pour l'amour du ciel, pas un mot de l'épisode de l'aéroport devant ma mère, si elle est là. Elle déteste les avions. Je suis rentrée saine et sauve : elle n'a pas besoin d'en savoir davantage. Elle est encore dans tous ses états à propos de l'incident de dimanche, quand je me suis égarée dans les bois.

Wyatt se tourna vers elle.

— Vous aimez vivre dangereusement ?

— Pas particulièrement. Il se trouve que cela m'arrive parfois, voilà tout.

Elle le précéda dans une allée pavée de briques roses. La façade de l'auberge donnant sur le lac, l'entrée se trouvait sur l'arrière, au sommet d'un petit perron. Une vigne vierge serpentait sur le mur autour de la porte, ses feuilles rouge sombre contrastant avec la boue et la grisaille environnantes. A l'intérieur, un escalier occupait l'angle droit de l'entrée qui communiquait avec une salle de réception accueillante réchauffée par une cheminée et meublée de sièges moelleux. Sur la gauche, une porte ouverte laissait entrevoir un élégant salon aux murs lambrissés, aux fenêtres habillées de rideaux damassés, confectionnés par Harriet. Elle avait décoré la pièce avec goût, ajoutant un piano ancien de bois de rose, une douzaine de coussins brodés au point de croix sur les fauteuils et jusqu'à un chevalet avec un carton de croquis.

La chaleur du feu allumé dans l'âtre les enveloppa aussitôt. Des effluves de pomme et de cannelle montèrent aux narines de Pénélope, accompagnées d'un parfum légèrement astringent — celui d'un agrume, peut-être. Harriet aimait laisser mijoter en permanence quelque mixture parfumée de sa composition, et s'il y avait de la neige dehors, un feu crépitait dans la cheminée ; elle était persuadée que ses hôtes avaient envie d'un feu.

Par des températures aussi clémentes que celles d'aujourd'hui, l'endroit devenait presque étouffant. Pénélope descendit de plusieurs centimètres la fermeture à glissière de sa combinaison. En dessous, elle ne portait qu'un léger T-shirt noir.

— Quelle chaleur ! maugréa-t-elle. Pourquoi Harriet a-t-elle allumé un feu ? Il fait presque dix degrés, dehors.

Wyatt esquissa un sourire amusé.

— C'est la canicule, c'est ça ?

— Par rapport aux températures négatives que nous avions il y a quinze jours, oui. Je suis en nage.

Elle souleva à deux mains les mèches qui ne s'étaient pas échappées de la queue-de-cheval, les laissa retomber et fit descendre un peu plus bas la glissière de son vêtement. Remarquant du coin de l'œil un léger tressaillement de son compagnon, elle arrêta brusquement son geste. Où avait-elle la tête ? Ce n'était pas là un des cousins ou amis d'enfance qu'elle avait l'habitude de fréquenter à Cold Spring. En sa présence, elle devait se tenir sur ses gardes.

Heureusement, il n'y avait personne à la réception — ni sa mère ni Harriet. Passant devant Sinclair, Pénélope enfila un petit corridor qui débouchait sur une vaste pièce octogonale — la salle du restaurant. Elle formait une avancée devant le bâtiment et offrait un splendide panorama à la fois sur le lac et le jardin. Les parterres n'étant pas encore fleuris, tables et rebords de fenêtres avaient été garnis de pots de narcisses, jacinthes, jonquilles et cyclamens qui ajoutaient une touche colorée aux nappes blanches et à la vaisselle de porcelaine bleue.

Terry, la responsable du restaurant et unique serveuse l'après-midi, vint les accueillir.

— Harriet et maman sont-elles dans les parages ? demanda aussitôt Pénélope.

— Harriet est occupée à l'étage et Robby doit surveiller la préparation du sirop à l'atelier.

Pénélope en conçut du soulagement. Lequel ne dut pas échapper à Wyatt Sinclair, qui l'observait du coin de l'œil, attentif à ses moindres réactions.

— Veux-tu que je prévienne Harriet que tu es là ?

— Non, merci, c'est inutile. Nous prendrons simplement du café et des brioches.

— Bien sûr. Choisissez votre table. La salle était comble hier et ce matin, mais je pense que tous les journalistes sont partis, à présent.

Terry était visiblement intriguée par l'homme qui accompagnait Pénélope, mais cette dernière n'avait pas la moindre intention d'effectuer les présentations. Elle entendait persuader Wyatt de sa sincérité et le renvoyer au plus vite à New York. Elle choisit une table située devant une baie vitrée qui jouissait d'une superbe vue sur le lac.

— Ma mère confectionne du sirop d'érable au printemps, c'est l'époque où la sève abonde, expliqua-t-elle à Wyatt pour dire quelque chose.

Il fallait à tout prix l'empêcher de se forger des convictions sur son compte, de penser qu'elle avait quelque chose à cacher.

— Le sirop est utilisé pour les desserts maison et les petits déjeuners. Ma mère et Harriet vendent le surplus aux clients de l'auberge.

Il s'installa en face d'elle, à table. Même avec sa luxueuse veste de cuir, il n'avait pas l'air déplacé. De toute évidence, il possédait l'art et la manière de s'intégrer n'importe où — des quartiers financiers de New York aux hauts plateaux de Tasmanie, comme dans une charmante auberge de Nouvelle-Angleterre.

— Harriet est-elle votre cousine du côté maternel ? demanda-t-il.

Ils étaient déjà en terrain dangereux. Pénélope secoua la tête.

— Non. Mon père est son cousin germain. Son âge est à mi-chemin entre le mien et celui de ma mère, mais elles se sont toujours entendues comme des sœurs.

C'était là tout ce qu'il avait besoin de savoir sur le compte d'Harriet Chestnut.

— Etes-vous apparentée à toute la population de Cold Spring ?

— Pas tout à fait, mais presque.

Terry apporta le café avec deux petites assiettes de brioches aux fruits et deux coupelles, l'une de beurre, l'autre de confiture. Pénélope la remercia et sourit.

— Après avoir frôlé la mort, confia-t-elle à Wyatt, je vais tartiner mes brioches de beurre et de confiture.

— Je ne m'étais pas rendu compte que vous l'aviez vraiment échappé belle.

— Pas tant que cela, en effet, mais il faut bien justifier le beurre et la confiture.

Tout en parlant, Pénélope ouvrit une brioche en deux, étala une bonne couche de beurre au milieu et goûta son café du bout des lèvres.

— Il est encore trop chaud.

Elle se cala dans son siège, s'efforçant d'ignorer les battements un peu désordonnés de son cœur. Mentir à la presse était une chose ; à un Sinclair, il fallait d'autres arguments.

— Je regrette d'avoir provoqué tant d'émotion dans votre famille à propos de l'avion de votre oncle.

Wyatt coupa un morceau de brioche et le tartina de confiture.

— J'aimerais entendre votre récit du début jusqu'à la fin, si vous n'y voyez pas d'inconviénent.

— Pas le moindre.

Il sourit de nouveau.

— Est-ce bien vrai ?

Elle lui rendit son sourire, légèrement crispée. Il n'était pas question de lui laisser gâcher le plaisir de ce goûter impromptu.

— D'accord, ce n'est pas très agréable et je préférerais me taire. Mais je vous dois bien cela, il me semble. La réponse vous satisfait-elle davantage ?

— Il y a du progrès.

— Allez-vous analyser chacune de mes phrases ?

Il haussa les épaules.

— Uniquement si je relève quelque… invraisemblance.

— Invraisemblance ? Pour ne pas dire mensonge, n'est-ce pas ? Voilà un sens de l'euphémisme imputable à l'excellente éducation dispensée à Dartmouth, je suppose. Eh bien, relevez ce qu'il vous plaira, monsieur Sinclair.

— Wyatt, corrigea-t-il d'un ton suave.

Pénélope porta sa tasse à sa bouche, soulagée que sa main ne tremble pas.

— Wyatt Sinclair, dit-elle. Unique fils de Brandon, qui n'avait que dix ans quand son frère aîné et Frannie Beaudine s'éclipsèrent d'une réception donnée en l'honneur de la donation de la collection Sinclair au Metropolitan.

Elle but une gorgée de café.

— La rumeur affirme que Colt serait passé dire au revoir à son cadet avant de se rendre à la réception.

— Vous avez mené votre enquête.

— Jusque-là, remarqua Pénélope avec un geste évasif de la main, tout le monde en sait autant, par ici. Frannie Beaudine fait figure d'héroïne locale, vous savez.

— Et ses concitoyens en veulent à Colt de l'avoir entraînée dans une aventure qui a causé sa perte, n'est-ce pas ?

— En effet.

Wyatt dégusta à son tour son café à petites gorgées.

— Cela fait quarante-cinq ans…

— Quarante-cinq ans ne représentent pas grand-chose, chez nous. Enfin, ce n'est pas comme la Grèce ou Rome, mais tout de même ; mon père se souvient très bien de Colt et de Frannie, et de votre grand-père, également.

— C'est ce qu'il m'a dit.

— Il avait quinze ans quand ils ont disparu. Il a participé aux recherches. Pour lui, ce n'est pas si loin que cela.

— Sans doute.

Sinclair se cala dans son siège, observant Pénélope tandis qu'elle grignotait sa brioche — légère et délicieuse — en s'appliquant à faire durer le plaisir.

— Expliquez-moi donc comment vous avez pu confondre une décharge avec les débris d'un avion.

Elle avait répété son histoire tout au long de la journée. Durant son aller-retour à Plattsburgh, elle avait eu le temps d'en corriger les failles.

— En fait, je n'ai pas réellement confondu. J'ai simplement pensé qu'il pouvait s'agir d'un avion ; puis je me suis rendu compte qu'il faudrait revenir pour m'en assurer. En raison des circonstances, je n'ai pu l'apercevoir que de loin. L'amas de tôle se trouvait sur une pente abrupte et verglacée ; je n'ai pas voulu risquer de faire une chute en escaladant des rochers pour m'en approcher. L'heure avançait et j'étais seule en pleine forêt à l'approche de la nuit.

Les prunelles sombres, presque noires, se fixèrent sur elle.

— Et vous vous étiez égarée.

Pénélope grimaça un sourire teinté d'autodérision.

— Pas complètement, non. Vous êtes vraiment égaré quand une équipe de secours est obligée de partir à votre recherche. J'ai fini par retrouver mon chemin quand ils en étaient encore à tirer au sort ceux qui emprunteraient les motoneiges.

Les yeux noirs ne quittaient pas son visage. Il ne serait pas facile de lui faire avaler des couleuvres, comprit Pénélope. C'était de l'oncle de Wyatt Sinclair qu'il s'agissait. Prise de remords, elle se servit un autre café.

— En tout cas, reprit-elle, ragaillardie par l'arôme puissant de l'arabica, j'ai seulement dit que j'avais peut-être découvert l'avion de Colt et Frannie ; le lendemain, la presse prétendait que je l'avais affirmé. Avant que la situation devienne irrattrapable, je me suis donc éclipsée dans l'après-midi d'hier pour aller vérifier moi-même la nature de ma découverte.

— A quelle heure êtes-vous partie ?

— Je ne sais pas trop. Entre 15 et 16 heures, environ.

— Et quand êtes-vous revenue ?

Pénélope étala du beurre et de la confiture sur un autre morceau de brioche.

— Que comptez-vous faire : sortir une carte et votre boussole pour essayer de retracer mon circuit ?

Le regard de Wyatt Sinclair s'assombrit juste assez pour lui rappeler qu'il n'avait pas roulé depuis New York pour venir déguster des brioches.

— Je suis peut-être simplement en train de vous coincer.

La manière dont il prononça le dernier mot la fit tressaillir, et le sang se mit à circuler plus rapidement dans ses veines.

— Comme vous voudrez, dit-elle d'un ton faussement désinvolte. Je suis rentrée après la tombée du jour. Je n'ai pas regardé l'heure.

Il demeura imperturbable, continuant à sonder son regard, la déconcertant d'autant plus qu'il donnait l'impression de savoir quel effet sa dernière remarque avait produit sur elle. Sans doute l'astuce faisait-elle partie de sa stratégie : désarçonner l'adversaire par des moyens détournés avant de fondre sur sa proie ainsi affaiblie.

— Vous devez bien avoir une idée, insista-t-il d'un ton suave.

Pénélope n'en avait pas la moindre, car elle n'était jamais partie. Elle était allée faire un tour au fond de sa propriété, s'amusant un moment à jeter des boules de neige dans les arbres avant de revenir par un autre chemin ; elle avait pris garde à ne pas se faire repérer par un journaliste trop entreprenant.

— Il devait être aux alentours de 19 heures, je suppose. J'ai pris une douche, dîné sur le pouce et jeté un coup d'œil sur mon courrier électronique avant de me mettre au lit.

— Très bien. Et vous prétendez que cette fois-ci, vous n'avez trouvé qu'une décharge.

— C'était aussi une décharge la fois précédente. Je ne m'en étais pas aperçue, voilà tout.

— N'est-il pas assez inhabituel de trouver une décharge de ferraille, même ancienne, perdue au fin fond de la forêt ?

— Inhabituel, mais pas impossible. La majeure partie du New Hampshire a été déboisée par les bûcherons et les fermiers au siècle dernier. Un gros effort de reboisement a été opéré depuis lors. La forêt — y compris sur les terres des Sinclair — est sillonnée de murets de pierre, de sentiers de bûcherons, de puits, de galeries creusées dans la terre. De décharges. En voyant les arbres, on a envie d'imaginer qu'on foule un terrain vierge et sauvage. Mais c'est totalement faux.

Pénélope but une gorgée de café, un peu rassérénée.

— Vous avez fait vos études dans la région. Sans doute savez-vous tout cela.

— Je me souciais davantage d'escalader des montagnes et de survivre un semestre de plus que d'apprendre l'histoire et la géographie locales.

Il s'adossa à sa chaise, l'examinant attentivement, avec une intensité accrue. Sans doute voulait-il être absolument certain qu'elle disait la vérité avant de quitter Cold Spring. Sinon, que pourrait-il faire ? se demanda Pénélope.

— Comment en êtes-vous venue à penser que vous aviez découvert la carcasse de l'appareil ? Du moins, à première vue, avant de revenir sur les lieux pour mieux regarder. Vous êtes pilote. Quelque chose a bien dû vous amener à croire qu'il s'agissait d'un avion, et en particulier d'un Piper Cub J3.

Elle qui avait cru son histoire parfaitement au point... Les questions d'un simple journaliste et celles du neveu de Colt n'étaient décidément pas comparables. Pénélope ne vit toutefois pas l'intérêt de revenir sur ses déclarations. Parler à Wyatt de l'avion de son oncle ne lui vaudrait que d'interminables complications.

— J'étais dans un état second. Je ne sais pas s'il y avait quelque chose de particulier ou pas. Du reste, ce que j'ai cru voir dimanche ne présente aucun intérêt — ce que j'ai vu hier, pour de bon, n'est qu'une ancienne décharge.

— Que vous prétendez être incapable de retrouver, à présent.

Le ton qu'il employait n'était pas neutre. Et, de toute évidence, il n'avait pas eu l'intention de parler d'un ton neutre. Il ne croyait pas un mot de ce qu'elle disait ; et il n'entendait pas lui dissimuler ses impressions.

— Dois-je comprendre que vous ne me croyez pas, monsieur Sinclair ?

Il haussa les épaules.

— Je ne suis pas venu pour jouer au chat et à la souris avec vous. Je veux seulement connaître la vérité. Vous avez essayé de retrouver vos traces de pas ce matin, mais elles avaient été effacées par la neige ?

— C'est exact.

— Où est donc cette neige, aujourd'hui ?

— Il en est tombé davantage en altitude. Jusqu'à cinquante centimètres, par endroits. Nous en avons rarement sur le lac. C'est ce que l'on appelle des microclimats.

— Il y avait donc assez de neige pour recouvrir totalement vos empreintes ?

— Elles étaient déjà très difficiles à suivre hier, les températures actuelles faisant tour à tour fondre et geler la vieille couche de neige. Et je n'ai pas vraiment prêté attention à d'éventuels repères. On n'y voyait pas très bien et je m'appliquais surtout à retrouver mes empreintes. Avec plus d'insistance — et de temps — j'aurais peut-être pu finir par revenir jusque là-bas, mais je ne vois pas très bien l'intérêt de la chose, puisque ce n'était pas l'avion en question.

Le regard noir ne la quittait pas.

— Est-ce là votre version définitive ?

Pénélope fourra le dernier morceau de brioche dans sa bouche.

— Ce sont les faits, voilà tout.

— La presse s'en est contentée ?

— Bien sûr. Les journalistes n'allaient pas s'aventurer dans les forêts sauvages du New Hampshire en mars au risque de découvrir que je ne mentais pas, en définitive. Ils se seraient ridiculisés. Du reste, ils n'auraient rien trouvé : je ne suis tombée dessus que par un hasard extraordinaire.

Wyatt Sinclair garda le silence.

— Je suis désolée que vous ayez fait tous ces kilomètres pour rien, conclut Pénélope.

Il se pencha en avant et cligna de l'œil, avec un air polisson qui évoquait l'image de toute une lignée d'aventuriers, de mercenaires, d'hommes sans foi ni loi — ses ancêtres morts dans la fleur de l'âge, au terme d'existences périlleuses.

— Votre histoire ne tient pas debout, ma chère, déclara-t-il. Je doute fort qu'elle ait pu convaincre qui que ce soit, certainement pas moi, en tout cas.

Rétrospectivement, Pénélope regretta de ne pas avoir invoqué une simple hallucination due au stress, à la fatigue, au malaise persistant qui la perturbait depuis plusieurs semaines. Du moins, son père l'aurait-il crue. Bien sûr, il l'aurait interdite de vol sur-le-champ mais de toutes les façons, il avait bien fini par le faire.

L'histoire de la décharge n'avait pas fonctionné. A présent, il était trop tard : impossible de faire marche arrière, de tout effacer et de recommencer.

Et qu'elle soit damnée plutôt que de donner à cet individu qui la toisait d'un air sceptique la satisfaction de reconnaître son erreur ! S'il était arrogant de nature, elle était pour sa part méfiante et têtue, deux défauts qui pouvaient à l'occasion se transformer en qualités fort utiles.

— Ma foi, dit-elle, je n'ai ni l'envie ni les moyens de vous obliger à me croire. C'est votre problème.

— Dans l'immédiat, oui. D'ici un jour ou deux, si j'ai découvert quelque chose qui jette le moindre doute sur votre récit, il faudra alors que nous prenions un autre café ensemble.

Tout en parlant, Wyatt Sinclair tira l'addition vers lui.

— Vous permettez ?

Et comment ! songea-t-elle. Il avait gâché son plaisir, c'était bien le moins qu'il pût faire. Il se leva tranquillement, visiblement conscient d'avoir ébranlé son assurance.

— Cet endroit me plaît beaucoup. J'espère qu'on peut y loger sans difficulté à cette époque de l'année.

— Vous allez séjourner ici ? Pourquoi ? Il y a des hôtels à Laconia...

— Je préfère rester à Cold Spring.

Pénélope faillit s'étrangler. Sa mère, Harriet et Wyatt Sinclair. Oh ! non...

Il régla l'addition et se dirigea vers la réception, laissant Pénélope bredouiller quelque protestation et recouvrer ses esprits avant de lui emboîter le pas. Comment lui expliquer le cas de sa cousine ? Il n'avait pas encore eu le temps de digérer le tour de passe-passe de l'avion changé en décharge...

Harriet était à la réception. Grande, simple, sensible Harriet au regard limpide. Une vague d'émotion submergea Pénélope. Bien que sa cousine fût de quinze ans son aînée, c'était Pénélope qui éprouvait le besoin de la protéger, qui faisait tout son possible pour préserver son univers illusoire de douceur et de raffinement. Quand elle était petite, Harriet lui lisait les romans de

L.M. Montgomery, Jane Austen et Louisa May Alcott ; elle laissait la fillette feuilleter son album de coupures de magazines plein de maisons et de jardins de rêve. Elles organisaient des goûters et s'amusaient à se déguiser avec de vieilles robes dénichées au grenier, des chapeaux à plumes, des chaussures extravagantes. Armée d'une patience exemplaire, Harriet avait essayé d'enseigner la broderie et le point de croix à sa cousine, mais ses tentatives se soldaient généralement par un fiasco total, avec du linge ou des coussins tout tachés de sang. Pénélope trouvait le moyen de se piquer les doigts — et même ceux de Harriet — avec l'aiguille la plus émoussée.

L'auberge du Soleil Levant convenait parfaitement à Harriet. Toutes ses aspirations, tous ses talents trouvaient là de quoi s'épanouir. Les chambres et les suites des étages étaient aménagées avec un goût parfait. Si elle avait jamais rêvé de se marier et d'avoir des enfants, personne n'en savait rien. Au demeurant, qui aurait-elle bien pu épouser à Cold Spring ?

Elle n'était pas naïve, innocente ou stupide. Fondamentalement bonne et généreuse, elle inspirait admiration et respect à tous ceux qui la côtoyaient, révélant en chacun ce qu'il y avait de meilleur. Voilà ce que Pénélope avait envie de préserver. Harriet ignorait le cynisme, l'amertume et l'agressivité, y compris envers les personnes qui séjournaient dans son établissement. Elle ne deviendrait jamais l'une de ces femmes d'affaires qui se plaignent des touristes dont elles profitent.

Seulement, voilà : il y avait aussi chez elle quelques petites bizarreries.

— Pénélope, je n'en reviens pas. Je parlais à l'instant avec ton père, au téléphone. Il a fallu t'interdire de vol, m'a-t-il annoncé.

A mon avis, il était grand temps. Tu aurais pu le faire mourir cent fois d'apoplexie.

— Allons, Harriet ! papa a l'étoffe d'un centenaire. Ecoute, il faut que je me dépêche…

Mais Harriet fronça les sourcils et ses yeux pervenche — ce qu'il y avait de plus beau en elle — se fixèrent sur l'inconnu qui accompagnait sa cousine. Evidemment, elle attendait que Pénélope fasse les présentations, et celle-ci maudit en silence son père de ne pas avoir mentionné la présence d'un membre de la famille Sinclair à Cold Spring. Quelle lâcheté de sa part ! Il savait très bien que sa nièce finirait par l'apprendre.

Avant que Pénélope ait trouvé un moyen de résoudre ce nouveau problème, Wyatt avança d'un pas, affichant un sourire courtois.

— Votre hôtel est tout à fait charmant, mademoiselle Chestnut. Je me demandais si vous auriez une chambre disponible pour cette nuit. Je m'appelle Wyatt Sinclair. Je suis arrivé de New York en fin de matinée.

Pénélope réprima un gémissement.

Soudain très pâle, Harriet demeura bouche bée. Elle s'affaira fébrilement derrière le bureau, s'efforçant de trouver quelque chose pour s'occuper les mains, refermant enfin les doigts sur un stylo. Pénélope partageait son angoisse. C'était là l'occasion que Harriet attendait depuis toujours — celle de se trouver en face d'un Sinclair.

— Hum, euh… Etes-vous apparenté aux Sinclair ? Les Sinclair à qui appartiennent les terres qui dominent le lac… la famille de Colt…

— Je suis le fils de Brandon Sinclair. Colt était mon oncle. Je ne l'ai jamais connu. Je n'étais pas encore né lors de sa disparition.

— Ah !

Les lèvres tremblantes, Harriet exhala un soupir.

— Ah ! mon Dieu.

Wyatt glissa un regard vers Pénélope qui feignait de ne pas écouter. Sa courtoisie bienveillante la mettait hors d'elle. S'emparant soudain d'un bocal de sirop d'érable sur un présentoir destiné à d'éventuels acheteurs, elle l'éleva vers la lumière.

— A mon avis, dit-elle à sa cousine en désignant l'étiquette, il s'agit plutôt d'un produit de « luxe » que de « qualité supérieure ».

Sinclair ne reculait pas d'un pouce. Naturellement soupçonneux, il avait sans doute perçu le peu d'envie qu'avait Pénélope de le voir séjourner à l'hôtel. Sans doute aussi s'interrogeait-il sur cette réticence.

— Auriez-vous une chambre ? demanda-t-il avec douceur à Harriet.

Elle opina de la tête, froissant machinalement l'étoffe de son corsage entre ses doigts. Elle affectionnait les chemisiers et les jupes en grosse cotonnade ou les robes chasubles, les chaussures pratiques. Elle ne teignait pas ses cheveux grisonnants, d'un châtain plutôt terne, tirés en arrière et séparés par une raie au milieu.

— Oui, oui, bien sûr. Je vais aller la préparer moi-même. Des journalistes ont dormi ici ces deux dernières nuits…

Elle reprit son souffle, tâchant de se calmer.

— Mais ils sont tous partis depuis que Pénélope s'est rétractée.

— Bien, dit Wyatt. Pour ma part, je vais sans doute m'attarder quelque temps.

D'un geste brusque, Pénélope remit le bocal à sa place.

— Quelque temps ? Qu'entendez-vous au juste par là ? Quelque temps peut signifier une semaine. Il n'y a aucune raison…

— Après un si long trajet, je pourrais en profiter pour aller faire un tour sur les terres de ma famille.

Wyatt observa Pénélope du coin de l'œil — d'un regard noir indéchiffrable, avec une expression totalement neutre, ni sévère ni souriante. Il savait que son attitude la mettait au supplice.

— Je ne les ai jamais vues, précisa-t-il.

— Elles ressemblent à tout ce que vous voyez ailleurs dans la région, souligna Pénélope, qui ne se contrôlait plus. Collines escarpées. Forêts. Rochers. Ruisseaux. Murets de pierre.

— Décharges de ferrailles abandonnées, ajouta-t-il sans le moindre accent de sarcasme.

Insensible aux protestations de Pénélope, il se tourna vers Harriet.

— J'aimerais retenir une chambre pour trois nuits, peut-être davantage.

— Autant qu'il vous plaira, monsieur Sinclair. Il n'y a pas grand monde à cette époque de l'année.

— Je suis venu de l'aéroport avec votre cousine. Je remplirai ma fiche après avoir récupéré ma voiture.

— Vous pouvez la remplir quand cela vous convient.

Il lui sourit, abusant de son charme.

— Merci infiniment, mademoiselle Chestnut.

— A votre service. Pénélope…

— Nous nous verrons tout à l'heure, Harriet. Tes brioches étaient fameuses, comme toujours.

Pénélope n'avait pas la moindre envie de jacasser avec sa cousine. Ne lui avait-elle pas fait comprendre qu'elle voulait se débarrasser de Sinclair ? Non. Harriet ne comprenait pas ces choses. Si Harriet jouissait d'un contact aussi spontané, aussi privilégié avec les gens, la raison en était toute simple : elle ne soupçonnait pas même l'existence des courants sous-jacents qui peuvent circuler entre eux, des non-dits, des ambiguïtés. Elle prenait ce qu'on lui disait au pied de la lettre, voilà tout. Aussi l'agacement de Pénélope lui avait-il échappé, tout comme le caractère artificiel du charme dont jouait Wyatt Sinclair et le plaisir qu'il prenait à la contrarier. S'il ne pouvait l'empêcher de s'en tenir à son histoire, du moins s'arrangeait-il pour la faire sortir de ses gonds. En espérant, sans doute, la désarçonner.

Comme si son physique ravageur n'y suffisait pas, songea Pénélope avec dépit.

Elle se dirigea vers la porte, se demandant s'il allait la suivre — ce qu'il fit, à son grand soulagement. Elle se retourna vers Harriet :

— Au fait, si maman t'appelle, je préférerais lui annoncer moi-même que j'ai été interdite de vol — à moins que les commérages ne soient déjà arrivés jusqu'à elle.

— Ton père le lui a dit tout à l'heure. Elle ne veut pas s'en mêler.

Il n'y avait là rien de surprenant, jugea Pénélope. D'une manière générale, Robby Chestnut évitait avec soin toute ingérence dans les rapports de son mari et de sa fille, en particulier s'il s'agissait de questions concernant le pilotage.

Pénélope franchit la porte en coup de vent, et une bouffée d'air froid et humide lui fouetta le visage. Elle se reprocha amèrement d'avoir emmené Sinclair à l'auberge ; hélas ! la gourmandise était souvent son meilleur antidote au stress ou, en l'occurrence, au remords d'avoir commis une négligence impardonnable.

Enfin installée au volant, son passager auprès d'elle, elle agrippa le volant et prit une profonde inspiration. La journée avait été rude, et rien ne semblait indiquer qu'elle allait s'améliorer.

— Qu'y a-t-il ? demanda Wyatt d'un ton prudent, comme s'il était conscient d'avoir touché un point sensible. Harriet serait-elle la cousine excentrique de la famille ?

— En quelque sorte, oui.

Pénélope secoua la tête, tout en s'interrogeant sur ce qu'il convenait de dire à ce sujet avant que Sinclair ne s'installât à l'hôtel. Les larmes lui montèrent brusquement aux yeux. Zut ! Allait-elle se mettre à pleurer ? Il ne manquerait plus que cela. « Harriet, Harriet…, pensa-t-elle. Qu'allons-nous faire de toi ? »

Elle jeta un dernier coup d'œil sur l'auberge, soupira, et mit le contact.

— Je ne voulais pas que vous preniez une chambre ici et vous l'aviez compris, dit-elle.

— Pourquoi donc ?

— Harriet est… Enfin, elle…

La tâche qui incombait à Pénélope n'avait rien de facile.

— Vous êtes le premier membre de la famille Sinclair qu'elle ait jamais rencontré.

— C'est aussi votre cas, non ? Ce qui n'a pas semblé vous bouleverser particulièrement.

— Vous ne pouvez pas comprendre.

— Expliquez-moi quand même.

Pénélope fit démarrer le moteur et quitta le parking.

— Ecoutez, je ne suis pas personnellement concernée, mais si vous avez l'intention de séjourner ici quelques jours, vous l'apprendrez de toute façon. Si personne d'autre ne vous en parle, Harriet s'en chargera elle-même.

Elle se rembrunit davantage, préférant ne pas imaginer la catastrophe qui en résulterait. Sinclair se mettrait-il à lui rire au nez ? A la traiter de malade ? Appellerait-il l'asile pour la faire enfermer ?

— Voyez-vous, ma cousine est une excellente personne.

— Mais encore ?

— Eh bien, elle se prend pour l'une des vôtres.

— Vous avez raison, reconnut Wyatt en fronçant les sourcils. Je ne comprends pas.

Pénélope se mordit la lèvre.

— Harriet est persuadée d'être la fille de Colt et de Frannie, abandonnée à sa naissance.

4.

Ce fut tout ce que Wyatt put tirer d'elle. La charmante dame toute simple de l'hôtel se prenait pour la fille de Colt et Frannie. C'était une divagation parfaitement inoffensive ; personne n'y ajoutait foi et l'affaire s'arrêtait là. De la même façon que l'ancienne décharge de ferraille mettait un point final à l'histoire de Pénélope Chestnut.

Décidément, Cold Spring était une petite ville bien étrange.

Il se dirigea vers sa voiture. A la nuit tombée, la température était brusquement descendue très bas. Pénélope l'avait reconduit à l'aéroport et salué d'un sourire crispé avant de s'éloigner en trombe au volant du petit camion.

— Sinclair… Attendez une minute.

C'était Lyman Chestnut. Il traversa sans hâte le parking défoncé tout en essuyant ses larges mains sur un chiffon noir. Wyatt attendit. Sa patience commençait à s'émousser. Café, brioches, mensonges… et ces yeux verts, ces joues enflammées, aussi tentants qu'un défi.

— Harriet vient de téléphoner, dit Lyman. Il paraît que vous avez pris une chambre pour une nuit ou deux.

— En effet.

— Pénélope vous a raconté ce qui s'est passé ?

Wyatt opina de la tête.

— Elle était dans un drôle d'état au retour de son excursion, dimanche soir, expliqua le père de Pénélope. Elle s'était égarée durant plusieurs heures. La nuit était tombée, et nous avions formé une petite expédition de secours qui était sur le point de partir à sa recherche. Elle a la manie de perdre le fil de ce qu'elle est en train de faire et de se fourrer dans des situations impossibles. Cela lui arrive depuis qu'elle est toute petite.

Il ôta le cambouis sur ses doigts en feignant d'être absorbé par sa tâche. Il avait l'air préoccupé, contrarié, mal à l'aise, estima Wyatt. Avoir une fille telle que la sienne ne devait pas être facile à vivre tous les jours.

— Monsieur Chestnut…

— Lyman. Personne ne m'appelle autrement, à l'exception de mes élèves. Ecoutez, Pénélope rêve de découvrir cet avion depuis qu'elle est en âge de penser — comme tout le monde, ici. Je suppose qu'en se rendant compte qu'elle n'avait finalement rien trouvé du tout, elle a dû chercher un moyen de sauver la face. Elle a horreur de se tromper.

Sur ce point, Wyatt n'avait aucune peine à le croire.

— Et cette histoire de décharge ?

— Il y a des tas d'anciennes décharges dans les environs.

Il ne désavouerait certainement pas sa fille, songea Wyatt, surtout devant un Sinclair.

— Je trouve tout de même un peu invraisemblable qu'elle ne parvienne pas à retrouver son chemin jusque là-bas…

Lyman haussa les épaules.

— Elle est peut-être simplement embarrassée.

— Pardonnez-moi, mais votre fille ne me fait pas l'effet d'être quelqu'un qui se trouble aisément.

— C'est le moins qu'on puisse dire, admit Lyman.

Un début de sourire éclaira un instant son visage.

— La question est là, justement. Je ne veux pas d'ennuis. Pénélope est une gentille fille. Elle a un peu l'esprit ailleurs, en ce moment, mais cela n'a rien à voir avec le sujet qui vous amène.

— D'où cela vient-il, à votre avis ?

— J'aimerais bien le savoir, maugréa Lyman. C'est peut-être l'ennui. Il lui faudrait... hum ! ma foi, je ne suis pas tiré d'affaire si je commence à parler de ce qu'il lui faudrait. Votre présence ici commence à faire jaser, en ville. Vous savez, j'ai participé aux recherches entreprises à l'époque, pour retrouver l'avion de votre oncle. J'ai arpenté ces collines de long en large pendant des semaines sans jamais apercevoir le moindre indice, la moindre trace d'un avion écrasé dans les parages. Nous avons fait tout notre possible mais...

Il s'interrompit en secouant la tête.

— Enfin, ce qui est fait est fait.

Wyatt compléta sa pensée à sa place.

— Mais ma famille n'était pas satisfaite. Mon grand-père jugeait que vous auriez pu insister davantage — enfin, les habitants de Cold Spring, pas vous personnellement.

Lyman posa sur lui un regard sans détour.

— C'est sans doute vrai. J'ai appris que votre grand-père était décédé. Il allait à la chasse et à la pêche avec mon père, autrefois ; je suppose que le vieux Willard considérait mon père comme un guide. Mais mon père voyait les choses autrement.

Il marqua une pause, visiblement gêné soudain, comme s'il n'avait pas enchaîné autant de phrases d'une seule traite depuis bien longtemps. Wyatt n'aurait su dire s'il devait prendre cette petite intervention comme un coup de semonce, une tentative de récupération ou les simples tergiversations d'un père inquiet pour sa fille qui s'était mise dans un joli pétrin.

— Au fait, reprit Lyman, votre fameux Dunning a décidé de garer son avion ici. Mary est en train de lui chercher un véhicule de location.

Il se tut brusquement, accrochant le regard de Wyatt.

— Vous allez ménager ma fille ?

Wyatt esquissa un sourire.

— J'ai laissé mes instruments de torture à New York.

Il préféra ne pas évoquer la cousine excentrique qui se prenait pour une Sinclair ni s'attarder pour attendre Jack. Il prit aussitôt le chemin de la ville, rebondissant de bosse en nid-de-poule, perturbé par l'image de Pénélope en train de dégrafer sa combinaison de pilote dans le hall surchauffé de l'hôtel. Il ne s'attendait pas à éprouver de l'attirance pour elle. Pourtant, c'était bel et bien ce qui lui arrivait.

Harriet Chestnut, encore tout éperdue, l'installa dans une chambre baptisée « Matin radieux ». Elle lui remit sa clé — une véritable clé à l'ancienne mode, pas une de ces cartes magnétiques courantes dans les hôtels modernes — en lui annonçant que le petit déjeuner complet était inclus dans le prix. Rien dans son apparence physique — teint, traits, morphologie — ne faisait songer à Colt ou à Frannie. Pour autant, s'il n'était pas impossible qu'elle fût leur fille, rien ne permettait de le soupçonner. Wyatt la remercia et gagna l'étage.

Le papier peint, les coussins brodés au point de croix et l'aquarelle accrochée au mur, derrière le lit, évoquaient en effet l'idée de matins radieux. L'ensemble ne manquait pas d'allure — c'était tout à fait le genre de chambre qu'un mari eût toléré pour une escapade de quelques jours avec sa femme. L'une des fenêtres donnait sur les jardins couverts de neige, l'autre sur le lac. Outre le lit, le mobilier se composait d'un bureau à cylindre, d'un élégant guéridon et d'une ancienne console de toilette qui servait de table de nuit. Wyatt songea qu'il l'avait échappé belle, car il était passé devant une chambre rose bonbon en longeant le couloir.

Il laissa tomber son sac de voyage sur le parquet et s'efforça de ne pas s'interroger sur ce qu'il pouvait bien fabriquer là. Il n'avait jamais connu son oncle. Son père ne lui avait pas demandé de venir. Et pourtant, il venait de retenir une chambre pour trois nuits dans un petit hôtel bucolique.

Il savait toutefois qu'il n'était pas resté à cause de Colt et de Frannie, mais pour Pénélope Chestnut. La jeune femme l'intriguait et il avait vaguement l'intuition, peut-être erronée, qu'elle se trouvait dans une situation délicate. Plus délicate qu'elle ne s'en doutait elle-même. C'était là le genre de pressentiment auquel il se fiait autrefois, avant son retour peu glorieux à New York, derrière un bureau du quartier financier. Il pouvait commettre une erreur monumentale, tout comme le jour où il s'était embarqué en compagnie de Hal Strong, plein d'optimisme, pour leur ultime aventure, sans se douter qu'ils n'auraient jamais dû quitter Melbourne, que le danger et la mort les guettaient dans les montagnes du sud-ouest de la Tasmanie.

Cette fois encore, il pouvait très bien se fourvoyer complètement. Peut-être était-il lui-même la seule menace que Pénélope eût à affronter.

La sonnerie du téléphone le tira de ses réflexions. La diversion tombait à point nommé, songea-t-il en traversant la pièce pour aller décrocher.

— Que fais-tu donc à Cold Spring ? demanda son père sans préambule.

Wyatt était accoutumé à sa brusquerie ; c'était pour lui une manière de dissimuler ses émotions.

— Apparemment, Jack est arrivé, répondit-il. Je vois qu'il vous a déjà adressé son rapport.

— J'aime bien savoir où se trouve mon fils.

— Eh bien, vous le savez.

Brandon Sinclair ne broncha pas. Il ne lui passerait pas un savon comme Lyman Chestnut l'avait fait pour sa fille. Les Sinclair n'avaient pas recours à l'affrontement direct.

— Combien de temps vas-tu y séjourner ?

— Je ne sais pas encore.

Wyatt décida alors de ne pas parler à son père de son entrevue avec Pénélope Chestnut ni de son impression qu'elle s'était fourrée dans de sales draps.

— Père, Colt était votre frère…

— En effet. Je le connaissais, Wyatt. Pour moi, c'était un être humain, pas une simple aventure. Cette femme s'est rétractée ; laisse Jack s'occuper de découvrir pourquoi. Il réglera cette affaire et vérifiera si elle ment ou pas. C'est son boulot.

« Pas le tien », comprit Wyatt sans que son père ait besoin de formuler la conclusion, qui allait de soi.

Il n'obtint aucune information supplémentaire. Sa belle-mère, puis ses demi-sœurs, Ellen et Béatrice, se relayèrent ensuite au bout de la ligne. Les filles le supplièrent d'aller les rejoindre le week-end suivant et de les emmener faire de la plongée sous-marine. Elles étaient en congé scolaire, et il promit d'aller les voir dès leur retour à New York — il ferait ce qui leur plairait. Il ne savait rien refuser à ces petites diablesses, et elles le savaient.

Après avoir raccroché, il se posta devant la fenêtre et contempla les montagnes, au-delà du lac. Tout était calme, silencieux, dans l'obscurité du crépuscule. Enfants, son père et son oncle avaient sillonné la contrée, avec leur père, l'imposant et exigeant Willard Sinclair, décédé lorsque Wyatt avait quatorze ans. Ils avaient pêché, nagé, campé, escaladé les rochers. Il savait que, en dépit de leur différence d'âge, les deux frères avaient été proches et adoraient être ensemble.

Après que Colt s'était enfui avec Frannie Beaudine, Willard Sinclair avait interdit à son fils cadet de retourner dans la région des lacs du New Hampshire. Le chagrin l'avait rendu de plus en plus acariâtre, Brandon ne parvenant jamais à le consoler de la perte de son aîné, à combler le vide creusé par sa disparition.

Wyatt avait deviné tout cela, reconstitué le puzzle au terme de longues années d'observation, de conversations avec son grand-père mourant, de disputes saisies au vol entre son propre père et ses épouses successives. Tous ces éléments n'avaient fait que confirmer au fil du temps sa conviction que son père et son grand-père lui cachaient quelque chose — pas seulement des sentiments, ou la profondeur de leurs chagrins respectifs, mais quelque information essentielle, voire même vitale.

Comme Pénélope l'avait fait remarquer, quarante-cinq ans, ce n'était pas grand-chose. Le souvenir de Colt était encore vif pour son frère cadet. L'abandon, les questions, le scandale résonnaient encore comme un glas dans la vie de Brandon et celle de ses proches. Ce n'était certes pas une mauvaise blague qu'il suffisait d'oublier. C'était la réalité.

Pénélope devait saisir toute la portée de son mensonge. Si elle avait découvert le Piper Cub dans la montagne dimanche après-midi, elle devait l'admettre et conduire Wyatt sur les lieux.

En définitive, songea-t-il, les jolis yeux de Mlle Chestnut et l'éventuelle menace qui pesait sur elle n'étaient pas les véritables motifs de sa présence à Cold Spring. La trahison d'un frère, la disparition d'un fils, le besoin d'apprendre la vérité sur le sort d'un oncle inconnu… telles étaient les raisons pour lesquelles il avait décidé de rester. Il ne devait pas se laisser détourner d'une mission aussi limpide, aussi évidente.

Pourtant, tout en défaisant ses bagages, Wyatt se demanda malgré lui où la jeune pilote aux yeux verts et au tempérament fougueux pouvait bien habiter à Cold Spring ; et après avoir achevé de ranger ses affaires, il descendit à la réception pour essayer d'obtenir son adresse auprès de sa cousine.

Pénélope se félicitait d'être enfin chez elle, un rouge-gorge installé sur sa terrasse, un feu crépitant dans la cheminée. Elle avait troqué sa tenue de pilote contre une douillette chemise de flanelle et un pantalon en jersey souple. Assise à la table de sa cuisine, elle observait le rouge-gorge à travers la porte vitrée. La neige qui recouvrait la terrasse avait fini par fondre — encore un signe avant-coureur du printemps.

A la mort de son grand-père, trois ans plus tôt, elle avait hérité de son chalet au bord du lac. Il se trouvait sur une petite route sinueuse, nettement à l'écart du village, et sa façade sur le lac se réduisait au strict minimum. Le chalet était bâti au bord d'une berge escarpée ; une dizaine de marches permettaient d'accéder au ponton et à la petite remise abritant son canoë-kayak. Mais Pénélope avait aussi hérité de quelques hectares de terre de l'autre côté de la route. Ses bois se fondaient quelque part dans les bois des Sinclair — ce qui expliquait qu'elle s'y fût aventurée à la recherche d'érables dont elle pourrait prélever la sève.

Le chalet avait conservé un parfum de vacances. Il se composait d'une salle de séjour et cuisine en façade, avec vue sur le lac, et de deux petites chambres avec salle de bains au fond. Pénélope avait gardé la vaisselle dépareillée de son grand-père, sa nappe à carreaux blancs et rouges, son trophée de chasse au-dessus de la cheminée. En revanche, les hideuses lampes et le transat en skaï n'avaient pas trouvé grâce à ses yeux.

Personne n'aurait cru qu'elle élirait domicile dans cet endroit perdu. Elle avait occupé un charmant petit studio en ville d'où elle pouvait se rendre à pied à l'auberge pour prendre le thé avec sa mère et sa cousine. L'idéal, bien sûr, eût été qu'elle se mariât avant d'emménager dans une vraie maison à elle — du moins la plupart des femmes de sa connaissance le pensaient-elles. En revanche, les hommes avaient paru beaucoup moins surpris par son choix. A l'occasion, ils venaient amarrer leurs embarcations à son ponton, l'invitaient à des parties de chasse ou de pêche, faisaient griller leurs poissons sur son barbecue, partageaient leurs canettes de bière avec elle sur sa terrasse. Elle était des leurs. Non pas qu'elle eût l'air d'un homme : elle portait des robes, se maquillait et soignait sa coiffure, mettait du vernis à ongles.

— Ils ne te considèrent pas comme l'un des leurs, avait dit un jour Harriet. Plutôt comme une sorte de sœur adoptive.

Et on ne sort pas avec sa sœur.

Du reste, Pénélope n'avait jamais eu envie de sortir avec aucun d'eux. Elle réprima un frisson. Ils étaient ses amis. Elle était totalement incapable d'envisager une liaison avec eux — et la réciproque était vraie.

Un récent épisode de sa vie privée venait de tourner court le mois précédent. Durant quelque temps, elle avait fréquenté un homme qu'elle rencontrait chaque fois qu'un vol la conduisait du côté de Bangor. Un pilote, comme elle. Puis elle s'était aperçue qu'il n'avait jamais fait l'effort de venir la voir dans le

New Hampshire ; et entretenir une relation à sens unique ne correspondait certes pas à son tempérament. Elle avait donc tiré un trait sur cette idylle. Sans chercher à remplacer le pilote.

A vrai dire, elle n'était pas à plaindre. Elle avait sa petite maison sur le lac, son métier, ses amis, sa famille. Cela pouvait lui suffire. Elle rêvait vaguement de démolir un jour le chalet du grand-père pour faire construire à la place une maison moderne, toute de verre et de bois. Elle engagerait un architecte qui concevrait un projet parfaitement adapté au terrain.

Mais il s'agissait là de projets à long terme. Dans l'immédiat, elle était interdite de vol et devait affronter un Sinclair déterminé à prouver qu'elle avait menti au sujet de sa découverte dans les bois.

Ce qui, bien sûr, était exact.

D'un haussement d'épaules, elle balaya la sensation de malaise qui s'insinuait tout à coup en elle. Il lui semblait soudain sentir le cuir souple de la veste de Wyatt Sinclair sous sa main, quand il s'était assis à côté d'elle dans le camion. S'il n'y avait pas eu le moindre contact physique entre eux, cela ne changeait rien à l'affaire.

C'était sans doute le genre d'effet que Colt Sinclair avait dû produire sur Frannie Beaudine. Où cela avait-il mené cette pauvre fille ? A périr avec lui dans l'avion qu'il pilotait.

Du moins Wyatt ne circulerait-il pas incognito à Cold Spring, en séjournant à l'auberge du Soleil Levant. D'aussi loin que Pénélope s'en souvînt, Harriet se consumait de curiosité au sujet des Sinclair. Ensemble, elles étaient même allées admirer la collection Sinclair au Metropolitan de New York. Harriet ne manquerait pas de surveiller de près le premier Sinclair qui s'aventurait à Cold Spring depuis sa naissance.

Pénélope gagna la chambre d'amis qu'elle avait transformée en bureau et alluma son ordinateur. Pendant sa mise en route, elle observa la page encadrée de la *Gazette de Cold Spring* datant du premier jour des recherches de Colt Sinclair et Frannie Beaudine. Coupures de journaux et enregistrements de conversations avec des relations de Frannie occupaient tout un rayon de sa bibliothèque. Elle n'avait pas mené cette enquête parce que Frannie était pilote, comme elle, ou parce que les amants avaient disparu à bord d'un fabuleux appareil, ni même parce que son père, son grand-père et sa tante avaient participé aux recherches. Elle s'y était intéressée à cause de Harriet, de toutes ces années où sa cousine lui avait confié ses certitudes à propos des prétendus secrets entourant sa naissance, puisqu'elle se croyait l'enfant abandonnée du couple légendaire.

Pourquoi l'empêcher d'imaginer ce qui lui plaisait ? Ces divagations ne faisaient de mal à personne. Mais Pénélope écarta délibérément ces pensées pour se connecter à Internet et aller sur les différents sites consacrés à la disparition du Piper Cub. Il y avait sur le réseau une quantité stupéfiante d'informations, de commérages, d'hypothèses et d'élucubrations à propos de Frannie et de Colt, pour la plupart sans le moindre intérêt. Les théories concernant leur disparition allaient de la fugue amoureuse à l'enlèvement par des extraterrestres, en passant par mille scénarios des plus extravagants. Toujours vivants, ils avaient élu domicile au Canada, ils étaient deux espions communistes, ils s'étaient suicidés ensemble, l'un des deux avait tué l'autre avant de se donner la mort… Colt était le mouton à cinq pattes, le dandy, le jeune homme hypersensible, le candide ; puis à l'inverse, il était l'archétype même du Sinclair intrépide, débauché, l'instigateur de toute l'aventure. Frannie, elle, était l'innocente victime, la jeune provinciale studieuse éblouie par les milieux dorés de New York, ou bien encore la belle garce sans scrupule, l'intrigante cupide et machiavélique. Toutes les variantes possibles de l'histoire se trouvaient là, des plus débiles aux plus sublimes.

L'épisode de la fausse alerte de Pénélope circulait déjà sur le Web. Pour quelle raison avait-elle modifié son récit ? Le débat était ouvert entre les passionnés. Y avait-elle été contrainte de force, ou par quelque chantage ? Avait-elle découvert parmi les débris de l'avion quelque chose qu'elle voulait garder ? Certains évoquaient aussi l'éventualité d'une conspiration. Mais la plupart des gens pensaient qu'il s'agissait simplement d'une méprise, même si l'invention de la décharge abandonnée n'était qu'une trouvaille plutôt médiocre pour excuser son erreur. A l'instar de Harriet, ils n'avaient pas la moindre envie d'abandonner leur chimère. Les énigmes ne sont pas toutes disposées à se laisser décrypter.

Comment avait-elle pu imaginer un instant que la découverte de l'avion aiderait sa cousine ? Il était plutôt inquiétant de la voir rougir et bredouiller face à un Sinclair comme elle l'avait fait tout à l'heure. A présent, Pénélope regrettait amèrement de s'être engagée sur une voie aussi périlleuse. Jamais elle n'aurait dû parler de ce qu'elle avait vu dans les bois.

Mais il était trop tard pour se lamenter. Le mal était fait, désormais.

Elle décida de dîner près de la cheminée et de lire jusqu'à ce que le sommeil la prît. Les contrecoups de sa mésaventure en avion et du café avec Wyatt Sinclair commençaient de se faire sentir ; elle était incapable de réfléchir correctement.

Un signal sur l'écran lui indiqua soudain qu'elle venait de recevoir un message. Surprise, elle tressaillit, puis accueillit avec plaisir cette petite diversion. Elle avait de nombreux amis un peu partout dans le monde. Elle ouvrit sa boîte aux lettres, puis son nouveau message :

« Frannie Beaudine était une jeune personne charmante, pas très différente de toi. Pourtant, ses ossements blanchis par les intempéries gisent maintenant en pleine nature, son corps et son esprit ne sont plus de ce monde. As-tu envie de subir le même sort ? Prudence, Pénélope. Tu sais que tu as commis une grave erreur. »

Pétrifiée, elle contempla fixement l'écran. Contenant sa respiration, elle demeura immobile, sans même cligner des paupières. Les mots se mirent à danser devant ses yeux, qui commencèrent à picoter sous l'afflux de larmes. Finalement, elle cliqua sur la souris pour répondre ; mais l'auteur du message avait déjà coupé la communication. Elle demanda l'identification de son correspondant sans trop se bercer d'illusions : en effet, qui se serait permis de lui adresser ces menaces sans s'arranger pour conserver l'anonymat ?

Elle tapa une réponse, puis l'effaça. Peut-être pouvait-elle feindre de n'avoir rien reçu, de ne pas avoir lu le message. Il suffisait de l'ignorer. Surtout, ne pas faire de vagues.

Ses mains, puis tout son corps se mirent à trembler. Elle suffoqua tandis qu'une sensation de nausée montait en elle.

— Eh bien, tante Mary, maugréa-t-elle, tu vas pouvoir t'installer aux premières loges, en définitive.

Car elle était épouvantée. Comment le nier ?

Elle regagna la pièce principale, où la douce chaleur du feu de bois l'aida à se ressaisir. Elle pouvait appeler la police. Andy

Mac Nally se précipiterait chez elle. Mais que pourrait-il bien faire ?

C'était une mauvaise blague. Des tas d'hurluberlus utilisaient Internet. Personne ne prenait ce genre de message au sérieux. Un jour, un inconnu lui avait ainsi demandé si elle aimait se baigner nue dans le lac Winnipesaukee. Tout le monde savait qu'elle s'était vantée d'avoir découvert les débris du fameux avion. Elle aurait dû s'attendre à ce genre de désagrément. Andy Mac Nally ne manquerait pas de le lui rappeler.

La peur lui nouait le ventre et une sorte de vertige l'étourdissait. N'était-elle pas Pénélope la Téméraire, capable de vivre en plein bois dans un vieux chalet, la sauvageonne friande d'aventures, d'action et de frissons, et que les bruits nocturnes n'impressionnaient pas ?

Pourtant, tandis que l'obscurité s'épaississait au-dehors, que le feu crépitait dans l'âtre et qu'on n'entendait plus le croassement d'un corbeau, elle sentit l'angoisse s'installer en elle. La presse, Wyatt Sinclair, le détective privé des Sinclair, la négligence qui lui avait valu une interdiction de vol, son insistance à mentir — et maintenant un message pour le moins inquiétant dans son courrier électronique. C'était la goutte d'eau qui faisait déborder le vase.

Elle s'obligea à sortir pour prendre du bois et rentra cinq brassées de bûches, jusqu'à ce que le casier débordât, parce qu'elle n'avait pas l'intention de se laisser dominer par la peur. Elle l'avait surmontée l'après-midi même, aux commandes de son avion ; elle la surmonterait aussi maintenant.

Elle déchargea la dernière brassée dans le casier. Une bûche roula et faillit écraser ses orteils. Elle recula d'un bond, essoufflée par l'effort et l'excès d'émotions. Il y avait cinq autres bûches sur le sol ; elle n'avait pas pris la peine de les ramasser, uniquement soucieuse de se dépenser pour ne plus réfléchir.

En entendant une voiture approcher, puis ralentir pour négocier le virage et les bosses de sa petite route, elle pria pour qu'elle continuât son chemin.

Son vœu ne fut pas exaucé.

Un gémissement s'échappa de ses lèvres.

— Quoi, encore ?

Epoussetant sa chemise couverte de sciure, Pénélope se dirigea vers la porte de la cuisine donnant sur l'arrière. C'était peut-être son père qui venait lui annoncer qu'en définitive il avait changé d'avis à propos de l'interdiction de vol.

Mais l'homme qui se tenait sur le pas de la porte — comme s'il avait *su* qu'il ne pouvait vraiment tomber plus mal — était Wyatt Sinclair.

5.

Il ne portait pas de veste, comme s'il avait prévu de passer directement de sa voiture à une maison chauffée. Pénélope sentit qu'il remarquait les copeaux de bois encore accrochés à sa chemise, sa difficulté à retrouver une respiration normale.

— Votre route est toute boueuse, dit-il. Je m'y suis enfoncé jusqu'aux enjoliveurs.

— Elle va geler cette nuit. Et bien sûr, ce sera de nouveau la gadoue dès midi.

— Que feriez-vous s'il vous fallait partir de toute urgence ?

— Mon camion a quatre roues motrices.

Wyatt se tut un instant et l'examina avec attention. Pénélope se demanda si son visage était pâle, si elle avait les yeux hagards.

— Puis-je entrer ? demanda-t-il.

Exactement ce dont elle avait besoin.

— Certainement. Excusez-moi si je suis un peu essoufflée, mais je viens de rentrer du bois.

Il jeta un coup d'œil sur la pièce, derrière elle.

— Le casier de la cheminée a l'air plein à craquer.

Elle se passa une main dans les cheveux, ignorant les nœuds et les morceaux d'écorce.

— Je viens tout juste d'apporter les deux dernières brassées. Pour être franche, je n'aurais pas cru que cela m'épuiserait autant.

Son unique chance de salut était de changer de sujet.

— Avez-vous dîné ? Je m'apprêtais à réchauffer un reste de chili con carne.

Wyatt ne bougea pas.

— Pénélope, est-ce que ça va ?

— Oui, bien sûr. Quelle question ! Allons, dépêchez-vous d'entrer avant que l'air chaud ne s'échappe.

Il obtempéra sans discuter et elle ferma derrière lui. Le bruit sourd de la porte troubla à peine le silence ; une soudaine appréhension lui serra le cœur. Et s'il lui avait envoyé lui-même ce message avant de venir observer le résultat de son œuvre ? En vérité, il semblait plus franc que cela, plus enclin à la traiter carrément de menteuse.

Tu sais que tu as commis une grave erreur.

Elle l'ignorait ! Que lui reprochait-on, du reste ? D'avoir en premier lieu divulgué la nouvelle de sa découverte ? Ou bien de s'être rétractée ensuite ? Avait-elle tellement tort de vouloir épargner une fâcheuse publicité à un vieil ermite et à sa cousine excentrique ? Ils étaient vivants, eux. Colt et Frannie reposaient en paix.

Mais pas la famille de Colt, songea-t-elle aussitôt, tout en choisissant de ne pas s'appesantir là-dessus. Le message provenait d'un maniaque, de quelqu'un qui lui voulait du mal pour avoir fait naître — puis anéanti — l'espoir d'une solution au mystère du Piper Cub. Eh bien, mission accomplie ! Elle était dans un état lamentable.

— Je vais ranger votre casier à bois, proposa Wyatt sans la quitter des yeux. Vous pouvez réchauffer le chili.

— Ne vous croyez pas tenu de rester…

— Regretteriez-vous déjà votre invitation ? demanda-t-il avec un sourire.

Pénélope ne savait trop si cette attitude imperturbable était une tactique destinée à déjouer sa vigilance ou s'il essayait seulement de se montrer aimable. En tout état de cause, sa présence se révélait plutôt rassurante. Enfin, elle pouvait sentir l'agréable chaleur du feu, et sa respiration était moins haletante. Tandis que Wyatt commençait de remettre en place les bûches entassées en désordre dans le casier, Pénélope se surprit à l'observer du coin de l'œil, avant de gagner très vite le coin cuisine pour prendre dans le réfrigérateur le bocal de chili que sa mère lui avait donné la veille. Elle versa le contenu dans un plat creux et le réchauffa au micro-ondes pendant que Wyatt continuait à empiler le bois.

— Est-ce Harriet qui vous a indiqué où j'habite ? demanda-t-elle.

— Ne la clouez pas au pilori ; c'est elle, en effet.

Jamais sa cousine n'aurait donné son adresse à un inconnu, mais si les Sinclair incarnaient le mal pour la plupart des habitants de Cold Spring, Harriet s'en faisait une idée tout à fait romantique. Comment lui en vouloir d'avoir indiqué le chemin à Wyatt ? Pénélope râpa du fromage et éminça des oignons, disposa le couvert et sortit le plat dès que le four se mit à sonner.

Wyatt avait mis de l'ordre dans le casier à bois, empilé les bûches supplémentaires dans l'angle de la cheminée. Il vint la rejoindre à table. Le sifflement régulier du feu, l'obscurité totale au-dehors, le bruit de la chaise raclant le sol… tout semblait se combiner pour que Pénélope prenne conscience de son isolement. Qui viendrait à son secours si Wyatt Sinclair était un individu plus malveillant qu'elle ne l'aurait cru ? Elle était complètement seule avec lui.

— Je ne vous ai pas demandé ce que je pouvais faire pour vous, dit-elle avec un détachement poli.

Le regard de Wyatt s'assombrit soudain, et il inclina légèrement la tête sur le côté.

— J'aimerais que vous me parliez de votre cousine et des raisons qui pourraient lui faire croire qu'elle est la fille de Colt et de Frannie. Ce n'est tout de même pas une invention dénuée de tout fondement, n'est-ce pas ?

Pénélope haussa les épaules, évasive. Tout en saupoudrant son chili de fromage râpé, elle réfléchit rapidement. Si elle se taisait, il apprendrait la vérité d'une autre source, peut-être auprès d'une personne qui aurait moins d'affection pour Harriet.

— Pas tout à fait, reconnut-elle. Elle se base sur une simple coïncidence.

— Racontez-moi, dit-il d'un ton qui n'avait rien d'autoritaire.

— Mon grand-oncle et ma grand-tante ont adopté Harriet à l'époque de la disparition de Colt et de Frannie. L'oncle George — le frère cadet de mon grand-père — était pasteur à Cold Spring. A présent, à quatre-vingts ans, il vit en Floride avec ma tante Rachel.

— N'existe-t-il aucun dossier d'adoption qui permettrait de renseigner votre cousine sur ses véritables origines ?

— Ce n'est pas aussi simple.

Pénélope marqua une pause pour goûter le chili qui était très relevé et riche en légumes variés. Sa mère raffolait des épices, tout particulièrement du piment.

— Ecoutez, reprit-elle, cela ne nous concerne ni l'un ni l'autre. Harriet n'a rien fait pour mériter des ennuis.

— Je serai discret.

Un Sinclair discret ? Pénélope réprima un sourire.

— Et le détective privé de votre père ? Allez-vous le mettre au courant ?

— Jack ne me transmet aucune information. Je ne lui en fournis pas non plus.

— De toute façon, je suppose que vous finirez par le savoir. Tout le monde en ville connaît cette histoire.

Elle s'interrompit de nouveau, ajouta un peu d'oignons émincés dans son assiette et constata que rien de ce qu'elle venait de lui apprendre n'avait coupé l'appétit de Wyatt. Passant rapidement en revue les options qui s'offraient à elle, elle comprit qu'elle n'avait pas le choix.

— D'accord. Eh bien, voici : oncle George a trouvé Harriet sous le porche de l'église environ quarante-huit heures après la disparition du Piper Cub, alors que les recherches battaient leur plein. Les médecins ont estimé qu'elle devait avoir six à sept semaines. Elle était vêtue d'un pyjama de bébé et d'une couche, emmaillotée dans une couverture, et couchée dans un panier d'osier.

Wyatt se redressa sur sa chaise.

— Bonté divine.

— Je sais, cette histoire est digne d'un roman de Dickens.

— Il y a certainement eu une enquête.

— Des plus sérieuses, en effet. La police n'a absolument rien trouvé — pas la moindre piste concernant l'identité de ses parents naturels ou de la personne qui l'avait déposée là. Mon grand-oncle et sa femme ont proposé de l'adopter. Ils étaient enchantés ; après la naissance de leur fils, tante Rachel ne pouvait plus avoir d'autre enfant.

— Harriet a-t-elle été bien traitée ?

— C'est une famille admirable. Ils l'adorent et elle leur rend bien. Ce qui ne l'a pas empêchée d'échafauder cette théorie farfelue.

— Je ne sais pas…, dit Wyatt. Ce n'est peut-être pas si farfelu que cela, après tout ?

— Il semble beaucoup plus probable que quelqu'un ait profité du remue-ménage provoqué par la disparition de l'avion. Il y a, hélas ! de fortes chances pour qu'elle soit le fruit de quelque relation illicite. Mais il est cent fois plus amusant d'être la fille abandonnée d'un couple légendaire.

— Les dates…

— La marge de possibilités est d'une étroitesse extrême. Admettons qu'elle avait bien six semaines quand on l'a trouvée. Le Piper Cub ayant disparu à la mi-avril, cela signifierait que Frannie a accouché aux environs du 1er mars. D'accord ?

Wyatt opina de la tête et lui fit signe de poursuivre. Pénélope reprit son souffle.

— La période la plus visible de sa grossesse se serait située pendant les mois d'hiver, lorsqu'elle s'occupait de la collection Sinclair.

— J'ai entendu dire qu'elle travaillait nuit et jour, à cette époque.

— C'est en effet ce qu'affirment tous ceux qui la connaissaient. Il serait donc possible qu'elle ait cherché à dissimuler son état.

— Ou bien qu'elle ait été réellement absorbée par sa tâche, qui représentait pour elle une opportunité exceptionnelle.

— Il y a mille raisons pour que ce scénario ne tienne pas debout. C'est seulement l'une d'entre elles. Frannie et Colt n'ont commencé à se fréquenter officiellement qu'un mois ou deux avant leur disparition. Pour qu'ils aient pu concevoir un enfant, il aurait fallu qu'ils se soient rencontrés l'été précédent.

Pénélope s'interrompit pour manger un peu de chili. Comment évoquer les relations sexuelles d'un couple, seule en pleine nuit dans son chalet avec un Wyatt Sinclair suspendu à ses lèvres ? Elle s'en sentait totalement incapable.

Il termina son assiette et attendit qu'elle continue.

— J'espère que vous ne pensez pas m'extorquer ces renseignements en comptant sur votre patience exemplaire, dit-elle.

Il la dévisagea un instant, avant de sourire, de façon désarmante, irrésistible.

— Pénélope, je doute que quiconque puisse vous extorquer quoi que ce soit que vous n'ayez déjà décidé de donner de votre plein gré. Quant à ma patience… d'où vous vient cette idée que je serais patient avec vous ?

La repartie laissa Pénélope sans voix, d'autant plus qu'elle n'avait aucune réponse à lui fournir sur ce point. Aussi en revint-elle précipitamment au sujet initial.

— Frannie et Colt se trouvaient tous les deux à Cold Spring l'été en question.

— Simultanément ?

Pénélope confirma d'un hochement de tête.

— Vous semblez être au courant des moindres détails, remarqua Wyatt.

— Uniquement à cause de ma cousine, affirma Pénélope. Nous avons toujours été très proches l'une de l'autre. C'est elle qui me gardait le soir quand mes parents sortaient et elle me racontait toutes sortes d'histoires. Des histoires fascinantes pour une petite fille. Un jour, j'ai fini par mener ma propre enquête.

Elle ne précisa pas jusqu'à quel point elle avait approfondi ses recherches, craignant de le rendre plus soupçonneux encore.

— C'est tiré par les cheveux, expliqua-t-elle, mais il serait techniquement possible que Frannie soit venue accoucher à Cold Spring avant de regagner New York…

— Avec ou sans enfant ? Harriet était-elle dans l'avion ce fameux soir ? Sinon, où était-elle ? Qui l'aurait déposée sur le parvis de l'église ? Quelqu'un d'ici aurait-il aidé Frannie ? Ou quelqu'un à New York ? Colt savait-il seulement qu'il avait un enfant ?

Au terme de ce feu roulant de questions, Wyatt se leva d'un bond.

— C'est sacrément tiré par les cheveux, en effet.

Pénélope opina de la tête.

— Je sais. Nous n'avons jamais voulu contrarier Harriet. S'il vous plaît, ne la ridiculisez pas. C'est une femme adorable qui n'a jamais causé de tort à personne.

Wyatt prit son assiette et la porta jusqu'à l'évier. Ses mouvements saccadés trahissaient un mécontentement évident. La gorge sèche, Pénélope le regarda arpenter la pièce d'un pas nerveux. Sans sa veste, elle découvrait sa taille mince, son ventre plat, et elle s'efforça de ne pas songer à tout ce qu'elle avait appris à son sujet — victoires, tragédies, rébellions — de crainte qu'il ne lise dans ses pensées.

— Ce serait différent s'il s'agissait d'une personne intéressée, qui revendiquerait sa part d'héritage. Votre famille n'a rien à craindre de Harriet.

Il s'immobilisa soudain et tourna vers elle un regard sombre, soupçonneux, inquisiteur, les yeux plissés comme pour mieux sonder les siens. Pénélope sentit son estomac se nouer. Elle regretta de ne pas l'avoir entendu arriver assez tôt pour s'enfermer à double tour chez elle, éteindre les lumières et se cacher sous le lit.

— Est-ce à cause de votre cousine que vous avez préféré prétendre que vous n'aviez pas découvert cet avion ? demanda-t-il enfin.

Retour à la case départ. Evidemment. Wyatt Sinclair ne perdait pas de vue l'essentiel. Il poursuivait son objectif avec une détermination implacable. Pénélope se leva sans précipitation, débarrassa la table, et ouvrit le robinet de l'évier. Il n'y avait pas de lave-vaisselle. Son grand-père ne voulait pas en entendre parler.

Puis, finalement, elle se tourna vers lui.

— Vous savez, cela ne se fait pas de traiter une femme de menteuse sous son propre toit.

Le sourire qui éclaira alors les traits de son hôte priva un instant Pénélope de tous ses moyens. Comment ne pas tomber sous le charme ? Il s'approcha d'elle, empiétant sur son territoire.

— Vous avez raison. J'attendrai que nous soyons en terrain neutre.

— Il n'y a pas de terrain neutre, par ici. La tribu des Sinclair possède peut-être la plupart des terres de la région, mais ce n'est certes pas…

Un doigt se posa sur ses lèvres, lui intimant le silence.

— Je ne suis pas la tribu des Sinclair.

Pénélope pouvait à peine respirer. Ces yeux de jais, ce petit sourire en coin, la mâchoire volontaire et l'épaule solide embrasaient son imagination et ses sens d'un véritable feu d'artifice. Elle eut soudain l'impression d'être entraînée dans une sorte de spirale vertigineuse. Elle s'écarta d'une secousse et ferma le robinet, rompant le charme.

Si Wyatt avait remarqué l'effet qu'il produisait sur elle, du moins n'en laissa-t-il rien paraître.

— Je ne suis pas mon grand-père. Je ne suis pas mon père. J'avais mes propres raisons pour venir ici. Je veux savoir pourquoi vous mentez, mais pas à n'importe quel prix.

Il marqua une pause. Comme elle se taisait, il ajouta :

— Et je voudrais savoir pourquoi vous avez peur.

Pénélope fit volte-face.

— Je n'ai pas peur.

Il sourit, de manière moins agréable.

— Vous mentez avec obstination, si ce n'est de façon bien convaincante, mademoiselle Chestnut.

— Ah ! vous avez séjourné un après-midi à Cold Spring et vous voilà déjà capable de déterminer quand je mens.

— Inutile de m'attarder bien longtemps pour cela, répliqua Wyatt. C'est l'évidence même.

Il se dirigea vers la porte. Dehors, le vent s'était levé ; on l'entendait siffler dans les arbres. Avant de franchir le seuil, il se retourna.

— Si vous avez peur de moi…

— Certainement pas !

— Je m'en doutais. Vous ne craignez rien ici, toute seule ?

Pénélope secoua la tête.

— Dans ce cas, bonne nuit. Merci pour le repas.

Après son départ, elle resta appuyée à l'évier, les mains plongées dans l'eau chaude et savonneuse, sans faire un geste, jusqu'à ce que la voiture se fût éloignée sur la petite route. Alors, les larmes roulèrent sur ses joues et elle lava la vaisselle en pleurant tout son soûl, évacuant la tension accumulée depuis le matin. Quel gâchis ! songea-t-elle avec désespoir. Si ce n'était pas seulement pour Harriet ou pour Bubba Johns qu'elle s'était rétractée, elle s'était quand même senti tenue de le faire.

— Enfin, Sinclair, je ne pouvais pas faire autrement que mentir !

Mais Colt Sinclair avait été l'oncle de Wyatt, l'unique frère de son père, et elle était en mesure de mettre un terme à l'énigme de sa disparition.

Tout au fond d'elle-même, pourtant, au-delà de toute logique ou considération rationnelle, elle savait que les débris du Piper Cub éparpillés dans les bois étaient destinés à y rester. Leur découverte n'apporterait que chagrin et douleur à ceux qui, à la différence de Colt et Frannie, n'étaient pas à l'abri d'éventuelles souffrances. Elle regrettait de ne pas avoir eu ce pressentiment plus tôt, avant de se confier à quelqu'un. Mais c'était ainsi ; et à présent elle était aux prises avec Wyatt Sinclair.

Harriet s'installa sur un tabouret du bar pour boire un petit verre de chardonnay, comme elle en avait l'habitude chaque soir. C'était Robby, la mère de Pénélope, qui avait sélectionné la carte des vins. Harriet avait hâte d'être au lendemain matin pour la retrouver. Elles confectionneraient des brioches aux abricots dans la chaleur douillette de la cuisine, tout en bavardant et en riant, les mains dans la farine. Harriet dirait tout à Robby. Elle se confiait volontiers à elle, car Robby ne portait jamais de jugement. Elle s'inquiéterait et la mettrait en garde — elle n'était pas dépourvue d'opinions — sans toutefois émettre la moindre critique. Voilà ce que Pénélope n'avait pas encore compris chez sa mère, mais c'était là un problème à résoudre un autre jour. Pour le moment, Harriet avait bien assez de préoccupations.

Wyatt Sinclair ressemblait tout à fait à l'image qu'elle se faisait des Sinclair : grand, brun, avec une belle prestance. Mieux que joli garçon, en somme. Elle sourit, intimement convaincue qu'ils étaient cousins. Les Chestnut étaient sa famille, mais les Sinclair… avec les Sinclair, il y avait autre chose : les liens du sang.

De manière absurde, elle avait eu envie de le toucher quand il était venu lui demander comment se rendre chez Pénélope. Il lui semblait que le contact physique rendrait leur parenté plus évidente. Dire qu'un Sinclair se trouvait ici, à Cold Spring, sous son propre toit !

Et puis il y avait Jack Dunning, le détective privé de Brandon Sinclair.

— Seigneur ! murmura Harriet.

Elle laissa échapper un soupir qui, elle n'en doutait pas, était plus digne d'une héroïne éthérée de quelque roman désuet que de la femme d'affaires moderne et avisée qu'elle était.

Mais quel plaisir, tout de même, d'avoir deux hommes de cette trempe dans son hôtel ! Si Jack Dunning n'était pas beau du tout, il émanait de lui une force, une énergie et une intelligence remarquable, qu'il ne fallait sans doute pas sous-estimer. Et ce chapeau et ces bottes de cow-boy — des santiags —, cette pointe d'accent texan qu'il affectait… Au fin fond du New Hampshire, en plein mois de mars ! Harriet se retint pour ne pas pouffer de rire. C'était tellement inattendu, tellement grisant.

Andy Mac Nally passa derrière le bar de chêne et se servit une bouteille de bière Long Trail, récompense quotidienne de sa journée de labeur. Il la salua d'un sourire.

— Bonsoir, Harriet. Tu as l'air tout émoustillée.

Elle agita une main, d'un geste évasif.

— Oh ! ce n'est rien. Comment ça va, ce soir ?

— Pas trop mal.

Il décapsula sa bouteille et versa la bière dans une chope, laissant se former un épais capuchon de mousse.

— Grâce à ta cousine, nous avons collecté un joli paquet de contraventions pour excès de vitesse.

— Elle n'a pas fait d'excès…

— Non. Du moins, n'a-t-elle pas été prise sur le fait.

Andy ne voyait pas d'un très bon œil les incartades de Pénélope ; personne ne l'ignorait à Cold Spring, surtout pas la principale intéressée.

— Ce sont tous ces journalistes qu'elle a attirés ici avec son histoire à dormir debout, expliqua-t-il.

— Ce n'était qu'une simple méprise, Andy. L'erreur est humaine, après tout.

Le chef de la police plissa le front, et un voile de lassitude assombrit ses yeux clairs. C'était un grand gaillard bien charpenté, aux cheveux déjà grisonnants, natif de Cold Spring qu'il n'avait jamais quitté plus d'un mois. Cinq ans plus tôt, un accident de la route avait coûté la vie à sa femme. Une vilaine cicatrice lui barrait le front à la naissance des cheveux. A présent, il élevait seul ses jumelles de treize ans et veillait sur sa petite ville en qualité de commissaire de police. Il tenait à conserver à Cold Spring son image de bourgade paisible et sans histoire nichée au bord du lac.

Il but quelques gorgées de bière en silence et soupira.

— Pénélope commet trop d'erreurs de ce genre, Harriet. Un de ces jours, elle finira par s'en mordre les doigts. Son optimisme et sa bravoure à toute épreuve ne changent rien à l'affaire, hélas !

Il n'était pas le seul de cet avis, à Cold Spring. Mais Harriet n'avait pas la moindre envie de renoncer à son humeur allègre.

— Allons, tu es fatigué. Bois plutôt ta bière et détends-toi un peu.

Andy plissa légèrement les yeux.

— Tu ne me diras pas ce qui t'a donné envie de rire ?

Elle sentit ses joues s'enflammer. Pour une fois, elle ne rougissait pas par timidité ou pour s'être attardée au-dessus des fourneaux.

— C'est que la journée a été intéressante, voilà tout, répondit-elle sans se compromettre.

— Cet afflux de journalistes a été une bonne affaire pour l'hôtel, j'imagine.

Andy contourna le comptoir avec sa chope et vint s'asseoir près d'elle, comme il le faisait la plupart du temps. Il venait en général à pied de sa petite maison en ville, s'octroyant une demi-heure de répit pour s'évader de son rôle de policier et de veuf en charge d'une famille.

— Rien ne te plaît davantage qu'une caisse bien remplie, même si tu ne veux pas l'admettre, ajouta-t-il. Tu joues les maîtresses de maison attentionnées, mais ton accueil souriant n'est qu'une façade ; en réalité, tu alignes mentalement des chiffres avec la froideur d'une calculatrice.

— Tu crois donc me connaître si bien que cela ?

— Non, Harriet.

Il la considéra d'un air taquin ; sa fatigue semblait s'être soudain dissipée.

— Je ne te connais pas du tout.

— Oh ! Andy.

Elle le regarda boire sa bière, sa présence amicale contribuant à apaiser l'ébullition qui l'agitait et à la ramener à la réalité.

— Ton écervelée de cousine a invité Jane et Rebecca à aller préparer le sirop avec elle demain, après l'école, reprit Andy. J'espère que l'épisode de l'épave retrouvée est clos, à présent ; je ne veux pas que mes filles soient mêlées à cette affaire.

Harriet le rassura d'un sourire.

— Tu peux les lui confier sans aucune crainte. Pénélope a reconnu son erreur, tu le sais aussi bien que moi.

— Lyman l'a interdite de vol, hier. Tu es au courant ?

— Naturellement.

— Elle le méritait depuis longtemps, si tu veux mon avis. Penser que cette femme puisse piloter son appareil au-dessus de la ville me fait froid dans le dos.

— Voyons, Andy, c'est un excellent pilote ! Tu la considères encore comme la gamine de douze ans que tu as dû repêcher dans le lac.

Il maugréa entre ses dents — mais Harriet savait qu'un cœur d'or se cachait sous son caractère bourru.

— Je ne risque pas de l'oublier de sitôt. Quelle ingrate petite chipie ! Une vraie tête brûlée, un asticot déchaîné qui gigotait et ruait des quatre fers en hurlant qu'elle aurait pu s'en tirer toute seule. A quelques secondes près, elle serait morte de froid ; son corps était bleu et ses dents claquaient, mais cela ne l'empêchait pas d'ouvrir sa grande gueule.

Une lueur amusée brilla dans l'œil d'Harriet.

— Je m'en souviens. C'est cette volonté indomptable qui lui a permis de survivre, tu sais.

— C'est elle aussi qui lui attire toutes sortes d'ennuis. Comme tous les fonceurs, elle agit d'abord, et réfléchit ensuite.

Andy soupira et avala le reste de sa bière.

— Ecoute, j'étais encore un gamin quand cet avion a disparu. J'ai aidé mon père à ratisser les bois à sa recherche. Je voulais être un héros. Nous avons regardé partout. La famille Sinclair nous a harcelés sans relâche jusqu'à ce que nous ayons fouillé chaque mètre carré de ces collines. Si le Piper Cub de Colt y était, nous l'aurions trouvé.

— Pas forcément, dit Harriet. S'il avait percuté le flanc d'une colline et s'était écrasé au milieu des rochers…

— C'est une autre histoire.

Andy plongea son regard de flic dans celui de Harriet.

— A ce propos, qui aurait eu l'idée d'installer une décharge au milieu d'une pente abrupte, parmi d'énormes rochers ? Ça ne tient pas debout.

Harriet sentit son cœur palpiter comme un oiseau pris au piège.

— Andy…

— Si elle ment, je ne veux pas le savoir. Je t'en donne ma parole, Harriet. A mon avis, Pénélope n'a rien découvert dimanche, dans les bois. Seulement, elle n'a pas envie de reconnaître qu'elle s'est trompée.

Il quitta le tabouret de bar. Il avait de nouveau les traits tirés, comme si tous ces tracas étaient trop lourds pour lui. Puis une étincelle s'alluma inopinément dans ses yeux — la petite étincelle de malice que Harriet lui connaissait depuis toujours.

— Je crois avoir entendu dire qu'un Sinclair se promène dans les parages ?

Harriet laissa échapper un rire guilleret. C'était plus fort qu'elle. Andy Mac Nally connaissait sa théorie sur ses origines ; en ville, il s'agissait d'un secret de polichinelle. Bien sûr, tout le monde ne voyait là qu'une fable, une pure invention, mais elle s'en moquait. C'était son histoire à elle. Ses parents ne l'avaient jamais dissuadée d'essayer de trouver une explication au fait qu'on l'eût abandonnée sur le parvis d'une église, par une froide nuit d'avril.

— Oui, confirma-t-elle d'un ton posé. Le fils de Brandon Sinclair, Wyatt, est arrivé aujourd'hui de New York.

— A-t-il parlé avec Pénélope ? Tu penses qu'il la croit ?

— Je ne lui ai pas posé la question.

— Pose-la, dit Andy. Il ne manquerait plus qu'un Sinclair nous provoque une émeute en ville. Nous avons déjà bien assez de Pénélope. Ecoute, Harriet…

Il marqua une pause, puis secoua la tête.

— Non, rien.

Harriet lui sourit.

— Ne t'inquiète pas, Andy. Je ne vais pas me ridiculiser. C'est promis.

— Ce n'est pas ça…, dit-il d'un air embarrassé.

Il mentait, et Harriet le savait aussi bien que lui. Comme chaque soir, il lui demanda d'ajouter la bière à sa note et comme chaque soir, elle lui dit d'embrasser Jane et Rebecca. Après son départ, elle se servit un second verre de chardonnay — une petite faiblesse — et resta assise toute seule au bar à déguster son vin en rêvant.

6.

A 7 heures du matin, Pénélope était déjà levée, habillée et prête à partir. A 7 h 5, elle se rendit compte qu'elle ne savait pas où aller. La veille, son père l'avait appelée pour lui demander de ne pas se rendre à l'aéroport pendant quelques jours.

— Change-toi les idées. Réaccoutume-toi à la terre ferme. Plus tard, tu reprendras progressivement contact avec les avions, en commençant par balayer les hangars…

Elle alluma la télévision, regarda trois minutes un flash d'informations et éteignit. A cause de sa panique de la veille, il lui restait encore beaucoup de bois. Elle alluma donc un bon feu dans le vieux poêle ventru et l'écouta ronfler pendant quelques instants avant de se remettre à tourner en rond.

A quoi pourrait-elle bien s'occuper pendant les trois prochaines semaines ?

Elle se refusait d'allumer l'ordinateur. Peut-être le détraqué de la veille sévirait-il encore. Elle avait réussi à se persuader que ce message malveillant provenait d'un mauvais plaisant. Elle préférait l'ignorer et jugeait inutile d'en parler à quiconque.

Elle sortit sur la terrasse. Il ne faisait pas plus de deux degrés, dehors. La température monterait probablement à dix degrés dans l'après-midi. Deux ou trois la nuit et dix dans la journée : c'étaient là les conditions idéales pour la circulation de la sève, qui commencerait à couler vers midi. Heureusement, Jane et Rebecca Mac Nally devaient venir l'aider à confectionner du sirop après l'école.

Que faire jusque-là ?

A cet endroit, le lac était calme, silencieux, immobile sous l'épaisse couche de glace et de neige qui scintillait au soleil. Ici, il n'y avait pas de cabanes de pêcheurs et fort peu de chalets habités à l'année. Pénélope inspira une bouffée d'air froid, imaginant l'été, le ronronnement des bateaux sur l'eau bleue, les canoës-kayaks glissant le long des berges, les campeurs s'installant pour la saison.

Elle avait hâte de pagayer dans son propre kayak, d'aller plonger dans les eaux fraîches, poissonneuses. Il y avait une foule de choses à faire en été, dans la région des lacs. Et même en plein hiver, on pouvait skier et faire des promenades en raquettes. Durant cette saison intermédiaire, le choix était plus limité. Peut-être pourrait-elle essayer de persuader son père de repousser l'interdiction de vol aux premières chaleurs.

— Inutile d'y compter ! maugréa-t-elle tout en regagnant le séjour.

Elle jeta un coup d'œil sur la chaîne d'informations météorologiques. En effet, la température atteindrait dix à onze degrés l'après-midi. Satisfaite, elle éteignit de nouveau la télévision.

Il était 7 h 40.

Dans l'immédiat, quelle activité pouvait-elle entreprendre ? Un grand nettoyage de printemps, par exemple. Elle promena son regard dans le séjour et la cuisine, sur son mobilier sommaire, jeta un coup d'œil sur la chambre et le bureau. Oui, bien sûr, elle pouvait s'attaquer au nettoyage de printemps mais avec onze degrés maximum au thermomètre, ce n'était pas une journée vraiment printanière. Du reste, comment envisager de faire le ménage de fond en comble quand un feu ronflait dans le poêle à bois ?

Elle pouvait prendre son pick-up et proposer à Harriet et à sa mère de donner un coup de main à l'hôtel. Il y avait toujours quelque chose à y faire. Elles la mettraient immédiatement à contribution. Elle pourrait ainsi aider aux cuisines, faire un peu de ménage, de menus raccords de peinture, ou bien arroser les plantes.

Elle pourrait épier les faits et gestes de Wyatt Sinclair.

Cette idée l'apaisa soudain. Se laissant tomber sur le canapé, elle se remémora l'œil sombre et le sourcil sceptique, la carrure athlétique sous la veste de cuir noir. Il avait dû opter délibérément pour cette chemise noire et cette veste souple, afin d'impressionner davantage le bon peuple de Cold Spring — et peut-être elle, en particulier.

Le surveiller de plus près ne semblait pas une si mauvaise idée.

« Bonté divine ! songea-t-elle. Tu ferais bien de trouver une occupation avant de t'attirer de véritables ennuis ! »

Stimulée, elle se leva d'un bond. Dix minutes plus tard, les cheveux rassemblés en torsade sur la nuque, elle franchissait les ornières verglacées de la route boueuse pour aller jeter un coup d'œil sur ses godets de sève. L'air était vif, léger, sous un ciel bleu sans nuages.

D'immenses érables centenaires bordaient la route, majestueux et imposants avec leurs troncs garnis de godets en acier galvanisé. Pénélope prenait soin de ne pas creuser trop d'entailles ; les arbres pouvaient sans peine compenser la petite quantité de sève qu'elle prélevait à chacun. Un système de syphon eût été plus efficace, mais elle n'avait pas la prétention de commercialiser son sirop, qu'elle confectionnait uniquement pour le plaisir.

Elle redressa quelques godets, le cœur serré à la perspective des trois semaines interminables qui l'attendaient. Piloter était une *nécessité* pour elle. Son père ne le comprenait-il pas ? Si elle adorait la région, Cold Spring ne pouvait pas lui suffire.

Seulement, elle avait frôlé la panne de carburant.

— Je t'aurais interdite de vol, moi aussi, marmonna-t-elle.

Enjambant le muret qui longeait la route, de l'autre côté, elle alla contrôler d'autres arbres et remarqua au passage des traces de pas et des buissons piétinés. C'était peut-être Bubba, ou plus vraisemblablement les journalistes. Il leur fallait des prises de vue pour leurs reportages. Pourquoi auraient-ils poussé jusqu'aux terres des Sinclair ? Personne ne remarquerait la différence.

Pénélope poursuivit son chemin à travers les taillis dénudés, s'enfonçant parfois jusqu'à mi-mollet dans la neige. Celle-ci avait toutefois déjà complètement fondu sous la plupart des arbres. Le printemps commençait à pointer le bout de son nez.

Quelque chose bougea à proximité et elle s'immobilisa, prêtant l'oreille. Un écureuil ? Un oiseau ? Pas un bruit. Ce silence éveilla ses soupçons.

— Bubba ? appela-t-elle à mi-voix.

Pas de réponse. Si c'était Bubba, il ne fallait de toute façon pas en attendre.

Savait-il qu'elle s'était rétractée après avoir ébruité sa découverte ? se demanda-t-elle. Elle n'avait pas pris la peine d'aller jusqu'à sa cabane. A sa connaissance, il avait levé le camp et disparu avant l'arrivée de la presse — avant de savoir si elle tiendrait sa promesse.

Dans deux ou trois jours, elle essaierait de le trouver.

Elle fit demi-tour, ragaillardie par l'air froid et l'exercice. Comme elle escaladait le muret de pierre, un homme surgit de derrière un arbre et s'approcha d'elle. Surprise, elle poussa un cri.

Il leva les mains, paumes tournées vers elle.

— Là, là, du calme. N'ayez pas peur. Je suis Jack Dunning. Brandon Sinclair m'a chargé de mener une petite enquête.

Pénélope se ressaisit rapidement et acquiesça d'un hochement de tête tandis que son cœur recouvrait peu à peu un rythme normal. Entre deux âges, les cheveux châtain clair, l'homme qui se tenait devant elle portait une veste de mouton retourné et un chapeau de cow-boy. Et si le couvre-chef paraissait déplacé dans le paysage environnant, il ne s'en souciait manifestement pas le moins du monde. En le détaillant, Pénélope eut l'intuition que si Wyatt lui accordait à peine le bénéfice du doute, Dunning ne prendrait pas cette peine.

— Etes-vous Pénélope Chesnut ?

Elle opina de nouveau de la tête, vaguement embarrassée. Cette approche furtive était-elle une manœuvre délibérée ? Depuis combien de temps la suivait-il à son insu ? Tant bien que mal, elle écarta le flot de questions qui lui venait à l'esprit.

— Je jetais un coup d'œil sur mes godets de sève.

— Charmant passe-temps, le sirop d'érable. J'avoue en être plutôt friand moi-même. Cela vous ennuierait-il que nous bavardions un moment ?

Son accent était un curieux mélange d'intonations texanes et de nasillement new-yorkais. Pénélope essaya de se détendre, de ne pas se comporter comme s'il venait de la prendre en faute.

— Non, pas du tout. J'ai déjà expliqué au fils de M. Sinclair…

Il la fixa de ses yeux impassibles, aux prunelles délavées.

— Wyatt ne représente pas Brandon Sinclair, dit-il d'un ton posé. Moi, si.

— Bien. C'est noté.

Elle traversa la route. Le soleil commençait à faire fondre le verglas, ramollissant les ornières. Dunning lui emboîta le pas. En voyant la voiture de location garée derrière son camion, dans la petite allée de gravier, Pénélope se demanda s'il venait d'arriver ou s'il l'avait entendue appeler Bubba. Il le lui dirait probablement au cas où cela pourrait lui être de quelque utilité.

— Je comprends mieux à présent pourquoi il a été si difficile de retrouver une épave d'avion par ici. Le terrain est sacrément accidenté avec tous ces rochers, ces collines escarpées, ces arbres et ces taillis impénétrables.

Il l'observa du coin de l'œil, et Pénélope songea qu'elle préférait cent fois avoir affaire avec la presse plutôt qu'avec le détective privé de Brandon Sinclair ou avec son fils.

— Du moins, ajouta Dunning, s'il s'est bien écrasé ici.

— J'ai toujours pensé qu'ils avaient plutôt réussi à atteindre le Canada.

— Vous avez fait votre passe-temps favori de cet accident d'avion, n'est-ce pas ?

Qui avait pu lui confier cela ? L'idée qu'il soit allé se renseigner parmi ses amis et sa famille lui était odieuse.

— Le terme de « passe-temps » me paraît déplacé en l'occurrence, répliqua-t-elle. C'est faire bien peu de cas de deux disparitions tragiques. Je parlerais plutôt d'un mystère insoluble, survenu à deux pas de chez moi. Je m'y suis intéressée, voilà tout.

Inutile d'évoquer Harriet. Il en apprendrait probablement bien assez sur elle dans les plus brefs délais.

— Ecoutez, reprit-elle, comme je l'ai déjà dit à Wyatt, vous perdez votre temps avec moi. Je regrette infiniment d'avoir vendu la peau de l'ours de façon prématurée, mais c'était une décharge que j'ai trouvée dans les bois, pas une carcasse d'avion.

Dunning l'examina un long moment d'un regard soupçonneux. Au-dessus d'eux, les branches nues craquaient et gémissaient sous les assauts du vent, et Pénélope regretta de ne pas s'être couverte davantage. Elle n'avait pas la moindre envie que cet homme se croie capable de la faire frissonner.

— Permettez-moi une petite mise au point, dit-il. Ce que vous avez trouvé ne m'intéresse pas ; je représente une personne qui souhaite savoir ce qu'il est advenu de son frère disparu. Ce n'est pas plus compliqué que cela. Je n'ai pas l'intention de partir d'ici sans avoir obtenu la certitude que vous ne vous êtes pas rétractée sous une contrainte quelconque ou pour des motifs personnels.

— Et comment obtiendrez-vous cette certitude ? Je suppose que ma parole ne vous suffira pas.

Il esquissa un maigre sourire.

— La parole des gens ne me suffit jamais. Vous saurez que ma conviction sera faite quand j'aurai repris mon avion en direction de New York. Dans l'immédiat, pourquoi ne pas m'indiquer sommairement de quel côté se trouve cette décharge ?

— Là-bas, dans les bois. Sur les terres des Sinclair. A flanc de colline.

Dunning inspira lentement par le nez. Pour le reste, son expression demeura identique.

— Hum ! cela ne nous avance guère, mademoiselle Chestnut, déclara-t-il.

— Je m'appliquerais à être plus précise si j'avais trouvé une carcasse d'avion plutôt qu'une vieille décharge de ferraille.

— Vous êtes interdite de vol pour trois semaines. Cela vous laisse pas mal de temps devant vous. Pourquoi ne pas m'emmener faire un tour sur les terres des Sinclair cet après-midi et voir s'il y aurait un moyen de vous rafraîchir la mémoire ?

— Cet après-midi, je surveille la cuisson du sirop d'érable.

Il lui adressa un petit clin d'œil amusé.

— Vous êtes à la hauteur de votre réputation, ma chère.

Alors qu'il avait rejoint sa voiture, il se tourna vers elle avant de s'installer au volant.

— Je reviendrai, et vous pourrez me montrer les résultats des recherches que vous avez menées sur M. Sinclair et Mlle Beaudine.

— Appelez-moi avant. Je préparerai du café.

— Vous êtes un sacré numéro, en effet. Je vous ferai signe.

Pénélope laissa un quart d'heure d'avance à Dunning avant de sauter au volant de son camion et de foncer vers Cold Spring. Elle n'avait aucun projet précis. Simplement, elle se sentait incapable de rester une minute de plus chez elle pendant qu'un détective privé rôdait en ville. Comme s'il n'y avait pas assez de Wyatt Sinclair !

Elle trouva Harriet et sa mère dans la cuisine impeccable, resplendissante et ensoleillée de l'auberge. Les deux femmes émincaient des légumes pour leur fameuse salade de poulet au curry. Durant la saison creuse, elles proposaient un menu unique pour le déjeuner dans la salle panoramique. Lorsque la saison touristique battait son plein, elles embauchaient du personnel saisonnier.

Robby Chestnut détaillait avec soin une branche de céleri en petits morceaux sur le billot. Elle salua sa fille d'un bref hochement de tête. Pénélope ne fut pas surprise par cet accueil assez frais de sa mère. On n'était que mercredi et, au cours de la semaine, sa fille unique s'était déjà arrangée pour s'égarer dans la nature, attirer l'attention de la presse et celle des Sinclair, et écoper d'une interdiction de vol après l'ultime négligence d'une longue série. Robby — Pénélope ne l'ignorait pas — aurait préféré qu'elle fasse n'importe quoi plutôt que piloter des avions et arpenter les bois toute seule. Elle aurait aimé la voir confectionner des salades ou des brioches, aider au jardin ou à la décoration de l'hôtel, apprendre la broderie, ou rester assise auprès du feu avec de la lecture. Elle ne tenait pas absolument à ce que Pénélope travaille dans l'hôtellerie. Une profession libérale ou un poste d'enseignante aurait fait l'affaire — en fait, tout ce qui ne l'exposait pas au risque de tomber en panne de carburant en plein ciel ou de se perdre au cœur des collines enneigées.

Pénélope tira une chaise pour s'installer à la même table. Moins grande qu'elle, sa mère était aussi un peu plus enrobée et d'une beauté plus délicate, plus féminine. Ses cheveux courts, d'un blond plus clair que celui de sa fille, commençaient à se strier de mèches argentées. Elle ne se maquillait jamais. De l'eau, du savon, une crème hydratante, et Robby Chestnut était prête à commencer sa journée. Elle avait subi deux fausses couches avant la naissance de sa fille unique, et une troisième ensuite ; sans doute, estimait Pénélope, ces expériences l'avaient-elles rendue plus tolérante à l'égard de sa fille. Sans quoi, elles se seraient probablement heurtées plus souvent.

— Il est descendu prendre son petit déjeuner il y a une demi-heure, lança Harriet, qui râpait des carottes dans le robot électrique, sur le plan de travail.

Pénélope feignit de ne pas comprendre.

— Qui donc ?

— Wyatt Sinclair. N'est-ce pas pour lui que tu es là ?

Robby poursuivit sa tâche sans intervenir. Il était des choses qu'elle préférait ignorer — des choses que son mari et Pénélope lui épargnaient chaque fois que possible. Par exemple, Pénélope n'avait pas besoin de lui faire part du message reçu sur son courrier électronique ou de la visite matinale que lui avait rendu Jack Dunning. Non pas qu'elle risquât de se mêler de ses affaires — Robby considérait et acceptait sa fille comme une adulte —, mais elle se ferait du mauvais sang, se murerait dans une inquiétude muette, ou bien irait se procurer de la laine et des aiguilles à tricoter en priant pour que sa fille trouvât mieux à faire que de terroriser sa malheureuse mère.

— Je suis venue vous aider, répondit Pénélope. Papa ne me laissera pas approcher de l'aéroport aujourd'hui, et je crois que je ne vais pas tarder à devenir folle. J'ai pensé que je pourrais peut-être faire le ménage des chambres ou nettoyer les vitres, par exemple.

Les deux autres femmes échangèrent des regards entendus. Elles n'étaient pas tombées de la dernière pluie, tout de même.

Pénélope se demanda si sa mère avait fait la connaissance de Wyatt Sinclair. Prudemment, elle s'abstint toutefois de formuler la question.

— Ecoutez, dit-elle, je serais venue même si vous n'hébergiez pas un Sinclair. Mais une idée me vient à l'esprit : et s'il n'était pas réellement celui qu'il prétend être ? En faisant sa chambre, je pourrais peut-être... je ne sais pas, vérifier son identité ?

Harriet fit volte-face, son épluche-légumes à la main.

— Bonté divine, Pénélope ! Tu as l'intention de fouiller dans ses affaires ? Cela s'appelle espionner !

— Naturellement, dit Robby sans s'étonner. Tu n'imagines tout de même pas Pénélope aller nettoyer la baignoire d'un homme de son plein gré, sans une idée derrière la tête ?

Pénélope arracha un morceau de céleri et se mit à le mâchonner. Certains détails n'étaient pas prévus au programme. Elle envisageait volontiers de fureter dans la chambre de Sinclair ; nettoyer sa baignoire l'amusait beaucoup moins. Toutefois, s'il fallait en passer par là pour atteindre son but…

L'ayant percée à jour, sa mère et Harriet l'envoyèrent chercher le matériel nécessaire dans le cagibi. Deux autres chambres étaient occupées, l'une par Jack Dunning, la seconde par un homme d'affaires du Massachussets qui, affirma Robby, n'avait jamais entendu parler de Frannie et de Colt. Pénélope devrait faire également leurs chambres.

Et puis après ? se dit-elle. Il n'y avait pas de honte à avoir.

Elle s'intéressait presque autant au détective privé de Brandon Sinclair qu'à son fils, mais la perspective de fouiller dans les affaires de Dunning lui causait davantage d'appréhension. Elle se demanda s'il avait apporté une arme.

S'armant de courage, elle commença par la chambre de Dunning. Bien entendu, il n'avait pas même laissé une paire de chaussettes en guise d'indice sur la durée de son séjour ou la nature exacte de sa mission à Cold Spring. De toute évidence, c'était le genre d'homme qui n'avait confiance en personne, pas même en la femme de chambre. Elle refit le lit, récura la salle de bains de fond en comble, passa l'aspirateur et dépoussiéra les meubles, le tout en un temps record.

La chambre de Wyatt se trouvait un peu plus loin, sur le même palier. Clé en main, Pénélope colla l'oreille à la porte. Il était là. Elle pouvait l'entendre parler à mi-voix au téléphone. Une discussion d'affaires, semblait-il. Préférant qu'il ignore qui allait faire le ménage de sa chambre, elle se dirigea vers celle de l'homme d'affaires. Il avait réglé sa note. Pas de pourboire en perspective. Pénélope alluma la radio et entreprit de tout nettoyer en écoutant distraitement l'un de ces débats politiques qui pullulaient à l'approche des élections.

Préoccupée par les inévitables conséquences de son mensonge à propos de l'avion, elle perdit peu à peu la notion du temps. Quand elle se redressa après avoir dépoussiéré le téléviseur, chiffon sur l'épaule, produit lustrant à la main, elle s'aperçut que Sinclair se tenait dans l'encadrement de la porte. Il portait une chemise gris anthracite qui accentuait l'éclat de ses yeux noirs. Depuis combien de temps était-il là ?

Un pli ironique apparut sur ses lèvres.

— Je constate que vous avez plus d'une corde à votre arc, mademoiselle Chestnut.

— Je suis venue donner un coup de main à ma mère et à Harriet.

— Dans l'espoir d'en profiter pour fouiller ma chambre, je présume.

Elle le foudroya du regard.

— J'ai toujours eu horreur de ces gens qui croient tout savoir ! maugréa-t-elle.

— Certaines intentions sont tellement évidentes…

— Je me suis réveillée ce matin en pensant que vous pourriez très bien ne pas être un Sinclair, en définitive. Je voulais m'en assurer.

— Qui voulez-vous que je sois ?

— Un imposteur quelconque. Un journaliste. Je ne sais pas.

Il avança de quelques pas dans la pièce, qui parut aussitôt rétrécir, devenir soudain plus intime.

— Eh bien, je ne suis pas un imposteur, bien qu'à coup sûr mes proches aient dû se poser la question en certaines circonstances. Je m'apprêtais justement à aller faire un petit tour sur nos terres. Puisque vous semblez connaître assez bien les environs, peut-être pourriez-vous m'indiquer le chemin.

— De quelle manière ? En dessinant un plan, ou bien en vous accompagnant ?

— Accompagnez-moi.

L'accompagner sur les terres des Sinclair. Pénélope balaya du regard la chambre coquette dont le décor déclinait toute la palette des roses. Elle portait la signature de Harriet, mais Pénélope avait tout fait reluire. Un rayon de soleil — des plus tentants — se faufilait entre les rideaux vaporeux.

— Avez-vous de quoi vous vêtir chaudement ? Si vous vous égariez, vous pourriez être surpris par le gel.

— Tout ira bien.

Bien sûr. Il s'agissait de Wyatt Sinclair, grand baroudeur et alpiniste chevronné. En dépit de la tragédie survenue en Tasmanie, une petite randonnée dans les massifs sauvages du New Hampshire n'était certes pas de nature à l'impressionner.

Pénélope songea à Bubba Johns et se demanda comment il réagirait si le hasard menait Wyatt à sa cabane ; et Wyatt, comment réagirait-il, lui ? Les terres des Sinclair devaient être sillonnées d'empreintes à peine fondues de Bubba. Wyatt pourrait même tomber sur ce qui restait de ses empreintes à elle, qui le mèneraient à la carcasse du Piper Cub. Alors, elle se retrouverait à la case départ : journalistes, détectives, la vie de Bubba sens dessus dessous. Celle de Harriet, aussi ; et même la sienne. Le cœur soudain serré, elle se remémora le message de la veille. Et s'il ne s'agissait pas d'un mauvais plaisant ?

La partie était loin d'être gagnée, mais Pénélope ne voulait pas courir le risque qu'il découvre par hasard le site de la catastrophe. Mieux valait qu'elle le guide elle-même. Là aussi, c'était une entreprise risquée. Elle songea aux ondes presque palpables qui avaient circulé entre eux la veille. Au moins le vent glacial suffirait-il à refroidir ce genre d'ardeurs.

— D'accord, excellente idée ! dit-elle d'un ton un peu trop enthousiaste. Je vous servirai de guide. Ce sera tout de même plus efficace qu'un plan.

Il l'observa du coin de l'œil, sur le qui-vive.

— Qu'y a-t-il ? interrogea-t-elle.

— J'essaie de deviner ce qui vous incite à vous montrer subitement si coopérative.

— Rien de plus simple. Je préfère cent fois me promener dans la nature que de faire briller des meubles et écouter les sempiternelles jérémiades de ma mère et de ma cousine à propos de mon métier, de ma vie sentimentale et de l'endroit où j'habite.

— Dans cet ordre ?

Pénélope promena son chiffon sur le bois de merisier du grand lit ancien, remercia le ciel que Wyatt ne l'eût pas surprise dans sa chambre. Ce tête-à-tête était déjà suffisamment intime comme cela.

— Dans cet ordre aujourd'hui. Cela varie selon les jours.

— Que reprochent-elles à l'endroit où vous habitez ?

— Son isolement, la petite route dangereuse, le confort sommaire du chalet.

— Je vois. Quant à votre métier…

— Ma mère aurait rêvé que je choisisse une profession moins dangereuse. De toute façon, elle me considère comme un véritable kamikaze.

— Ah, bon ?

— Et ma vie sentimentale ne concerne que moi, conclut Pénélope de façon précipitée, sans laisser le temps à Wyatt de s'en enquérir.

Une étincelle dansa dans les prunelles sombres, mais Wyatt s'abstint de tout commentaire.

— Bien entendu. Dois-je vous attendre en bas pendant que vous fouillez dans ma chambre ? Le ménage serait vraiment superflu, vous savez.

Voilà un homme qui ne se laissait pas facilement démonter. Il témoignait d'un sang-froid et d'un flegme exemplaires ; elle était prête à parier qu'il n'avait pas cédé à la panique lors de la tragédie qui avait coûté la vie à son compagnon. Contrairement aux insinuations des journaux à scandale, le fait qu'il lui ait survécu n'était certainement pas sa faute. Sous son calme apparent, néanmoins, Pénélope devinait un véritable creuset d'émotions frémissantes qui la dissuaderait de rester dans les parages quand il perdrait patience.

— Je peux simplement déposer des serviettes propres et en rester là pour aujourd'hui.

— N'hésitez pas.

Elle se dirigea vers sa porte, sentant confusément qu'il avait gagné cette manche — comme s'il avait déjà tout combiné avant d'apparaître sur le pas de la porte. Il aurait pu l'apercevoir dans le débarras ou bien alors qu'elle fouillait la chambre de Dunning. Rien ne l'agaçait davantage que de penser qu'il pouvait deviner comment fonctionnait son esprit.

— Au fait, dit-il dans son dos, pour ne rien vous cacher, personne ici n'ajoute foi à votre petite histoire.

Pénélope lui jeta un coup d'œil en coin.

— Sur quel point, en particulier ?

— Sur tous les points. Les gens estiment, soit que vous avez découvert l'avion, soit que vous n'avez rien trouvé du tout et inventé cette histoire de décharge pour sauver la face.

— Si j'avais découvert l'avion, pourquoi le nier ?

— C'est toute la question, en effet.

Pénélope refusa de se laisser désarçonner.

— Il était tard, il y avait une drôle de lumière, et la fatigue se faisait sentir. J'aurais aisément pu croire apercevoir un yeti alors qu'il s'agissait d'un simple chevreuil. Il n'y avait que moi, et moi seule, là-bas. Allez-vous me harceler de questions et jouer au chat et à la souris, ou bien vous détendre et profiter de la promenade ?

Bien campé sur ses jambes, il plissa les yeux et esquissa un imperceptible sourire en coin.

— Oh ! je me sens tout à fait capable de faire les quatre à la fois.

7.

Dès que Wyatt eut annoncé son intention d'aller faire un tour dans les bois, Harriet insista pour lui préparer un pique-nique. Quand il précisa que Pénélope l'accompagnait, elle en prépara un second, avec moins d'enthousiasme. Elle plaça les deux déjeuners dans un sac à dos, lui conseillant de ne pas laisser Pénélope le porter, car elle risquait de l'oublier ou de s'asseoir dessus et les cookies encore tièdes finiraient en miettes.

Avant même d'avoir atteint sa route à ornières, la jeune femme s'intéressait déjà aux cookies. Elle fouilla d'une main dans le sac à dos tout en conduisant, car ils avaient décidé de prendre son camion, et réussit à éviter les principaux nids-de-poule.

— Ah ! c'est tout Harriet, ça, marmonna-t-elle. Elle vous a donné quatre cookies, et je n'en ai que trois.

— Comment le savez-vous ?

— Elle a marqué l'un des sacs d'un grand W. Je suppose qu'il s'agit du vôtre.

Amusé, Wyatt sourit.

— J'aime bien Harriet.

— Elle doit estimer que je dépense moins d'énergie que vous pour escalader les collines. Voulez-vous vous arrêter pour louer des après-skis ou bien ces chaussures feront-elles l'affaire ?

Il portait de gros souliers de randonnée montants et bien étanches, tout à fait adaptés aux circonstances.

— Ça ira, merci.

— Il peut y avoir quelques difficultés par endroits, mais je suppose que vous avez l'habitude de vous hisser sur le rebord des corniches à la force des doigts. Un peu de neige jusqu'aux mollets ne devrait pas vous impressionner.

En tout cas, songea Wyatt, la frayeur qu'il avait devinée chez elle la veille semblait dissipée ce matin. Il avait décidé de ne pas la détromper sur son compte, en définitive ; plus elle le prenait pour un personnage diabolique — accordé à la réputation des Sinclair —, plus elle se tenait sur ses gardes. Et paradoxalement, plus elle se méfiait, mieux il déchiffrait ses pensées. Ce n'était pas une femme accoutumée à cacher son jeu. Sans même s'en rendre forcément compte, elle avait l'habitude de vivre dans un climat de franchise, s'exprimant en toute liberté, sans éviter la confrontation avec ses proches qui finissaient sans doute par lui pardonner toutes ses incartades.

Au demeurant, son entourage agissait de même avec elle. Ce n'étaient pas des gens entraînés à dissimuler, à garder des secrets et à mentir à tout propos. C'était là l'unique espoir auquel il pouvait se raccrocher pour voir sa tâche un peu facilitée.

Ils roulèrent environ un kilomètre après avoir dépassé le petit chalet de Pénélope et se garèrent au bord de la route en face d'un pré recouvert d'une neige immaculée qui étincelait au soleil. Pénélope mit des lunettes teintées et dessina d'un bras un vaste arc de cercle.

— Vos terres se trouvent au-delà de ce pré, à droite et à gauche, à perte de vue et derrière les collines, jusqu'à l'endroit où elles rejoignent le domaine d'Etat. Il y aurait là de quoi vous occuper un certain temps. Dans l'ensemble, personne n'y a touché depuis que votre père et votre grand-père ont abandonné les recherches de l'avion disparu et quitté la région.

— Dans l'ensemble ? Qu'entendez-vous au juste par là ? Pénélope inclina la tête.

— Eh bien, j'ai entaillé quelques érables et me suis égarée de temps en temps dans ces bois. Vous pouvez y rencontrer deux ou trois chasseurs, mais la plupart des gens n'y mettent pas les pieds. Nous n'avons pas envie de courir le risque que votre famille vende tout ou partie à des promoteurs.

Wyatt ne releva pas cette dernière remarque.

— Avez-vous une suggestion de promenade ?

— J'ai incisé une douzaine d'arbres au fond de ce pré. J'ai pensé que nous pourrions suivre une boucle et repasser par là au retour. Peut-être pourriez-vous m'aider à rapporter les godets ; il n'y en a pas tellement.

Le regard dissimulé derrière ses lunettes noires, elle lui jeta un bref coup d'œil en coin.

— A moins que vous m'interdisiez de prélever la sève ?

Il remarqua de gros bidons en plastique à l'arrière du camion. Drôle de passe-temps, songea-t-il. Tout en sachant que, pour Pénélope, c'était une réaction inattendue de la part d'un Sinclair, il haussa les épaules.

— Je ne vois pas très bien de quel droit je vous l'interdirais. Et je peux vous aider à rapporter les seaux.

Elle esquissa une parodie de révérence.

— Merci infiniment.

— Je suppose que ce chemin ne nous mènera pas du côté de votre décharge abandonnée ?

Perdant soudain de son assurance, Pénélope fronça les sourcils.

— Même avec les vivres que nous a remis Harriet, nous ne sommes pas préparés à nous enfoncer aussi loin dans la forêt — en admettant que je sois en mesure de retrouver l'endroit, ce qui n'est pas le cas.

— Vous n'y étiez pas préparée non plus dimanche.

— Je m'étais *perdue.*

Cela, Wyatt voulait bien le croire.

— Très bien. Alors, je vous laisse prendre les devants.

Elle s'engagea dans le pré, où le soleil commençait de faire fondre la neige et où quelques plaques d'herbe grise et détrempée apparaissaient par endroits. Wyatt observa un instant la silhouette élancée, athlétique de la jeune femme, les longues jambes qu'on devinait fermes et galbées sous le fuseau bien ajusté. Elle portait un anorak sur son épais polo de coton, mais ne s'était pas encombrée d'un bonnet ou de gants. Ses cheveux épais, souples et vigoureux, flottaient librement au vent, lui caressant les épaules. Quelques conversations avec des habitants de Cold Spring lui avaient appris qu'on la considérait en général avec une affection teintée d'exaspération, lui accordant fort peu de chances de dénicher un homme qui l'accepterait telle qu'elle était — et elle ne se mettrait sûrement pas à minauder pour en attirer un, Wyatt en était persuadé.

Elle se retourna avec impatience.

— Eh bien, vous venez ?

Amusé, Wyatt lui obéit.

Elle le guida vers un ancien chemin de bûcherons qui longeait l'extrémité du pré ; chemin qui traversait ensuite une forêt encore jeune, puis gravissait une colline en pente douce offrant de superbes points de vue sur le lac Winnipesaukee. C'était une région magnifique, se dit Wyatt. De façon inopinée, il se remémora une ascension du mont Washington avec Hal par une belle journée lumineuse d'automne. Quel âge avaient-ils ? Dix-neuf ou vingt ans, peut-être. A présent, Hal n'était plus là. Pénélope n'avait pas tort de le croire insupportable et dangereux, même s'il l'était d'une manière bien différente de ce qu'elle imaginait.

Le chemin descendait, puis remontait au flanc de la colline suivante pour se rétrécir finalement en un sentier sinueux qui donnait l'impression de s'enfoncer dans les profondeurs de la forêt alors qu'il longeait en fait, d'assez loin, la petite route. Wyatt, qui l'avait remarqué, se demanda si Pénélope ne cherchait pas à le tenir délibérément à l'écart de quelque chose.

Comme ils atteignaient le sommet d'une autre colline, elle marqua une pause et inspira à pleins poumons. Du regard, elle balaya les arbres dénudés, la neige étincelante et le ciel d'un bleu clair, manifestement dans son élément.

— On peut voir très loin à cette époque de l'année. C'est superbe, n'est-ce pas ?

Tout à coup, Wyatt comprit comment elle avait fini par se perdre le dimanche précédent. Ce n'était pas que le sens de l'orientation lui fît défaut, ni qu'elle fût partie à la recherche du Piper Cub ou d'autres érables à ponctionner. Elle n'avait pas fait attention. Elle s'était laissé distraire par une foule de choses — la perspective d'une meilleure vue sur le lac, n'importe quel spectacle susceptible de l'émerveiller — et, de fil en aiguille, sa flânerie l'avait entraînée de plus en plus loin, jusqu'au moment où elle avait dû admettre qu'elle ne savait plus du tout où elle se trouvait.

Il l'imaginait très bien en train de regarder autour d'elle et de s'apercevoir soudain qu'il n'y avait plus de chemin, plus le moindre repère connu ; aussi vexant que ce fût pour la sauvageonne des bois, la randonneuse chevronnée, elle s'était égarée.

Un mode de vie plutôt dangereux, en effet.

Toutefois, une fois en mesure de rentrer chez elle, Pénélope devait être également capable de retrouver le chemin de l'endroit où elle s'était initialement perdue — de cela, Wyatt ne doutait pas.

— Je meurs de faim, déclara-t-elle. Voulez-vous que nous mangions nos sandwichs ici, en plein air, ou bien préférez-vous attendre d'être revenu au camion ? Nous pouvons encore aller chez moi et faire honneur à ce pique-nique au coin du feu.

Tout en parlant, elle releva ses cheveux à deux mains et ôta ses lunettes pour les caler sur sa tête, examinant les possibilités de s'installer quelque part. Wyatt désigna un gros rocher, légèrement à l'écart du sentier.

— Pour ma part, cet endroit me conviendrait tout à fait. Pénélope descendit la fermeture à glissière de son anorak.

— Parfait.

C'était un imposant bloc de granite coincé entre deux pins sylvestres, qui descendait en pente assez douce de leur côté depuis une large plate-forme dominant un mur presque vertical à l'autre extrémité. Pénélope saisit une branche souple, grimpa sur le rocher et s'assit en tailleur au sommet. Wyatt suivit. Il n'aurait plus manqué qu'il fît un faux pas, mais il réussit à la rejoindre sans incident. A vrai dire, il se sentait un peu rouillé. Après une interruption de deux ans, un simple rocher en forêt lui donnait du fil à retordre.

— Ma foi, ce n'est pas mal, ici, dit Pénélope en remontant les manches de son anorak et de son polo.

Elle avait de belles mains avec de longs doigts fins aux ongles soignés, coupés assez courts.

— La pierre est un peu froide sous les fesses mais, dans l'ensemble, nous sommes plutôt bien installés.

Wyatt demeura muet. Voilà le risque auquel il s'exposait, songea-t-il. Manifestement, cette jeune femme n'avait pas la moindre idée de l'effet qu'elle pouvait produire sur un homme. Elle se figurait peut-être qu'elle ne correspondait pas aux goûts d'un Sinclair. Ou bien encore, en ce moment, le considérait-elle comme un simple compagnon de randonnée. Il n'était pas censé fantasmer sur le contact de ses fesses avec la pierre froide et tout ce qui pouvait lui passer par la tête. Si elle se doutait des méandres que suivaient ses pensées, elle l'enverrait illico rouler dans la neige.

Ce qui pourrait se révéler fort amusant, du reste, s'il réussissait à l'entraîner avec lui.

Il chassa avec énergie ces idées stupides. Oui. La pierre était bien froide.

— La température se réchauffe de jour en jour, expliqua-t-elle en lui tendant son pique-nique. La sève ne sera pas gelée dans les godets. Cette activité est tout ce qui me reste pour ne pas « disjoncter » au cours des trois semaines à venir.

— Trois semaines, ce n'est pas si long.

— C'est une *éternité !* Encore onze heures à tuer et la première journée sera enfin passée. J'espère pouvoir réussir à amadouer papa et obtenir une réduction de peine. Une semaine devrait faire l'affaire.

Elle plongea la main dans le sac préparé par sa cousine et entama son sandwich au jambon.

— Je vais essayer de trouver un puzzle géant. Cela m'aidera à passer le temps.

Avec la courbe tiède de sa hanche contre la sienne, Wyatt imagina différentes manières de l'aider à passer le temps. Il mordit à pleines dents dans le pain croustillant, à peine écrasé par son séjour dans le sac à dos. Wall Street semblait à des années-lumière. Il respira l'air frais et vif, huma l'odeur de mousse humide et celle, un peu âcre, des résineux, auxquelles se mêlaient les effluves subtils — une pointe de citronnelle, peut-être — émanant des cheveux de Pénélope...

Ça suffit ! se dit-il, avant d'ajouter tout haut :

— Y a-t-il encore des Beaudine à Cold Spring ?

— Non. Frannie avait quatre ans à la mort de son père, dix ans quand sa mère s'est éteinte à son tour. C'était une famille pauvre qui menait une vie rude à la campagne et n'avait même pas les moyens de se faire soigner correctement. Ses grands-parents ont essayé de l'élever, mais leur santé n'était pas formidable non plus. Ils sont morts depuis bien longtemps — ils l'étaient déjà depuis plusieurs années quand elle a disparu. Elle n'avait aucune raison de revenir ici ; en fait, elle en avait surtout de ne jamais remettre les pieds dans la région. Pourtant, ses racines étaient ici, et beaucoup de gens prétendent qu'elle avait toujours eu l'intention de rentrer définitivement au pays un jour ou l'autre.

— Pas de frères et sœurs ?

— Rien qu'elle. Pour le reste, elle a toujours été studieuse ; un vrai rat de bibliothèque. Un professeur du lycée s'est intéressé à elle et l'a guidée, conseillée, aidée à choisir sa voie. Frannie était certainement ce qu'on appellerait maintenant une enfant surdouée. Elle a commencé à apprendre à piloter à l'âge de seize ans, ce qui à l'époque a fait sensation. Puis elle est partie pour New York. Elle était belle, intrépide, intelligente, et tout le monde était fou d'elle.

— Vous semblez avoir bien cerné le personnage.

— Je ne sais pas : il me semble parfois qu'il m'échappe complètement. J'ai parlé à toutes sortes de gens qui l'ont connue. J'ai même parcouru deux cents kilomètres en voiture pour rencontrer dans une maison de retraite son professeur de dessin au lycée ; cette dame se souvenait d'une foule de détails sur son élève préférée. Frannie produisait cet effet-là sur les gens.

Wyatt hocha la tête.

— Dommage qu'elle soit morte si jeune.

Pensive, Pénélope débarrassa son pantalon de quelques miettes et entama un cookie.

— Cette association d'activités si différentes — histoire de l'art et aviation — me fascine. Peut-être parce que je suis moi-même pilote... Pourtant, à mon avis, ce dont Frannie avait besoin par-dessus tout — plus que de piloter, plus que de se passionner pour l'art —, c'était d'être aimée.

— Pourquoi pensez-vous cela ?

— C'est ce qui ressort de mes conversations avec tous ceux qui l'ont connue. Elle était assoiffée d'amour ; aimer et être aimée : tout ce qui lui avait manqué dans la vie...

Intrigué par l'intérêt que la jeune femme portait à une inconnue, Wyatt garda un moment le silence.

— C'est alors que Colt entre en scène, dit-il enfin.

Pénélope confirma d'un hochement de tête.

— Frannie était prête à se laisser tourner la tête par quelqu'un dans son genre : un homme riche, de belle prestance, aussi intrépide qu'elle, et qui lui aussi avait terriblement besoin d'amour. Entre eux, le coup de foudre a dû être immédiat.

— Il avait cinq ans de moins que Frannie.

— Oui, mais c'était un Sinclair.

Comme si cela suffisait à tout expliquer. Wyatt observa Pénélope du coin de l'œil, la vit récupérer du bout de la langue un petit morceau de chocolat sur sa lèvre inférieure, sentit le désir monter brusquement en lui et se demanda si elle n'avait pas raison quelque part.

— C'était un gamin de vingt et un ans, insista-t-il.

— Vous pensez que c'est Frannie qui lui a tourné la tête ?

— Je pense que chacun a vu en l'autre ce qu'il voulait voir.

Pénélope réfléchit un instant.

— Ils étaient amoureux.

— Et vous croyez qu'ils se sont enfuis ensemble pour cela ? Parce qu'ils étaient amoureux ?

La jeune femme parut perplexe.

— Pourquoi pas ?

— Parce que ça ne suffit pas, dit Wyatt, laissant errer son regard sur les bois enneigés, dont le silence et l'isolement s'accordaient si bien à ce qu'il ressentait au plus profond de lui-même. L'amour n'est jamais une motivation suffisante pour un Sinclair.

— Voilà une vision bien pessimiste de votre hérédité.

— C'est ainsi, pourtant.

Apparemment consciente qu'il était très sérieux, elle s'apprêtait à dire quelque chose, mais il ne lui en laissa pas le loisir : il fourra les restes de leur pique-nique dans le sac à dos et se leva d'un bond.

— Il vaudrait mieux aller récupérer vos godets de sève.

— D'accord. Je crois que je viens de vous résumer l'introduction d'une biographie de Frannie Beaudine, que je n'ai pas la moindre intention d'écrire, du reste. La mort de votre oncle n'en reste pas moins une épouvantable tragédie à mes yeux, croyez-le. Ils étaient tous les deux si jeunes.

— Bien trop jeunes pour mourir, en effet.

Wyatt perçut la réticence de Pénélope à abandonner le sujet. Elle remit ses lunettes et descendit du rocher, glissant légèrement dans la neige. Comme il la retenait par le coude, elle le remercia avec une politesse un peu guindée qui révélait un certain trouble, probablement lié à la nature de leur conversation sur le tempérament des Sinclair.

Ils regagnèrent l'orée du bois en suivant un circuit en boucle et retrouvèrent bientôt les érables que Pénélope avait entaillés. Wyatt l'aida à rassembler les godets en deux seaux qu'ils pourraient sans trop de peine porter jusqu'au camion. Certains arbres avaient deux entailles, d'autres quatre, et Pénélope expliqua que le nombre dépendait de la taille et de l'âge de l'arbre.

— Il ne faut surtout pas inciser un arbre qui n'a pas encore quarante ans, précisa-t-elle.

A proximité d'un énorme érable qui devait bien avoir deux fois quarante ans, Wyatt remarqua des traces de pas encore nettes dans la neige humide.

— Qui a bien pu passer par là ? demanda-t-il en les montrant du doigt.

Pénélope s'approcha.

— Ce sont peut-être nos empreintes.

— Nous ne sommes pas arrivés de ce côté.

Il s'accroupit pour les examiner de plus près.

— Ce ne sont ni vos chaussures ni les miennes.

— Alors, ce doit être moi, l'autre jour…

— Le pied est beaucoup trop grand.

La jeune femme esquissa une grimace.

— On dirait que je me trouve en présence d'un véritable spécialiste des traces de pas. Ce sont sans doute celles d'un promeneur. Les touristes aiment photographier les godets de sève.

— Il y en a des dizaines au bord de la route. Ils n'auraient pas besoin de venir aussi loin.

— Dans ce cas, il s'agit peut-être d'un journaliste, ou bien de votre détective privé, Jack Dunning. Il rôdait autour de chez moi, ce matin.

— Ce n'est pas mon détective privé, mais celui de mon père. Pourquoi rôdait-il autour de chez vous ?

— En fait, il est juste passé me dire bonjour. N'allez pas tout répéter à votre père pour lui faire perdre son poste, mais, tout de même, il me fait froid dans le dos.

— Pénélope…

Elle le regarda bien en face, le soleil accrochant des reflets d'or dans ses cheveux clairs.

— Oui ?

— A qui appartiennent ces empreintes ?

Elle posa les mains sur ses hanches, l'air faussement indigné.

— Ce doit être pénible d'avoir une mentalité aussi méfiante ! Vous vous rendez la vie bien plus compliquée que nécessaire.

— C'est l'hôpital qui se moque de la charité. Je me demande vraiment comment vous parvenez à ne pas vous embrouiller dans tous vos mensonges.

Réduite au silence, elle lui tourna le dos avec humeur.

Wyatt se redressa d'un mouvement vif, la saisit par le bras et la fit pivoter vers lui d'un geste ferme, sans être brutal. Il se tenait tout près d'elle. Beaucoup trop près. Il ne pouvait distinguer ses yeux derrière les lunettes noires. Mais ces cheveux blonds, cette bouche, cette gorge détournaient déjà suffisamment son attention. Peut-être eût-il été mieux inspiré de rester à New York.

— Avant que je quitte la région, vous me direz la vérité.

Elle fronça les sourcils, sans laisser paraître aucun sentiment de crainte, à la différence de la veille — un mystère de plus à éclaircir.

— Serait-ce une menace ? s'enquit-elle.

— Non. Une simple certitude.

Wyatt la vit humecter ses lèvres, comme si leurs bouches allaient se toucher, comme si elle y songeait. Malgré lui, sa voix se fit plus douce.

— Je ne sais pas pourquoi vous mentez, Pénélope, mais vous n'avez aucune raison de me cacher quoi que ce soit. Mon seul désir est d'aider mon père à faire enfin le deuil d'un frère perdu depuis très, très longtemps. C'est tout, absolument tout. Je n'ai pas d'intérêt personnel à agir ainsi.

— Je ne cache rien.

— Ecoutez, tout le monde ici garde la bouche cousue. Je peux le comprendre. On n'aime pas les étrangers — et les Sinclair, encore moins que les autres. Cela aussi, je le comprends. Mais ce n'est pas parce que vous rechignez à faire des confidences aux « intrus » que vous êtes d'excellents menteurs.

— Je n'ai pas la bouche cousue. Il a suffi que j'émette la suggestion que je croyais avoir peut-être découvert cet avion, pour que toute la presse du pays et un membre de la famille Sinclair fondent sur moi — sans compter le fameux détective privé. Pourquoi est-ce que je voudrais passer pour une idiote aux yeux de tout ce monde ? Croyez-vous que cela m'amuse d'être aux abois, avec vous et Dunning en permanence sur le dos ? Si je mentais, je pourrais être plus astucieuse.

Wyatt, qui entrevoyait de plus en plus la vérité, secoua la tête.

— Là n'est pas la question. En réalité, vous vous moquez comme d'une guigne de ce que pensent les gens. Vous vous souciez uniquement de Cold Spring. Vous vous souciez de votre famille et de vos amis.

— Vous plaisantez ? J'ai passé l'essentiel de ma vie à essayer de trouver le moyen de m'échapper d'ici. Pourquoi croyez-vous que l'aviation me passionne ?

— Je sais que j'ai raison, affirma Wyatt, refusant d'en démordre.

— Vous en savez donc déjà tellement sur mon compte ? dit-elle non sans mépris.

— En effet.

Pénélope se montrant soudain impatiente d'en finir, Wyatt l'aida de son mieux à descendre les seaux de la colline et à les vider dans le bidon du coffre, mais elle ne tenait pas en place. Finalement, elle empoigna les deux seaux vides et repartit à grands pas dans la neige. Il l'attendit auprès du camion, pensant que son énergie allait s'épuiser. Mais elle revint peu après au pas de charge, après avoir sans doute remis les godets en place.

Adossé au camion, Wyatt la suivit des yeux, tout en réchauffant ses mains dans ses poches. Celles de Pénélope avaient l'air gelées. Elle avait le nez rouge, et ses cheveux ébouriffés virevoltaient autour de sa tête. Que d'agitation pour éviter de réfléchir à un sujet qu'elle ne pourrait pas éternellement éluder — à savoir lui, Wyatt, et ces traces de pas dont elle se refusait à lui avouer l'origine.

Elle continua néanmoins de feindre l'affairement.

— Rebecca et Jane Mac Nally vont arriver chez moi d'un instant à l'autre, expliqua-t-elle. Ce sont les filles du chef de la police.

Un avertissement, comprit-il. Elle marqua une pause afin qu'il l'apprécie.

— Elles viennent m'aider à confectionner le sirop.

— Très bien. Je vous aiderai aussi. Je ne suis pas pressé. Vous pourrez me raccompagner en ville un peu plus tard.

La jeune femme contempla le ciel avec un soupir, passa une main dans ses cheveux bouclés et remonta ses lunettes sur sa tête avant de fixer son regard sur lui.

— Laissez-moi un peu respirer, Sinclair. Je n'ai vraiment pas besoin qu'une paire d'yeux noirs incrédules me suivent en permanence !

— Une paire d'yeux noirs incrédules ? Jolie formule. Vous avez un certain sens théâtral.

Il glissa ses mains sous les siennes, qui étaient rouges et crispées ; Pénélope serra aussitôt les poings, comme pour se cuirasser contre lui.

— Vous ne portez jamais de gants ? interrogea-t-il.

— Je n'avais pas prévu de porter des seaux. Je pensais seulement…

— Détendez-vous, dit-il avec douceur tandis que les longs doigts se réchauffaient peu à peu entre les siens. Je ne vous obligerai pas à faire ou à dire quoi que ce soit.

— Il n'y a rien du tout…

— Il y a quelque chose, Pénélope. Quelque chose vous a effrayée hier soir et quelque chose vous incite en ce moment même à vous agiter dans tous les sens.

Elle ferma les yeux, inspira. Avec les pouces, il lui massa les mains, sentant la chaleur revenir, leur raideur s'atténuer. Autour d'eux, les branches craquaient et bruissaient sous les assauts du vent, un pivert frappait méthodiquement sur un tronc d'arbre, quelques moineaux pépiaient, s'appelant d'un buisson à l'autre.

Finalement, Pénélope leva la tête et l'observa d'un air pensif, hésitant. Wyatt avait l'impression de voir son esprit fonctionner, peser le pour et le contre. Elle dégagea ses mains et les enfonça dans les poches de son anorak.

— Ces traces de pas…

— Vous n'êtes pas tenue de me le dire maintenant.

Elle détourna les yeux vers le pré.

— Ce sont celles de Bubba Johns.

— Et qui est Bubba Johns ?

Après un bref silence, elle se lança.

— Bubba est notre ermite local.

Wyatt réfléchit un instant, puis secoua la tête avec un rire bref.

— Ça par exemple ! J'aurais dû me douter qu'un ermite allait se manifester à un moment ou à un autre dans cette histoire de fous.

Mais c'était tout. Elle ne dirait rien de plus. Tout en maugréant que les filles du chef de la police allaient arriver et qu'elles devaient faire bouillir la sève d'érable, elle contourna le camion pour aller s'installer au volant. Wyatt jeta un dernier coup d'œil sur le pré enneigé. Un ermite. Un bébé abandonné sur le parvis d'une église.

Et Pénélope Chestnut, avec ses grands yeux verts, ses cheveux fous, son énergie rayonnante et ses secrets trop lourds pour elle.

Il avait intérêt à continuer d'ouvrir l'œil et à ne pas être trop crédule. Pour autant, il ne fallait pas brusquer les choses, surtout pas. Il n'était pas d'ici, et les Sinclair n'étaient pas très appréciés des autochtones — y compris Pénélope, en dépit du désir fou qu'il avait eu de l'embrasser sur un tapis de neige fondante.

— Bubba est inoffensif, déclara-t-elle.

— Vous avez dit la même chose à propos de votre cousine Harriet.

— Ils sont inoffensifs l'un et l'autre.

— Est-ce à cause de Bubba que vous vous êtes rétractée ?

Elle soupira d'un air excédé.

— Je me suis rétractée parce que j'avais commis une erreur. Harriet et Bubba n'ont rien à voir avec la décharge de ferraille que j'ai aperçue dans les bois, tout de même !

— Dans ce cas, pourquoi avoir voulu me cacher l'existence de cet ermite ?

— A cause… à cause de votre comportement.

Dès que Wyatt se fut assis du côté passager, la jeune femme fit demi-tour et reprit la petite route détrempée, négociant les virages avec adresse et détermination.

— Eh bien, ma foi, étant donné mon comportement, je n'aurais pas dû hésiter à vous embrasser quand j'en avais l'occasion.

Elle ne s'attendait pas à cela, et le camion dérapa sur le bas-côté boueux.

— Vous êtes vraiment impossible ! s'exclama-t-elle en redressant de son mieux pour ramener le véhicule en terrain plus ferme.

Le doute n'était plus permis. Elle regrettait elle aussi qu'il ne l'ait pas fait. Wyatt réprima un sourire. Il n'avait pas découvert l'avion de Colt et de Frannie, mais c'était tout de même quelque chose.

*
* *

Harriet gagna le cabinet de toilette privé situé au fond d'un petit couloir, à proximité de la réception, et ferma la porte derrière elle. S'approchant du lavabo, elle posa son sac d'emplettes sur la console. En vingt minutes à peine, elle avait dévalisé le rayon de produits de maquillage du magasin local. Il y avait là des fonds de teint de deux tons différents, *trois* tubes de rouge à lèvres, mais un seul de mascara. Elle était restée paralysée au moins cinq minutes devant les ombres à paupières avant d'opter finalement pour une palette de quatre nuances de taupe. Elle avait mis, ôté, remis un stylo d'eyeliner dans son panier pour décider enfin que, non, ce serait trop ; à force de farder ses yeux, elle finirait par ressembler à un raton laveur.

Avec méthode, elle entreprit de sortir ses trésors de leur emballage de plastique et de carton. Ses mains tremblaient un peu et son cœur battait la chamade. Robby ne se maquillait pas. Elle n'y était pas opposée par principe, mais n'en voyait pas l'utilité, tout simplement. Et elle était si jolie sans cela.

« Pas moi », songea Harriet en jetant un coup d'œil à son reflet dans le miroir ovale accroché au-dessus du petit lavabo.

Avant de se laisser envahir par le pessimisme et le découragement, elle prit un flacon de fond de teint et le secoua. Elle se sentait aussi gauche qu'une adolescente de treize ans. Pourquoi n'avait-elle jamais vraiment eu envie de faire comme les autres ? se demanda-t-elle. Un beau jour, cela avait dû lui sembler futile, stupide, et elle avait craint de paraître ridicule en se tartinant le visage de crèmes et de poudre.

Elle versa quelques gouttes de produit dans sa paume, les mélangea du bout des doigts, puis se regarda de plus près dans le miroir. Les pattes d'oie au coin de ses yeux étaient là depuis plusieurs années, quelques rides plus récentes commençaient à apparaître autour de sa bouche et sur son front. Elle avait quarante-cinq ans. L'ombre de la cinquantaine se profilait déjà. L'ombre du demi-siècle.

Elle appliqua le fond de teint sur sa joue et l'étala comme elle l'avait vu faire dans les spots publicitaires. Puis elle recula d'un pas. Voilà. Les taches de rousseur avaient disparu. Les rougeurs s'étaient atténuées. Mais l'effet demeurait assez naturel.

Ce ne fut pas aussi simple pour l'ombre à paupières. A la première tentative, on ne voyait aucune différence. A la seconde, de vilaines traces brunes lui salissaient les tempes. Harriet prit un mouchoir pour les ôter et recommença, maniant avec maladresse les applicateurs — des bâtonnets munis de petites éponges. Elle termina par le mascara, puis le rouge à lèvres, à la jolie teinte prune. Le jugeant trop criard, toutefois, elle choisit en définitive un beige beaucoup plus discret.

— Voilà qui est mieux, dit-elle, prise de vertige.

Et ces cheveux. Elle passa les doigts dans ses mèches grises, prenant soudain douloureusement conscience de leur couleur terne, de sa coiffure informe. Même si elle rêvait parfois de reflets cuivrés, elle n'avait jamais eu recours à la teinture.

Enfin, il n'y avait rien qu'elle pût faire dans l'immédiat pour ses cheveux. Après les avoir brossés, elle les rassembla sur la nuque et les attacha avec une barrette, puis fourra en hâte le nécessaire à maquillage dans son sac à main — un objet essentiellement pratique, bien sûr, comme tout ce qui lui appartenait. Si elle n'était pas aussi belle et sûre d'elle qu'une Frannie Beaudine, du moins se sentait-elle à présent un peu moins terne, un peu moins quelconque. Elle prit son sac et regagna rapidement la réception.

Jack Dunning — qui avait déjeuné sur le pouce à l'auberge — était déjà là. Rien n'indiquait qu'il eût remarqué la transformation de Harriet.

— Je vous souhaite un bon après-midi, monsieur Dunning, dit-elle pour le plaisir d'entendre la voix grave, profonde de son client, ainsi que son délicieux accent.

— Merci, mademoiselle Chestnut. Auriez-vous une minute à m'accorder, je vous prie ?

— Certainement. Est-ce que tout se passe bien ?

— Parfaitement bien. Si nous allions nous asseoir au coin du feu ? Le vent s'est levé, les nuages s'amoncellent. J'ai l'impression qu'un orage se prépare.

— Oui ; on nous annonce de la neige pour demain.

Elle fit le tour du bureau et il s'assit sur le canapé, en face de la cheminée. L'autre siège étant un fauteuil à bascule, Harriet demeura debout, le dos chauffé par le feu. Dunning administra de petites tapes sur le siège, à côté de lui.

— Venez donc vous asseoir, mademoiselle Chestnut.

— Je vous en prie, appelez-moi Harriet.

Il sourit.

— Moi, je m'appelle Jack.

Sur le point d'émettre quelque réflexion stupide sur son charmant accent du Texas, Harriet se ravisa juste à temps.

— Que puis-je faire pour vous ? demanda-t-elle d'un ton affable.

Un pied chaussé de boots posé sur le genou, Jack Dunning tenait sa cheville d'une main, décontracté, parfaitement à l'aise. Il fit claquer sa langue comme si une idée lui venait à l'esprit.

— Et si vous me parliez un peu de cet ermite, Harriet. On l'appelle Bubba Johns, il me semble ?

— Bubba ?

Elle ne s'attendait pas du tout à cela — plutôt à quelques questions concernant Pénélope, peut-être, ou bien les gens du pays, mais pas Bubba.

— C'est un vieil ermite qui vit dans les bois, expliqua-t-elle avec prudence.

— Sur les terres des Sinclair.

— C'est possible. Je ne peux pas vraiment l'affirmer. Il est là depuis bien longtemps — une trentaine d'années, au moins. Il ne fréquente personne. De temps à autre, il vient échanger quelques produits en ville.

— Parlez-vous quelquefois avec lui ?

— Une ou deux fois par an, tout au plus. Il nous apporte des pousses de fougère au printemps.

— Des pousses de fougères ?

— A un certain stade de développement, elles sont comestibles, quand elles sortent à peine de terre. On les cuit à la vapeur, et cela donne des petits légumes croquants, en forme de spirale, dont le goût ressemble à celui de l'asperge. Nous en servons en saison à l'auberge. A l'époque de Noël, il nous apporte du sapin baumier à brûler. Il ne dit jamais grand-chose.

— A-t-il l'esprit dérangé ?

— Je ne crois pas. Ce serait plutôt un original — pas un simple d'esprit. Les gens d'ici se sont habitués à lui et le laissent généralement tranquille.

Dunning esquissa un sourire et cligna de l'œil.

— Moi, je ne suis pas d'ici.

Harriet pâlit.

— Vous n'allez pas l'expulser des terres des Sinclair, n'est-ce pas ? Cela serait du plus mauvais effet, par ici. C'est un vieil homme. Il ne vivra pas éternellement. Il…

— Calmez-vous, Harriet. Je ne trouve rien à redire à son mode de vie. Si mon patron s'en mêle, c'est une autre affaire. Pour ma part, l'idée de vivre dans une cabane en pleine nature me plairait plutôt. Personne ne me dérange, je ne dérange personne. Rien de plus paisible que ça, en somme.

— Je ne sais pas. Je suis probablement quelqu'un de plus sociable.

Les yeux gris de Dunning, d'ordinaire si difficiles à déchiffrer, exprimèrent soudain une émotion inattendue.

— Il faudrait davantage de gens comme vous sur cette terre. Je crois que j'en ai vu de toutes les couleurs pendant bien trop longtemps. J'aspire à poser mes bagages dans un petit coin de paradis et passer mon temps à regarder les écureuils dans les arbres.

— Votre métier doit être parfois éprouvant, murmura Harriet, qui ne savait trop quoi répondre à l'aveu de Jack.

— C'est le moins qu'on puisse dire.

Il se leva, et Harriet apprécia la stature imposante, les mouvements souples, félins, qui l'avaient impressionnée au premier regard.

— Bien. Je ne voudrais pas abuser de votre patience. Merci pour ces renseignements.

Harriet eut envie de lui demander s'il avait l'intention d'aller trouver Bubba, mais le courage lui manqua. A sa place, Pénélope n'aurait pas hésité. Elle lui aurait dit de laisser Bubba tranquille. Elle ne comprendrait pas ses réticences à affronter un détective privé à la solde de Brandon Sinclair. Si seulement ce diable d'homme n'était pas aussi séduisant ! Harriet ne voulait pas le contrarier alors qu'il ne l'avait même pas vraiment remarquée.

Elle balbutia donc quelque formule de politesse et resta assise sur le canapé à contempler le feu, écoutant ses pas s'éloigner dans l'escalier. Quelques minutes plus tard, il réapparut vêtu de sa veste de peau retournée, son chapeau à la main. Il la salua d'un petit signe de main et promit d'être de retour pour le dîner. Sa voix envoûtante la fit frissonner.

Sitôt qu'il eut quitté l'auberge, elle se précipita aux toilettes et essaya de nouveau le rouge à lèvres prune. Cette fois, il ne lui parut pas du tout criard.

8.

Les effluves du sirop d'érable embaumaient l'air, et de longues traînées de couleurs chatoyantes embrasaient le ciel au couchant, en dépit des nuages menaçants qui s'amoncelaient à l'ouest. Les sœurs Mac Nally étaient enfin parties. Wyatt réprima un soupir de soulagement. C'étaient de charmantes adolescentes, de compagnie fort agréable, mais il eût préféré les rencontrer en un autre moment. Au retour de sa randonnée avec Pénélope, en effet, un grand vieillard à barbe blanche s'était éclipsé dans les bois, aux abords du chalet. Alors qu'il s'offrait de le poursuivre, Pénélope avait posé une main sur la sienne en lui disant que, non, c'était inutile. Il s'agissait de Bubba Johns. Sur ces entrefaites, Jane et Rebecca étaient arrivées, et la confection du sirop les avait aussitôt accaparés tous les quatre, sans qu'il fût possible à Wyatt de poser la moindre question.

Manifestement, les filles adoraient Pénélope. Elle représentait en quelque sorte un modèle à leurs yeux, leur donnant l'image d'une femme indépendante et compétente — même si des équipes de secours devaient de temps en temps partir à sa recherche. Wyatt devinait que sa présence avait bridé leur conversation. Leur curiosité à son égard était évidente ; à deux reprises, il avait surpris les mimiques expressives de Rebecca qui adressait à Pénélope des questions muettes du bout des lèvres.

Encore transparente et liquide, la sève cuisait en produisant des bulles dans une grande bassine installée sur un feu ronflant allumé entre quatre pierres, au bord de l'allée. Quand elle aurait suffisamment bouilli, Pénélope avait l'intention de la transvaser dans un autre récipient pour achever à l'intérieur le processus de mise en conserve. Des quarante litres de sève recueillis, elle espérait obtenir quatre litres de sirop.

Avant de commencer, elle était allée enfiler une vieille chemise de flanelle à carreaux, vêtement rituel pour ce genre d'opération, expliqua-t-elle. Les joues empourprées par la chaleur et l'exercice, elle jeta encore une bûche dans le feu.

— Allez-vous retenir longtemps les questions qui vous brûlent les lèvres à propos de Bubba ? dit-elle en lui jetant un coup d'œil furtif.

Wyatt se tenait tout près du feu, les flammes lui réchauffant le visage.

— Sa cabane est-elle loin d'ici ?

— A quarante minutes de marche, environ. Cela dépend du temps qu'il fait.

— Vient-il souvent vous voir ?

— Non. Jamais.

Des boucles blondes encadraient le visage de Pénélope, adoucissant ses traits et éveillant en lui des émotions qu'il jugeait préférable de laisser sommeiller.

— Parlez-moi de lui, reprit-il.

— Que pourrais-je vous dire ? C'est un ermite. La plupart des gens pensent qu'il vient du nord de l'Etat, voire du Canada. Certains prétendent qu'il serait un vétéran du Viêt-nam mais, à mon avis, il est trop âgé pour cela. Peut-être a-t-il fait la guerre de Corée. Il vit en solitaire. Il ne fréquente personne et ne fait de mal à personne.

Elle attisa le feu à l'aide d'une longue tige de fer.

— C'est le véritable ermite à l'ancienne mode, en somme.

— Pourquoi est-il venu chez vous, ce soir ?

— Je n'en ai pas la moindre idée.

— Mais il ne l'avait jamais fait auparavant.

— En effet.

Posant le tisonnier sur le sol, Pénélope approcha ses mains du feu.

— Cela n'a pourtant rien de vraiment étonnant. D'habitude, il emprunte une autre route pour se rendre en ville. Il s'est fabriqué une brouette de bois, et il la charge de tous les ingrédients qu'il se propose d'échanger. Une fois le troc opéré, il la remplit avec ses nouvelles acquisitions et la pousse de nouveau jusqu'à sa cabane. Il réussit à subsister avec le strict minimum.

— Vous le connaissez assez bien ?

— Je ne le connais pas du tout. Nous nous sommes rencontrés pour la première fois quand j'avais dix ans, un jour où il a dû me raccompagner à la maison.

Wyatt esquissa un sourire, imaginant la fillette impossible qu'il fallait tirer d'innombrables mauvais pas.

— Vous deviez être un vrai petit diable à tête d'ange, dit-il. Vous vous étiez perdue ?

Pénélope confirma sans complexe.

— C'était la première fois qu'une équipe de secours partait à ma recherche. J'ai essayé de bavarder avec lui, mais il n'a pas prononcé un seul mot. A l'époque, les gens n'étaient pas très rassurés à son sujet. A présent, tout le monde s'accorde à le juger inoffensif.

Le feu se mit à crépiter bruyamment, et une rafale de vent fit voler une gerbe de braises incandescentes au milieu de l'allée. Pénélope fit un bond en arrière tandis que la sève transparente cuisait toujours à gros bouillons.

— Il vaudrait mieux arrêter ça pour la nuit, dit-elle. Je vais laisser le feu s'éteindre et la sève refroidir avant de la rentrer. Elle devrait avoir assez réduit pour tenir dans mon autoclave, vous ne croyez pas ?

Wyatt pensait n'avoir probablement jamais vu d'autoclave.

— Nous pourrions verser le surplus dans le lac, proposa-t-il.

Elle prit un air outré.

— Vous oseriez faire une chose pareille ?

Les dernières lueurs du couchant s'estompaient très vite, et les branches nues des arbres se découpaient dans leurs moindres reliefs sur le ciel assombri. Le crépuscule ne tarderait pas à céder la place à l'obscurité totale ; autour d'eux, tout commençait à s'assoupir. Les nuits devaient être bien noires, sur ces hauteurs. Aucune lumière artificielle ne venait troubler l'isolement, ternir l'éclat de la lune et des étoiles. Wyatt songea à Bubba Johns. Durant ces deux dernières années, la vie d'un ermite lui avait parfois paru enviable. Une existence simple — et personne à qui faire de mal.

Reconnaissant les signes annonciateurs du danger, il écarta délibérément ces idées noires avant que la mélancolie ne s'installe.

— Croyez-vous que Bubba Johns ait pu trouver votre ancienne décharge de ferraille ?

— Je ne sais pas. Je lui poserai la question.

Wyatt esquissa un sourire, un rien caustique.

— A mon avis, je ferais mieux de le lui demander moi-même.

Ce n'était sans doute pas la réponse que Pénélope attendait. Elle émit un léger sifflement d'impatience, ramassa son tisonnier d'un geste brusque et le posa contre la pile de bois. Wyatt se demanda si elle débitait ses bûches elle-même. Il aurait aimé la voir manier la scie.

— Bubba ne parle pas tellement aux gens du pays, dit-elle. Alors, à un étranger… Et vous vous feriez très mal voir par ici si vous lui causiez du tort. Tout le monde a tendance à le protéger.

— Je ne lui glisserai pas de bâtonnets brûlants sous les ongles. C'est promis.

— Tant mieux.

Elle frotta ses mains l'une contre l'autre pour en ôter la poussière, visiblement pressée de changer de sujet.

— Le vent commence à bien souffler. Je sens que l'orage approche, pas vous ? Une bonne douche chaude, et je vais pouvoir prendre un repos mérité.

Wyatt la regarda s'éloigner d'un pas vif qui, se dit-il, trahissait peut-être un combat intérieur analogue au sien. Il ramassa un morceau de petit bois qui traînait par terre et le jeta dans le feu. Qu'était-il censé faire, à présent ? Dire poliment bonsoir ? La soirée s'étirait devant lui, sombre et tranquille. Il pourrait sans doute essayer d'opérer le tri de ce qu'il avait appris aujourd'hui — et de ce qui lui restait à apprendre.

— Fermez-vous vos portes à clé ? demanda-t-il.

Pénélope s'immobilisa au milieu de l'allée, avant de se tourner vers lui.

— Pourquoi ?

— Bubba Johns aurait pu décider de se servir tout seul dans votre garde-manger. Avez-vous vérifié s'il ne vous manque rien ?

— Non, et je n'ai pas l'intention de le faire. Si j'ai quelque chose dont Bubba a besoin, il peut le prendre.

Elle revint vers lui d'un pas nonchalant et posa les mains sur ses hanches. A la lueur du crépuscule, le vert de ses prunelles paraissait plus sombre, plus profond, plus mystérieux.

— Vous savez, Sinclair, vous commencez à me casser sérieusement les pieds.

Il lui adressa son sourire le plus innocent et, sans réelle préméditation, lui souleva légèrement le menton, puis l'embrassa très vite, très fort, avec une fougue qui ne laissait aucune place à d'éventuels regrets.

— Eh bien, je... vous ne manquez pas d'audace ! dit-elle en feignant la stupéfaction.

Il se mit à rire.

— Ne me dites pas que les hommes de Cold Spring ont trop peur de vous pour vous embrasser.

— Je ne vous dis rien du tout, répliqua Pénélope avec une moue dédaigneuse.

En même temps, elle rajusta la chemise de flanelle usée qu'il n'avait pourtant pas eu — hélas ! — l'occasion de chiffonner.

Cette occasion, il la voulait. Tout de suite. Il aurait pris la jeune femme ici même, près du feu, dans la boue, avec le vent qui soufflait et l'orage qui menaçait, s'il n'avait craint de recevoir la sève bouillante sur lui à la moindre tentative.

Toute trace de froideur avait disparu du regard de Pénélope, et il sentit qu'au fond d'elle-même, de façon plus ou moins consciente, elle envisageait elle aussi de faire l'amour sur le sol boueux.

— Vous êtes horriblement tentante pour une de ces chipies irascibles de Nouvelle-Angleterre, observa-t-il. Allons, filez prendre une douche et enfiler une robe. Je vous emmène dîner à l'auberge.

Elle ne fit pas un geste.

— Je devrais refuser.

Sa moue rappelait celle de Scarlett O'Hara dans *Autant en emporte le vent.*

— Pourquoi donc ?

— Parce que vous êtes agaçant et dangereux.

— Seigneur, on croirait entendre mon père ! Ecoutez, de toute façon, vous êtes obligée de me reconduire en ville. Si je ne me trompe, c'est votre camion que nous avons pris.

La jeune femme humecta ses lèvres, et Wyatt se demanda si elles avaient gardé le goût des siennes.

— Entendu, dit-elle enfin. Si je restais ici, je devrais me contenter d'une soupe toute prête. Pourriez-vous éteindre le feu et couvrir la bassine, si cela ne vous ennuie pas ? Je la rentrerai quand elle sera refroidie.

Wyatt obéit. Cela ne lui prit que quelques secondes et, depuis l'allée, il entendit couler la douche. Comment résister à la tentation ? Il était inutile de perdre un temps précieux à essayer de résister. S'introduisant discrètement dans le salon, il examina la cuisine et le séjour d'un œil plus neutre, plus objectif que la veille. La décoration était un curieux mélange de campement rustique, démodé, et d'intérieur féminin. L'objet le plus inattendu était une tête d'élan un peu moisie accrochée au-dessus d'une étagère ; quelque relique provenant du grand-père, sans doute.

Rapidement, il gagna le bureau, se déplaçant sans bruit, et sans avoir vraiment prémédité son geste. Une rampe d'éclairage au néon brillait au-dessus d'une table à tréteaux couverte de plantes en pots dont les jeunes pousses pointaient leurs tiges vert tendre vers la lumière. Des étiquettes rédigées à la main indiquaient leurs noms — delphinium, pétunias, soucis, digitales, campanules, pensées, primevères.

Mais il ne s'était pas aventuré jusque-là pour observer les plantes de Pénélope. La seconde table, sur laquelle étaient installés le matériel informatique, le téléphone et divers objets de bureau, l'intéressait davantage. Un élément d'étagères métalliques assez sommaire débordait de livres, de carnets, d'albums de photos. Un tiers des ouvrages était consacré à l'aviation sous toutes ses formes ; pour le reste, il s'agissait d'un mélange assez éclectique de romans, de livres d'histoire ou de géographie, de guides de randonnée, de manuels relatifs à la flore ou à la faune de la région.

Sur l'étagère du bas, Wyatt aperçut deux classeurs à spirale portant l'inscription « Colt et Frannie » et une boîte de cassettes enregistrées, étiquetées avec soin : le résultat de l'enquête personnelle de Pénélope. Manifestement, ce prétendu passe-temps avait dû accaparer une bonne partie de ses loisirs. Mais Wyatt ne se hasarda pas à y regarder de plus près, bien que la douche continuât de couler à côté. Son imagination menaçant de s'emballer, il dut s'efforcer de chasser l'image de Pénélope sous le jet d'eau fumante.

Deux clichés encadrés étaient accrochés au mur. L'un montrait un Piper Cub J3, nimbé de lumière, romantique, se détachant sur un ciel bleu. Le second était un portrait de Frannie Beaudine, jeune, belle et souriante, au-dessus de l'article annonçant la disparition du couple dans le journal local. Il n'y avait pas de photo de Colt. Wyatt lui-même n'en avait vu que très peu ; il se souvenait vaguement d'un jeune homme brun, aux traits aristocratiques.

Comme il se retirait du bureau, il jeta un coup d'œil dans la chambre de Pénélope — au cas où elle abriterait quelque indice évident des raisons de son mensonge. Depuis le pas de la porte, il fit un rapide inventaire du contenu de la petite pièce : un grand lit recouvert d'un édredon douillet, avec une profusion de coussins multicolores, des rideaux blancs, une commode ancienne, une petite télévision. Ses vêtements de travail étaient posés sur le dossier d'une chaise de bois peinte en jaune paille.

« Lequel des deux est le plus dangereux pour l'autre ? » se demanda-t-il alors avec humeur.

La gorge sèche, contractée, il regagna précipitamment la terrasse.

Quelques minutes plus tard, Pénélope émergeait du chalet, vêtue d'une robe mi-longue en jersey noir, avec des bottes de cuir élégantes. Légèrement maquillée, les cheveux relevés, elle était fraîche comme une matinée de printemps, avec ses boucles encore humides qui s'échappaient sur la nuque.

— J'ai mis un rouge à lèvres ultra-brillant, annonça-t-elle en faisant claquer ses lèvres couleur framboise. Je n'ai jamais rencontré d'homme qui aime embrasser une bouche ainsi tartinée de fard.

Wyatt ne répondit rien. Si elle pouvait se douter… Souriante, elle le toisa d'un air triomphant et conclut :

— Cela devrait suffire à tenir à distance le plus téméraire des Sinclair !

Pendant que Wyatt s'habillait pour dîner, Pénélope alla boire un verre de chardonnay dans la cuisine en compagnie de Harriet qui préparait des salades composées, assise à la longue table de boucher. Heureusement, Robby était à l'atelier de confiserie. C'était une soirée calme pour le restaurant. Pénélope s'efforça de ne pas vider son verre d'un seul trait.

— Je suis sûre que ce salaud de Sinclair a fouillé le chalet pendant que j'étais sous la douche, déclara-t-elle soudain.

Harriet faillit lâcher son couteau et le radis qu'elle tenait.

— C'est impensable ! Comment peux-tu imaginer une chose pareille ?

— Les types dans son genre n'ont pas de scrupules.

— Avait-il de bonnes raisons pour cela ?

— Harriet…

Celle-ci déposa le radis émincé en lamelles sur un lit de laitue et entreprit de dénoyauter des olives noires.

— Ma foi, tu n'es plus tout à fait toi-même ces derniers temps…

— C'est à cause de cette interdiction de vol. Quand on me cloue au sol, je deviens nerveuse et imprévisible.

— Allons, Pénélope ! répliqua Harriet d'un ton tranquille. Tu étais déjà nerveuse et imprévisible. C'est pour cela que tu as été sanctionnée.

— Alors, c'est à cause du mois de mars.

Elle but son vin à petites gorgées, remarquant soudain quelque chose de différent chez sa cousine. Se serait-elle maquillée ? Ses taches de rousseur avaient disparu.

— Le mois de mars rend fou, paraît-il, ajouta-t-elle. J'ai besoin de voir des feuilles sur les arbres.

— L'hiver ne t'a jamais perturbée, jusqu'à présent.

Ayant préparé une demi-douzaine d'assiettes de salade, Harriet passa au plateau de desserts. Cheesecake au sirop d'érable, croquant aux pommes, pudding indien. Pénélope loucha sur les gâteaux. Ce spectacle lui mettait l'eau à la bouche. De son côté, Harriet travaillait vite, visiblement peu tentée par les sucreries.

— Ta mère et moi avons toujours pensé que le fait de piloter t'éviterait de tourner en rond. Tu es déjà assez agitée comme cela.

Pénélope dévisagea sa cousine. Elle la connaissait assez pour être capable de lire derrière certains de ses propos.

— Tu ne me crois pas non plus !

— A propos de quoi ?

— Du fait que j'ai pris une décharge de ferraille pour l'avion de Colt et Frannie.

Harriet essuya posément ses doigts pleins de farine. Ses gestes étaient calmes, mesurés.

— J'ai déjà vu des décharges de ferraille, Pénélope. J'ai aussi vu des avions. Comment serait-il possible — surtout pour quelqu'un d'aussi expérimenté que toi — de confondre les deux…

— Eh bien, j'ai confondu.

Harriet garda le silence. C'était sa manière à elle de manifester son désaccord. Pour éviter les conflits, elle préférait se taire. Si la tactique était excellente pour une commerçante — jamais elle ne s'emporterait contre un client —, sa famille et ses amis l'appréciaient un peu moins : comment savoir, au juste, si Harriet ne ruminait pas en silence quelque rancœur cachée ?

Robby Chestnut entra en coup de vent dans la cuisine en fredonnant gaiement.

— Croisons les doigts, mes enfants : cette saison pourrait bien être l'une des meilleures que nous ayons connues pour le sirop d'érable ! Le temps est idéal — ni trop chaud, ni trop froid. Et toi, Pénélope, comment vas-tu ?

— Plutôt bien. J'ai survécu à mon premier jour d'interdiction de vol.

— Du moins, jusqu'à présent.

La remarque était pertinente. Il y avait encore ce dîner avec Wyatt Sinclair. Mais, comme tout un chacun, Pénélope avait appris à épargner à sa mère le récit de ses pires incartades. Elle n'avait pas la moindre intention d'évoquer sa rencontre avec Dunning, sa promenade bucolique en compagnie de Sinclair, ni le baiser qu'ils avaient échangé après l'épisode de la confection du sirop. A trente ans, il était du reste tout à fait normal que sa mère lui laissât vivre sa vie et livrer ses propres batailles.

Elle se servit un autre verre de vin et l'emporta dans le salon, laissant Robby et Harriet achever les derniers préparatifs du dîner. Wyatt descendait justement l'escalier. Il avait troqué ses vêtements de randonnée contre un col roulé noir et affichait cette insouciance désinvolte qui devait se transmettre de père en fils depuis des générations de Sinclair.

— Vous semblez prête à traverser le lac Winnipesaukee à la nage, dit-il avec un sourire amusé.

— C'est à peu près cela. En fait, je suis hors de moi. Vous aviez raison. *Personne* ne croit ce que je raconte — pas même ma cousine Harriet.

— Votre père lui-même n'y croit pas.

— C'est une véritable conspiration. Personne n'a jamais cru un mot de ce que je dis depuis que j'ai appris à parler.

Elle s'engagea dans le couloir d'un pas décidé, s'arrêta, jeta à Wyatt un regard en coin.

— Comment savez-vous ce que mon père croit ou pas ?

— Il me l'a dit hier, quand vous m'avez déposé à l'aéroport.

— Il vous l'a réellement affirmé ?

— Non, pas tout à fait. J'ai eu l'impression qu'il n'avait pas envie de me dire quoi que ce soit.

— Ce n'est pas un bavard, admit Pénélope en mettant de nouveau le cap sur la salle panoramique.

— Vous auriez pu dire la vérité, reprit Wyatt d'un ton neutre.

— J'aurais également pu filer en Californie. Je suis déjà partie d'ici, vous savez — à la fin de mes études. J'ai passé huit mois en Caroline du Nord. J'avais trouvé un emploi à l'aéroport de Charlotte.

— Pourquoi être revenue ?

— Mon père a décidé de me donner du travail lui-même, en définitive. Auparavant, il préférait embaucher le premier venu en possession d'un brevet de pilote. Nous avons commencé à envisager de nous associer.

— Il faudra peut-être attendre la fin de ces trois semaines d'interdiction de vol, observa Wyatt.

Pénélope haussa les épaules, refusant de se laisser décontenancer.

— Nos rapports sont un peu tendus, depuis quelque temps. Papa me rend responsable de chaque nouveau cheveu blanc.

Ils atteignirent la salle panoramique, et Terry les dirigea vers la même table que la veille. La flamme dorée d'une bougie dansait derrière le verre transparent d'un joli photophore. Pénélope but une gorgée de vin et s'assit. Wyatt commanda une bière d'origine locale.

— Aviez-vous la nostalgie du pays quand vous étiez en Caroline du Nord ? demanda-t-il.

— Le lac me manquait ; un véritable hiver, aussi. J'ai probablement l'âme des pionniers de Nouvelle-Angleterre. J'ai essayé de m'en débarrasser, mais c'est peine perdue. J'aime les hivers bien froids et la brume qui monte du lac en été.

— Et la saison boueuse ?

Pénélope esquissa un sourire.

— J'adore la saison boueuse. Une année, je me suis tellement embourbée sur ma petite route que j'ai failli être obligée d'appeler la dépanneuse. C'est à cette époque que j'ai décidé d'acheter un camion. La plupart des gens détestent la fin de l'hiver et le début du printemps dans ces contrées ; ils vont passer les mois de mars et d'avril aux Bahamas. Pas moi. J'aime observer tous ces changements subtils qui annoncent l'arrivée du printemps : la sève qui circule, les minuscules bourgeons sur les branches, la transformation de la neige, les journées qui allongent... la boue.

La bouteille de Wyatt arriva, et il remplit son verre de bière. Il avait des mains longues et minces, des attaches fines, aristocratiques.

— Vous étiez vraiment dans votre élément, aujourd'hui, constata-t-il.

— Oui. Dans l'ensemble, la journée ne s'est pas trop mal passée — pour une journée à terre. Evidemment, je ne parle pas de ce baiser près du feu. Mettons ce petit dérapage sur le compte de votre patrimoine génétique. Une femme est une femme, et j'étais là. Ce n'était qu'une impulsion, une réaction naturelle à certains stimuli ; comme une grenouille sur un nénuphar qui aperçoit un moustique à sa portée. Vous n'avez pas pu vous en empêcher.

Une lueur amusée dansa dans les prunelles sombres. Wyatt but tranquillement une gorgée de bière, avant de commenter :

— Et vous n'avez pas pu résister non plus en me rendant ce baiser, je présume.

— Pas davantage que le moustique quand la grenouille le gobe.

— Pénélope…

Un rapide changement de sujet s'imposait.

— Et si nous parlions un peu de votre visite éclair du chalet pendant que j'étais sous la douche ? Avez-vous trouvé quoi que ce soit qui confirmerait que je mens en affirmant ne pas avoir découvert l'avion de votre oncle ?

Plissant les yeux, il se pencha vers elle, par-dessus la table.

— Si c'était le cas, je vous l'aurais apporté illico sous la douche.

Pénélope s'interdit d'imaginer un tel scénario.

— Vous êtes un individu sans scrupule, Sinclair. Je commençais à croire qu'un semblant de confiance pourrait s'installer entre nous, et vous gâchez tout en venant fouiner dans mes affaires personnelles.

— Je n'ai pas eu le temps de fouiner beaucoup, répliqua Wyatt.

Il se cala dans son siège sans manifester le moindre signe d'embarras.

— La tête d'élan est une pièce remarquable, très pittoresque.

— Lui, c'est Willard.

— Mon grand-père s'appelait Willard. Je suppose qu'il y a un rapport ?

— Il allait à la chasse et à la pêche avec le mien — qui a construit ce chalet. C'est votre grand-père qui a abattu cet élan et fait empailler sa tête pour l'offrir au mien — il y a bien longtemps de cela, je n'étais pas encore née. En héritant du chalet, j'ai également hérité du trophée. J'ai bien failli le vendre dans un vide-grenier mais en définitive, je l'ai conservé.

— Et baptisé, précisa Wyatt.

— Une nuit, peu de temps après avoir emménagé, j'ai fait un cauchemar. Quand je suis passée dans le livingroom, encore à moitié endormie, en me frottant les yeux, j'ai failli avoir une attaque à la vue de cet animal qui me regardait fixement de là-haut. Je l'avais complètement oublié. Je l'ai donc baptisé Willard ; cela semblait aller de soi.

Ils passèrent leur commande — truite grillée aux amandes pour tous les deux — et grignotèrent des petits pains tièdes au cumin en attendant. Sur ces entrefaites, Jack Dunning apparut à l'entrée de la salle. Avec ses cheveux coupés en brosse, son menton en galoche, son allure martiale et ses bottes de cow-boy sur le parquet ciré, il avait l'air moins déplacé qu'on aurait pu s'y attendre, jugea Pénélope.

— Vous ne craignez pas de vous couper mutuellement l'herbe sous le pied, vous et lui ? demanda-t-elle à Wyatt en étalant du beurre sur son pain. Après tout, vous êtes ici pour le même motif : déterminer si je suis une menteuse ou pas.

Wyatt tourna les yeux vers le détective privé, de l'autre côté de la pièce.

— Menteuse est un terme un peu excessif. Vous pourriez vous être rétractée pour d'excellentes raisons. Je veux seulement m'assurer que vous n'avez pas découvert l'avion de mon oncle, voilà tout. En principe, Jack poursuit le même objectif.

— Votre père apprécie-t-il que vous soyez ici en même temps ?

— Je ne lui ai pas posé la question. Jack se trouve à Cold Spring parce que mon père lui a confié une mission ; moi, parce que j'ai décidé de vérifier le bien-fondé de vos allégations. Si mon père n'est pas d'accord, c'est son affaire.

— Vous n'êtes pas comme moi l'employé de votre propre père, en effet. Cela ne simplifie vraiment pas les choses ; je suppose que c'est déjà assez compliqué d'être le fils de Brandon Sinclair. Aïe ! Voici notre Dunning qui approche.

Wyatt leva la tête, et Pénélope gratifia le détective privé d'un large sourire. Ils échangèrent tous trois quelques politesses d'usage, puis Dunning entra sans tarder dans le vif du sujet.

— Je suis encore passé chez vous entre 13 h 30 et 14 heures, dit-il à Pénélope. J'ai vu un vieil homme rôder dans les parages, cet ermite, Bubba Johns.

Il connaissait donc déjà l'existence de Bubba.

— Nous l'avons vu aussi, Wyatt et moi. Je pense qu'il voulait échanger un peu de sève d'érable. Cela lui arrive parfois.

— Vous rend-il fréquemment visite ?

— Ma foi, non, il va plutôt en ville faire du troc. Avec tout le remue-ménage de ces derniers jours, il préférait peut-être éviter la ville.

L'éventualité était tout de même assez peu probable. Bubba se rendait très rarement en ville, et toujours de manière très ponctuelle, très organisée. Il n'aurait certes pas décidé de se rendre plutôt chez elle.

— Vous devriez fermer vos portes à clé, dit Dunning. On ne sait jamais.

Elle le dévisagea avec attention.

— Comment savez-vous qu'elles ne l'étaient pas ?

— Je m'en suis assuré. La porte de la cuisine et les baies coulissantes de la terrasse étaient ouvertes. Je ne suis pas entré.

— Dans le cas inverse, je vous aurais pris sur le fait.

Dunning soutint son regard sans ciller, et sans se départir de sa raideur militaire.

— Je suppose que vous auriez été la plus effrayée des deux. Si vous le permettez, j'aimerais vous rendre une petite visite demain matin et jeter un coup d'œil sur votre enquête concernant l'affaire Sinclair-Beaudine. 10 heures, cela vous convient-il ?

Pénélope jeta un rapide coup d'œil à Wyatt, qui la laissait affronter seule le détective privé de son père. Sans doute Dunning refuserait-il de rendre des comptes au fils de son patron.

— 10 heures, c'est très bien, dit-elle d'un ton aimable. J'espère que vous ne vous attendez pas à une enquête menée de façon professionnelle. Il s'agit d'un travail d'amateur.

— Peu importe. Quoi que vous puissiez me montrer, j'aimerais le voir.

Il lui rendit son sourire, mais toute chaleur avait disparu de son regard et son expression n'avait rien de rassurant.

— C'est donc entendu, ajouta-t-il. Inutile de confirmer notre rendez-vous, mademoiselle Chestnut.

Se remémorant leur dernière entrevue, Pénélope refusa de se laisser intimider.

— Le café sera prêt.

Wyatt tendit une main désinvolte vers la corbeille à pain.

— Je passerai aussi vous dire un petit bonjour, déclara-t-il. J'aimerais également jeter un coup d'œil sur le résultat de ces recherches.

Il regarda Dunning, et Pénélope sentit qu'il cherchait délibérément à l'agacer.

— J'apporterai les croissants, ajouta-t-il.

— Excellente idée, répliqua le détective d'un ton sec.

Pénélope pensait qu'il allait s'asseoir à une table, mais il quitta la salle après un imperceptible salut de la tête. Elle s'efforça de masquer son soulagement.

— Quel personnage désopilant.

Wyatt haussa les épaules.

— C'est un homme sérieux et ses efforts sont bien rémunérés.

— Ce qui le rend plus déterminé que vous, n'est-ce pas ?

— Ses motivations sont différentes des miennes. Ses méthodes aussi. Mais je ne sous-estimerais certes pas sa détermination.

— Et la vôtre ?

Il sourit.

— Un bon conseil : ne me sous-estimez jamais. Pénélope… si vous voulez me dire quelque chose à propos de Bubba ou de votre cousine et de ce que vous avez vu dimanche, le moment me semble bien choisi. Jack n'ajoute pas plus foi à votre histoire que n'importe qui d'autre.

— Je vous ai tout dit ! s'empressa-t-elle de répondre sans se donner le temps de changer d'avis.

Avec Wyatt Sinclair, mieux valait éviter d'agir impulsivement. Elle préférait s'en tenir à sa dernière version tant qu'elle n'aurait pas envisagé toutes les conséquences possibles d'un nouveau revirement.

— Vous m'avez dit tout ce que vous vouliez bien me dire. Vous ne m'avez pas *tout* dit, répliqua-t-il.

Son sourire s'estompa et son regard se fit plus pénétrant.

— Quelque chose vous a effrayée.

— Effrayée ? Pas du tout. Certes, je ne tiens pas en place à cause de cette interdiction de vol. Certes, le fait d'avoir un Sinclair et un détective privé sur le dos m'agace au plus haut point. Et naturellement je suis très contrariée que personne ne me croie. Mais je ne suis pas effrayée.

Elle se cala dans son siège, presque convaincue par ses propres mensonges.

— Et, pour le moment, je suis tout simplement affamée.

Wyatt soupira.

— Si d'un seul coup de baguette magique, je pouvais vous contraindre à me croire…

— Hum ! Si d'un coup de baguette magique, je pouvais vous renvoyer à New York !

Il se mit à rire et Pénélope, pourtant dans ses petits souliers, ne put garder son sérieux.

La serveuse apporta leur dîner, des truites fraîchement pêchées, cuisinées et présentées avec art. Ils se mirent à manger en bavardant de choses et d'autres : les travaux effectués pour restaurer l'auberge, les plantes en pot que cultivait Pénélope pour l'hôtel et sa terrasse, la passion que lui inspirait son métier. Elle essaya d'amener Wyatt à parler de lui mais, tout en admettant qu'il avait de la chance de mener une vie lui permettant de prendre quelques jours de congé dans le New Hampshire, il ne lui confia rien qu'elle n'eût déjà appris par la presse ou la rumeur locale. De toute évidence, il s'était fixé un objectif et ne disait ou ne faisait rien qui ne fût au service de cet objectif. Y compris le baiser qu'ils avaient échangé. Y compris cette invitation à dîner. Amadouer la proie. Et fondre dessus.

Cette malencontreuse métaphore la fit grimacer et elle plongea la main dans son sac pour y prendre son portefeuille, préférant se réfugier chez elle avant que cette stratégie ne fonctionnât. Wyatt l'arrêta d'un geste.

— Permettez-moi de vous inviter. L'initiative venait de moi ; sans cela, vous vous seriez contentée d'un bol de soupe devant le feu en compagnie de Willard l'élan.

— Willard ne m'a jamais traitée de menteuse.

Pénélope sourit et ajouta :

— Merci tout de même. Cette première journée d'interdiction de vol est passée plus vite que je ne craignais.

— Ravi d'avoir pu vous rendre service.

Pénélope ignora l'amusement qui perçait dans la voix de Wyatt.

— Nous nous reverrons sans doute très bientôt.

— Vous ne viendrez pas faire ma chambre demain matin ? demanda-t-il, l'œil pétillant de malice.

— Très drôle. Si vous décidez de quitter l'hôtel…

— N'y comptez pas.

— Dans ce cas, rendez-vous demain chez moi, avec M. Dunning, pour examiner la documentation que j'ai rassemblée sur Colt et Frannie. A moins que je n'aie changé d'avis d'ici là.

Elle ramassa son sac et se leva.

— N'oubliez pas les croissants.

Elle le laissa régler l'addition et enfila le couloir, s'arrêtant brusquement en découvrant Harriet, qui se trouvait en compagnie de Dunning sur la banquette capitonnée d'une table éclairée aux chandelles, au fond du bar. Ce spectacle lui fendit le cœur. Le regard béat, sa cousine souriait niaisement, et Pénélope dut prendre sur elle pour ne pas aller la secouer sur-le-champ.

Evidemment, de la part d'une femme qui avait embrassé un Sinclair deux heures plus tôt, devant le feu sur lequel mijotait le sirop, l'idée était plutôt cocasse.

Ravalant son indignation, elle poursuivit son chemin, de plus en plus perturbée. Ne devait-elle pas finalement tout avouer à Wyatt et Dunning ? Elle leur indiquerait l'emplacement de l'épave et ils cesseraient enfin de la harceler. Mais ils n'avaient aucun pouvoir sur la presse, aucun moyen d'empêcher les feux de l'actualité de se braquer sur Harriet et l'infortuné Bubba Johns. Et que penser de la menace à peine voilée contenue dans le message anonyme ?

Au demeurant, elle n'appréciait guère la tactique des deux New-Yorkais. Jack Dunning utilisait délibérément l'arme de la séduction pour soutirer des informations à Harriet. Si elle se sentait à l'aise, en confiance, *comprise*, Harriet lui ferait part de sa théorie concernant ses parents naturels. Peut-être était-il déjà au courant — peut-être pas. Mais s'il pouvait utiliser ce renseignement pour exercer une pression sur Pénélope, il ne s'en priverait pas. Malgré toute l'horreur que lui inspirait le cynisme de ce schéma, elle était sûre d'avoir raison.

— Oh ! Harriet, gémit-elle tout bas. Pourquoi es-tu incapable de t'éprendre d'un brave type comme Mac Nally ?

Seulement, Harriet voulait son héros de rêve, son Scaramouche, son d'Artagnan, son Superman. Elle ne voulait pas d'un veuf balafré, papa de deux fillettes, d'un provincial sans panache qu'elle connaissait depuis toujours — pas plus qu'elle ne voulait être l'enfant abandonnée de quelque adolescente inconnue. Elle préférait être la fille de Colt Sinclair et Frannie Beaudine.

Pénélope se fit aussitôt mille reproches. De quel droit se permettait-elle de critiquer ainsi sa cousine ?

Comme pour illustrer ces scrupules, Wyatt la rattrapa au-dehors. La lumière tamisée qui s'échappait de l'entrée se reflétait dans ses yeux qui semblaient briller d'un éclat moins machiavélique, moins inquiétant.

— Je voulais seulement vous rappeler que vous pouvez m'appeler n'importe quand si votre ermite revenait cette nuit.

— Bubba ne me fait pas peur.

— D'accord. Mais vous savez où me trouver.

Pénélope opina de la tête.

— Merci.

Il lui arrangea son foulard, lui effleurant au passage la joue du bout des doigts.

— Je n'invente rien. Je suis sûr que quelque chose ne tourne pas rond dans cette affaire.

Comme elle s'apprêtait à répondre, il lui posa un doigt sur la bouche.

— Non, je n'essaie pas de vous retourner encore sur le gril. Je veux seulement que vous me fassiez confiance si jamais vous commencez à avoir l'impression de vous être fourrée dans de mauvais draps.

— Je n'ai pas…

— Je sais ! l'interrompit Wyatt avec un sourire. Vous contrôlez parfaitement la situation.

— Oh ! je n'en suis pas du tout persuadée. Vous êtes là. Jack Dunning est en train de conter fleurette à ma cousine dans un coin du bar. Je ne contrôle probablement pas grand-chose. Mais la perspective de passer la nuit toute seule dans mon repaire isolé ne m'inquiète pas.

— Pas même un tout petit peu ?

— Non. Pour être franche, je serais beaucoup plus inquiète à l'idée de dormir ici.

Wyatt rit de nouveau, et quand Pénélope se mit à rire aussi, leurs bouches se rencontrèrent. Elle ferma les yeux, savourant le contact de ces lèvres, de cette langue qui cherchait la sienne. Elle se demanda si elle ne devrait pas se soucier davantage de l'attirance qu'elle éprouvait pour cet homme que de Bubba et de Harriet ou des messages de mise en garde. En ce moment même, et jusqu'au matin, elle ne voulait rien d'autre que sentir ses mains sur son corps, pouvoir explorer, goûter et…

« Et tu es complètement timbrée ! »

— Il faut que j'y aille, chuchota-t-elle en s'écartant. Harriet, ma mère… Si elles nous surprenaient… Je suis prête à parier que j'écoperais d'une interdiction de vol à durée illimitée. Papa penserait que je n'ai plus une miette de bon sens.

— Surprise en flagrant délit de flirt avec un Sinclair sur le parking de l'hôtel ? Oui, cela signifierait que vous avez vraiment perdu les pédales…

Laissant sa phrase en suspens, Wyatt glissa une main dans les cheveux de Pénélope et lui donna un autre baiser fougueux, bref et intense. Puis il s'écarta et lui adressa un clin d'œil amusé, infiniment troublant.

— La question est de savoir si vous voulez perdre les pédales.

— Wyatt…

Soudain sérieux, il secoua la tête.

— Dites-moi seulement bonne nuit et merci encore.

Elle acquiesça, réprimant un frisson de désir qui l'ébranla tout entière.

— Bonne nuit. Merci pour cette invitation.

Le camion était froid, sombre, terriblement silencieux. Pénélope alluma la radio et conduisit à vive allure jusqu'à l'embranchement de sa petite route, ralentissant ensuite pour négocier les virages sur la boue déjà durcie par les températures négatives du soir. En arrivant chez elle, elle verrouilla les portières du camion et gravit en courant les marches de la terrasse. Bubba Johns rôdait-il dans l'obscurité ? Se serait-elle trompée sur son compte, en définitive ?

Elle ferma la porte à clé derrière elle, s'assura que les baies vitrées donnant sur la terrasse étaient bien fermées. Puis elle fit le tour de la maison au pas de course et alluma toutes les lampes, y compris la rampe qui éclairait le coin cuisine. Elle respira à fond, essayant de se calmer. C'était à cause de ce baiser, naturellement. Elle avait bel et bien perdu les pédales.

Sa petite maison était tout illuminée. Paisible. La lumière se reflétait dans les yeux de verre de Willard. Elle ne pourrait jamais tuer un élan. Jamais. Pourtant, son mur était décoré d'une tête d'élan empaillée. Bientôt, il lui pousserait de gros sourcils broussailleux et elle se mettrait à ressembler à son grand-père, un vieillard taciturne qui ne parlait jamais de ses relations avec les Sinclair. Il avait connu Colt et Frannie Beaudine. Il s'était constamment refusé à émettre la moindre opinion sur leur idylle, leurs personnalités, leurs espoirs ou leurs rêves.

— Je ne vois pas en quoi cela pourrait servir de retrouver leur avion, se bornait-il à répondre à ceux qui l'interrogeaient.

Tout ce que Sam Chestnut pouvait savoir sur le compte des amants maudits avait été enterré avec lui. Son frère cadet, le pasteur George Chestnut, avait quitté sa résidence de retraite en Floride pour venir l'inhumer, puis il était aussitôt reparti.

Pénélope soupira. Elle se sentait encore agitée, incapable de tenir en place. Elle ouvrit la baie vitrée et sortit sur la terrasse. Les nuages s'amoncelaient au-dessus du lac, immobile sous son manteau de neige. S'appuyant à la balustrade, elle laissa le froid s'infiltrer en elle, les bruits de la nuit l'apaiser. Jamais encore elle n'avait éprouvé une telle impression de solitude, d'éloignement. Elle s'était installée ici sur un coup de tête, une impulsion plus ou moins irréfléchie, sans tenir compte des réactions de son entourage qui jugeait son projet insensé.

— Et maintenant, murmura-t-elle, te voilà loin de tout.

Un bruit de moteur qui démarrait troubla brièvement le silence. De quel côté de la route ? C'était difficile à dire. Pénélope se redressa, l'oreille aux aguets. Ce n'était pas dans l'allée qui menait chez elle, en tout cas ; pas aussi près. Elle demeura immobile, se demandant si l'automobiliste savait qu'elle était dehors.

Le moteur ne tournait plus, comme si le véhicule, quel qu'il fût, essayait de s'éloigner en silence sans se faire remarquer.

Quelqu'un serait-il venu l'espionner ?

Elle devenait paranoïaque !

Elle rentra néanmoins précipitamment, sur la pointe des pieds, et referma à clé derrière elle. Elle n'avait ni barreaux aux fenêtres, ni porte blindée ou verrou de sécurité, rien qui pût dissuader un rôdeur de s'introduire chez elle. Courant jusqu'au bureau, elle se baissa à l'approche de la fenêtre pour jeter un coup d'œil dehors, dans l'obscurité, derrière la maison.

Le véhicule était invisible. On l'entendait passer à faible allure sur la petite route, tous phares éteints, descendant la pente en roue libre.

Pourquoi ? Pourquoi le conducteur évitait-il d'allumer ses phares et de faire tourner le moteur ? Essayait-il délibérément de l'effrayer ? Ou bien de rester invisible ? A moins qu'il n'eût tout simplement un problème de moteur ?

Ne risquait-il pas de s'arrêter un peu plus loin et de revenir à pied jeter un coup d'œil chez elle ?

Toutes ces questions allaient finir par la rendre folle.

Pour la première fois, Pénélope se prit à regretter de ne pas avoir à la fois une maison bien fermée, une arme, voire un homme à qui se fier. Comment savoir, au juste, si l'individu qui passait en voiture n'était pas Wyatt ? Mais son intuition lui disait que non.

Elle s'accorda un quart d'heure pour se ressaisir. Il ne fallait pas s'alarmer trop vite. Le quart d'heure écoulé, son cœur battait toujours la chamade, ses mains étaient encore moites et tremblantes, et elle composa le numéro personnel d'Andy Mac Nally. C'était ce qu'elle avait de mieux à faire. Il y avait eu quelques frictions entre eux par le passé, mais ses filles admiraient Pénélope et… Harriet ne le laissait pas indifférent. Du reste, Andy était un policier tout à fait digne de confiance.

— Pénélope ? Que se passe-t-il ? Je m'apprêtais à aller prendre un verre à l'auberge.

— Je ne suis pas très rassurée, Andy.

C'était un euphémisme, mais elle ne voulait surtout pas avoir l'air de dramatiser.

— Quelqu'un vient de passer sur ma petite route tous phares éteints il y a environ un quart d'heure. Cela m'inquiète un peu ; bien sûr, ce sont probablement des gamins en vadrouille, ou quelque journaliste attardé…

— Je vais venir faire un tour. Pénélope… ma parole, c'est bien la première fois que quelque chose semble t'ébranler ! Est-ce que tu me dis tout ?

Elle hésita un instant à lui parler de l'étrange message reçu par courrier électronique. Mais il n'y avait sans doute pas de quoi fouetter un chat.

— Il n'y a rien d'autre, affirma-t-elle. Un petit tour sur la route fera l'affaire. Si tu vois quoi que ce soit d'insolite, préviens-moi.

— Et comment ! Dans ce cas, je viendrai frapper à ta porte.

Il marqua une pause.

— Tu es sûre qu'il n'y a rien de plus ?

— Andy, s'il s'agissait vraiment de types dangereux, ils pourraient revenir d'un moment à l'autre avec des mitraillettes ou des couteaux…

— Non. Ils auraient déjà fait exploser ton chalet. En tout cas, n'attends pas un quart d'heure pour m'appeler, la prochaine fois.

Il raccrocha, et Pénélope marcha de long en large pendant une dizaine de minutes, jusqu'à ce que la voiture de police passe sur la route, fasse demi-tour un peu plus loin et passe de nouveau en klaxonnant.

Rien à signaler.

Rassurée, Pénélope regagna son bureau et alluma l'ordinateur pour regarder son courrier. Ce faisant, elle aperçut une feuille qui dépassait du fax ; tout en la prenant, elle jeta machinalement un coup d'œil sur la ligne du haut pour en connaître l'origine. Il ne portait ni le nom ni le numéro de l'expéditeur.

Le message ne comportait qu'une seule phrase, imprimée en gros caractères faciles à déchiffrer.

« NE MONTRE À PERSONNE CE QUE TU AS RÉELLEMENT DÉCOUVERT DANS LES BOIS. »

Ses mains se mirent à trembler. Une brusque nausée lui souleva le cœur. Froissant la feuille, elle en fit une boule qu'elle jeta à travers la pièce avant de composer le numéro de l'auberge. Harriet décrocha aussitôt. Pénélope réprima une brusque envie de laisser tomber le combiné et de quitter la maison en courant.

— Harriet ? C'est moi. Dis-moi… où sont Dunning et Sinclair en ce moment même ?

— Je ne sais vraiment pas. Je ne garde pas en permanence un œil sur mes clients.

— Ces deux-là, si, tu ne me feras pas croire le contraire. S'il te plaît, Harriet, il faut absolument que je le sache.

— Tu as une drôle de voix. Que se passe-t-il ?

— Rien. Ecoute… j'ai seulement l'impression d'être emportée dans un tourbillon impossible à maîtriser. Est-ce qu'ils sont là ?

— Non, dit Harriet. Ils sont sortis après dîner. D'abord Jack, puis Wyatt. Jack a dit qu'il allait jeter un coup d'œil sur son avion à l'aéroport. Wyatt ne m'a donné aucun détail.

Pénélope se baissa pour ramasser la boulette de papier. Wyatt Sinclair et Jack Dunning n'avaient ni l'un ni l'autre feint de croire qu'elle s'était trompée à propos de l'avion de Colt et de Frannie. Jusqu'où seraient-ils prêts à aller pour l'obliger à tout avouer ? Comme le message précédent, ce fax ne comportait pas de menace précise. Andy Mac Nally en attribuerait probablement la responsabilité à la presse qui suscitait ce genre de réaction chez certains énergumènes et lui dirait d'oublier cela, de laisser les choses se tasser. Que pourrait-il faire d'autre, du reste, en l'absence de danger précis ?

— Pénélope ?

Une vive inquiétude perçait dans la voix de Harriet.

— Merci, Harriet, murmura Pénélope. Je suis fatiguée, c'est tout. La journée a été longue. Nous nous verrons demain.

— Appelle-moi en cas de besoin.

Pénélope sourit. Elle pouvait toujours compter sur Harriet. Après avoir raccroché, elle défroissa le fax puis le plia plusieurs fois en carré et le glissa dans son tiroir à lingerie. Bubba Johns était-il capable d'expédier un fax ? Elle repoussa cette idée, repoussa *toutes* les idées qui lui venaient à l'esprit et alla se préparer une tasse de camomille au citron. Elle dégusta sa tisane étendue sur le canapé, un plaid de flanelle remonté jusqu'au menton, sous l'œil impavide de Willard l'élan qui lui rappelait les après-midi pluvieux de son enfance, quand son grand-père la gardait chez lui tout en menant son petit train-train quotidien. Le vent s'était renforcé, et elle écouta la plainte des arbres malmenés par la tourmente. Elle songea aux deux New-Yorkais livrés à eux-mêmes dans sa petite ville dépourvue de toute vie nocturne et se demanda si elle pouvait se fier à eux, à l'un des deux ou à aucun.

— A aucun des deux, si tu as un peu de jugeote, dit-elle tout haut.

Puis elle songea que c'était une drôle de vie qu'elle menait là, dans le chalet isolé de son grand-père, sans personne d'autre qu'un élan mort à qui adresser la parole.

9.

De gros flocons humides tombaient sur la campagne, s'accrochaient aux câbles électriques et aux branches des arbres. Les essuie-glaces de Pénélope transformaient la neige en givre tandis qu'elle roulait sur sa petite route verglacée, souhaitant que l'automobiliste qui l'avait effrayée la veille eût fini sa course dans une congère — ce qui faillit du reste lui arriver, malgré ses quatre roues motrices. Elle fit une halte à l'aérodrome, sur le chemin de la ville, et trouva son père plongé jusqu'aux coudes dans la mécanique.

— Ta mère tient à ce que je t'occupe, déclara-t-il. Elle pense que tu t'attireras moins d'ennuis ici qu'en restant chez toi. De deux maux, il faut choisir le moindre.

— Cela signifie-t-il que je peux reprendre un avion ?

— Cela signifie que tu n'es pas tenue de te morfondre chez toi ; tu peux venir nettoyer les hangars et les avions, aider ta tante au bureau…

— Pas ce matin, dit Pénélope comme si elle travaillait à son propre compte. Wyatt Sinclair et cet énergumène de Dunning doivent passer chez moi à 10 heures pour jeter un coup d'œil sur mes dossiers concernant Colt et Frannie. Si je n'y suis pas, j'ai l'impression qu'ils se passeront de moi.

Son père opina de la tête, tout en se redressant péniblement.

— Tu as sans doute raison. Mais cela ne rassurera guère ta mère. Je ne lui parlerai pas de ce rendez-vous. Quant à toi, ne va surtout pas commettre l'erreur de croire que tu peux manœuvrer ces deux-là à ta guise.

Bien sûr, il fallait traduire « manœuvrer » par « mentir à ». Pénélope ajusta une manche de son anorak. Elle l'avait enfilé sur une grosse chemise de flanelle portée avec un jean et des chaussures montantes. On était au mois de mars, et elle se refusait à mettre un bonnet et des gants pour se rendre en ville.

— La disparition de Colt et Frannie ne date tout de même pas d'hier, remarqua-t-elle. C'est une histoire vieille de quarante-cinq ans. Wyatt n'était pas encore né, quant à Dunning… pourquoi se soucierait-il de ça ?

— C'est son travail de s'en soucier. Pour Wyatt…

— Oui, je sais. Wyatt est un Sinclair ; pour lui, c'est une affaire de famille.

Lyman prit un vieux chiffon et essuya ses mains pleines de cambouis. Il observa Pénélope de telle manière qu'il semblait réellement capable de lire dans ses pensées.

— Je sais que l'attention de la presse t'a prise au dépourvu. Je sais aussi que tu te fais du souci pour Harriet : tu ne voudrais pas que son histoire fasse les délices des journaux à scandale et qu'elle devienne la risée de tous.

Comme Pénélope s'apprêtait à protester, son père l'arrêta d'un geste.

— Harriet est plus forte que tu ne crois. Elle est capable de se défendre seule. Fais simplement ce que tu juges bon de faire.

— Je m'y efforce, papa. As-tu pensé à Bubba Johns ? Faut-il vraiment que sa vie soit bouleversée ? Les journalistes avaient déjà commencé à fureter dans les bois. Ils n'auraient pas tardé à le dénicher.

— Les journalistes ne sont pas ce que tu as de pire à affronter, et Bubba non plus. En revanche, Wyatt Sinclair et Jack Dunning ne quitteront pas la région sans s'être assurés que tu dis bien la vérité.

Lyman jeta son chiffon sur le sol.

— Tu ferais bien d'y réfléchir sérieusement.

Pénélope n'avait fait que cela tout au long de la nuit. Elle plongea les mains dans ses poches. Il faisait froid dans le hangar, et la neige continuait à tomber dehors. Interdite de vol ou pas, elle n'aurait pas pu décoller aujourd'hui.

— Papa, si tu étais à ma place et si tu avais réellement découvert ce fameux avion, est-ce que tu le dirais ?

Il haussa les épaules.

— Je ferais ce que je jugerais bon de faire. Je ne me laisserais pas intimider par Sinclair et Dunning, mais je ne me laisserais pas non plus influencer par le souci puéril de ménager Harriet ou ce vieil ermite.

— Alors, sur quoi se baser pour déterminer ce qu'il faut faire ?

— Sur tes propres raisons, répondit Lyman.

Pénélope hocha la tête.

— Naturellement, il s'agit d'un schéma purement théorique.

— Bien sûr. Tu n'as pas découvert l'avion.

En repartant, elle s'arrêta au bureau pour dire bonjour à sa tante, qui se plaignait du temps comme s'il n'avait jamais neigé en mars à Cold Spring. La pièce était minuscule, encombrée et purement fonctionnelle. Il n'y avait pas même une photo de famille dans un cadre ni un vase de fleurs pour égayer le bureau de Mary.

Quand Pénélope l'interrogea sur l'avion de Dunning, la conversation s'anima aussitôt.

— C'est son appareil personnel, expliqua Mary. Il n'appartient pas aux Sinclair. Tu verras, il est magnifique. Tu devrais jeter un coup d'œil à l'intérieur : tout a été fait sur mesure.

— J'irai voir ça. Mais qu'est-ce que tu fais, tante Mary ?

— Oh ! je suis en train de reprogrammer mon fax. C'était la débâcle, ce matin. Il y a peut-être eu une coupure de courant ou je ne sais quoi, mais j'ai dû réintroduire toutes les données de base — raison sociale, numéro de fax et de téléphone, etc. Quelle corvée ! J'ai presque terminé.

Pénélope se tordit machinalement les mains et dut se faire violence pour ne pas bondir sur l'appareil. Elle devait garder son sang-froid et ne pas en tirer de déductions hâtives.

— Quelqu'un se serait-il introduit ici par effraction cette nuit ? As-tu laissé quelqu'un utiliser ton fax ? Jack Dunning est passé hier soir après dîner pour voir son avion. Je suis prête à parier qu'il sait forcer une serrure. Justement, il aurait pu forcer celle-ci et…

Elle s'interrompit brusquement, mais sa tante n'en resta pas là.

— Et alors ? Voyons, Pénélope, qui forcerait une porte pour utiliser un fax ? Cela n'a aucun sens.

— Aurais-tu oublié de fermer à clé hier soir ?

— Ce n'est pas moi qui ai fermé. C'est ton père. Quand je suis arrivée ce matin, tout était normal. J'aurais immédiatement appelé Mac Nally s'il y avait eu la moindre trace d'effraction.

Les poings sur les hanches, Mary considéra sa nièce d'un air perplexe. Elle avait elle-même quatre enfants, tous plus âgés que Pénélope, tous persuadés que leur cousine finirait par faire mourir sa tante d'une crise cardiaque. Ils comprenaient cependant l'affection particulière qui unissait les deux femmes — affection qui résistait à une fréquentation quotidienne parfois difficile à gérer.

— Franchement, Pénélope ! reprit Mary Chestnut Feeney. Tu es à peine interdite de vol que tu commences déjà à perdre la boule. Cet appareil n'est pas tout neuf. Il lui arrive de se détraquer. Que vas-tu imaginer de plus ? Pour l'amour du ciel, si tu as besoin de te donner des frissons, tâche de trouver autre chose qu'une panne de fax !

Pénélope fit de son mieux pour sourire.

— Tu as raison, tante Mary.

— Ce doit être à cause de ces deux hommes venus de New York. Harriet m'a dit qu'ils épient chacun de tes gestes, persuadés que tu as réellement découvert cette épave dimanche dernier. A mon avis, ils doivent penser que tu t'es livrée à quelque pillage ou que tu projettes d'écrire un livre…

— Ils peuvent penser ce que bon leur semble. Ecoute, je voulais simplement passer te dire un petit bonjour. A plus tard, ma tante. Pas un mot à papa de cette histoire de fax, d'accord ?

— Comme si j'allais lui en parler ! Si je lui répétais ça, j'aurais de la chance de ne pas me faire renvoyer après l'avoir incité à t'interdire de vol trois semaines au lieu de quatre.

— Papa ne peut pas te renvoyer. Vous êtes associés.

— Oh ! crois-moi, il trouve toujours un moyen d'arriver à ses fins — exactement comme toi, mademoiselle la Tornade.

Quelques minutes plus tard, Pénélope roulait en direction du centre-ville où elle fit l'acquisition d'un puzzle géant, de quelques provisions et de munitions pour la carabine léguée par son grand-père. Si les simples règles du savoir-vivre ne parvenaient pas à tenir ses deux visiteurs à distance respectable, peut-être un fusil chargé dans la cuisine les impressionnerait-il davantage.

Wyatt arriva le premier au chalet. Il jeta sa veste sur le dossier d'une chaise et son regard s'arrêta sur le grand puzzle aux oiseaux et la Winchester posée contre la table de la cuisine. Pénélope ne l'avait pas encore chargée.

— C'est la vieille carabine de mon grand-père, expliqua-t-elle. C'est lui qui m'a appris à tirer.

Wyatt promena un doigt sur la boîte de cartouches encore intacte.

— Quand avez-vous chargé cet engin pour la dernière fois ?

— L'année dernière. Un homme accusé d'homicide s'était échappé de prison. Ce n'est pas toujours très rassurant d'habiter ici en hiver. L'endroit est plus peuplé en été.

Tout en parlant, Pénélope versa du café dans un filtre.

— Je ne chasse pas, mais je ne veux pas perdre mon adresse au tir. J'avais l'intention d'aller m'entraîner pendant la durée de mon interdiction de vol.

— Et de faire un puzzle, observa Wyatt.

— A part le sirop d'érable et le tir à la carabine, il n'y a pas grand-chose pour s'occuper. La télévision ne fonctionne pas très bien par ici et je ne suis pas un cordon-bleu.

— Je vois.

Parfaitement maître de lui, attentif aux moindres détails, Wyatt était un observateur redoutable. Peut-être même était-il capable de la percer à jour, songea Pénélope en versant l'eau dans la cafetière électrique.

— Je crois que je vais remettre le sirop à cuire pendant que vous examinez la documentation que j'ai rassemblée. J'espère que vous ne vous attendez pas à des révélations explosives — il s'agit avant tout de coupures de vieux journaux et de résumés d'entretiens que j'ai eus avec des personnes ayant connu Colt et Frannie. J'ai conservé les cassettes, si vous souhaitez les écouter.

Pénélope toisa Wyatt avec froideur.

— Mais après votre petite indiscrétion d'hier soir, vous saviez naturellement déjà tout cela.

Jack Dunning arriva, visiblement peu enthousiasmé par la tâche qui l'attendait ; cela faisait partie du travail de routine plutôt fastidieux qui constituait sans doute l'essentiel de l'activité d'un détective privé, songea Pénélope. Elle installa ses deux visiteurs à la table de la cuisine, sur laquelle elle avait rassemblé tous ses dossiers, puis emporta la carabine dans le bureau. Dunning n'avait émis aucune remarque à ce sujet, et elle se demanda si elle n'avait pas seulement réussi à se faire passer pour une excentrique. Posant les cartouches sur le plan de travail, elle mit l'autoclave en marche, et bientôt les effluves parfumés du sirop d'érable eurent sur elle un effet apaisant, faisant du petit chalet un endroit douillet et rassurant, comme si les deux hommes assis dans la cuisine jouaient aux cartes ou lisaient le journal au lieu d'essayer de la prendre au piège.

A deux reprises, elle faillit leur dire de chausser des raquettes et de la suivre jusqu'à l'épave du Piper Cub. Pour en finir, tout simplement. Le parti qui lui avait paru le plus sage mardi ne l'était plus de façon aussi évidente ce jeudi.

Mais elle résista à la tentation, ne fût-ce qu'en raison de l'indifférence évidente des deux hommes pour les documents auxquels ils prétendaient s'intéresser. Dunning était là pour se faire une idée à son sujet, Wyatt pour se faire une idée sur Jack et sur elle. Des articles de journaux des années 50 et quelques entretiens avec des autochtones ne leur apporteraient pas grand-chose.

Tout en remuant avec une cuillère de bois le sirop qui commençait de prendre, Pénélope se demanda si Jack disposait d'éléments dont Wyatt ignorait l'existence, et inversement. Mais à quoi bon s'égarer sur des voies sans issue ? Elle avait peut-être simplement affaire à deux hommes aux prises avec un problème qui les dépassait un peu ; ils la soupçonnaient de mentir et s'efforçaient de la mettre suffisamment à l'aise pour lui faire avouer la vérité.

Ce qui n'expliquait pas l'énigme du fax. Ne fallait-il pas leur demander lequel d'entre eux avait détraqué l'appareil de tante Mary ?

Jack Dunning l'invita à s'asseoir et lui posa quelques questions à propos des entretiens qu'elle avait enregistrés. Puis, posément, il l'interrogea sur plusieurs omissions flagrantes.

— Je ne vois là aucun entretien avec votre père, votre tante ou votre grand-père. A en juger par ce qui est relaté dans les articles, ils auraient pourtant tous activement participé aux recherches, surtout votre grand-père.

— Il était déjà très malade à l'époque où j'ai entamé ma petite enquête. Quant à mon père et tante Mary… je ne les ai pas questionnés.

Les yeux pâles, dénués de toute expression, la fixèrent avec une attention redoublée.

— Pourquoi donc ?

— Une question de protocole familial, je suppose. Ils étaient au courant de ma démarche. S'ils avaient souhaité participer, ils me l'auraient dit. Maintenant que j'ai trois semaines à tuer, je pourrais leur faire comprendre que même s'ils ne pensent pas avoir grand-chose à dire, j'aimerais connaître leur point de vue.

— Allez-vous écrire un livre ?

Tante Mary avait peut-être vu juste, songea Pénélope.

— Non.

Elle jeta un coup d'œil vers Wyatt, et vit qu'il était plongé dans la lecture du résumé des souvenirs dont lui avait fait part l'oncle George sur les semaines qui avaient suivi la disparition de l'avion. Son oncle avait pris soin de ne pas trop s'étendre sur la découverte du bébé dans un panier d'osier, sous le porche de l'église. Pénélope n'avait pas insisté, supposant qu'il voulait éviter d'attirer l'attention sur l'étrange coïncidence de cet événement insolite avec celui qui faisait l'objet de son enquête.

— Cette décharge que vous dites avoir trouvée, reprit Dunning en revenant au sujet qui l'intéressait réellement, ne serait-elle pas mentionnée quelque part ?

La jeune femme secoua la tête.

— Ce ne sont sans doute que de vieilles ferrailles dont quelque fermier se sera débarrassé dans les bois.

— Dans ce cas, pourquoi se trouve-t-elle à l'écart de toute voie ou chemin forestier ?

— Je n'en sais rien. Quand j'étais petite, j'adorais aller récupérer de vieux objets dans les anciennes décharges. Je collectionnais même les vieilles bouteilles.

— Mais vous n'étiez jamais tombée sur cette décharge-là ?

— Pas que je me souvienne.

Dunning se leva, une étincelle d'amusement plus que de défi dans le regard, comme s'il se moquait qu'elle mentît ou non. Il semblait sûr de finir par apprendre la vérité un jour ou l'autre.

— C'était fort intéressant, commenta-t-il. Merci de m'avoir consacré un moment.

— C'est tout naturel. Allez-vous faire votre rapport à M. Sinclair et regagner New York aujourd'hui ?

Il sourit.

— Pas encore.

Pénélope le raccompagna à la porte et la fit claquer derrière lui. Puis elle se tourna vivement vers Wyatt.

— Pourquoi ne renonce-t-il pas et ne rentre-t-il pas chez lui ?

— Pour les mêmes raisons que moi.

— Parce que vous attendez tous les deux que je fasse miraculeusement tomber le Piper Cub dans vos bras, sans doute ?

Contrariée, Pénélope pesta entre ses dents. Comment rester sereine en songeant au fax plié dans son tiroir à lingerie et à la voiture qui rôdait la veille autour de chez elle ? Le fait de se retrouver seule avec Wyatt n'arrangeait en rien les choses.

— Pourquoi ne pas lui retirer l'affaire ?

— Je ne suis ni son employeur ni son client.

Wyatt porta sa tasse et celle de Dunning jusqu'à l'évier, vérifia le degré de cuisson du sirop.

— Je veux savoir ce qui se passe ici, Pénélope, dit-il sans la regarder. Je ne parle pas de l'avion de Colt et Frannie. Je suis déjà à peu près sûr que vous l'avez trouvé.

— Alors, de quoi parlez-vous ?

Il prit la cuillère et remua à son tour le sirop dans la marmite.

— Vous n'avez pas acheté des munitions et nettoyé la Winchester parce que j'ai été un peu brusque avec vous.

Pénélope ne répondit pas. Debout au milieu de la cuisine, elle l'observa tandis qu'il agitait la cuillère dans le sirop d'érable.

— Pénélope...

Si la voix de Wyatt était persuasive, le ton n'était pas tellement patient.

— Il se passe quelque chose.

— Ce n'est peut-être rien du tout. Simplement...

Elle se laissa tomber sur la chaise qu'il avait libérée, ses documents sur Colt et Frannie empilés avec soin devant elle. En se lançant dans cette enquête, elle avait rêvé de découvrir quel avait été leur destin. Elle avait rêvé de rencontrer son premier Sinclair. Elle ne s'attendait certes pas à quelqu'un comme Wyatt. Fermant brièvement les yeux, elle s'efforça de mesurer les éventuelles conséquences de l'aveu qui lui brûlait les lèvres.

— J'ai reçu des messages déconcertants, déclara-t-elle soudain. Ils étaient plus étranges qu'autre chose. J'ai reçu le premier dans mon courrier électronique alors que j'étais branchée sur Internet, le second par fax. Et hier soir, quelqu'un est venu rôder autour de chez moi. J'ai pensé qu'on voulait m'effrayer ou me surveiller. Mais ce n'étaient peut-être que des gamins en vadrouille.

— Doucement. Procédons par ordre. Quand, quoi, où, comment. Le pourquoi est assez évident : vous déclarez avoir découvert un avion légendaire porté disparu, puis vous vous rétractez.

— Oui, mais je ne comprends pas très bien les motifs de cet individu...

— Parlez-moi du premier message, celui que vous avez reçu par courrier électronique.

Son ton s'était fait encourageant, presque tendre, et n'était en tout cas pas autoritaire. Mais son regard brillant — le regard incisif des Sinclair — le trahissait. Intérieurement, il brûlait sans aucun doute de la prendre par les épaules et de la secouer pour obtenir les informations qu'il voulait, syllabe par syllabe s'il le fallait. Pénélope se ressaisit. Cet éclair de lucidité lui remit brusquement les idées d'aplomb. Elle ne devait surtout pas relâcher sa vigilance.

Elle lui parla néanmoins du message anonyme, du fax, du rôdeur en voiture. Elle se concentra sur les faits sans mentionner la panique qui lui avait fait allumer toutes les lumières, courir de porte en fenêtre et dormir sur le canapé. La peur était une émotion des plus intimes qui ne concernait qu'elle. A quoi bon en faire part aux autres ? Quand les équipes de secours l'avaient retrouvée, quand Andy Mac Nally l'avait repêchée dans le lac, elle s'était toujours refusée à admettre sa frayeur.

Après l'avoir écoutée jusqu'au bout, Wyatt posa la cuillère de bois et s'assit de nouveau en face d'elle. Dehors, la couche de neige s'était épaissie. En mars, les chutes de neige étaient souvent abondantes, mais de courte durée. Pénélope imagina sa terrasse débordant de plantes en pots, de fleurs, d'herbes aromatiques, de tomates. Tout changeait. Rien ne durait éternellement.

— Bien entendu, reprit-elle, je ne peux pas totalement éliminer l'hypothèse que vous soyez à l'origine de tout cela. A mon avis, ni Dunning ni vous ne disposeriez d'un alibi solide si jamais je rapportais ces incidents à la police. Vous aviez l'un et l'autre des motifs pour m'effrayer et m'inciter à vous conduire à la décharge — ou à l'épave de l'avion, puisque vous êtes tous les deux persuadés que je mens.

— C'est de bonne guerre. Mais nous ne sommes pas les seuls à croire que vous avez délibérément modifié votre version des faits.

— Qui d'autre se soucierait de retrouver l'avion ? Cela vous intéresse parce que Colt était votre oncle, et Dunning, parce qu'il est payé pour cela.

— Frannie était de Cold Spring, et l'avion s'est probablement écrasé dans les environs. Des tiers, intéressés, animés de motivations que vous ne soupçonnez pas, essaient peut-être de vous manipuler. Du reste, le fax vous recommande de *ne pas* montrer ce que vous avez découvert dans les bois.

— On compte peut-être sur mon esprit de contradiction.

— C'est une possibilité parmi bien d'autres. L'avez-vous gardé ?

Pénélope opina de la tête.

— Je vais le chercher.

Animée d'un brusque sursaut d'énergie, elle partit comme une flèche, puis s'immobilisa à mi-chemin de sa chambre. Tournant la tête, elle constata que Wyatt l'observait.

— Ce matin, la télécopieuse de tante Mary était détraquée, révéla-t-elle en étudiant sa réaction avec attention.

Il soutint son regard sans le moindre signe de trouble.

— Et vous pensez que ce pourrait être le fait de votre mystérieux correspondant ?

— Pourquoi pas ? Il pourrait s'être introduit hier soir dans le bureau et m'avoir expédié le fax. Il n'y avait aucune trace d'effraction, mais il pouvait posséder une clé, en avoir subtilisé une ou fait confectionner un double, ou bien encore être entré subrepticement sans se faire remarquer. Le bureau de l'aéroport n'est pas vraiment un château fort inviolable.

— Il, ou elle, pourrait avoir guetté l'occasion.

— Exactement. Je sais que cela paraît un peu invraisemblable, mais ce fax n'a rien d'ordinaire non plus. Son auteur aurait également pu l'envoyer de sa propre télécopieuse et trafiquer celle de tante Mary pour faire croire que le message venait d'elle. Mais là, l'histoire se complique un peu trop.

Wyatt réfléchit un instant.

— Il est tout de même possible que l'appareil se soit détraqué sans aucune intervention extérieure.

— Je suppose. Il y a quelques années, le nombre de personnes possédant un fax à Cold Spring pouvait se compter sur les doigts d'une main. A présent, je ne serais pas surprise que Bubba Johns en ait un.

Avant que Wyatt ait pu réagir, Pénélope s'empressa d'ajouter :

— Mais je ne le soupçonne pas.

Elle fila dans sa chambre, prit la feuille dans le tiroir et l'apporta à Wyatt. Tandis qu'il la dépliait et déchiffrait le message, elle s'affaira sans but précis autour du fourneau.

Wyatt leva les yeux et les fixa sur elle.

— Vous auriez dû montrer ceci à Jack, dit-il. Il a une solide expérience. Et s'il n'était pas discret, mon père ne lui aurait pas confié cette mission.

Pénélope secoua la tête.

— A mon avis, il ne faut surtout pas monter cette affaire en épingle. On peut considérer le message comme un conseil, voire un ordre, mais il ne contient aucune menace explicite. Ce pourrait être l'œuvre d'un journaliste voulant m'inciter à maintenir ma version initiale ; ce pourrait être Dunning, ou vous, ou quelque mauvais plaisant. Ecoutez, j'ai déjà obligé les gens d'ici à former une équipe de secours, pris une décharge de ferraille pour une épave d'avion et fait l'objet d'une interdiction de vol. Cette fois, je préfère regarder où je mets les pieds.

Wyatt esquissa un sourire.

— Vous avez la réputation de faire sortir les gens de leurs gonds, par ici. Mais dans l'immédiat, quelle est votre impression, au juste ? Votre intuition vous souffle bien quelque chose ?

Son intuition lui avait déjà recommandé de ne pas s'engager à faire alliance avec cet homme. Manifestement, cela n'avait pas servi à grand-chose.

— Elle m'a dit de sortir la Winchester et de me procurer des munitions. Au cas où...

— Vous pourriez vous installer quelque temps chez vos parents, suggéra Wyatt. Ou bien prendre une chambre à l'hôtel, avec votre cousine.

— Vous plaisantez ? Je ne m'en remettrais jamais. Vous venez de dire que vous connaissez ma réputation. Dès qu'il se passe quelque chose à Cold Spring, tout le monde commence par vérifier où je suis. Ils n'ont pas encore digéré l'alerte de dimanche soir.

— Et après ? Cela ne devrait avoir aucune importance...

— C'est important pour moi.

— Vous ne donnez pas l'impression d'être quelqu'un qui se soucie tellement de l'opinion des autres.

— Je vis dans cette ville, moi, je ne vais pas bientôt retrouver une existence anonyme à New York.

D'un geste sec, elle reprit la cuillère de bois et remua le sirop, humant la bonne odeur d'érable, goûtant la chaleur de la vapeur sur son visage. Il était presque temps de le verser dans une autre marmite.

— Je suis très bien chez moi et je compte y rester.

— Dans ce cas, invitez au moins quelqu'un à séjourner quelque temps avec vous.

Si Wyatt avait proféré ce conseil d'un ton neutre, il vint aussitôt après la rejoindre devant le fourneau et se tint tout près d'elle. Pénélope sentit l'appréhension la gagner, mêlée au trouble que cet homme suscitait en elle. Un tourbillon d'émotions et de questions contradictoires lui fit tourner la tête. Dehors, le vent balayait la surface gelée du lac, projetant des rafales de neige glacée contre ses fenêtres.

Elle continua de remuer le sirop. Il risquait encore de ne pas prendre. S'il cuisait trop longtemps, il se cristalliserait.

— Je m'efforce simplement de décider au mieux et de ne pas m'avouer vaincue.

— Vous avouer vaincue ?

— J'ai toujours été remuante ; il me faut ma dose de mouvement, d'adrénaline. Je fonce souvent sans trop réfléchir et mon étourderie m'entraîne dans des situations impossibles.

— Telles que vous égarer dans les bois ou manquer de vous noyer dans un lac gelé.

— Mais je ne suis pas maladroite, précisa Pénélope. Et je sais ce que je fais. Je n'ai pas besoin qu'on me protège et qu'on veille sur moi. Je ne suis ni stupide ni téméraire. Enfin, bon sang, je ne cours pas après les ennuis, tout de même ! Je peux très bien me passer de ce genre de situation.

Wyatt sourit, un sourire qui cette fois éclaira son regard.

— Vous parlez comme un Sinclair.

— Quelle horreur ! s'exclama-t-elle en riant. Mais les Sinclair n'aimeraient pas qu'on les protège, qu'on veille sur eux ou qu'on leur conseille de rester tranquillement à la maison — pas les hommes, en tout cas.

— Non, chez nous, on préfère mourir prématurément. Quand ce ne sont pas d'autres qui meurent à notre place.

Pénélope songea à l'ami de Wyatt, aux épouvantables circonstances de son décès. Sans doute se reprochait-il encore son imprudence qui avait coûté la vie d'un proche. Dans quelle mesure cette tragédie influençait-elle ses jugements, et tout ce qu'il entreprenait ?

Elle soupira, sans trop savoir à quoi s'en tenir.

— J'ai peut-être une fâcheuse tendance à oublier que les Sinclair sont des être humains plutôt qu'une somme de préjugés défavorables, déclara-t-elle. Votre famille n'a pas toujours laissé de bons souvenirs par ici. Quoi qu'il en soit, je suis loin d'avoir connu le genre d'aventures que vous avez vécues — il a seulement fallu me repêcher dans le lac une ou deux fois de trop.

— Vous vous mettez dans des situations impossibles.

— Cela m'arrive. Cela arrive à tout le monde. Mais ce n'est pas le cas en ce moment, ajouta précipitamment Pénélope.

Si Wyatt lui avait demandé à quoi elle faisait allusion, elle n'aurait su préciser s'il s'agissait de leurs relations ou de son histoire à propos de l'avion de Colt et Frannie. Il ne demanda rien, et leurs bouches se joignirent tandis qu'il lui effleurait la joue et les cheveux d'une caresse à l'infinie douceur.

Pénélope gémit doucement, s'abandonnant à l'intensité d'un baiser de plus en plus ardent, aux bras qui l'enlaçaient, l'étreignaient avec fougue. Et quand les mains de Wyatt s'aventurèrent sous sa chemise, une vague de chaleur l'embrasa tout entière.

Mais il s'écarta et lui sourit encore.

— En effet, nous nous mettons tous dans des situations délicates de temps en temps. L'astuce, c'est de savoir distinguer les cas où l'on a besoin d'aide et ceux où l'on s'amuse encore, en frôlant le danger, mais en gardant la situation en main.

Elle n'avait pas du tout l'impression de maîtriser la situation. Les sens en feu, elle ne parvenait pas à déterminer clairement si ce baiser n'était que l'argument d'une démonstration ou bien… ou bien un simple baiser. D'un geste vif, elle rajusta sa chemise et prit une marmite sur une étagère.

— Je crois que je devrais filtrer le sirop encore une fois en changeant de récipient.

— Excellente idée !

Elle le regarda du coin de l'œil.

— Qu'allez-vous faire ?

— Jeter un coup d'œil dans les parages, dire quelques mots à Jack.

— Vous ne lui parlerez pas des messages…

Wyatt secoua la tête.

— Ce n'est pas à moi de le faire. A mon avis, toutefois, vous devriez au moins avertir vos parents, votre tante, enfin, quelqu'un d'autre que moi. Je suis un étranger, un suspect potentiel.

Il s'approcha de la table et, s'il ressentait encore quelque émotion à la suite de leur baiser, il n'en laissa rien paraître.

— Si les choses s'aggravaient, ajouta-t-il en ôtant sa veste de cuir du dossier de la chaise, vous auriez besoin du soutien d'une personne en qui vous ayez confiance et qui ait confiance en vous.

Ces propos la firent sourire, en même temps qu'une sourde inquiétude s'insinuait brusquement en elle.

— Il ne faudrait pas compter sur vous, n'est-ce pas ?

— Allons, ma chère, vous savez aussi bien que moi que je n'ai pas confiance en vous.

Wyatt ouvrit la porte. Le vent hurlait dans les arbres, mais la neige continuait à tomber.

— En revanche, vous pouvez avoir confiance en moi.

— Je n'en sais rien.

— Moi, si, répliqua-t-il, l'œil pétillant. Ce sirop sera bientôt prêt ? Je pourrais revenir. Mes gaufres sont réputées pour leur finesse, vous savez.

— Je commence à comprendre comment vous avez pu escalader des sommets vertigineux. Vous ne renoncez jamais.

— Voilà une réflexion à méditer pendant que la neige tombe et que le sirop mijote.

Harriet s'étonna que quelqu'un ait le courage de venir à l'auberge par un temps pareil, fût-ce Andy Mac Nally. Il amenait Jane et Rebecca prendre le thé pour goûter, avec une bonne heure d'avance. Le lycée avait fermé ses portes à cause de la tempête de neige, et Andy avait une réunion à 15 heures.

— Tu peux réchauffer les brioches d'hier si tu n'en as pas fait aujourd'hui, déclara-t-il.

— Je viens de sortir une fournée de brioches à l'abricot encore toutes chaudes.

Andy adressa un clin d'œil à ses filles.

— Je vous avais bien dit qu'on pouvait toujours compter sur Harriet.

Ils commandèrent des brioches avec leur thé, et les filles demandèrent à Harriet de se joindre à eux. Elle accepta avec grand plaisir. Si Andy ne raffolait pas du thé et guère davantage des brioches, les filles, qui ressemblaient toutes les deux à leur mère, appréciaient le raffinement et la gourmandise du thé à l'anglaise et venaient souvent sans leur père quand elles n'avaient pas d'activités extrascolaires ou quelque projet d'aventure avec Pénélope l'après-midi.

— Pas de nouvelle de ta cousine aujourd'hui ? interrogea Andy.

— Non, je ne l'ai pas vue.

Il avait informé Harriet de la fausse alerte du soir précédent. Selon elle, la réaction de Pénélope aurait dû le rassurer, et non l'ennuyer. D'abord, parce qu'il n'avait rien trouvé de suspect ; ensuite, parce que la jeune femme avait eu la présence d'esprit de l'appeler au lieu de s'élancer elle-même en pleine nuit à la poursuite d'un rôdeur.

— La sève d'érable ne coulera pas cette nuit, fit remarquer Rebecca. Il fait trop froid.

Son père émit un grognement maussade.

— Ça tombe vraiment bien ! Pénélope ne va plus savoir comment s'occuper.

— Lyman n'a pas l'intention de réduire un peu la durée de son interdiction de vol ?

— Non, Dieu merci. Rien ne me semble plus redoutable que Pénélope inoccupée… si ce n'est Pénélope distraite aux commandes d'un avion.

Jane se mit à rire.

— Ce que tu peux être sévère avec elle, papa !

— Elle ne nous ménage pas non plus. A présent, bois ton thé et laisse-moi parler.

— Mais nous sommes avec toi. Comment veux-tu que nous n'entendions pas…

D'un rapide coup d'œil, Andy lui intima le silence et se tourna vers Harriet.

— Ces deux-là ont réponse à tout. C'est l'influence de Pénélope. Enfin ! elles savent faire la part des choses et se débrouiller seules. Là aussi, Pénélope doit y être pour quelque chose. Ecoute, je vais être franc avec toi, Harriet. Je me fais du souci pour elle.

Harriet hocha la tête en même temps qu'elle remplissait sa tasse de thé, qu'elle aimait corsé, avec une larme de crème.

— Je sais. Nous aussi.

— Pourquoi n'avoue-t-elle pas tout simplement qu'elle a découvert cette fichue épave, qu'on en finisse ?

— Parce qu'elle est têtue comme une mule et qu'elle ne pourrait pas maîtriser les conséquences qui en découleraient.

— Quelles conséquences ? Il n'y avait personne de sa famille dans cet avion. D'ailleurs, cela fait quarante-cinq ans qu'il a disparu. Qui s'en soucie encore, à part la famille Sinclair ? Frannie Beaudine n'a même plus un seul parent en vie.

— Il peut y avoir d'autres conséquences moins directes, et pourtant regrettables.

Andy fronça les sourcils. C'était un homme pragmatique, doté d'une solide intelligence, mais il manquait un peu d'imagination et son métier de flic le rendait méfiant à l'égard de tout ce qui s'éloignait trop des faits concrets.

— Par exemple ? demanda-t-il.

— Eh bien… la presse. Bon nombre de journalistes ont séjourné à l'hôtel et il ne leur aurait pas fallu longtemps pour entendre parler de Bubba Johns et… et de moi.

— De toi ? mais que diable… Oh !

Se taisant brusquement, il se mit à beurrer une brioche à la hâte.

— Tu veux parler de cette idée… de tes prétentions…

— Il s'agit d'une simple hypothèse, Andy.

Harriet but quelques gorgées de thé, dont la chaleur lui fit du bien. Elle s'exprimait avec un calme et un sang-froid qu'elle était loin d'éprouver. La plupart des habitants de Cold Spring jugeaient son hypothèse complètement farfelue. Comment le leur reprocher ? Elle-même se trouvait effectivement farfelue. Elle, la sensée, la raisonnable Harriet Chestnut… Depuis ce matin, elle s'était maquillée à deux reprises, avant de se laver chaque fois le visage au savon, s'estimant ridicule. Jack Dunning était sorti de bonne heure et n'avait pas reparu. Quelle ineptie d'imaginer qu'un homme comme lui pourrait s'intéresser à elle ! Elle avait l'impression d'être comme Jane et Rebecca avec leurs amourettes de lycéennes.

— Et Bubba, dit Andy, changeant de sujet avec maladresse. Qu'a-t-il à voir avec toute cette affaire ?

— Oh ! tu connais Pénélope. Elle s'en voudrait terriblement d'avoir fait quelque chose qui puisse perturber l'existence retirée de ce brave homme.

— Elle n'a rien fait du tout. Elle a découvert par hasard l'épave d'un appareil disparu. C'est son existence à elle qui pourrait être perturbée ; Wyatt Sinclair et ce détective privé ne sont pas près de la laisser tranquille.

Andy mordit à pleines dents dans une brioche et, du coin de l'œil, Harriet vit Rebecca tressaillir, embarrassée par les manières indélicates de son père. Il ne mangeait pas un sandwich au saucisson, tout de même.

— Si ces deux lascars commettent la moindre infraction pour l'inciter à parler, je leur montrerai de quel bois je me chauffe.

Harriet pâlit.

— Je les trouve tous les deux parfaitement corrects et sérieux. Je ne parviens pas à les imaginer, l'un ou l'autre, en train de harceler Pénélope…

Sous le regard pénétrant qui la dévisageait, elle s'interrompit.

— C'est du moins l'impression qu'ils me donnent, ajouta-t-elle en hâte.

— Prends garde de ne pas confondre tes désirs et la réalité, Harriet.

En face d'eux, les deux adolescentes buvaient leur thé avec application, feignant de ne pas écouter.

— Toi non plus, Andy.

Le sourire qui éclaira soudain son visage buriné prit Harriet au dépourvu.

— Je suis flic. Alors, forcément, j'ai tendance à tout voir en noir.

Il se tourna vers ses filles et la conversation prit un autre cours, Jane et Rebecca évoquant leurs professeurs du lycée, que Harriet connaissait pour la plupart depuis l'enfance.

Après le départ de la famille Mac Nally, Harriet entreprit de trier son courrier en face de la cheminée. Elle se surprit à épier le bruit de la porte d'entrée, guettant le retour de Jack Dunning ou de Wyatt Sinclair. Finalement, elle renonça à tout effort de concentration et se mit à contempler rêveusement les flammes qui dansaient devant elle. Peut-être Wyatt était-il son cousin ; peut-être des liens du sang les unissaient-ils. Il avait tellement de classe, d'aisance, de charisme… tout ce qu'elle aurait aimé avoir. La seule idée d'être apparentée à un homme aussi riche, aussi racé, l'emplissait d'espoir.

Et Jack Dunning… elle osait à peine songer à lui. Cela faisait une éternité qu'elle ne s'était entichée d'un homme avec une telle intensité, que son cœur ne s'était emballé à ce point. Peut-être même était-ce la première fois. Il était séduisant, viril, charmant, et d'une gentillesse étonnante. La veille, ils avaient passé la soirée ensemble en buvant un verre et en ayant une conversation des plus agréables. Pas une seule fois, il n'avait cherché à la faire parler de sa famille ou posé de questions concernant Pénélope. Surtout, il n'avait fait aucune allusion à l'étonnante coïncidence de sa découverte sur le parvis d'une église à l'époque de la disparition du Piper Cub et de ses occupants. Il devait pourtant être au courant, à présent.

— Harriet… il me semblait vous avoir aperçue dans le salon.

Sa voix. Elle sursauta, et les papiers posés sur ses genoux tombèrent.

— Oh ! Bonsoir, Jack. J'avais un peu de classement à effectuer.

— Désolé de vous avoir dérangée.

— Non, non… vous ne me dérangez pas.

Il se baissa, ramassa les papiers épars et les remit dans le classeur. Puis il se redressa avec souplesse et sourit.

— Il ne neige plus. J'ai pensé que nous pourrions aller faire un petit tour dehors, à moins que vous ne soyez occupée.

— Je n'ai rien de particulier à faire. Avec ce temps, la soirée sera calme.

Harriet se leva, et une grosse mèche de cheveux s'échappa de la barrette qui les retenait. Pourquoi n'avait-elle pas insisté davantage avec le maquillage ? Tout en tenant son classeur serré contre sa poitrine, elle remarqua ses mains abîmées par les travaux de réfection de l'auberge. Sa taille épaisse lui faisait horreur, et elle imagina sans peine le genre de femmes auxquelles Jack pouvait plaire à New York. Elle n'était qu'une modeste provinciale entre deux âges sans aucune allure ni attrait particulier.

Du moins, ne se faisait-elle aucune illusion sur son compte. Elle glissa néanmoins ses cheveux derrière l'oreille et rendit son sourire à Jack.

— Une petite promenade me ferait le plus grand plaisir, si nous pouvons être de retour dans une demi-heure.

— Une demi-heure, pas davantage.

— Avez-vous vu Pénélope ce matin ?

— Ouais.

L'air amusé, Jack haussa les épaules.

— Je ne mâcherai pas mes mots, Harriet : cette fille est une véritable plaie.

La remarque fit rire Harriet.

— Oui, mais c'est notre plaie à nous.

— J'aime votre manière de voir les choses, par ici. Quand je faisais des bêtises, mon père me flanquait une taloche et cela me remettait les idées en place. Si ça ne suffisait pas, il en avait toujours quelques-unes en réserve.

— Oh ! là ! là ! Quelle pénible façon de grandir !

Il secoua la tête, visiblement étonné.

— C'était une des meilleures façons de grandir. J'ai appris à connaître mes limites. Votre cousine, au cas où vous ne l'auriez pas remarqué, n'en a pas la moindre notion.

— Mais n'est-ce pas préférable ?

— Tout le monde a ses limites, Harriet. Même Pénélope Chestnut.

Harriet ne put réprimer un nouveau rire, un peu grisée par cette franchise, cette irrévérence tranquille. Rien ne semblait inquiéter cet homme.

— Vous ne le lui direz pas, n'est-ce pas ? murmura-t-elle.

— Moi ? Certainement pas. Cela restera entre nous.

10.

Pénélope respira à grandes goulées l'air froid et pur des hauteurs. Le nez au vent, elle humait déjà quelques relents de fumée provenant du poêle à bois de Bubba Johns. Sa cabane se trouvait à moins d'un kilomètre vers l'ouest, au fond d'une clairière en pente douce. Après avoir terminé la mise en pots du sirop, Pénélope avait chaussé ses raquettes pour s'aventurer dans la neige fraîchement tombée en direction des collines. Ses raquettes étaient un modèle traditionnel de bois léger dont son grand-père lui avait fait cadeau quand elle était à l'université. Bien que la neige fût humide et assez compacte, on s'y enfonçait aisément. Elle pourrait retrouver ses traces au retour.

Aucun panneau n'indiquait la limite entre ses terres et celles des Sinclair, mais Pénélope connaissait les repères. Elle savait que son terrain s'arrêtait à l'endroit où l'ancien chemin forestier traversait une brèche dans un mur de pierre. Le chemin forestier devenait un étroit sentier, et les murs qui entouraient autrefois les terres cultivables des fermiers, envahis depuis longtemps par le lierre et la mousse, disparaissaient peu à peu. Les bois cédaient la place à une forêt plus dense, plus profonde, qui couvrait des pentes de plus en plus escarpées. On accédait alors à la nature sauvage, domaine des daims et des élans, de quelques ours et de Bubba Johns.

Pénélope aperçut enfin la grossière cabane en rondins nichée entre les pins et les mélèzes, à flanc de colline, au bord du petit torrent sinueux qui longeait la clairière. La tempête s'était calmée, et seul le bruit de l'eau bondissant de pierre en pierre troublait le silence. Le ciel et la terre se fondaient dans une harmonie de blancs très doux, parsemés des touches vert sombre des conifères et du gris des arbres nus. La neige s'accrochait à leurs branches qui ployaient sous le poids. Une rangée de jeunes bouleaux était presque courbée jusqu'au sol.

Le sentier suivait la crête de la colline, puis redescendait en serpentant entre les rochers jusqu'à la cabane au toit de tôle goudronnée, aux murs percés de deux petites fenêtres dépareillées, probablement récupérées dans quelque décharge. Bubba avait construit un abri attenant et installé par dizaines dans les arbres, sur les rebords de fenêtres, sur des piquets, de petites mangeoires pour les oiseaux.

Derrière la cabane, un jardin potager était protégé par du fil de fer barbelé. Dans un endroit aussi sauvage, les animaux risquaient de saccager toutes les plantations. Bubba Johns n'était peut-être pas tout à fait normal, mais il avait réussi à s'aménager une existence et des conditions de vie relativement confortables.

— Bubba ?

Comme la neige amortissait le son de sa voix, Pénélope appela de nouveau, un peu plus fort.

— C'est moi, Pénélope Chestnut.

Pas de réponse. Rien que le silence, et le ruissellement de l'eau sur les cailloux.

Elle avança de quelques mètres sur le sentier. Il n'y avait pas d'autres traces que les siennes dans la neige fraîche. Ses raquettes avaient laissé des marques bien nettes qu'il était facile de suivre.

Elle ne pouvait pas rebrousser chemin et regagner discrètement son chalet, car Bubba Johns saurait qu'elle était venue. Elle ôta son bonnet humide et gelé, comme les pointes de ses cheveux, mouillées par la petite bruine glacée qui avait accompagné le début de sa randonnée. Il ne lui restait pas beaucoup de temps. Il était déjà plus de 16 heures, et elle devait compter une bonne heure de marche pour rentrer chez elle par ce temps.

Pourquoi était-elle venue, du reste ? Pour demander à Bubba l'autorisation de tout avouer à Wyatt Sinclair ? Il ne lui avait jamais demandé de mentir au sujet de l'avion. C'était elle, et elle seule, qui avait décidé de se rétracter. Elle ne connaissait même pas Bubba. Personne, d'ailleurs, ne le connaissait réellement. C'était un vieil homme qui vivait en solitaire — ni plus, ni moins.

Debout dans ce paysage désert et magnifique, elle imagina une foule de journalistes et de curieux se précipitant à l'assaut du site de la catastrophe pour prendre des photos, prélever quelque morceau de tôle en guise de souvenir. Puis elle songea à l'épave disséminée parmi les rochers, les arbres et les buissons, à l'écart de tout, dans un havre de paix. Une sépulture.

Son père lui avait conseillé de faire pour le mieux, d'agir en fonction de ses convictions. Eh bien, elle l'avait fait. Les éventuelles retombées sur Bubba et Harriet n'étaient qu'un aspect de son raisonnement. Il y avait aussi le respect dû aux défunts et à leur mémoire.

Deux affreux bâtards surgis de l'ombre foncèrent brusquement sur elle en aboyant et en montrant les dents. Le cœur battant à se rompre, Pénélope ne fit pas un geste, songeant qu'elle aurait dû prendre la Winchester de son grand-père. Mais, juste à temps, une voix rappela les deux bêtes depuis l'intérieur de la cabane.

— Ici, les chiens !

Ils obéirent instantanément et regagnèrent la cabane en trottinant. Pénélope sentit ses jambes se dérober ; sans ses raquettes solidement ancrées au sol, elle se serait sans doute effondrée. Elle avait oublié les chiens de Bubba. Et pour cause : ils étaient vieux et ne l'accompagnaient pratiquement jamais dans ses déplacements ; sans doute Bubba préférait-il leur faire garder la cabane en son absence.

Le vieil ermite apparut dans l'encadrement de la porte, remontant des bretelles élastiques sur une grosse chemise de flanelle brune. Ses cheveux poivre et sel et sa longue barbe hirsute semblaient d'une propreté douteuse. Il était chaussé de bottillons noirs à boucle datant de l'époque du grand-père de Pénélope. Peut-être même Sam Chestnut les avait-il donnés lui-même à Bubba.

— Qu'est-ce que vous voulez ?

— Euh, c'est-à-dire… je me promenais et…

Elle reprit son souffle, se répétant qu'elle n'avait aucun motif d'avoir peur de lui. Elle était jeune, rapide, vigoureuse. Même s'il lui prenait fantaisie de l'attaquer, elle était capable de se défendre. Le cas échéant, une ou deux pierres suffiraient à éloigner les chiens.

— Je me suis perdue dimanche dernier. Vous m'avez certainement vue. A proximité de l'épave.

Il l'observait en silence. C'était un grand bonhomme, maigre et noueux. Ses yeux gris semblaient encore plus froids dans le paysage de cette fin d'hiver.

Pénélope ne renonça pas.

— Vous êtiez au courant, pour l'avion. Vous savez que je l'ai vu. Vous étiez dans les parages ; et vous vous êtes approché de chez moi hier.

— Et alors ? Vos affaires ne me concernent pas.

— Je voulais vous dire que j'ai changé d'avis et que je me suis rétractée après avoir annoncé que j'avais vu l'avion. J'ignore ce que vous savez à ce sujet, mais cette histoire a fait couler beaucoup d'encre. Il avait disparu depuis quarante-cinq ans. Les deux personnes qui sont mortes dans l'accident…

Pénélope s'interrompit brusquement en constatant l'indifférence totale avec laquelle Bubba accueillait ces informations.

— Enfin, reprit-elle, j'ai décidé de les laisser reposer en paix. J'ai pensé à ce qu'il vous faudrait subir si toute une meute de curieux et de journalistes envahissaient cet endroit.

— Il y a un avion par ici ?

Elle soupira. Peut-être Wyatt et Dunning éprouvaient-ils la même chose quand ils la questionnaient.

— Oui, dit-elle. Je l'ai vu dimanche quand je me suis égarée dans les bois.

Pas de réaction. Bubba la dévisageait toujours de ses yeux gris inexpressifs.

— S'il s'avérait que quelque chose d'important avait disparu — par exemple, si quelque pillard avait emporté des objets appartenant aux victimes —, la presse et la police voudraient aussitôt vous interroger. Vous seriez le principal suspect — du moins, a priori.

— C'est ce que vous êtes venue me dire ?

Pénélope opina de la tête.

— J'ai pensé que cela pourrait vous ennuyer.

— Je n'ai rien à voir avec cette histoire d'épave. Si quelqu'un vient, je peux partir d'ici.

— Partir d'ici ?

Le vieil homme haussa les épaules.

— Je n'ai pas grand-chose à emporter. Mes chiens et moi, nous pouvons disparaître d'un moment à l'autre.

— Mais vous êtes installé ici depuis plus de vingt ans. Il n'y a aucune raison pour…

— Est-ce tout ce que vous aviez à me dire ? coupa Bubba.

— Wyatt Sinclair est à Cold Spring. Ces terres appartiennent à sa famille. Je voulais simplement vous avertir, même si je ne pense pas qu'il souhaite vous déloger.

La nouvelle ne parut pas émouvoir Bubba.

— Très bien, grommela-t-il.

Lui tournant le dos, il repartit vers sa cabane. A l'évidence, il était temps pour elle de prendre congé. Elle ne put néanmoins s'empêcher d'insister.

— Bubba, c'était bien vous qui marchiez dans les bois dimanche dernier, n'est-ce pas ? lança-t-elle dans son dos.

Le vieil homme ne répondit pas. Comment savoir s'il était un peu dur d'oreille, ou s'il ignorait délibérément sa question ? Dominant une brusque sensation de malaise, Pénélope se promit de s'offrir un bon repas sitôt de retour chez elle. Toutes ces émotions, pour son second jour d'interdiction de vol, commençaient à lui creuser l'appétit.

Contre toute logique, elle espéra un instant que Bubba Johns changerait d'avis et viendrait lui expliquer quand et comment il avait découvert l'avion, pourquoi il n'en avait jamais parlé à personne. Mais il adressa quelques mots à ses chiens, rentra avec eux dans la cabane et ferma la porte.

Bon vent.

Tout en songeant que leur rencontre ne s'était pas aussi mal passée qu'elle le craignait, Pénélope remit son bonnet et rebroussa chemin, suivant les traces qu'elle avait laissées à l'aller, mais en avançant à un rythme plus soutenu. Aux abords du mur de pierres sèches, le chemin s'élargissait ; alors qu'elle s'engageait dans la dernière descente un peu raide, elle s'arrêta pour écouter, incapable de déterminer de façon précise ce qui l'avait alertée. Un vent léger agitait les branches nues des arbres, les faisait grincer. Immobile, aux aguets, elle prit conscience de son isolement total. Faisant pivoter son buste vers la droite, puis vers la gauche, elle parvint à balayer du regard l'espace qui l'entourait sans bouger d'un pas.

Quelque chose remua à plusieurs dizaines de mètres derrière elle. Un pas traînant dans la neige, audible uniquement parce qu'elle avait retenu son souffle. Ce n'était pas un animal, mais un être humain : aussi inexplicable que cela fût, elle en avait la certitude. Là-bas, dans les bois, quelqu'un l'épiait à distance. Elle scruta la neige du regard, à perte de vue, sans apercevoir d'autres traces de pas que les siennes.

Quelqu'un l'aurait-il suivie jusqu'à la cabane de Bubba ?

Ou bien Bubba la surveillait-il ?

Ces questions n'avaient rien de rassurant ; la peur lui donnant des ailes, elle s'élança droit devant elle sur le chemin enneigé.

Elle avançait aussi vite que possible sur ses raquettes, attentive à ne pas perdre l'équilibre et à conserver son souffle. Une fois sur ses terres, elle accéléra le pas, aspirant l'air froid par petites bouffées, la gorge brûlante, le visage fouetté par le vent, les jambes raidies par l'effort.

Elle courait quand elle atteignit la petite route du chalet : Wyatt était là, sous un grand érable, sa silhouette sombre se détachant à peine du tronc grisâtre. Hors d'haleine, à peine capable de se contrôler, Pénélope fonça dans sa direction et l'accosta sans ménagement.

— C'est vous qui étiez en train de me suivre ? Bon sang, Sinclair ! Je déteste qu'on m'espionne. Je déteste les tricheurs et les hypocrites. Si vous voulez satisfaire votre curiosité, adressez-vous directement à moi. Ne me faites pas ce genre de coup en douce. C'est d'une lâcheté écœurante.

— Pénélope, arrêtez.

Sa voix était calme, posée.

— J'arrive à l'instant. J'ai vu vos traces de pas et j'ai pensé pouvoir vous rattraper. C'est vous qui êtes venue à ma rencontre.

— Vous ne m'avez pas suivie dans les bois ?

— Non.

— Alors, qui d'autre…

Elle s'interrompit, encore haletante.

— Avez-vous remarqué d'autres traces ? reprit-elle. La voiture de Dunning serait-elle garée dans les parages ? L'auriez-vous aperçue quelque part le long de la route ?

Elle s'interrompit de nouveau, ôta vivement son bonnet et ses gants et les fourra dans les poches de son anorak. D'abord, elle devait recouvrer un souffle normal. Wyatt ne la quittait pas des yeux, le regard scrutateur. Il fallait qu'elle reste calme, comme lui.

— Il s'agissait peut-être d'un simple promeneur, déclara-t-elle. Quelqu'un qui aurait eu envie, comme moi, de faire une balade en raquettes dans la neige fraîche.

Sans rien dire, Wyatt la regarda défaire les attaches de ses raquettes couvertes de neige collante, glacée. Ses doigts rouges et tremblants étaient raidis par le froid et si elle avait eu un canif, elle aurait volontiers coupé ces maudites lanières.

Elle leva les yeux sur lui.

— Eh bien ? Est-ce tout ce que vous avez à me dire ?

— Il n'y a pas d'autres traces que les vôtres par ici.

— Vous me croyez donc assez nerveuse pour avoir inventé tout cela ?

— Je n'en sais rien. Est-ce vrai ?

Elle ôta une raquette, puis l'autre en s'aidant des pieds, et les ramassa. Elle devait être dans un état lamentable : visage écarlate, nez coulant, mine hagarde, cheveux collés par la neige glacée…

— Oui, confirma-t-elle. Il y avait quelqu'un dans les bois. J'en suis absolument certaine, même si je ne pourrais pas affirmer que j'étais suivie.

Wyatt inclina la tête, toujours aussi maître de lui, posé, imperturbable. Au bout de deux secondes, Pénélope explosa de nouveau.

— D'accord, ne me croyez pas ! Je m'en moque éperdument. Je suis désolée de m'en être prise à vous de cette façon. J'aurais pourtant dû savoir à quoi m'en tenir. Si vous voulez bien m'excuser, à présent…

Réprimant un soupir, il lui prit ses raquettes des mains et les cala sous son bras.

— D'accord, je vous crois. Qui pouvait bien vous suivre ? Vous n'en avez pas la moindre idée ?

Pénélope secoua la tête et se mit à claquer des dents malgré elle. C'était humiliant, mais elle ne pouvait pas s'en empêcher. Il ne faisait pas si froid que cela ; c'était le contrecoup de la frayeur, de cette fuite éperdue dans les bois.

— Il est possible que ce ne soit qu'un effet de mon imagination, expliqua-t-elle. Elle m'a joué quelques mauvais tours, ces derniers temps. Ce n'était probablement que Bubba.

— Mais vous ne pouvez pas l'affirmer avec certitude.

Pénélope sentit ses lèvres s'étirer pour un faible sourire. Les battements de son cœur reprenaient lentement un rythme normal.

— Dans l'immédiat, je dois avouer que je ne peux rien affirmer avec certitude... sinon qu'une bonne tasse de sirop d'érable encore tiède me ferait le plus grand bien.

Elle crut voir danser une brève lueur dans le regard sombre qui scrutait impitoyablement son visage.

— Peut-être fait-il parfois l'effet d'un sérum de vérité...

— Méfiez-vous, répliqua-t-elle. Ce pourrait être une arme à double tranchant.

Wyatt aurait pu faire avouer toutes sortes de choses à Pénélope si Robby et Lyman Chestnut n'avaient fait irruption chez elle quelques minutes après qu'elle eut allumé le gaz sous la marmite de sirop et filé se changer dans sa chambre. Ils n'avaient rien de particulier à lui annoncer, dirent-ils. Ils passaient simplement l'embrasser. Wyatt ne tenta pas de justifier sa présence chez leur fille. Quand elle émergea de sa chambre — remarquablement calme et habillée de vêtements secs —, elle les accueillit avec un chaleureux sourire et les invita à déguster des crêpes avec eux.

— Je n'ai qu'à doubler les doses de ma recette.

Wyatt ne fut pas dupe. Elle aurait fait n'importe quoi pour éviter de rester seule avec lui. Si l'idée des crêpes ne parut pas enthousiasmer Robby, Lyman accepta sans hésiter. Quatre personnes dans la pièce donnant sur la terrasse, cela faisait au moins deux de trop. Wyatt eut l'impression que les murs se refermaient sur lui. Penchée sur la marmite de sirop bouillant, la famille Chestnut évaluait la qualité du sirop et la catégorie à lui attribuer. De son côté, Pénélope prit sur une étagère une série d'ustensiles datant des années 30 et sortit d'un placard un paquet de farine spéciale. Quelques instants plus tard, elle versait quelques cuillerées de pâte dans une poêle à crêpes tandis que son père faisait rissoler du jambon.

Tout en posant quatre assiettes dépareillées sur la table, Robby adressa un sourire timide à Wyatt.

— Quand Lyman avait encore son père, ils passaient beaucoup de temps ensemble ici, tous les trois. A l'époque, l'endroit semblait encore plus isolé. Ce n'est guère mieux aujourd'hui mais, apparemment, Pénélope a l'air de s'y plaire.

— Ce doit être superbe en été, observa Wyatt avec tact.

— Oh ! c'est absolument magnifique.

L'idée vint à Wyatt d'apprendre à Robby que sa fille pensait avoir été suivie dans les bois quelques instants plus tôt ou de lui suggérer de l'interroger à propos du mystérieux fax et du message reçu dans son courrier électronique. Il était évident que les parents de la jeune femme ne soupçonnaient absolument rien de ce qui se tramait dans sa vie. Mais il ne devait pas oublier les raisons de sa présence à Cold Spring, se dit-il ensuite. Il voulait découvrir ce qui était arrivé à son oncle, et non se laisser accaparer par les problèmes, les complications et les charmes d'une pilote aux cheveux blonds.

Le repas fut savoureux, et moins interminable qu'il ne l'avait craint. Jamais il n'eût imaginé que toute la conversation pût graviter uniquement autour du sirop d'érable. Il n'y prêta pas grande attention, préférant étudier la dynamique de la famille Chestnut. Si Robby et Lyman semblaient faire volontiers plaisir à leur fille unique, Pénélope le leur rendait bien, à sa façon, comprenant l'instinct de protection attendrissant qu'ils manifestaient à son égard.

Elle menait une vie tellement différente de la sienne : jambon fumé, crêpes et sirop d'érable, dîner improvisé avec ses parents par une froide soirée de mars. En pareille circonstance, il aurait sélectionné l'un de ses restaurants préférés en ville, y retrouvant éventuellement quelques amis avant d'aller au cinéma ou au spectacle. Existait-il une salle de cinéma à Cold Spring ? Comment les gens occupaient-ils leurs loisirs, par ici ? Du moins quand ils ne s'égaraient pas dans les bois ou n'inventaient pas des histoires autour de disparitions célèbres.

Quand la voiture des Chestnut eut fait demi-tour dans l'allée, Wyatt aida Pénélope à débarrasser la table.

— Ils ne se doutent pas le moins du monde que vous avez reçu des menaces, remarqua-t-il.

— J'espère bien. Ma mère est parfois assez intuitive pour deviner ce genre de choses, mais ce n'est apparemment pas le cas cette fois… Cela va sans doute au-delà de ce qu'elle veut savoir.

— Et votre père ?

— Il voudrait certainement savoir, mais il a beaucoup moins d'intuition, sauf en ce qui concerne le pilotage. Si je devais piloter aujourd'hui, il aurait flairé quelque anomalie.

Pénélope haussa les épaules et plaça la vaisselle sale dans l'évier.

— Evidemment, c'est ce qui s'est produit mardi, et m'a valu cette interdiction de vol.

— Vous n'avez pas l'intention de leur en parler ?

— Pas maintenant, en tout cas. Ce matin, papa m'a dit de faire ce que je juge bon — et c'est ce que je fais.

Tandis qu'elle allait essuyer la table, Wyatt fit couler de l'eau dans l'évier. Il n'y avait sûrement pas de lave-vaisselle. Il n'avait pas même pris la peine de vérifier : un lave-vaisselle ne pouvait pas cohabiter avec une tête d'élan empaillée !

— A mon avis, vous feriez mieux de ne pas passer la nuit seule ici.

— Et qui accepterait de venir me tenir compagnie ? Harriet ? Elle répéterait tout à ma mère. Rebecca et Jane le diraient à leur père. Quant à mes amies, elles ont des enfants ou bien travaillent, parfois les deux. La nouvelle aurait fait le tour de la ville et arriverait aux oreilles de mes parents en moins d'une heure.

Elle revint rincer son éponge dans l'autre moitié de l'évier.

— Je vais charger la carabine et la garder à portée de main.

— Je reste avec vous.

— Mais comment donc ! Tout le monde sera au courant dans trois quarts d'heure.

— Je peux faire semblant de monter me coucher à l'hôtel et m'éclipser en cachette.

— Sous le nez de Harriet ?

— C'est faisable.

Pénélope fronça les sourcils.

— Et Jack Dunning ? Il doit déjà être terriblement soupçonneux.

— Je me moque pas mal du fait qu'il ait des soupçons et je n'ai pas de comptes à lui rendre.

A court d'arguments, Pénélope garda un instant le silence.

— Enfin, la question n'est pas là, reprit-elle. Je n'ai pas besoin de la protection d'un Sinclair. Mon grand-père répétait volontiers que le vôtre avait frôlé la mort une bonne douzaine de fois, soit en manquant se faire tuer par quelqu'un, soit à la suite de ses propres imprudences.

— Il n'avait pas une haute opinion de lui, semble-t-il.

— En effet, admit Pénélope.

La vaisselle terminée, Wyatt se retourna et s'adossa au plan de travail.

— Je me souviens de mon grand-père comme d'un vieux monsieur qui aimait lire Rex Stout et me raconter des épisodes de ses aventures — notamment ses expéditions archéologiques en Amérique du Sud. En matière d'archéologie, il se considérait comme un simple amateur, mais cette science lui inspirait le plus grand respect.

Pénélope hocha la tête.

— Les gens sont rarement tout d'une pièce. Mon grand-père se comportait souvent comme un vieux bonhomme têtu et borné, aux idées étroites. Je ne prétendrais certes pas qu'il était un saint et, le vôtre, un démon...

— Mais vous refusez tout de même de me laisser passer la nuit ici, souligna Wyatt.

La jeune femme garda le silence.

— Pénélope, nous pouvons me préparer un lit sur le canapé. Je n'essaie pas de vous inciter à faire quoi que ce soit à la légère.

Les prunelles d'un vert intense se fixèrent sur lui, reflétant tout un tumulte d'émotions diverses — indécision, appréhension, détermination — et une dose de désir non négligeable.

— Si vous pouvez échapper à l'attention de Harriet, faites-le, dit-elle enfin. Sinon, je ne crains rien cette nuit, je vous assure.

— Accordez-moi une heure.

Elle acquiesça d'un imperceptible mouvement de tête. Il lui serait difficile d'admettre qu'elle avait besoin de compagnie. Elle avait l'habitude de se suffire à elle-même — du moins tenait-elle à donner cette impression à son entourage.

En partant, Wyatt se demanda si tout ce calme, tout ce silence n'oppressait pas un peu Pénélope ou si, au fond, elle aimait la paix, la simplicité, la solitude de son existence. Rien qu'elle et sa vaisselle dépareillée, les étoiles, les arbres, le lac.

Et l'énergumène qui essayait de l'effrayer.

Il trouva Jack Dunning à une table du bar de l'auberge, une chope de bière à la main. Le détective dévisagea Wyatt et secoua la tête, ses yeux pâles animés d'une lueur inhabituelle.

— Ma foi, non. Je n'en vois aucune.

— Aucune quoi ?

— Aucune ressemblance avec Harriet Chestnut.

Wyatt s'assit en face de lui et demanda au barman de lui apporter une bière.

— Elle vous l'a dit ou vous l'avez découvert vous-même ?

— Elle m'a tout dit, ce qui était une manière de le découvrir moi-même. Si je n'établis pas le contact, je n'obtiens pas d'informations.

— Vous devriez partir, Jack. Et moi aussi. Ces gens-là n'ont pas besoin de nous ici. Le sort de Colt est resté une énigme jusqu'à présent. Cela peut durer encore quelque temps.

— Si cette épave est dans les parages, je la trouverai.

— La question de l'avion n'a rien à voir avec Harriet Chestnut. C'est une personne adorable. Ne tournez pas ses chimères en ridicule.

— Chimères, mon œil. Elle est persuadée d'être une Sinclair. Elle en a l'intime conviction. C'est ce qu'elle m'a expliqué.

Jack avala quelques gorgées de bière. Il avait les joues colorées par l'alcool, la chaleur de la salle.

— Si elle peut en apporter la preuve, elle viendra sans aucun doute réclamer sa part d'héritage. Je suis prêt à le parier. Peu importe qu'elle soit adorable ou pas.

— Je m'en voudrais d'être aussi cynique que vous.

— Oh ! mais vous l'êtes, Sinclair. Sinon, vous ne seriez pas venu.

Wyatt soupira. Le barman apporta sa bière. Après les crêpes et le jambon fumé, celle-ci était superflue. Il aurait besoin de faire du sport le lendemain pour brûler toutes ces calories.

— Si Harriet fait vraiment partie de la famille, dit-il, elle a droit à sa part d'héritage. Seulement, je ne vois pas trop comment la chose serait possible. Nous ne sommes même pas certains que Colt et Frannie étaient déjà amants au moment de leur fugue, ni même que leur idylle se soit concrétisée à un moment ou à un autre.

— Ils ont séjourné simultanément à Cold Spring pendant quelques semaines l'été précédent. Si vous faites le calcul, cela pourrait correspondre. Enceinte, elle se serait isolée dans quelque sous-sol humide pour y cataloguer objets d'art et autres pièces de collection, menant une vie recluse, habillée de vêtements amples, loin de tous ceux qui la connaissaient.

— Ce n'est qu'une simple conjecture.

Dunning haussa les épaules.

— Naturellement. Je veux juste pointer le fait que la petite hypothèse de notre chère Harriet n'est peut-être pas aussi farfelue que son entourage a tendance à le croire.

— L'avez-vous dit à mon père ?

— Je n'en vois pas l'intérêt pour le moment. De son point de vue, Frannie Beaudine aurait séduit son grand frère, et il la tient pour responsable de leurs morts, sans compter le scandale familial qui en a découlé. Il ne voudra en aucun cas entendre parler d'un enfant illégitime, vous pouvez me croire.

Wyatt dégusta lentement sa bière. L'auberge était silencieuse ; on n'entendait que le crépitement du feu dans la pièce voisine et le bruit du vent qui fouettait les vitres. En se rétractant, Pénélope avait sans doute voulu épargner ce genre de désagrément à sa cousine. Mais il était déjà trop tard pour rattraper son erreur.

— Harriet ne cherche peut-être qu'à connaître la vérité à propos de sa naissance, à être reconnue…

— Foutaises ! Elle veut de l'argent.

Jack s'adossa à la banquette et croisa les mains sur son ventre plat. Il émettait là une simple constatation, dépourvue de tout parti pris.

— Franchement, je ne la blâme pas. A sa place, je n'aurais aucun scrupule à soutirer un maximum de fric aux Sinclair. Ce n'est pas comme s'il fallait vous l'arracher de force.

Wyatt eut un sourire sans joie.

— Bien sûr.

— Comment va cette chère Pénélope ? Décidée à persister dans ses mensonges ?

— J'ai l'impression qu'elle n'a pas bien mesuré ce à quoi elle s'exposait, répondit Wyatt.

Il préférait ne pas faire part à Jack des messages ni de l'incident — réel ou imaginaire — survenu dans les bois. Dunning opina de la tête avec conviction.

— Il aurait été beaucoup plus malin de sa part de prétendre qu'elle avait eu une hallucination dans un moment d'épuisement et d'affolement. Elle aurait pu nous conduire jusqu'à un amas de rochers et nous dire : « Eh bien, vous voyez ? »

— Cela vous aurait-il suffi ?

— Sûrement pas, avoua Dunning avec un clin d'œil. De toute façon, elle n'a plus le choix. Sa seule issue est de nous dire la vérité.

— Vous ne chercheriez pas à l'y inciter, par hasard ?

Aussitôt sur le qui-vive, Dunning dévisagea Wyatt d'un regard perçant, celui du détective expérimenté qui ne s'en laissait pas conter.

— Je fais mon boulot, répliqua-t-il d'un ton sec. Pourquoi cette question ? Que s'est-il passé ?

Wyatt secoua la tête.

— Rien. Je commence probablement à avoir des hallucinations, moi aussi.

— Hum ! si vous êtes dans le pétrin, champion, vous savez où me trouver. Votre papa me tordrait le cou si quelque chose arrivait à son fils.

— Vous l'a-t-il dit de façon explicite ?

— Il y a des choses qui vont de soi.

— Pas celle-ci.

Wyatt se pencha sur la table et tâcha de formuler le plus clairement possible ce qu'il avait à dire.

— Vous n'avez pas à vous soucier de moi. Vous agissez pour le compte de mon père, qui vous a demandé des éclaircissements sur ce qui est arrivé à mon oncle. Vous n'agissez pas pour mon compte. Je me passe fort bien de votre protection et je ne veux pas vous avoir dans les pattes.

Ce petit discours ne suscita aucune réaction visible. Jack acheva sa bière d'un trait et se leva.

— Rien de plus normal, dit-il. Je serai donc tout aussi clair avec vous. Si vous me mettez des bâtons dans les roues, je vous fais un bon croc-en-jambe. Et au bout du compte, votre père croira ma version des faits, pas la vôtre. Je suis un pro en qui il a toute confiance. Vous êtes la brebis galeuse de la famille.

Se redressant brusquement, il sourit.

— Comme vous êtes tout de même un enfoiré de Sinclair, je vous laisse régler ma bière.

Jack sortit du bar au moment où Andy Mac Nally y entrait, et Wyatt commença à se demander comment il allait bien pouvoir s'éclipser de l'auberge. Mac Nally alla se servir une bière et tira une chaise à la table de Wyatt.

— Vous permettez ?

Il s'assit sans attendre la réponse. Il avait mauvaise mine, des cernes gris sous les yeux, et sa cicatrice semblait plus proéminente, comme animée de pulsations douloureuses.

— Il paraît que vous venez de prendre une petite collation chez Pénélope avec ses parents.

L'étonnement de Wyatt le fit sourire.

— Tout se sait très vite dans une aussi petite ville. Je suis passé chez elle tout à l'heure. J'ai même failli lui coller une attaque. Je ne l'avais jamais vue aussi nerveuse.

— Tout ce sirop doit finir par lui monter à la tête, suggéra Wyatt d'un ton badin.

— J'espère que vous n'essayez pas de l'effrayer, ce privé et vous. Je connais Pénélope depuis toujours et je peux vous affirmer que vous ne lui ferez rien faire contre son gré. En essayant de l'intimider, vous ne réussirez qu'à renforcer sa détermination.

— Je ne suis pas là pour intimider qui que ce soit. Quant à Dunning… je ne peux pas parler en son nom.

Le chef de la police avala quelques gorgées de bière, ses larges épaules affaissées par la fatigue.

— J'ai croisé Harriet à la réception. Elle semble un peu ébranlée, elle aussi. C'est une fille épatante, vous savez. Elle a quelques idées originales, mais c'est l'une des meilleures personnes que vous puissiez rencontrer par ici, ou même ailleurs.

Il fixa sur Wyatt un regard pénétrant — un regard de flic.

— Vous êtes au courant, n'est-ce pas ? Et ce connard de privé aussi, bien entendu. Vous savez très bien qu'elle se prend pour la fille de Colt et Frannie. Chez nous, personne ne se moque de cette faiblesse.

— J'espère bien que personne n'oserait s'en moquer nulle part.

— Si elle avait eu l'intention de réclamer quoi que ce soit à votre famille, elle l'aurait déjà fait. Elle veut seulement…

Mac Nally s'interrompit, cherchant les mots justes. L'analyse approfondie des sentiments d'autrui n'était apparemment pas un talent très répandu dans l'austère population de Cold Spring, New Hampshire.

— A mon avis, elle veut seulement savoir qui elle est, acheva-t-il.

Wyatt haussa les épaules. Pourquoi avait-il pris une bière ? Elle lui restait sur l'estomac. Décidément, cette tempête de neige rendait tout le monde morose.

— C'est sans doute ce que nous cherchons tous.

Un sourire inattendu éclaira le visage du policier.

— Pas moi, en tout cas. Je sais exactement qui je suis depuis que ma mère m'a donné une bonne tape sur les fesses en disant : « Tu es Andrew James Mac Nally. » Aucun mystère là-dessous. Sur la fin de sa vie, en revanche, elle ne savait plus qui j'étais. Difficile à supporter.

Son regard se fit distant, et il prit une profonde inspiration.

— Mais il y a des choses bien pires encore. Elle était très âgée. Son heure était venue.

Il termina sa bière, et Wyatt eut le sentiment qu'il espérait voir arriver Harriet. Comme elle ne venait pas et que son verre était vide, Mac Nally se leva d'un mouvement un peu raide.

— Sale journée, aujourd'hui. La tempête nous a pris par surprise. Pas mal de verglas sur les routes. Une douzaine de petits accidents stupides. Aucun de mortel, heureusement.

D'un geste machinal, il passa une main calleuse dans ses cheveux grisonnants, s'efforçant, semblait-il, de chasser ses idées noires.

— Vous savez, reprit-il, on obtient des résultats étonnants de nos jours, grâce aux tests ADN. C'est à peine croyable : vous perdez un cil sur les lieux d'un crime et vous vous faites épingler.

— Stupéfiant, dit Wyatt.

— Je crois qu'un membre de la famille Sinclair pourrait rendre à Harriet sa tranquillité d'esprit.

— Si c'est ce qu'elle souhaite.

Mac Nally opina.

— Oui. Si c'est ce qu'elle souhaite.

Une heure plus tard, Wyatt réussit enfin à s'éclipser par la porte de service. Les routes étaient défoncées, couvertes de plaques de verglas. Celle qui menait chez Pénélope était un véritable cauchemar et semblait en mesure de décourager les fouineurs et les imbéciles.

Quand il frappa à sa porte, elle avait fait le lit sur le canapé avec une vieille couverture en laine et des draps blancs datant du début du siècle. D'autres reliques de son défunt grand-père. Elle avait mis le surplus de sirop en réserve, sablé les marches du perron, nettoyé et chargé la vieille carabine.

— Harriet ne vous a pas vu ? demanda-t-elle.

— Non, mais je suis tombé sur votre mère à la réception. Pour la rassurer, je lui ai dit que j'étais le portrait craché de l'un de mes ancêtres, l'unique Sinclair qui n'ait pas été un fieffé gredin…

— Cela ne me fait pas rire du tout.

Wyatt, lui, se mit à rire.

— Je n'ai pas même aperçu votre mère, ni Harriet, du reste. En fait, personne ne m'a vu m'éclipser de l'hôtel pour venir dormir sur ce canapé.

La jeune femme semblait toujours inquiète.

— Pénélope, reprit-il, vous avez besoin d'un ami, ce soir. Laissez-moi être cet ami.

— Vous ne croyez pas que nous nous affolons un peu trop ?

— Non, dit Wyatt sans hésiter.

Elle était manifestement tendue, agitée — état sans doute davantage lié au danger immédiat et bien réel qu'il représentait pour sa tranquillité d'esprit qu'aux vagues menaces de quelque mauvais plaisant.

— J'espère surtout ne pas avoir fait entrer le loup dans la bergerie.

Wyatt haussa les épaules et sourit.

— Vous êtes armée.

Elle renversa légèrement la tête et souleva à deux mains ses cheveux bouclés.

— La journée a été longue. Je vais me coucher. Je crois que je vais garder la Winchester à portée de main.

— Bonne idée. Et si quelqu'un essaie de s'introduire ici, nous nous occuperons de lui, Willard et moi.

— J'avais bien pensé prendre un chien de garde…

— Pourquoi prendre un chien quand vous avez déjà un élan et un Sinclair pour vous protéger ?

Ayant enfin réussi à faire sourire Pénélope, Wyatt décida de s'en tenir là. Du moins pour le moment.

Quand elle eut disparu dans sa chambre, il ôta ses vêtements — restant en T-shirt et caleçon —, ajouta du bois dans le poêle et se glissa entre les vieux draps, sous la couverture récupérée au fond d'un placard. Belle preuve de volonté et de courage, jugea-t-il. Quel Sinclair en aurait fait autant ?

Tout en écoutant le crépitement du feu, il imagina Pénélope blottie sous sa couette, intimement persuadé qu'elle avait tout autant envie de lui que lui, d'elle. Il adressa un soupir éloquent à Willard, son compagnon d'infortune. La couverture sentait la naphtaline, le canapé était bosselé et l'élan… pardi ! songea Wyatt. L'élan était mort depuis belle lurette.

11.

Harriet regarda les étoiles s'éteindre une à une, et les premières lueurs de l'aube éclairer le ciel. Elle avait dormi par intermittence, d'abord incapable de trouver le sommeil, puis se réveillant régulièrement toutes les heures. Elle se surprenait alors à ressasser ses obsessions et repoussait la couverture d'un coup de pied, changeait de position, cherchait désespérément à endiguer le flot ininterrompu d'images et de pensées qui l'empêchait de se rendormir. A 4 heures du matin, elle avait déclaré forfait. Elle habitait trois pièces aménagées au second étage de l'hôtel, et parfois, quand le sommeil se dérobait avec obstination, elle descendait dans la cuisine préparer de la pâte à brioche ou simplement s'asseoir avec une tasse de thé et un livre.

Cette fois, elle ne s'y risqua pas. Quelle honte si le bruit de ses pas réveillait Jack Dunning ou Wyatt Sinclair, si l'un ou l'autre l'apercevait dans le couloir.

Elle resta donc installée dans une bergère, devant sa fenêtre formant une alcôve qui dominait le lac. Elle avait essayé de broder un peu, mais n'y était pas parvenue, se piquant les doigts à deux reprises à cause de ses mains qui tremblaient ou de sa vue qui se brouillait.

— Tu es une vraie gourde, Harriet ! se reprocha-t-elle à mi-voix. Une idiote trop sentimentale.

C'était le type même de réflexion pessimiste qui ne pouvait que lui nuire. Il lui fallait à tout prix se reprendre. Elle avait lu une bonne douzaine d'ouvrages truffés d'excellents conseils afin de tirer le meilleur parti de ses qualités, voire de ses défauts. Tous recommandaient d'éviter l'autodénigrement et de se répéter des affirmations positives du genre : « Je suis quelqu'un de merveilleux. Je suis intelligente, aimable, compétente. »

Il n'y avait qu'un problème : comment croire pareilles fadaises ?

Du bout des doigts, elle essuya les larmes qui roulaient sur ses joues. Sa peau était plus rugueuse et plus sèche qu'avant. A quarante-cinq ans, elle était toujours célibataire. Sans enfants. Elle occupait trois pièces au second étage d'un hôtel. Du regard, elle fit le tour de son salon au décor ravissant. La plupart de ses meubles provenaient de marchés aux puces ou de magasins de brocante ; elle les avait décapés, réparés, recapitonnés elle-même, soucieuse de ne pas dépenser un dollar de trop pour des objets qui n'étaient pas destinées aux clients. Le résultat était plein de charme, très personnel ; pourtant, à la lueur de l'aube, elle lui trouvait un aspect pathétique. Les appartements d'une demoiselle âgée. Dans une trentaine d'années, elle serait assise au même endroit, devant la même fenêtre, menant une vie identique, avec un corps plus vieux, moins vigoureux, plus ridé. Si elle ne réagissait pas, elle flétrirait sur place.

« Tu aimes pourtant la vie que tu mènes. »

Cette phrase surgie de nulle part la laissa perplexe. Tous ces livres avaient probablement fini par l'endoctriner. Elle ne pouvait même plus s'apitoyer sur son propre sort sans que de petites réflexions optimistes viennent l'empêcher de broyer du noir.

Elle avait bien le droit de se sentir malheureuse. Bien sûr, elle se félicitait de sa chance à bien des égards. Elle jouissait d'une excellente santé, était entourée d'une famille adorable — Lyman, Robby, Pénélope, ses parents en Floride, son frère à Boston, sa cousine Mary et les siens. Son métier lui plaisait, aussi ; elle aimait le va-et-vient incessant de l'auberge. Elle voulait davantage, mais quoi ?

Au fond d'elle-même, elle savait qu'elle n'avait jamais éprouvé le désir d'avoir des enfants. Elle adorait ceux de ses amis, de sa cousine Mary, ses petites nièces de Boston — mais regrettait-elle de ne pas en avoir eu elle-même ?

Pleine de nostalgie, elle laissa ses yeux se perdre vers le lac gelé. Entre vingt et trente ans, elle s'était plu à imaginer que des enfants pourraient la combler, fournir un but à son existence, lui apporter du bonheur. Sans doute aurait-elle pu faire une merveilleuse maman… mais l'avait-elle réellement *désiré ?* Elle était si introvertie, si gauche. Elle aimait sa vie simple et tranquille, ses soirées paisibles de lecture au coin du feu, les allées et venues de ses hôtes. Des enfants auraient complètement bouleversé son existence.

Et il aurait fallu vivre avec un homme.

Frissonnante, elle écarta le souvenir des rares liaisons qu'elle avait eues. Timide, indécise, pudibonde, elle n'était jamais parvenue à se montrer naturelle avec un homme. Elle n'avait fait l'amour que six fois durant toute sa vie — la dernière remontant à une bonne dizaine d'années. « Ce qui ne sert, se perd », répétait volontiers sa défunte tante. Ce qui s'appliquait tout à fait au cas de Harriet. La perspective de ne jamais renouveler l'expérience ne la troublait guère. En réalité, elle supportait mal l'idée de se retrouver nue devant qui que ce soit. L'approche de sa visite médicale annuelle lui donnait déjà des sueurs froides plusieurs jours par avance.

« Tu accordes trop d'importance à des détails, Harriet. Tu es une femme débordante de vie et d'amour. Simplement, tu n'as pas eu beaucoup de chance avec les hommes. Et tu essaies de te persuader que Jack Dunning te laisse indifférente… mais c'est faux. »

Elle quitta d'un bond son fauteuil. Jack n'éprouvait aucune attirance pour elle. C'était le genre d'homme qui appréciait les blondes éblouissantes, les femmes sophistiquées — voire un rien vulgaires —, et certainement pas les vieilles filles toutes simples confinées dans leur province reculée.

L'intérêt qu'il lui avait manifesté ce soir obéissait à des motifs bien précis. Il voulait l'amener à parler de la nuit où son père l'avait trouvée sur le parvis de l'église, du fait qu'elle croyait être la fille abandonnée de Colt et Frannie.

Seigneur, comme elle s'était ridiculisée. Comme il avait dû la juger stupide !

Aveuglée par les larmes, elle se mit à sangloter. Courant jusqu'à sa chambre, elle se jeta sur le lit et saisit un oreiller, dans lequel elle enfouit son visage pour étouffer le bruit de ses pleurs. Personne ne devait l'entendre, surtout pas Jack. Les détectives privés n'auraient-ils pas l'ouïe plus fine que le commun des mortels ? Peut-être prêterait-il particulièrement l'oreille, devinant son désarroi.

Dieu, Dieu qu'elle était stupide !

Il s'était montré si gentil avec elle. Patient, curieux, d'une courtoisie délicieuse ; charmant et séduisant mais néanmoins tenace. Il lui avait posé le genre de questions qu'un détective privé doit poser. Avait-elle une preuve quelconque que Frannie et Colt étaient ses parents naturels ? Des indices solides ou des témoignages permettant de supposer qu'elle était leur fille ? Jusqu'où serait-elle prête à aller pour trouver les preuves qu'il lui fallait ?

Son comportement irréfléchi semblait aussi ridicule qu'impardonnable à Harriet. Elle caressait depuis plusieurs jours l'idée de lui faire part de sa théorie et n'avait eu de cesse de la mettre à exécution. D'ordinaire, c'était plutôt Pénélope qui agissait de manière aussi impulsive, pas elle. Elle était la personne la plus raisonnable de la famille, incapable de prendre une décision sans analyser rigoureusement la situation, avant d'avoir longuement mesuré le pour et le contre.

Elle n'avait pas mené d'enquête très approfondie sur ses origines. Ses parents ne lui avaient jamais rien caché à ce sujet, lui racontant toutes les démarches qu'ils avaient entreprises avec l'aide de la police pour découvrir qui avait bien pu l'abandonner sous le porche de l'église presbytérienne de la paroisse de Cold Spring. Toutes ces recherches n'ayant abouti à rien — pas même le plus petit indice —, Harriet ne s'était jamais attendue à découvrir elle-même quelque chose. Elle avait opté pour la passivité, se bornant à entretenir son rêve et à se délecter à l'idée qu'elle était une riche héritière, fille de parents célèbres au destin tragique.

Jack lui avait proposé d'en parler à Brandon Sinclair si elle le souhaitait. Il avait caressé — ou plutôt effleuré — ses cheveux du bout des doigts en soulignant que les Sinclair avaient les cheveux noirs et le teint clair, comme elle. Bien sûr, c'était dans le seul but de l'amadouer. Depuis que Harriet avait vu un Sinclair en chair et en os, ses certitudes s'étaient émoussées. Elle ne ressemblait pas du tout à Wyatt. En aucune manière.

Elle se contraignit à s'asseoir sur le lit, les genoux remontés sous le menton, les bras serrés autour des chevilles. Ses yeux gonflés par les larmes lui faisaient mal et ses joues devaient être écarlates. Quelle futilité ! En regard de tous ceux qui subissaient de véritables malheurs, elle pleurait vraiment pour peu de chose. A quoi lui servirait de connaître l'identité de ses véritables parents ? Pourquoi tenait-elle à savoir qui l'avait abandonnée un soir dans un panier d'osier ?

Avec le couple qui l'avait adoptée, elle avait eu les parents les plus merveilleux, les plus attentifs au monde. Entre eux et son frère Tom, elle avait vécu une enfance et une jeunesse choyée, joyeuse, animée. Ils se retrouveraient tous les quatre cet été, quand ses parents viendraient la rejoindre de Floride, et son frère, de Boston. Elle pouvait appeler n'importe lequel d'entre eux et lui faire part de ses doutes ; tous lui diraient d'agir selon son cœur et parviendraient peut-être même à la faire rire.

Mais ce n'était pas leur problème. Aussi compréhensifs et solidaires fussent-ils, ils ne pouvaient partager ces sentiments avec elle. Cette curiosité dévorante. Cette perplexité. Cette terrible crainte que sa naissance — son existence même — ait pu être à l'origine du drame dans lequel deux personnes avaient péri ; que sa vie soit à jamais marquée par la tragédie, le scandale, la mort.

Voilà ce qu'elle avait besoin de savoir : non pas si elle était une riche héritière, mais si sa venue au monde avait été une malédiction, aussi innocente et ignorante fût-elle.

Elle toussa pour s'éclaircir la gorge et sortit du lit, rejetant en arrière les mèches trempées de larmes qui restaient collées sur ses joues. Dans la salle de bains, elle ouvrit le robinet de la baignoire et versa quelques gouttes d'essence de lavande dans l'eau fumante. La lavande lui procurait toujours une profonde sensation de bien-être. Elle allait reprendre la situation en main, comme Pénélope.

En entrant dans la baignoire, Harriet observa rapidement son corps, un peu épaissi au niveau des hanches et des cuisses. Son ventre n'était plus très plat et la loi de la pesanteur commençait à produire des effets visibles sur le galbe de ses seins. Pour autant, elle ne ressemblait pas encore à un Rubens. Elle avait simplement quelques kilos de trop pour sa taille — cinq ou six, tout au plus.

Elle sourit en même temps qu'elle se glissait voluptueusement dans l'eau tiède, les paupières lourdes d'avoir trop pleuré et pas asssez dormi.

« Tu es une charmante femme d'une quarantaine d'années. »

Soudain, elle se mit à rire tout haut, si fort que le bruit résonna dans sa coquette salle de bains.

— Et tu es aussi une riche héritière, chuchota-t-elle.

En s'éveillant, Pénélope aperçut la carabine chargée contre la table de nuit, poussa un cri et tomba du lit. Alerté, Wyatt se précipita. Elle avait aussi oublié sa présence. Quand la porte de la chambre s'ouvrit en coup de vent, elle ne vit d'abord qu'une masse de cheveux bruns hirsutes et un corps viril en caleçon et chaussettes.

Les yeux à peine ouverts, encore à cheval entre le rêve et la réalité, elle attrapa la Winchester.

— Holà, mon cœur ! lança Wyatt. Ce n'était qu'un cauchemar.

— Sinclair ?

— Serai-je pris pour cible si je réponds oui ?

Pénélope relâcha son étreinte sur la carabine.

— Aucun danger. Je sais toujours sur quoi je tire avant d'appuyer sur la détente.

— Etes-vous très adroite au tir ?

— Pas particulièrement.

— Puis-je me permettre de vous demander…

— … quand et sur quoi j'ai tiré pour la dernière fois ? Sur une cible en carton. Andy Mac Nally nous a emmenées, ses filles et moi, à son club de tir il y a plusieurs mois. Rebecca est une excellente tireuse. Je ne chasse pas, ajouta incidemment Pénélope en se levant et en défroissant sa chemise de nuit.

Celle-ci était en réalité un long T-shirt de flanelle bleue. Elle ébouriffa ses cheveux d'une main et s'étira, encore mal réveillée, sous le regard parfaitement éveillé de Wyatt.

— Si j'ai conservé cette arme, c'est parce qu'elle appartenait à mon grand-père. Sinon, je m'en serais débarrassée.

Ses yeux se dessillèrent enfin, et elle mesura soudain la précarité de sa situation. Wyatt n'avait pas l'allure d'un homme qu'elle pourrait tenir longtemps à distance avec un fusil chargé. Elle le détailla un instant, de la ligne tendue de sa mâchoire jusqu'à la protubérance impossible à cacher, au-dessous de la ceinture. Confuse, elle leva aussitôt la tête.

— Oh ! Euh… voulez-vous du café ?

— Pénélope.

En moins d'une seconde, il avait traversé la pièce. Une demi-seconde plus tard, ils tombaient ensemble sur le lit, et la bouche de Wyatt trouvait celle de Pénélope. Elle lui rendit son baiser avec un abandon immédiat, total, les pulsions enfouies depuis trop longtemps en elle explosant subitement, exigeant d'être assouvies. Il remonta la chemise de nuit le long de ses jambes et caressa au passage sa peau brûlante. A cet instant encore, Pénélope aurait pu l'arrêter si elle l'avait voulu — le fusil chargé n'était pas bien loin. Mais elle ne voulait pas arrêter là, et quand ses mains fiévreuses se plaquèrent au bas des reins de Wyatt, elle sut que tout était bien ainsi. Elle promena les doigts sur ses hanches et descendit son caleçon, dénudant son ventre plat, son abdomen musclé.

Il était prêt pour elle. Elle l'avait déjà constaté quand il se tenait dans l'entrée de la chambre. Le prenant dans sa main, elle savoura la douceur de sa peau, sentit les pulsations de son sexe au creux de sa paume tandis qu'il remontait la chemise plus haut et explorait avec ses lèvres, avec sa langue, les parties ainsi dénudées.

Eperdue de désir, sur le point de céder au vertige, elle plongea vivement la main dans le tiroir de sa table de nuit et en sortit un mince étui de plastique qu'elle lui tendit avec un petit sourire espiègle.

— Je suis une éternelle optimiste.

Wyatt se mit à rire, enfila en un clin d'œil le préservatif et se rapprocha de nouveau. Il la regarda longuement, fit courir une main le long de sa gorge, entre ses seins, sur son abdomen puis entre ses jambes où il s'attarda, prolongeant les préliminaires, le plaisir de la découverte. Puis sa bouche suivit le même chemin jusqu'à ce qu'un violent frémissement agite le corps de Pénélope et qu'elle émette un râle de désir. Lui aussi avait à l'évidence atteint ses limites. Quelques instants plus tard, ils s'unissaient dans une étreinte fougueuse, passionnée, emportés par la montée du plaisir qui déferla sur eux comme une vague, étouffant leurs cris, pour les abandonner enfin sur la grève, pantelants, comblés, luisant de sueur.

— Je suis contente de ne pas t'avoir abattu, murmura Pénélope au bout d'un instant, encore haletante.

Wyatt esquissa un sourire.

— Vraiment ? J'aurais pourtant juré que tu l'avais fait.

Miraculeusement, contre toute attente, ils s'aimèrent de nouveau quelques minutes plus tard. Tout aussi fort, tout aussi vite, et avec une ardeur identique, au-delà du vertige, au-delà de toute conscience.

Pénélope aurait pu rester au lit indéfiniment, dans la croyance que tout allait pour le mieux dans le meilleur des mondes. Elle n'aurait plus à penser à l'avion dans les bois, aux mensonges, aux étranges messages qu'on lui avait expédiés, ou à l'attitude à adopter à l'égard de l'homme avec lequel elle venait de faire l'amour à deux reprises.

— Tu devrais regagner l'auberge avant que Harriet ne s'aperçoive de ton absence et que la panique s'installe, murmura-t-elle néanmoins.

— Vraiment ? répliqua-t-il encore. J'aurais juré qu'elle s'était déjà installée.

Mais il roula sur le lit et alla prendre une douche. Pénélope ne fit pas un geste avant d'avoir entendu sa voiture s'éloigner dans l'allée. Elle n'avait pas l'habitude de coucher avec un homme avant de le connaître vraiment. C'était pourtant ce qu'elle venait de faire. D'une certaine manière, elle avait l'impression de le connaître depuis toujours.

En fait, songea-t-elle en se levant et en entrant à son tour sous la douche, elle n'avait pas la moindre envie d'analyser la situation pour le moment.

*
* *

Quand elle arriva à l'aéroport, son père la gratifia d'une liste de tâches à accomplir — avions à laver, hangars à balayer et courrier à trier. Il avait finalement décidé qu'il valait mieux ne pas la laisser se calmer chez elle et entendait la faire travailler pendant les heures ouvrables. Pénélope comprit son intention : il s'efforçait discrètement de lui éviter des ennuis. Sans doute ignorait-il qu'il s'y prenait beaucoup trop tard.

Sa première besogne consistait à faire le ménage de la petite salle fonctionnelle utilisée pour les cours de navigation aérienne. Pénélope avait passé beaucoup d'heures sur ces chaises métalliques. Et elle comptait bien devenir à son tour instructeur un jour ou l'autre, projet qui faisait partie de toute une série d'objectifs à plus ou moins long terme. Tomber amoureuse de Wyatt Sinclair ne figurait pas sur la liste. Se marier, avoir des enfants et une maison neuve toute de bois et de verre pour remplacer le chalet du grand-père lui ferait plaisir, sans qu'elle sût au juste à qui attribuer le rôle de mari, père et coentrepreneur.

Wyatt n'avait pour sa part absolument pas le profil requis. A l'évidence, il ne la considérait pas comme une sœur ou comme un camarade, mais il n'attendait pas de la vie les mêmes choses qu'elle. Une petite ville comme Cold Spring et une vie comme celle de Pénélope ne pourraient jamais lui suffire. Les dix-huit mois qu'il venait de passer à New York représentaient certainement à ses yeux une pénitence qu'il s'était infligée à lui-même, à la suite de ses déboires en Tasmanie. Mais le démon l'habitait toujours, attendant son heure. Elle en avait eu un aperçu ce matin, songea-t-elle avec un petit frisson rétrospectif, sans pour autant éprouver du regret ou de l'embarras — ce qui l'étonna quelque peu. Peut-être avait-elle de son côté quelques démons à exorciser.

Harriet vint la trouver pendant une pause. Les joues roses, elle paraissait hors d'haleine. Elle avait enfilé sa parka, ses bottes fourrées, des gants de laine et le bonnet assorti qu'elle avait tricotés elle-même. Pénélope considéra le tout d'un air perplexe.

— Voyons, Harriet, il fait plus de dix degrés dehors et tu es habillée comme pour une expédition dans l'Antarctique.

Harriet reprit péniblement son souffle.

— S'il te plaît, emmène-moi voir Bubba Johns.

— Bubba ? Pourquoi donc ?

— J'ai réfléchi.

Elle s'interrompit, agitée mais visiblement bien déterminée.

— Et je veux y aller.

Pénélope soupira.

— Ecoute, si c'est à cause de tout ce remue-ménage que j'ai provoqué en t'amenant un membre de la famille Sinclair...

Sa cousine l'arrêta d'un bref mouvement de tête.

— Il y a toujours du remue-ménage dans mes idées et même dans ma vie, d'une certaine façon. Je ne le montre pas, c'est tout. Vois-tu, je sais que Bubba Johns n'était pas encore là quand l'avion a disparu avec Colt et Frannie. J'aimerais simplement lui parler. Si tu ne peux pas m'accompagner, j'irai seule. Je parviendrai certainement à trouver sa cabane. Ce ne sera pas ma première randonnée dans les bois, après tout.

— Je t'y emmène, bien sûr !

Pénélope posa son grand balai contre le mur.

— Je vais avertir papa. Il ne me laisse pas chômer, mais je peux tout de même prendre le temps d'aller déjeuner.

Cinq minutes plus tard, les deux femmes s'installaient à bord du camion de Pénélope. Crispée, Harriet ne desserrait pas les lèvres. Le grand air et l'exercice n'étaient pas son fort. Un peu de jardinage et deux ou trois baignades par an dans le lac lui suffisaient amplement, et elle se passait fort bien de grandes randonnées par monts et par vaux. Elle rentra quelques mèches rebelles à l'intérieur de son bonnet. Le blanc accentuait sa pâleur, sa mine fatiguée et les petites rides autour de ses yeux. Son visage n'était pas maquillé, aujourd'hui, et ses taches de rousseur étaient plus visibles que jamais. Wyatt Sinclair et Jack Dunning avaient conduit son rêve aux portes de la réalité — ou du pur délire. Cependant, si Harriet se confiait rarement et se montrait souvent difficile à cerner, ce n'était certes pas une écervelée. Pénélope le savait très bien, même s'il lui fallait parfois se rappeler que sa cousine n'avait pas besoin d'être protégée.

La douceur de l'air provoquait la fonte de la neige et une légère brume flottait sur le lac et les bois. Dans l'air chargé d'humidité, tout fondait, s'égouttait, ruisselait. La neige, lourde et collante, avait la consistance idéale pour les batailles de boules de neige ou la confection de bonshommes. Harriet et Pénélope s'enfoncèrent dans les bois sans raquettes ni sac à dos.

— Je ne sais pas si tu es comme moi, Harriet, dit Pénélope alors qu'elles s'engageaient dans le chemin forestier, mais je commence à rêver des premières jonquilles.

— Oh ! moi aussi ! Mais c'est tellement superbe aujourd'hui, n'est-ce pas ?

Harriet s'arrêta, un peu essoufflée, et regarda autour d'elle avec un sourire extasié. Maintenant qu'elle avait obtenu satisfaction, elle était nettement plus détendue.

— Je devrais venir me promener plus souvent par ici.

— Quand tu voudras.

Un peu plus loin, Pénélope remarqua des traces de pas récentes, laissées par deux personnes — l'une chaussée de raquettes, l'autre, d'après-skis.

— Je me demande où sont nos deux New-Yorkais, aujourd'hui.

Sa cousine commençait à peiner quand elles atteignirent les terres des Sinclair. Pénélope marchait légèrement en retrait, tâchant de ne pas s'impatienter de sa lenteur.

— Je n'ai pas l'impression qu'ils s'apprécient beaucoup mutuellement, remarqua Harriet. En tout cas, ils ne semblent pas vraiment soucieux de coordonner leurs efforts.

— En effet. Eh bien, ils peuvent continuer à tourner en rond jusqu'à ce qu'ils déclarent forfait et retournent d'où ils viennent. J'ai le sentiment que la famille Sinclair ne fonctionne pas de la même façon que nous. Mais ce n'est qu'une constatation, pas une critique, s'empressa-t-elle d'ajouter avant que sa cousine ne prenne leur défense.

Harriet s'abstint de tout commentaire. Elle maugréait sous cape, le visage écarlate à force d'avancer à vive allure dans une neige où l'on s'enfonçait jusqu'au bas des mollets, et qui fondait à vue d'œil et ne tarderait pas à céder la place aux fougères et aux fleurs sauvages.

Quand elles arrivèrent au domaine privé de Bubba, tout était calme et silencieux. On ne voyait pas même un ruban de fumée s'échapper de la cheminée. Tout en respirant à grands traits, Harriet examina les lieux avec attention.

— Voilà tout à fait ce qu'on peut se figurer pour un ermite, n'est-ce pas ? Quelle vie tranquille !

— A condition que les Sinclair ne le chassent pas un jour de leurs terres. Il est sans doute plus facile de renoncer aux vanités du monde quand on peut s'aménager un petit coin au calme sur la propriété de quelqu'un — ce qui ne me dérange pas du tout, pour ma part. On dirait qu'il n'y a personne ; même ses chiens ne sont pas là. Ils se seraient déjà précipités sur nous en montrant les crocs.

— Regarde, dit Harriet en pointant le doigt vers un arbre. Il a installé des mangeoires pour les oiseaux. N'est-ce pas attendrissant ?

Pénélope hocha la tête. Ramassant une poignée de neige, elle en fit une boule compacte qu'elle lança contre un tronc d'arbre, où elle s'écrasa avec un bruit mat.

— Bon, eh bien, nous avons vu, maintenant…

Harriet évita son regard.

— Nous pourrions peut-être jeter un coup d'œil à l'intérieur.

— Tu veux dire, entrer, comme ça ? s'exclama Pénélope.

Sa cousine se tourna brusquement vers elle, les yeux un peu hagards, la poitrine palpitante.

— Pourquoi pas ? Ecoute… et s'il savait où se trouve le Piper Cub ? S'il s'est écrasé dans les parages, Bubba doit l'avoir découvert. Je ne dis pas que tu l'as vu — après tout, je l'ignore —, mais tout cela m'a fait réfléchir.

— Voyons, Harriet, nous ne pouvons tout de même pas entrer chez lui comme ça, juste pour jeter un coup d'œil.

— Et s'il s'était livré à quelque pillage sur l'épave de l'appareil ? Il passe son temps à fouiller les poubelles et les décharges.

— Je ne vois pas très bien ce qu'il aurait pu trouver d'utile dans les décombres d'un vieil avion.

Harriet ne désarma pas.

— Et s'il était là-dedans, incapable de bouger… voire mort, qui sait ?

— Ses chiens nous auraient déjà sauté à la gorge, répliqua Pénélope.

Sa cousine fit volte-face et observa la cabane, les bras croisés devant elle. Elle était prompte à se fâcher. Ses bouderies pouvaient durer plusieurs jours. Cela ne lui arrivait pas souvent, mais en pareil cas elle se murait dans un silence total — que tante Mary qualifiait de buté.

Pénélope passa devant elle.

— Allez, viens, nous pouvons au moins jeter un coup d'œil sur son jardinet.

— Tu me trouves ridicule, n'est-ce pas ? maugréa Harriet dans son dos.

Pénélope réprima un mouvement d'humeur. Elle détestait cette fâcheuse tendance de Harriet à s'apitoyer sur son sort.

— Non, Harriet, mais je n'ai pas envie de m'introduire chez Bubba en son absence, c'est tout. Si tu veux, nous pouvons attendre son retour.

— Cela peut durer longtemps. Je dois préparer des brioches.

Les épaules de Harriet s'affaissèrent et des larmes brillèrent dans ses yeux. Elle passa en un clin d'œil de l'obstination farouche aux pleurnicheries, puis à l'autocritique.

— Je me sens si… si… je ne sais pas ! Je n'arrive pas à réfléchir normalement. Par moments, j'ai même l'impression de ne plus pouvoir respirer.

Songeant à ses propres ébats avec un Sinclair le matin même, Pénélope ne put s'empêcher de compatir.

— Inutile de te justifier auprès de moi, Harriet. Je n'ai pas la moindre intention de te faire la morale…

— Ohé ! les enfants.

Les deux femmes sursautèrent à l'unisson, et Jack Dunning franchit la clôture bancale du petit jardin en portant une main à son Stetson pour les saluer.

— Il me semblait bien avoir entendu quelque chose.

Une lueur de malice brilla dans ses yeux.

— J'ai eu peur que ce soit le croque-mitaine.

— Nous allions seulement…, commença Harriet en s'empourprant. Enfin, je…

La confusion l'empêcha d'achever, mais Jack lui épargna cet embarras.

— Notre vieil ermite semble s'être éclipsé pour la journée. J'ai jeté un petit coup d'œil dans sa cabane. Tout est impeccable — avec des bouquets de plantes aromatiques sur l'appui des fenêtres. Et des piles de livres dans tous les coins.

— Une ou deux fois par an, il vient s'approvisionner dans des vide-greniers, expliqua Pénélope.

Elle lui en voulait inconsidérément d'avoir commis la violation de domicile qu'envisageait Harriet un instant plus tôt. Se croyait-elle chargée de protéger Bubba Johns ?

— Je suis stupéfaite que vous vous soyez permis d'entrer.

Il haussa les épaules.

— La porte n'a même pas de serrure.

— Les détectives privés ne sont-ils pas censés être du côté des lois ?

— Certainement, et c'est ce que je fais.

Avançant dans le petit sentier verglacé de Bubba, il les rejoignit.

— Les détectives privés sont aussi censés trouver des réponses aux questions épineuses, du genre : notre ami l'ermite aurait-il un rapport quelconque avec le fait que vous soyez revenue sur vos déclarations initiales ? Je pense que oui. Je n'ai rien trouvé là-dedans qui puisse provenir d'une épave d'avion, mais je parierais n'importe quoi qu'il l'a découverte bien avant vous.

— Jack, intervint Harriet, Pénélope est la personne la plus honnête que je connaisse.

Dunning secoua la tête, et Pénélope se félicita qu'il ne puisse déchiffrer ses pensées, car elle songeait qu'à la moindre bévue Harriet risquait de compromettre tous ses efforts. Par bonheur, il ne semblait pas en être conscient.

— Je n'ai pas eu le temps de tout fouiller de fond en comble, dit-il. Je vous ai entendues arriver de loin et je me suis éclipsé par-derrière.

Pénélope en avait assez entendu. Lui tournant le dos, elle entreprit de rebrousser chemin.

— Je retourne travailler. Ma pause déjeuner est terminée.

Elle s'arrêta brusquement pour le dévisager. Le soleil essayait de percer à travers la brume et elle cligna des yeux, éblouie.

— Je n'ai pas vu votre voiture près de chez moi.

— Je me suis garé sur l'autre route et j'ai marché jusqu'ici. Apparemment, c'est le chemin qu'emprunte Bubba pour se rendre en ville.

S'il n'y avait aucune hésitation dans sa voix, Pénélope y discerna une pointe d'arrogance, comme s'il voulait lui signifier de se mêler de ses affaires. Elle serra les dents. Cet homme travaillait pour le compte du père de Wyatt, et elle ne voulait pas s'en faire un ennemi. Mais elle n'avait pas non plus l'intention de se laisser rouler. Elle se tourna vers Harriet.

— Bon. Tu viens ?

Dunning s'approcha d'elle.

— Restez avec moi si vous voulez, Harriet, et je vous raccompagnerai à l'hôtel. Pénélope pourra retourner à son travail.

Le sourire béat de sa cousine stupéfia Pénélope, qui se demanda si elle avait l'air aussi stupide quand elle regardait Sinclair.

— Je ne voudrais surtout pas vous déranger...

— Pas le moins du monde, bien au contraire ! affirma Jack Dunning avec une galanterie charmeuse qui n'inspirait pas grande confiance à Pénélope.

Rien toutefois n'aurait pu arrêter Harriet.

Pénélope ne prit même pas le temps de passer chez elle. Elle n'alla pas non plus jeter un coup d'œil sur ses godets de sève. Il fallait à tout prix renvoyer ces deux-là d'où ils venaient — Wyatt comme Dunning. Mais y avait-il une autre manière de se débarrasser d'eux que de les emmener sur le site où se trouvait l'épave de l'avion ?

Elle commençait à envisager sérieusement cette solution, sans pour autant s'y résoudre — uniquement pour des raisons négatives. Elle devait se montrer pragmatique et se préoccuper avant tout, suivant la recommandation de son père, d'agir pour le mieux.

Mais quelle importance accorder aux messages qu'elle avait reçus ? Que fallait-il en déduire, au juste ? Et n'avait-elle pas semé assez de confusion dans la vie de Harriet, et celle de Bubba ?

Elle réfléchirait à toutes ces questions en lavant les avions, cet après-midi.

12.

Wyatt ne parvenait pas à croire ce qui lui passait par la tête.

Il se tenait sur le perron du chalet de Pénélope, près du brasier refroidi qui avait servi à la cuisson de la sève, passant en revue les avantages et les inconvénients d'une petite visite impromptue de son domicile en son absence. Il commencerait par l'ordinateur, curieux de connaître les secrets qu'il pourrait révéler. Puis il examinerait le contenu des placards et des commodes.

— Quel salaud, tout de même !

La nuit précédente, allongé sur le vieux canapé défoncé avec cette odeur de naphtaline dans les narines, incapable de chasser l'image de Pénélope blottie sous sa couette dans la pièce voisine, il avait contemplé la tête de ce bon vieux Willard en se demandant comment gagner la confiance de la jeune femme. Une femme qui gardait un élan empaillé au mur et vivait seule dans un chalet à peine moins fruste que la cabane de Bubba Johns.

Il n'avait jamais eu de tels rêves d'intimité et de confiance avec Madge. Elle se contentait d'envahir son appartement, de dépenser son argent et de partager son lit. Aucune autre exigence de part et d'autre.

Alors que l'air humide et glacé semblait pénétrer jusqu'aux os, Wyatt se contraignit à prendre conscience de ses états d'âme concernant ses motivations vis-à-vis de Pénélope Chestnut. Il avait agi de manière purement instinctive le matin même, mais, en lui faisant l'amour, n'avait-il pas secrètement caressé l'espoir de lui faire avouer la vérité ? A ses yeux, elle représentait une sorte de défi, et rien ne l'excitait davantage qu'un bon défi à relever.

Que se passerait-il s'il réussissait à gagner réellement sa confiance ? En abuserait-il sans scrupule ? Il ne disposait pas de références à toute épreuve en ce domaine. En matière d'amour et de confiance, il ressemblait davantage à un Sinclair qu'il ne se plaisait à l'admettre.

Il réprima un juron. Comme tous les Sinclair, il était avant tout un homme d'action. L'introspection n'était vraiment pas son fort. Ce qu'il attendait de Pénélope pouvait se résumer ainsi : de bons moments au lit et quelques réponses bien précises à ses questions. Le reste était superflu. Amour, roucoulades et autres fadaises ne figuraient pas vraiment au programme.

Une voiture approchait en cahotant sur la route défoncée ; une minute plus tard, elle freinait à quelques mètres de lui. Une berline noire, avec Andy Mac Nally au volant. Le policier descendit et se dirigea droit sur lui. La terrible cicatrice sur son front accentuait l'impression d'autorité qui émanait de lui.

— Depuis combien de temps êtes-vous là ?

— Cinq minutes, pas plus. Que se passe-t-il ?

— J'ai reçu un appel anonyme me conseillant de venir jeter un coup d'œil ici. Impossible de l'enregistrer, car c'était sur mon téléphone portable. Charmant, n'est-ce pas ? Si quelqu'un s'amuse à me jouer des tours…

Il traversa l'allée boueuse pour rejoindre Wyatt.

— Disons que ça ne me fait pas rire du tout.

— Vous pensez qu'il s'agit d'une blague ?

— Je vais vérifier. Ce ne serait pas la première fois. Le nom de Pénélope a été cité dans la presse ; l'affaire a provoqué pas mal de remous. Je ne serais pas autrement surpris qu'on m'ait attiré jusqu'ici pour se foutre de moi.

Son regard s'arrêta sur Wyatt.

— Ou pour vous causer du tort.

— A moi ? Pourquoi ?

— Vous avez sans doute une petite idée sur la question, non ? Parce que vous êtes un Sinclair, parce que vous n'ajoutez pas foi au récit de notre chère Pénélope… bref, pour toutes sortes de raisons.

Le policier gravit les marches de l'entrée latérale et jeta un coup d'œil à l'intérieur par l'imposte.

— Merde !

Wyatt était resté sur la première marche.

— Qu'est-ce qu'il y a ?

— Bon sang, ça n'était pas une blague ! lança Mac Nally. Apparemment, tout est sens dessus dessous, là-dedans.

Le regard menaçant, il se tourna vers Wyatt.

— Si c'est vous, Sinclair, je le saurai et je vous épinglerai immédiatement. Compris ?

— Ce n'est pas moi, répondit Wyatt avec calme.

— La porte est fermée à clé. Pénélope se donne rarement cette peine. Votre présence ici doit l'inquiéter davantage que je l'aurais cru. L'intrus est sans doute passé par la terrasse. Il risquait beaucoup moins de se faire remarquer de ce côté : à cette saison, il n'y a pas de bateaux sur le lac.

Contrarié par la tournure que prenaient les événements, le chef de la police parlait entre ses dents, entrecoupant ses propos de jurons étouffés.

— Il faut que je fasse venir un détective. Ne touchez à rien pendant que je vais passer ce coup de fil, Sinclair.

— Je peux faire le tour pour regarder sur la terrasse…

Mac Nally secoua la tête.

— Il y a peut-être des empreintes.

Il descendit les marches d'un pas lourd et observa le lac. Un sentier déneigé avec soin menait jusqu'à la terrasse.

— Voilà que Pénélope devient maniaque au point de déneiger ses allées, maintenant. Franchement, je me dis qu'on serait peut-être tous plus tranquilles si elle était en l'air.

Pour sa quatrième journée à Cold Spring, Wyatt commençait à comprendre comment le chef de la police pouvait en vouloir à Pénélope parce qu'on s'était introduit chez elle par effraction. Il lui arrivait toutes sortes de mésaventures dont on finissait par la blâmer. Elle servait en quelque sorte de catalyseur d'aventures et de coups de théâtre dans sa petite ville.

Comme s'il devinait ses pensées, Mac Nally esquissa une grimace.

— Cette affaire est du Pénélope grand cru, il faut que vous le sachiez. Bon sang, quand elle a déclaré que ce n'était pas l'épave du Piper Cub qu'elle avait trouvé, mais une simple décharge de ferraille, j'ai aussitôt eu la certitude que les ennuis allaient encore s'abattre sur nous.

— Allez-vous l'avertir tout de suite ?

— Je téléphonerai à l'aéroport dès que j'aurai alerté un de mes hommes. Vous, ajouta Mac Nally en s'éloignant vers sa voiture, ne bougez pas.

Wyatt ne put réprimer un sourire. Il n'avait pas l'intention d'aller où que ce soit.

Tandis qu'ils attendaient l'arrivée de l'unique détective de la police de Cold Spring, Mac Nally examina l'allée et les bois de l'autre côté de la route à la recherche de traces de pneus ou de pas.

— On dirait que Pénélope est allée jeter un coup d'œil sur les entailles de ses érables, observa-t-il. Lyman s'était efforcé de l'occuper aujourd'hui, mais j'ai appris qu'elle était allée faire un tour avec Harriet à l'heure du déjeuner.

Il marqua une pause et contempla la petite route tranquille d'un air préoccupé.

— Je me demande si elles seraient venues par ici et auraient remarqué quelque chose…

Wyatt s'interrogea pour savoir s'il devait lui parler des messages qu'elle avait reçus. Mais à la réflexion, Pénélope ne tarderait pas à arriver ; elle pourrait le faire elle-même. Il valait mieux éviter ce genre de guêpier.

Le détective — un jeune homme prénommé Pete, qui semblait partager l'opinion de son chef sur la victime de l'effraction — arriva à son tour. Mac Nally s'apprêtait à franchir le seuil derrière lui quand la camionnette maculée de boue de Pénélope dévala en trombe la côte au-dessus de chez elle, puis freina au bout de l'allée dans une gerbe de neige et de gravillons. Son père sauta à terre en même temps qu'elle, le cigare au coin des lèvres, les traits tendus.

— Je n'ai pas pu l'empêcher de venir, dit Pénélope à Mac Nally.

Elle était pâle, mais avait apparemment gardé tout son sang-froid. Wyatt s'efforça de ne pas penser aux conditions dans lesquelles ils s'étaient quittés le matin.

— Que s'est-il passé ?

— Il semble que ton domicile ait été mis à sac, expliqua Mac Nally. Le coupable s'est introduit par la terrasse. Pete est en train d'examiner les lieux.

Se tournant vers Wyatt, elle le dévisagea sans aménité, ses traits crispés trahissant une frayeur dont elle n'avait peut-être pas conscience.

— Ce n'était pas vous ?

Wyatt n'en attendait pas moins. Compte tenu du dilemme qu'il s'était posé quelques instants plus tôt, les soupçons de la jeune femme n'étaient pas tout à fait déplacés.

— Ce n'était pas moi, affirma-t-il, comme il venait de le dire à Mac Nally. Et je n'ai pas vu la personne qui a fait cela.

Lyman Chestnut ôta son cigare de sa bouche, et des volutes de fumée s'élevèrent dans l'air humide.

— Tâchons de garder les idées claires. Andy, vous dites que vous avez reçu un appel anonyme ?

Le chef de la police opina de la tête.

— J'ai cru que c'était une blague.

— Vous pensez que c'était l'auteur de l'effraction lui-même, ou bien un promeneur qui aurait vu quelque chose et ne voulait pas être impliqué ?

— Difficile à savoir. Mais il n'y a pas trop de promeneurs par ici.

Manifestement, Pénélope n'appréciait guère toutes ces discussions stériles. Avant qu'elle ait pu manifester son mécontentement, Pete se montra sur le pas de la porte.

— Bonté divine, Pénélope, tu gardes une carabine au pied de ton lit ?

Mac Nally et le père de la jeune femme se tournèrent vers elle comme un seul homme, le regard sévère.

— Elle n'est pas chargée, répliqua-t-elle d'un ton indigné. Les cartouches sont dans ma boîte à gants. Dites donc, la victime du jour, c'est moi. Vous permettez que j'aille voir si on m'a volé quelque chose ?

— Fais ce que Pete te dira ! gronda Mac Nally. Je ne suis pas d'humeur à plaisanter.

— Parce que quelqu'un songe à plaisanter, peut-être ? répliqua Pénélope du tac au tac.

Un instant, Wyatt craignit qu'elle ait poussé son père à bout, mais Lyman jeta son cigare dans la neige et secoua la tête.

— Pénélope, tu prétends toujours que c'est une décharge que tu as vue dimanche, et que tu n'en retrouves plus le chemin ?

Elle s'arrêta au beau milieu du petit chemin verglacé et posa les mains sur ses hanches, soutenant sans ciller le regard de son père.

— C'est une décharge que j'ai vue dimanche et je n'en retrouve pas le chemin.

Son attitude ne manquait pas de cran, il fallait bien l'admettre. Wyatt ne put qu'admirer la façon dont elle tenait tête à son père, au chef de la police, à son détective et à lui aussi : quatre hommes dont pas un n'ajoutait foi à son histoire. Elle le savait et s'en moquait, s'accrochant à son piètre mensonge comme si sa vie même en dépendait.

Elle gravit les marches de l'entrée d'un air dégagé.

— Fichue tête de mule…

Lyman laissa sa phrase en suspens, pestant à part soi.

— Elle a toujours été comme ça, même avant d'avoir fait ses premiers pas.

— Tu veux appeler Robby ? demanda Andy.

— Non, elle est déjà à cran. Elle ne s'est pas encore remise de l'émotion que sa fille nous a causée dimanche soir en s'égarant dans la nature. Voilà des années qu'elle se ronge les sangs pour elle.

Andy soupira, compatissant.

— J'avertirai moi-même Harriet.

Lyman ébaucha un faible sourire.

— Entendu.

Wyatt se tenait en retrait, soucieux de ne pas intervenir dans cet échange entre gens qui se connaissaient de longue date, lui qui n'était qu'un étranger à peine arrivé. Il remarqua que Lyman, après avoir voulu à tout prix accompagner sa fille, restait lui aussi à l'écart, sans chercher à s'imposer. D'une certaine manière, il semblait admettre l'indépendance de sa fille, même s'il n'approuvait pas forcément ses choix ou ses décisions et s'inquiétait pour elle, lui prodiguant une affection inconditionnelle.

Mac Nally entra dans le chalet, et Lyman se mit à faire les cent pas dans l'allée. Finalement, il se tourna vers Wyatt.

— Où est votre comparse, le détective privé ?

— Je ne sais pas. Je ne l'ai pas vu de la matinée.

— Vous croyez que c'est lui ?

Wyatt avait déjà formé quelques soupçons.

— Ce n'est pas impossible.

Lyman le dévisagea.

— Il n'est pas non plus impossible que ce soit vous, déclara-t-il calmement.

— De votre point de vue, peut-être. Du mien, non.

— Pénélope est notre unique enfant. Nous en avons perdu deux avant sa naissance, et un après. Nous l'avons gâtée, je ne peux pas le nier. Nous voulions qu'elle ait un caractère bien trempé…

Il reprit son souffle, secoua la tête.

— Et Dieu sait qu'elle ne manque pas d'aplomb.

— C'est indéniable, approuva Wyatt en souriant.

La jeune femme réapparut sur le pas de la porte un peu plus pâle, un peu plus émue. Elle dut se tenir à la main courante pour descendre, et ce n'était pas pour éviter de glisser sur les marches.

— Bon sang ! murmura-t-elle. Ce… ce salaud a même fouillé dans mon tiroir à lingerie.

— On va l'épingler, assura son père, laconique.

Pénélope hocha la tête, visiblement un peu rassurée par la fermeté tranquille de Lyman. Elle avait besoin de cette affection bourrue qu'il lui témoignait et y puisait son réconfort.

— Rien n'a disparu ? interrogea Wyatt.

— A première vue, non, répondit-elle. La carabine de grand-père, mes bijoux en or… tout est là.

L'air perplexe, Lyman pointa le menton vers le chalet.

— Ils en ont pour longtemps ?

— Ils hésitent à faire le nécessaire pour relever les empreintes. Pete pense qu'ils ne trouveront rien et comme il n'y a eu ni cambriolage ni dégâts matériels, il n'en voit pas tellement l'intérêt.

Comme Mac Nally sortait à son tour, Lyman le prit à témoin.

— Il ne faut pas que tu restes seule ici, Pénélope, n'est-ce pas, Andy ? Tu peux aller dormir à l'auberge avec Harriet ou bien venir à la maison. Et pourquoi diable as-tu sorti cette vieille carabine ? J'aimerais bien le savoir.

Le chef de la police fronça les sourcils.

— Bonne question, Lyman.

Cependant, Pénélope n'avait visiblement pas l'intention de leur parler des messages qu'elle avait reçus — du moins, pas encore. Wyatt reviendrait plus tard là-dessus, il insisterait éventuellement. Dans l'immédiat, ainsi talonnée par son père et le commissaire, elle s'en tint au premier sujet abordé par Lyman.

— Je ne me laisserai pas chasser de ma propre maison.

Son père réprima un grognement d'exaspération.

— Tu tiens à ce que ce type te trouve endormie dans ton lit, la prochaine fois ? Hein ? C'est ça que tu veux ?

Wyatt les considéra avec stupéfaction.

— Plus l'inquiétude vous ronge, plus vous vous en prenez l'un à l'autre, remarqua-t-il.

Ils se tournèrent vers lui d'un même élan, le foudroyant du regard, et Wyatt se mit à rire.

— Je savais que vous alliez faire bloc contre moi. Pénélope, si vos deux policiers en ont terminé avec vous, je serais heureux de vous conduire en ville pour grignoter quelque chose avant que vous vous trouviez mal. Votre père pourra ramener la camionnette à l'aéroport, et je vous raccompagnerai ensuite là-bas. Qu'en pensez-vous ?

Sur le point de protester, elle se ravisa subitement et approuva.

— Bonne idée.

Son père écarquilla les yeux.

— Ça, par exemple !

Il se tourna vers Wyatt et esquissa une grimace amusée.

— Ah ! vous, les Sinclair !

— Je voudrais attendre encore un peu ici, annonça Pénélope, partiellement domptée mais encore loin de la soumission totale.

— Très bien, dit Wyatt. Rien ne presse. Je ne compte pas partir d'ici.

Elle eut un sourire contraint.

— C'est censé me réconforter ?

Pénélope ne parvenait plus à s'arrêter de trembler. Elle était à peu près dans le même état que le jour où Andy l'avait repêchée dans le lac ; les tremblements qui l'avaient agitée étaient tels qu'elle en avait perdu une dent. Mais elle avait douze ans à l'époque, et son séjour prolongé dans l'eau glacée avait provoqué une grave hypothermie. Wyatt s'abstint de tout commentaire, ce qu'elle apprécia à sa juste valeur.

En arrivant à l'auberge, ils trouvèrent Jack Dunning qui bavardait avec Harriet à la réception.

— Harriet vient de me raconter ce qui s'est passé, dit-il.

Il s'adressait à Pénélope, mais Wyatt s'interposa.

— J'espère que ce n'était pas vous.

Jack haussa les épaules.

— Mes méthodes ne sont pas aussi subtiles.

Il gratifia Pénélope d'un clin d'œil fort peu subtil, en effet.

— Vous devriez peut-être lever le voile sur ce que vous avez réellement découvert dans les bois.

— L'effraction n'était pas forcément liée…

— Allons donc ! Vous savez très bien que si. La police le sait — comme tout le monde, du reste.

La conviction tranquille avec laquelle il avait affirmé cela était celle du professionnel dans l'exercice de ses fonctions. Pénélope ne s'en formalisa pas.

— Les deux pourraient être liés de manière indirecte. Mon nom a été cité dans la presse, et quelqu'un aurait pu vouloir vérifier s'il y avait quelque chose d'intéressant chez moi.

— Mais rien n'a été volé, souligna Jack.

Pénélope supposa qu'il tenait ce renseignement de Harriet, qui le tenait elle-même d'Andy.

— C'est parce que je ne suis pas bien riche, dit-elle. Il n'y avait aucun objet de valeur à voler.

Se penchant sur elle, Dunning la regarda droit dans les yeux.

— C'est parce que votre cambrioleur n'a trouvé aucune indication sur l'emplacement de l'épave. Pourquoi ne pas envisager de nous y conduire, Wyatt ou moi ? Emmenez-y votre père, ou une amie. Pourquoi tenez-vous à être l'unique personne à savoir où s'est écrasé cet avion ? Celui ou celle qui a fouillé votre maison de fond en comble aujourd'hui pourrait aller plus loin, la prochaine fois.

La gorge sèche, Pénélope jeta un rapide coup d'œil vers Wyatt qui semblait partager l'opinion du détective, à défaut d'approuver ses méthodes. Elle s'efforça de respirer calmement.

— Vous voulez dire qu'on pourrait me mettre un revolver sur la tempe et m'emmener de force dans les bois ?

— C'est une éventualité. On peut imaginer d'autres scénarios : un revolver sur la tempe de Harriet, celle de votre père, ou de votre mère. Je suis certain qu'il y a toutes sortes de manières de vous faire réagir.

— Mais enfin, pourquoi ? Pour une vieille épave rouillée depuis belle lurette ? Je sais que deux personnes ont trouvé la mort dans cet accident, mais elles n'avaient tout de même pas dévalisé une banque avant de s'enfuir, que je sache !

— Ça suffit, Jack, intervint Wyatt d'un ton posé.

— Je tiens simplement à mettre les points sur les i.

— Vous les avez mis.

Harriet avait pâli.

— Je mets une chambre à ta disposition pour ce soir, Pénélope. Ta mère est partie chez toi…

— Tant mieux : elle retrouvera papa, qui la calmera avant que j'aie affaire à elle. Comment a-t-elle pris la chose ?

— En pinçant les lèvres, comme d'habitude.

Jack eut un sourire amusé.

— Ah ! les gens du Nord, dit-il avant de s'éloigner en direction de la porte du fond. Bon, je vais aller faire un petit tour du côté de chez vous, mademoiselle Pénélope. Je pourrais peut-être me rendre utile là-bas.

Le sourire atteignit ses yeux, les éclairant.

— Gratuitement, bien entendu.

Comme il franchissait le seuil, Pénélope se tourna vers Wyatt.

— Si vous voulez l'accompagner, allez-y. Je suis entre de bonnes mains, ici. Harriet pourra me reconduire plus tard à l'aéroport. Je ne serais pas fâchée que vous teniez ce type à l'œil.

— Vous n'avez pas confiance en lui ?

— Je ne l'aime pas. Il y a une différence.

— Personne n'aime Jack. C'est ce qui fait son charme, entre autres.

Harriet émit un petit soupir de protestation.

— Il s'est toujours comporté en vrai gentleman à mon égard.

— Parce que vous ne lui mentez pas, souligna Wyatt.

Visiblement mal à l'aise, Harriet se tut, et Pénélope s'abstint de relever la remarque qui la qualifiait implicitement de menteuse. Elle ne pouvait pas prétendre le contraire, après tout. Mais elle avait déjà assez parlé à tort et à travers. Avant de revenir une seconde fois sur ses déclarations, elle voulait s'assurer de ne pas commettre une nouvelle bévue. N'avait-elle pas une fâcheuse tendance à agir de manière impulsive ? L'épisode du matin, à son réveil, en fournissait un exemple.

Elle avait pourtant eu le sentiment de faire ce qu'il fallait, quand il fallait.

— Vous paraissez bien préoccupée, lui fit remarquer Wyatt. Je voudrais dire quelques mots à Jack. Est-ce que ça ira ?

Elle le rassura d'un sourire.

— S'il y a des restes de pudding indien dans la cuisine, je m'estimerai comblée.

— Veux-tu que j'en réchauffe une part ? proposa Harriet en lui posant une main sur le bras. Je te la servirai avec une boule de glace à la vanille.

— Voilà ce que j'appelle un goûter.

Après le départ de Wyatt, Harriet glissa à l'oreille de Pénélope, comme si quelqu'un pouvait l'entendre :

— Es-tu certaine de ne pas vouloir suivre Jack et Wyatt ? Tu n'as pas l'air d'avoir confiance en eux…

— Ce n'est pas une question de confiance, Harriet. Pour le moment, j'ai surtout besoin de me restaurer un peu. D'ailleurs, papa a gardé la camionnette. Je vais laisser les bonshommes faire ce qui leur plaît : relever les empreintes, examiner les traces de pas ou de pneus, disserter sur l'originalité de mon mode de vie. Au bout d'un moment, ils finiront par s'en aller. Alors, je retournerai sur les lieux et je m'assurerai que rien ne leur a échappé.

Harriet la dévisagea.

— Pour quelqu'un dont la maison vient d'être mise à sac, tu n'as pas l'air tellement perturbée.

— Oh ! mais je suis perturbée. Simplement, je ne veux pas donner à papa, à Mac Nally, à Sinclair et à cette fouine de Dunning la satisfaction de m'effondrer devant eux... ce qui va m'arriver si je ne mange pas très vite cette part de pudding.

— Je ne comprends pas les motifs de ton aversion évidente envers Jack. Jusqu'ici, je n'ai eu qu'à me féliciter de sa gentillesse et de sa courtoisie. Evidemment, il a une tâche à accomplir et s'il te considère comme un obstacle sur son chemin, il est bien naturel qu'il manifeste un brin d'impatience. Enfin, je suppose que tu n'y peux rien dans la mesure où tu ne mens pas...

— Ah ! dit Pénélope, voilà le hic.

Sa cousine se figea. Au bout d'un instant, elle prit une profonde inspiration et se dirigea vers l'office.

— Je vais mettre deux parts de pudding dans le micro-ondes.

13.

— Et alors, vous avez mis la maison de Pénélope à sac pour lui flanquer la frousse. C'est bien ça, Jack ? lança Wyatt.

— Si seulement j'y avais pensé ! Pour moi, c'est l'œuvre d'un sagouin. Ou il s'amuse à ses dépens, ou bien il y a anguille sous roche.

Il considéra Wyatt un moment et reprit :

— Il y a autre chose, hein ?

Jack ignorait tout des menaces. La police aussi. Wyatt se demanda combien de temps il faudrait à Pénélope pour se rendre compte qu'elle avait tout intérêt à avouer ses cachotteries. Si elle tardait trop, il devrait prendre lui-même le taureau par les cornes.

— Je n'ai pas lieu de le savoir. C'est peut-être sans importance. Mais je suis certain que mon père ne m'a pas tout raconté sur l'accident d'avion et la liaison de mon oncle avec Frannie Beaudine. Vous croyez qu'il vous cache certaines choses, à vous aussi ?

— C'est ma première hypothèse de travail.

Ils se trouvaient à bord de la voiture de Jack, qui négociait les ornières, les nids-de-poule et les plaques de verglas à grande vitesse. Le soleil et la neige avaient rendu presque infranchissable le chemin creux qui menait à la maison de Pénélope. Wyatt résolut de ne pas accorder foi aux déclarations du détective privé.

— Cette fille est dedans jusqu'au cou, observa ce dernier.

— J'avais remarqué, soupira Wyatt.

Jack se rangea derrière la camionnette de Pénélope. Son père faisait toujours les cent pas dans l'allée. Il avait tiré son cigare de la neige et l'avait allumé. Son épouse agitait la main pour écarter la fumée, tout en lui parlant avec véhémence. Pas besoin d'être devin pour savoir ce qu'elle disait : que leur fille était un danger pour elle comme pour autrui, qu'elle devrait se soigner, vivre au calme, qu'elle n'avait pas besoin d'un Sinclair et d'un détective sur les talons. Wyatt l'entendait presque gronder : « Et ôte cette saleté de ta bouche, tu vas attraper le cancer. »

— Aïe, aïe, aïe, ces gens ! grommela Jack pour lui-même.

Marquant une pause, le temps de reprendre son souffle, Robby Chestnut les aperçut enfin. Nullement embarrassée, elle alla droit au but :

— Ces messieurs de la police aimeraient vous voir, tous les deux.

— Ça tombe bien, je voulais justement leur parler.

Sans cesser de mâchonner son mégot de cigare, Lyman examinait Wyatt.

— Où est ma fille ?

— Avec Harriet, devant un dessert indien. Vous avez du nouveau, par ici ?

— Rien. Andy est allé voir un peu plus haut, au cas où il y aurait des témoins. A cette époque de l'année, peu de gens passent par ici. Il s'est mis dans la tête que, à quelques heures près, ses filles se seraient trouvées ici à faire bouillir la sève avec Pénélope, et que toutes auraient été assassinées.

— Il y va un peu fort.

— C'est le choc. Il se remettra. Pour le moment, je peux vous dire qu'il n'est pas très heureux.

Se tournant vers sa femme, il se radoucit.

— Robby, il faut que je retourne à l'aéroport. Tu restes encore un peu ?

— Pas longtemps. Tu sais, Lyman, cette histoire ne me plaît pas. Si elle a réellement retrouvé cet avion, ou si quelqu'un refuse de croire qu'elle s'est trompée…

Atterrée par ses propres pensées, elle frissonna et reprit :

— Quoi qu'il en soit, je ne vois pas ce que ça changerait. Ce n'est tout de même pas comme si Colt et Frannie avaient dévalisé une banque pour s'enfuir avec le butin. Tout ce qu'ils trouveront — s'ils trouvent — c'est une carcasse d'avion et des restes humains. Euh… Pardonnez-moi, Wyatt. J'oubliais que Colt était votre oncle.

Il accepta ses excuses d'un hochement de la tête et demanda :

— Vous le connaissiez ?

Elle prit une brève inspiration avant de se lancer, et pour la première fois il vit ce que sa fille tenait d'elle.

— Je connaissais aussi Frannie, encore que pas très bien. Elle avait une énergie et un optimisme tels que c'en était contagieux. Sa mort nous a tous ébranlés ici. Et maintenant, si vous voulez bien m'excuser…

D'un pas assuré malgré la neige, la glace et la boue, elle gagna sa voiture garée le long de la route et non pas dans l'allée.

— Votre famille n'était pas seule à être endeuillée, remarqua alors Lyman en regardant sa femme s'éloigner.

Puis il reporta son attention sur Wyatt.

— Si Frannie Beaudine avait ses défauts, elle était très appréciée dans le village, et beaucoup ont pleuré sa mort.

— Je comprends.

— Mouais. J'imagine, oui.

Sans autre commentaire, il monta dans la camionnette de sa fille. Jack et le détective de Cold Spring sortirent de la maison, descendirent les marches et passèrent sur le devant. Wyatt prit quant à lui le chemin de terre boueux dans la direction opposée. S'enfonçant parfois jusqu'aux chevilles, il laissa derrière lui deux érables munis des seaux pour récolter la sève et s'aventura seul dans le bois de Pénélope.

Il trouva sans peine la cabane de Bubba Johns — un jeu d'enfant pour qui avait connu la forêt amazonienne. L'ermite n'était pas là. Planté au milieu du sentier, plissant les yeux contre la lumière plus vive, Wyatt hésitait à entrer pour jeter un coup d'œil à l'intérieur. En temps normal, l'idée ne lui en serait pas venue, mais on avait vu Bubba Johns rôder autour de chez Pénélope, et il voulait savoir pourquoi.

Comment diable un vieillard parvenait-il à vivre dans les bois à l'insu du fisc, des recensements, des géomètres et des services de santé ? Sans même parler du fait qu'il s'était établi sur les terres des Sinclair.

Bien sûr, dans cette partie du monde, on pouvait vivre libre ou mourir. Et puis, Cold Spring était une petite communauté dont les habitants solidaires ne craignaient pas de détourner la loi au profit d'un des leurs. Et s'ils ne savaient pas grand-chose de Bubba Johns, ils le considéraient quand même comme un des leurs.

Plutôt que d'aller droit à la cabane, Wyatt suivit une sente qui menait au ruisseau. Il avait besoin de réfléchir. La neige s'accrochait aux roches et l'eau claire ruisselait autour. Le bruissement de l'eau. Il n'entendait rien d'autre. Fermant les yeux un moment, il écouta, se vida l'esprit en respirant l'air froid et pur. L'odeur pénétrante des conifères se mêlait à celle de terre humide des berges.

Lorsqu'il rouvrit les yeux, un grand homme maigre à la barbe et aux cheveux blancs se matérialisa devant lui sur l'autre rive. Il portait un bleu de chauffe, une chemise de laine élimée, et s'appuyait sur un bâton encore plus haut que lui. Son regard gris était serein, neutre. Deux grands bâtards de chiens haletaient à ses côtés.

Bubba Johns.

Wyatt résolut de se montrer courtois et direct.

— Monsieur Johns, je m'appelle Wyatt Sinclair. Je suis venu de New York quand Pénélope a déclaré avoir retrouvé l'avion de mon oncle.

— Cela ne me concerne en rien.

Ah non ? songea Wyatt. Il aurait pourtant parié que ce vieillard était au courant de tout ce qui se passait dans ces bois.

— Elle a reçu des menaces. Comme elle n'en a encore rien dit à la police, j'en déduis qu'elle vous soupçonne, cherche à vous protéger et à vous prouver qu'elle tiendra sa langue.

La question se posait quand même de savoir comment diable un vieil ermite saurait se servir d'un fax ou d'un ordinateur…

— En ce moment même, la police est chez elle. Quelqu'un y est entré par effraction pour fouiller la maison.

— Et vous pensez que c'est moi.

— Je l'ignore. Je reste ouvert à toutes les hypothèses. Personne ne croit son histoire de décharge. Ils sont tous convaincus qu'elle a découvert l'avion de mon oncle.

Wyatt s'interrompit. Le vieillard se taisait et le fixait de son regard perçant.

— Ma famille possède ces terres. Nous n'avons aucune objection à ce que vous y restiez tant que vous n'avez commis aucun délit.

— Et comment suis-je censé vous le prouver ?

— J'imagine que vous connaissez ces bois comme votre poche. Même si vous n'avez pas vous-même trouvé la carcasse de l'avion, vous devez bien avoir une idée de l'endroit où Pénélope s'est perdue dimanche dernier.

Marquant une pause, Wyatt ôta la neige d'une roche de la pointe du pied, puis reprit :

— J'aimerais que vous m'y conduisiez pour me le montrer. Je serais peut-être en mesure d'aider Pénélope pour faire diversion. J'ai le sentiment que quelqu'un s'ingénie à la déstabiliser pendant qu'on cherche le site de l'accident. Elle ne reviendra pas sur son récit tant qu'elle ne sera pas certaine que vous n'en souffrirez pas.

— Je vous trouve bien soupçonneux, Wyatt Sinclair, déclara le vieillard.

Wyatt eut un sourire narquois.

— Vous parlez comme les femmes qui se sont succédé dans ma vie.

Bubba Johns esquissa un sourire à son tour, se redressa en s'aidant de son bâton.

— J'ai vu Pénélope pour la première fois allant de pierre en pierre dans ce même ruisseau par une chaude journée d'été. Elle s'était éloignée du lac en musardant. Elle devait avoir dans les dix ans. Tout à ce qu'elle faisait, elle ne s'était pas rendu compte du chemin parcouru.

Les yeux gris sondèrent ceux de Wyatt.

— Parfois, elle ne se rend pas compte des dangers qui l'entourent. Elle oublie qu'elle s'aventure trop loin dans la nature. Un jour, j'ai dû la ramener chez elle.

— Ce qui signifie ?

Le vieil homme le gratifia cette fois d'un large sourire.

— Je vais vous conduire à la carcasse de l'avion.

Wyatt retint son souffle. Le vieil ermite pouvait mentir, exagérer, se tromper. Mais avant même qu'il puisse formuler une question, la voix de Pénélope retentit au-dessus d'eux.

— Bubba ! s'écria-t-elle.

Sortant de derrière un sapin, elle dévala la pente sans se soucier de la neige ou des branches qui lui fouettaient les jambes et le torse.

Elle s'arrêta au bord du ruisseau. L'espace d'un instant, Wyatt crut qu'elle allait le traverser pour rejoindre Bubba.

— Bubba, est-ce que vous avez vu le bazar quand je dis que c'est une décharge que j'ai trouvée ? Vous imaginez ce que ce sera si je reviens sur mon histoire ? Il y aura des journalistes plein les bois. Ils filmeront votre maison, ils feront peur à vos chiens. Vous aurez droit ici à tout un défilé de policiers, d'historiens, de Sinclair, et Dieu sait quels crétins encore. Si seulement vous voyiez le détective privé qui a été envoyé ici ! Ce Jack Dunning est déjà en train de fouiner partout.

Cette tirade ne suscita aucune réaction chez Bubba.

— Il a fouillé ma cabane ce matin, déclara-t-il d'un ton neutre.

— Vous voyez bien que j'ai raison, alors !

— La vérité est peut-être la meilleure solution.

— Bubba, faites-moi confiance. La meilleure solution, c'est de leur raconter que je n'ai rien vu dimanche.

— Mais vous avez vu, et vous le savez, insista le vieil homme.

Pénélope soupira avec irritation.

Wyatt comprit que ce Bubba n'avait que faire de l'humanité, mais qu'il avait de la tendresse pour Pénélope.

— Il est trop tard pour s'y rendre aujourd'hui, déclara l'ermite en se tournant vers lui. De plus, je suis fatigué. Soyez là demain matin. De bonne heure.

Dans sa frustration, Pénélope leva les bras au ciel.

— Pour l'amour de Dieu, attendez au moins quelques jours, le temps que l'orage passe !

Apparemment, c'en était trop pour Bubba Johns. Il fit signe à ses chiens qui se levèrent d'un bond pour venir le rejoindre, puis il tourna le dos à Wyatt et Pénélope et gravit la colline avec ses compagnons canins qui gambadaient à ses côtés.

— Laisse-le partir tranquille, dit Wyatt.

Naturellement, elle s'en prit alors à lui.

— Je savais bien que tu viendrais fureter par ici.

— Tu penses à la Sinclair à présent ?

— Tu ne me fais pas confiance.

— A juste titre, me semble-t-il. Tu as retrouvé l'avion de Colt et de Frannie.

Mal à l'aise, elle grimaça.

— Je voulais bien faire.

— Parce que c'est bien de mentir à la famille de Colt. Son corps doit être encore dans la carcasse de la carlingue.

— Désolée, dit-elle en soutenant son regard. J'avoue que je ne pensais pas à ta famille. Je me disais que, depuis le temps qu'ils étaient morts, Colt et Frannie pouvaient reposer en paix. Le site est magnifique, isolé, calme. Cela me paraissait plutôt bien pour une tombe… mais ce n'est pas à moi d'en juger. Je comprends certaines choses, à présent. Je n'avais pas réfléchi au deuil inachevé des tiens, à leur besoin de savoir… vous avez dû souffrir, pendant toutes ces années.

— Parce que nous sommes des Sinclair ?

— Peut-être, oui.

— Les gens d'ici nous voient comme des démons. Ils nous rendent responsables de la mort de Frannie. Si Colt ne l'avait pas enlevée, elle serait encore en vie.

— Si tu veux mon avis, les gens du coin voient même cette histoire comme un meurtre. Pour eux, Colt serait mort jeune de toute façon. Mais il a entraîné Frannie dans sa mort. Je ne dis pas que c'est mon opinion. J'ignore ce qu'il y avait entre eux, et il m'a semblé préférable de raconter que j'avais découvert une décharge et non pas un avion.

— Les menaces n'auraient pas joué un rôle dans ce revirement soudain ?

Pénélope secoua la tête.

— C'est après qu'elles ont commencé.

Par le sentier gelé, ils remontèrent jusqu'à la cabane de Bubba Johns. Il avait là un beau tas de bois, rangé avec soin sous une bâche, une hache plantée dans un billot, une brouette faite des mains de son propriétaire. Tout était rustique, fonctionnel. Wyatt remarqua des plants sur ses fenêtres — du persil, de la ciboulette. Dans une petite clairière, l'ermite avait même délimité un petit potager.

— Bubba est un génie du troc, souligna Pénélope. En ce moment, il collecte la sève d'érable, plus tard, au printemps, ce seront les asperges sauvages.

— Pour un homme qui vit sans ressources, je le trouve entreprenant. Il ne souffre d'aucun déséquilibre mental ?

— En dehors du fait qu'il vit seul au milieu des bois, il est normal. Il va son chemin sans déranger personne. Il n'est ni violent ni voyeur, il ne se promène pas tout nu dans la grand-rue. Je suppose que nous le considérons toujours comme un hurluberlu inoffensif.

— Tu sais ce qui l'a amené ici ?

— Aucune idée. Je le crois timide, introverti, une âme tendre dans un monde brutal au rythme de vie précipité. Il n'est pas très à l'aise au milieu des gens, mais je ne le sens pas pour autant misanthrope. Il me ferait plutôt penser à un moine.

— Votre saint François d'Assise local ?

— J'ignore tout de ses convictions religieuses. Je voulais parler de sa sensibilité, de sa manière d'être. Il est soigneux, attentif à ce qui l'entoure. Il prend l'eau à une source voisine, il ne jette pas ses ordures dans les bois, n'emploie pas de produits chimiques dans son jardin. Il est trop vieux pour un hippie, mais il ressemble davantage à un écologiste végétarien de base qu'à un terroriste du genre Unabomber.

— Depuis combien de temps il est au courant pour l'avion, d'après toi ?

— Difficile à dire. Il doit considérer que ces choses ne le regardent pas. Et puis, il n'a jamais connu Colt et Frannie. Il ne sait peut-être même pas qu'on s'interroge depuis longtemps sur cet avion.

— Contrairement à la tienne, sa curiosité a des limites.

Sans se vexer, Pénélope lui sourit.

— Effectivement.

— A propos de l'avion, quand tu l'as aperçu dimanche…

— Je n'affirme pas que c'était le leur, Wyatt. Ni même que c'était un avion — encore que, sur ce point, il n'y ait guère de doute. Il se trouve au flanc d'une colline escarpée près d'un ravin. Entre la neige, la glace et l'heure tardive, je ne me suis pas risquée à y aller voir de près.

— Tu y es retournée depuis ?

— Non. J'ai inventé ça pour les besoins de la cause. Je ne tenais pas à laisser de nouvelles traces. Même si nous avons eu de la neige ensuite, je m'inquiétais à l'idée qu'une personne avisée et motivée retrouve celles que j'avais laissées la première fois et les suive. Même si je m'étais perdue et que le chemin en question n'était pas le plus court.

— Donc, cette partie-là de ton histoire est vraie.

— Tout le reste est vrai. Sauf le détail de la décharge auquel personne ne croit. Je n'ai jamais su mentir. Et toi ? Tu es bon menteur ?

— J'ai rarement l'occasion de mentir.

— Un Sinclair insouciant, commenta Pénélope avec gentillesse.

Et elle sourit à Wyatt.

Lorsqu'ils arrivèrent chez elle, il ne restait plus qu'Andy Mac Nally. Il informa Pénélope que l'enquête était terminée et qu'elle était libre d'aller et venir dans la maison.

— Je préférerais que Jane et Rebecca ne viennent pas jusqu'à ce que cette affaire soit éclaircie, ajouta-t-il.

— Je comprends. De toute façon, la sève coule moins vite en ce moment.

— Tu passes la nuit à l'auberge ?

Elle haussa les épaules.

— Je suppose, oui.

Toute son attitude exprimait son horreur d'être chassée de chez elle.

— Ne te bile pas, va, dit Mac Nally en lui donnant une bourrade affectueuse, nous aurons le fin mot de l'histoire. Je viendrais prendre une bière avec toi, ce soir.

— Merci, Andy.

— Ne me remercie pas trop vite. J'ai toujours l'intention de découvrir ce que tu ne m'as pas dit.

Sur ce, il monta en voiture et, avant de fermer la portière sur lui, il ajouta :

— Tu auras beau faire, tu n'es pas seule dans cette galère. Emmène tout ton monde jusqu'aux décombres de l'avion, et ce malade arrêtera peut-être de te harceler.

Elle ouvrit la bouche pour protester, mais Mac Nally ne lui en laissa pas le temps.

— J'enverrai une voiture patrouiller du côté de chez toi dans la nuit.

Après le départ du chef de police, Wyatt remarqua que Pénélope frissonnait. Elle s'en aperçut.

— Hypoglycémie, rien de grave, assura-t-elle. C'est le dessert indien que j'ai mangé à midi. Trop de sucre d'un coup, et maintenant je le paie. Il me faut un morceau de fromage.

— Ce ne serait pas plutôt le froid et l'inquiétude ?

— Moi ? Tu plaisantes.

Elle se dirigea vers la porte, et il la suivit à l'intérieur. Tout était en désordre, sans qu'on puisse pour autant parler de saccage. On avait ouvert les tiroirs, répandu une partie de leur contenu sur le sol, jeté ça et là les coussins des fauteuils et du canapé. Wyatt vérifia le bureau et la chambre, qui avaient été visités de même. Pendant ce temps, Pénélope s'était précipitée sur le réfrigérateur, pour en sortir un gros morceau de cheddar et s'en couper une belle tranche.

— Wyatt ? Tu en veux ?

— Non, merci.

— Matière grasse ou pas, j'adore le fromage. Bon. Et maintenant, il faut que j'arrose les plantes, que je prépare ma valise. Une nuit à l'auberge devrait suffire à calmer les esprits.

Tandis qu'elle s'occupait des plantes du bureau, Wyatt observa ses mains, ses longs doigts qui maniaient si délicatement les tendres pousses vertes. Plus de trace d'agitation, d'énergie contenue comme après son atterrissage difficile. Elle était concentrée sur la tâche présente, détachée des événements qui bousculaient sa vie depuis quelques jours.

— Je rangerai tout ce bazar plus tard, déclara-t-elle en se dirigeant vers la chambre.

Elle en revint avec un sac à dos en bandoulière.

— Tu vas tout dire à Dunning, pour l'avion ?

— J'hésite encore. Je crois que j'aimerais le voir avant d'en parler à Jack ou à mon père.

— Ton père fait confiance à Dunning ?

— Dans la mesure où il en est capable, je suppose, oui. Tu sais, j'ai l'habitude des gens que la confiance n'étouffe pas. Je guette les sous-entendus, je cherche à deviner le non-dit.

— En somme, si ton petit camarade Jack fait la cour à Harriet, on peut imaginer que c'est pour lui soutirer des renseignements.

— Je l'en soupçonne, en effet.

Pénélope réfléchit un moment.

— Bah ! elle a eu le cœur brisé par bien pire que lui. Ce n'est pas un apollon, et elle le connaît à peine. Même si elle a le béguin pour lui, elle s'en remettra.

— Elle le connaît depuis aussi longtemps que nous nous connaissons.

Pénélope posa sur Wyatt son regard vert.

— Qui a dit que je n'avais pas le béguin, moi aussi, hein ?

Une fois son père de retour, Pénélope prit sa camionnette et Wyatt sa voiture pour se rendre à l'auberge. Là, celui-ci monta dans sa chambre passer quelques coups de fil tandis qu'elle rejoignait Harriet et sa mère dans la cuisine. En la voyant avec son sac à dos, signe qu'elle restait, les deux femmes semblèrent vivement soulagées. Pénélope se prépara du thé et fit griller deux scones à la cannelle cependant que sa mère hachait des épinards en silence. Harriet papillonnait avec des torchons, des éponges, nettoyant ici, essuyant là. Serait-il opportun de leur annoncer maintenant qu'elle avait reformulé son récit quant à l'avion accidenté ? se demanda Pénélope. Probablement pas.

— Harriet s'occupe du dîner ce soir, dit enfin Robby. J'aide juste un peu à préparer. Il n'y a que quatre clients prévus, dont Wyatt et Jack.

— Vous ne me comptez pas dedans, j'espère ? Je reste, mais je ne tiens pas à ce qu'on me considère comme une cliente. Même si j'ai l'intention de payer.

— Tu ne vas pas payer ! s'exclama Harriet.

— J'ai payé quand je suis restée deux nuits à cause des puces.

Pendant quelques jours, Pénélope avait recueilli un chien perdu, l'avait soigné, lavé et nourri le temps de lui trouver un foyer. Il lui avait laissé des puces. « Les caresses de chiens, ça donne des puces », était l'un des dictons préférés de sa mère, et Pénélope se demanda si elle n'allait pas l'entendre d'une seconde à l'autre. Rien ne vint.

— Dans quelle chambre me logez-vous ? interrogea-t-elle.

Harriet s'approcha, une éponge à la main.

— Dans celle de la tour.

Autant dire en prison. Oh ! elle n'était pas dupe ! La chambre de la Tour, ainsi qu'on l'appelait, se trouvait dans un angle curieux du troisième étage, tout près de la suite de Harriet qui s'éveillait au moindre bruit. Un seul craquement de plancher, et elle passerait la tête par la porte.

— Pénélope ? appela Robby. Je vais à la cabane à sucre tout à l'heure. Tu m'accompagnes ?

Un tête-à-tête avec sa mère. Hmm. Elle s'en serait volontiers passée.

— Tu as besoin de mon aide ?

— Un coup de main pour entretenir le feu ne serait pas de refus. Jane et Rebecca doivent passer aussi.

Ouf ! Plus de tête-à-tête. La chaleur, le feu, la sève qui bouillait, la compagnie de ses amies… la cabane à sucre en pleine effervescence ferait une agréable diversion. En revanche, le silence qui pesait entre elle et sa mère dans cette atmosphère confinée deviendrait vite intolérable. Elle accepta puis, ayant terminé son thé et ses scones, elle prit une pomme, alla chercher la clé de la tour à la réception et se dirigea vers l'escalier.

Sa chambre était la plus originale de l'hôtel, avec ses mansardes et ses petits coins aux formes biscornues. Elle était décorée dans un camaïeu de bleus relevé d'une touche de vert et partiellement lambrissée de bois blond. Sous la fenêtre qui donnait sur le lac, on avait aménagé un siège garni de moelleux coussins. Pénélope fut presque tentée de s'y installer pour lire, écouter de la musique, oublier les questions, les frayeurs, les désirs qui la tourmentaient depuis des jours. Au lieu de quoi, elle s'obligea à défaire son sac, puis elle se changea, passa un gros pull à col roulé et s'apprêta à rejoindre sa mère.

Mais elle se laissa distraire devant la chambre de Wyatt en l'entendant parler au téléphone. Comme elle ne comprenait pas ses paroles, elle s'approcha, tendit l'oreille.

— Bon, je rappellerai demain, dit-il.

Et soudain, le battant s'ouvrit. Elle manqua perdre l'équilibre, eut un mouvement de recul, mais Wyatt ne lui laissa pas le temps de s'enfuir. La saisissant par le poignet, il l'attira à l'intérieur.

— Alors, on écoute aux portes, maintenant ?

— J'allais frapper quand tu as ouvert…

— Tu es la pire menteuse que je connaisse !

Il ferma le battant du pied, l'enveloppa de ses bras et l'attira à lui. Avant que la bouche de Wyatt trouve la sienne, elle aurait pu le repousser, protester, dire au moins non, mais elle n'en fit rien. Leur baiser fut long et tendre, son ardeur contenue. Elle se sentit fondre, disparaître en lui, ne pensant plus à rien, goûtant le moment présent.

Mais sa mère attendait en bas et, pour une fois, Pénélope se rendit à la prudence.

— A qui parlais-tu au téléphone ? interrogea-t-elle en arrangeant ses vêtements.

— A mon bureau de New York.

— Tu perds de l'argent à rester ici ?

— Des millions. Des milliards.

— Mince ! Dire que j'ai couché avec toi, et que je ne sais même pas ce que tu fais. Ce n'est pourtant pas mon genre.

Pénélope se tut, sentit un grand calme l'envahir. Attentive, elle détailla Wyatt — les cheveux bruns, les yeux noirs, les traits anguleux.

— Pourtant, il me semblait te connaître.

Il sourit, amusé.

— Dois-je comprendre que, dans tes fantasmes, tu rêvais de faire l'amour avec un Sinclair ?

— Certainement pas. Et tu es un grossier personnage de suggérer une chose pareille ! répliqua-t-elle, outrée, en étouffant un rire. Tu as de la chance que ma mère m'attende en bas. Nous devons partir pour la cabane à sucre. Et toi ? Qu'est-ce que tu comptes faire ?

— Dîner, et puis rêver que je fais l'amour à une Yankee blonde et pilote.

— Je ne plaisante pas !

— Moi non plus, assura-t-il en riant.

Il était impossible, songea Pénélope. Impossible et irrésistible. Où donc les entraînerait cette attirance mutuelle ? Elle l'ignorait et n'en attendait rien pour l'avenir.

— Tu as décidé de ce que tu allais dire à Jack ?

— Tout ce que j'ai décidé, c'est d'essayer le dessert indien de Harriet ce soir.

14.

Après le dîner, Harriet et Jack Dunning sortirent se promener. La nuit était tombée sans qu'il fasse pour autant trop froid.

— Les Sinclair n'ont acheté leurs terres de Cold Spring que dans les années 30, expliqua Harriet tandis qu'ils remontaient la grande rue. La famille de ma mère s'est établie ici au XVIIIe siècle ; celle de mon père, vers le milieu du siècle dernier. J'avais dix ans quand Robby est venue du Massachusetts.

Jack sourit.

— J'ai du mal à imaginer qu'on puisse rester au même endroit pendant deux ou trois siècles. Pour ma part, j'ai connu mes grands-parents paternels, mais c'est tout.

— Cela ne vous intéresse pas d'en savoir davantage sur vos ancêtres ?

— Je ne vois pas ce que cela m'apporterait. Je considère que je suis chez moi au Texas, mais je n'y attache pas la même importance que vous, Harriet. Quand j'aurai mis de côté assez d'argent, je rentrerai là-bas pour y acheter de la terre et construire une maison. J'aimerais avoir un ranch.

— Pourquoi êtes-vous parti pour New York ?

Il marchait tout près d'elle, si près qu'elle sentait l'odeur verte de son eau de Cologne, si près aussi que leurs bras se frôlaient parfois. Avec sa veste doublée de mouton, son chapeau et ses bottes de cow-boy, Jack semblait presque plus déplacé dans ce village de Nouvelle-Angleterre que s'il avait été nu.

— J'avais rebroussé le poil d'un tas de gens à Dallas. Je me suis dit qu'à New York je pourrais gagner de l'argent le temps que les choses se tassent. Brandon Sinclair n'est pas mon seul client, mais il a des moyens, n'hésite pas à sortir son chéquier, et s'il me dit de sauter, je saute.

— Je ne l'ai jamais vu. Wyatt est le premier Sinclair à venir ici depuis la disparition de Colt et de Frannie.

— Wyatt est conforme à l'ancienne génération de Sinclair, mais Brandon est un gentleman — même s'il n'est pas capable de faire durer un mariage. Il n'éprouve pas le besoin d'aller tuer des dragons ou de gravir des sommets inaccessibles. Je pense que le fait d'avoir perdu son frère l'a libéré de toutes ces inepties qui ont fait la légende des Sinclair.

Harriet resserra son col contre une brusque bourrasque. Elle ne portait ni gants ni chapeau et, songea-t-elle, elle aurait les oreilles toutes rouges lorsqu'ils rentreraient à l'auberge.

— Malgré les terres qu'ils possèdent, les Sinclair ont toujours été considérés comme des étrangers ici, expliqua-t-elle encore. Prenez Willard Sinclair, le père de Brandon : il chassait et pêchait avec mon oncle, le grand-père de Pénélope, sans qu'il y eût entre eux de rapports d'amitié. Mon oncle était le fils du pays, et Willard le riche venu d'ailleurs.

— Et puis, Frannie Beaudine a passé la barrière.

— Oui, Colt aussi. Ils ont en quelque sorte transgressé une loi implicite.

— La liaison interdite, c'est cela ?

Harriet considéra Jack avec un regard soupçonneux. Mais il ne se moquait pas, ni d'elle ni du couple. Ils continuèrent de marcher, laissant derrière eux les boutiques du village.

— Je suppose que Frannie ne se considérait plus comme une fille d'ici, sans qu'elle soit pourtant parvenue au niveau des Sinclair. C'était une aventurière dans l'âme, et une érudite sans fortune.

— A votre avis, qui dominait des deux, Colt ou Frannie ? Il était riche, et elle plus âgée.

— Je ne pense pas que l'un dominait l'autre. Peut-être faisaient-ils équipe.

— C'est une notion récente, observa Jack. Dans les années 50…

— Mes parents ont toujours fait équipe, et ils ont près de quatre-vingts ans.

— Ils ont de la chance.

Ils firent quelques pas en silence. Les bottes de Jack Dunning résonnaient dans la rue. Bientôt, les balayeurs sortiraient pour nettoyer les artères du sable accumulé tout au long de l'hiver. Soudain, Harriet eut hâte que le printemps arrive. Elle s'occuperait de nouveau de son jardin, servirait le thé et les scones à la terrasse de l'auberge.

— Bon, reprit Jack. Je reformule ma question : lequel des deux a pris l'initiative, manifesté son intérêt à l'autre ? Colt ? Frannie ?

— Cela s'est peut-être produit simultanément, dans l'un de ces moments où l'on ne sait plus trop qui…

Jack agita la tête avec un rire plein de gentillesse.

— Vous êtes une incurable romantique, Harriet ! Venant d'une aubergiste yankee, cela surprend.

— Pourquoi dites-vous cela ? Votre travail vous aurait-il rendu cynique ?

Il haussa les épaules.

— Je suis un réaliste.

— C'est ce que prétendent tous les cyniques.

— Avec l'expérience, j'ai appris que, pour comprendre un crime, il fallait d'abord comprendre les relations des personnes impliquées. C'est parfois très facile, parfois délicat.

— Mais il n'y a pas eu de crime. Frannie et Colt se sont enfuis — pour se marier, je présume, ou en tout cas pour vivre ensemble — et leur avion s'est écrasé. C'est une tragédie, certes, mais je ne vois là rien de criminel.

Jack s'arrêta dans l'ombre, au coin d'une rue, de telle sorte que Harriet ne distinguait plus ses traits. En face d'eux, partiellement éclairée, se dressait l'église congrégationaliste de Cold Spring, un grand bâtiment blanc construit au début du XIXe siècle dans le style traditionnel de la Nouvelle-Angleterre.

— On ignore les raisons de l'accident. On ne sait pas pourquoi ils ont choisi de partir cette nuit-là. Tant que l'avion et leurs corps n'auront pas été retrouvés, il y aura toujours une part de mystère à mes yeux et l'enquête ne sera pas close.

Harriet frissonna.

— Vous... vous ne croyez pas que quelqu'un aurait pu saboter l'avion, tout de même ?

— Je ne crois rien. Je n'ai pas d'a priori. Je pourrais énumérer une bonne douzaine de théories sur la question et, tant que je ne saurai pas ce qui s'est réellement passé, je reste ouvert à toute possibilité.

— De votre point de vue, cela se comprend. Vous êtes détective et non partie prenante.

— C'est vrai.

Le ton de Jack s'adoucit, alors, et le timbre chaud de sa voix fut comme une caresse aux oreilles de Harriet.

— Si je ne me trompe, voici l'église où on vous a trouvée. Venez. Montrez-moi ce fameux porche.

Ils traversèrent la rue, puis Harriet le conduisit à la porte de côté. L'entrée principale était réservée à la messe du dimanche et aux grands événements.

— On m'a trouvée ici, indiqua-t-elle en désignant le paillasson portant l'inscription « Bienvenue ». Je dormais paisiblement dans un panier à pommes, paraît-il.

— Et vous portiez ?

— Une douillette rouge. Et j'étais enveloppée dans une couverture blanche.

— Des articles courants ?

— Oui. Mes parents les ont conservés. La police les avait emportés un temps pour l'enquête, mais cela n'a rien donné. Ils n'ont jamais découvert une seule piste vraisemblable.

— Et qu'ont-ils donc trouvé d'invraisemblable ?

— Le fait que je sois apparue la nuit où Colt et Frannie ont disparu.

— Quelle idée de laisser un bébé sous un porche ! Vous êtes toujours membre de l'église ?

Cette question surprit Harriet. Elle acquiesça d'un hochement de tête.

— Oui, mais je ne suis pas un membre très actif.

— C'est dur d'être la fille du pasteur en retraite ?

— Cela peut être délicat. Mon père avait de l'influence, mais je m'efforce de rester discrète, et je pense que les gens ont fini par comprendre que je n'étais pas le porte-parole de mon père.

— C'est un homme bon ?

— Le meilleur qui soit ! affirma Harriet en souriant.

— Vous aussi vous êtes bonne, Harriet. Venez, rentrons avant que je ne sois complètement gelé. Fichu printemps du nord ! Au Texas, les clochettes sont déjà en fleur.

Elle sourit de nouveau. Bien qu'élevé à New York, Jack Dunning était texan par le cœur.

— Comme ce doit être joli ! commenta-t-elle.

Il lui adressa un bref coup d'œil en coin et, à la lueur du réverbère, Harriet vit que ses yeux brillaient, débordaient d'une chaleur soudaine.

— C'est très joli. J'aimerais que vous les voyiez un jour.

— Qui sait. Je les verrai peut-être, dit-elle tandis qu'ils reprenaient le chemin de l'auberge.

Wyatt terminait son second Martini-gin. Deux de trop, vu les circonstances. La tête lui tournait, il ne pensait pas droit. Il aurait pu se passer d'alcool. Mais il ne sortait pas, ce soir, et n'avait rien de mieux à faire. Au bar victorien du Soleil Levant, il était le seul client, seul avec le barman qui préparait un formidable Martini-gin.

Depuis une heure, il repassait en boucle la conversation qu'il avait eue avec son père après le dîner. Une conversation difficile, pleine de révélations. Pour obtenir la vérité, Wyatt s'était montré brutal, impitoyable.

Il n'était pas bien fier de lui. Et pas plus fier de son père. Ce soir, le fait d'être un Sinclair ne le réjouissait pas, et ce n'était pas la première fois.

— Vous allez me dire enfin ce que Jack Dunning sait et que je ne sais pas ? Allez-vous vous décider à me dire ce que vous me cachez depuis toutes ces années ?

Son père avait pris une brève inspiration et répondu d'une voix posée :

— Tu ne me fais pas confiance.

— Il ne s'agit pas de confiance. C'est Jack que vous avez envoyé ici, pas moi. Il est payé, pas moi. Il n'est pas de la famille, moi oui. D'où je déduis que vous lui avez révélé certaines choses que vous me taisez.

A ce point, le masque était tombé, et l'enviable réserve de Brandon Sinclair s'était évaporée.

— Tu te crois malin, Wyatt, pas vrai ? Tu me jettes ma fortune au visage pour aller gagner ta vie comme un grand. Tu te fiches de mon bon sens, et tu t'en vas en quête de la grande aventure, si bien qu'une fois de plus le nom de la famille s'étale à la une des journaux.

— Et naturellement, je l'ai fait exprès. J'ai tué Hal et failli mourir pour le seul plaisir de vous embarrasser.

Malgré l'effet des deux Martini-gin, Wyatt regrettait ces paroles, ce qu'elles avaient de mesquin. Il regrettait de s'être laissé prendre au piège, d'être parti bille en tête comme un adolescent pour rejouer la vieille scène du fils et du père alors qu'ils étaient à présent adultes tous les deux. Le temps était venu d'oublier les erreurs et les transgressions passées.

— Que cela te plaise ou non, Wyatt, tu es de la famille, avait déclaré Brandon d'un ton pincé.

— Père, il faut que je sache la vérité. Je sens depuis longtemps que vous ne me dites pas tout. A présent, j'en suis sûr.

Ils avaient continué à s'affronter de la sorte pendant un bon moment sans que Brandon concède une once de terrain. Certes, il ne niait plus, mais il laissait entendre on ne pouvait plus clairement que Wyatt se mêlait de ce qui ne le regardait pas et que personne ne lui avait demandé de se rendre dans le New Hampshire. Il était toutefois un peu tard pour revenir en arrière. Il était là, et dans le bain jusqu'au cou.

Incapable d'obliger son père à parler, Wyatt avait fini par renoncer. Restait à faire ce qu'il convenait. A savoir, dire à Brandon que Pénélope Chestnut avait découvert un avion dans les bois, et non pas une ancienne décharge.

— Rien ne prouve que ce soit celui de Colt et de Frannie, mais je ne vois pas ce que cela pourrait être d'autre. Elle m'emmène le voir demain matin.

— Tu en as parlé à Jack ?

Son père avait recouvré son calme, mais il accusait le choc. Wyatt s'en était aperçu à sa voix légèrement étranglée.

— J'aimerais qu'il t'accompagne. Je n'ai pas confiance en cette fille.

— Je préfère attendre d'avoir vu de mes yeux de quoi il retourne avant d'en parler à qui que ce soit. Jack n'est ni mon employé ni mon associé. Si vous avez quelque chose à lui dire, dites-le-lui vous-même.

— Tu te fiches du monde, vraiment !

Irrité, Wyatt avait raccroché. Au nez de son propre père. Cela ne se faisait pas dans la famille. Il songea à Pénélope qui contredisait le sien, lui tirait la langue, se disputait avec lui sans prendre de gants. Mais il y avait entre eux une affection mutuelle, du respect, de la confiance. Avec son père, Wyatt n'avait jamais connu que la tension et le soupçon. Si ses parents n'avaient pas divorcé, s'ils étaient restés ensemble le temps qu'il grandisse, peut-être auraient-ils réussi à aplanir les angles, mais il en doutait.

Deux minutes plus tard, Brandon Sinclair l'avait rappelé et avait déclaré sans préambule :

— Colt et Frannie sont partis cette nuit-là avec une fortune en diamants taillés. Frannie les a trouvés dans l'entrepôt quand elle classait la collection de ton grand-père pour la donation au Metropolitan. Sur le marché actuel, il y en aurait environ pour dix millions de dollars.

— Sacré joli bas de laine ! s'était exclamé Wyatt.

— La famille — mon père — a décidé de garder le secret. Non pour des raisons de fierté. Il tenait Frannie pour seule responsable, présumant Colt complice à son insu. Colt et lui…

Brandon avait hésité, trahissant sa réticence à parler de ce frère aîné adoré dont il avait longtemps porté le deuil. Pour Brandon Sinclair, il était inconvenant d'aborder des sujets trop personnels, trop chargés d'émotion.

— Ils avaient des rapports difficiles. Indépendamment de l'image publique de Colt, mon père ne l'estimait pas capable de concevoir et d'organiser ce qui s'est passé cette nuit-là. Quoi qu'il en soit, il n'a jamais rien dit sur les diamants dans le but d'éloigner les chasseurs de trésors. Il ne souhaitait pas que quelqu'un trouve l'avion, le pille, et s'abstienne de rapporter sa découverte pour cacher son larcin.

— Colt et Frannie seraient les premiers suspects.

— Précisément. Et si, par quelque miracle, ils étaient en vie…

Il avait inspiré profondément, comme s'il avait de nouveau onze ans et priait pour que son frère soit encore de ce monde.

— … le fait de révéler la disparition des diamants risquait de les mettre en danger. Mon père était un homme dur et froid, mais la mort de Colt l'a sérieusement ébranlé. Il ne s'en est jamais remis.

— Et vous ? avait demandé Wyatt.

— Je vénérais mon frère, mais je ne suis pas certain de l'avoir vraiment connu. Sa perte a laissé un grand vide en moi, un manque avec lequel j'ai appris à vivre.

Il s'était brusquement interrompu. A l'autre bout de la ligne, sa gêne était palpable.

— Enfin, pour le moment, ce n'est pas le plus important.

Wyatt n'avait pas insisté.

— Comment avez-vous su pour les diamants ? avait-il interrogé. Votre père vous l'a dit ?

— Certainement pas. J'ai grandi au sein d'une famille refoulée où l'émotion et le drame couvaient en permanence. J'avais un certain don pour écouter aux portes. Sur son lit de mort, je l'ai mis au pied du mur, et il m'a tout avoué. Il en a paru soulagé. Mais il m'a fait promettre de ne jamais mentionner les diamants. J'ai promis.

— Et Jack ? Que sait-il, exactement ?

— Je lui ai dit qu'il y avait sans doute des objets de grande valeur dans cet avion. Je…

Il avait soupiré, avec lassitude.

— C'est peut-être couper les cheveux en quatre, mais je ne voulais pas briser prématurément la promesse faite à mon père. Bon. Eh bien, tu as tes renseignements, Wyatt. Si cette fille a trouvé l'avion, elle a peut-être mis la main sur les diamants. Alors, reste sur tes gardes.

— Je n'y manquerai pas. Merci.

— C'est Colt qui m'intéresse. Je veux savoir ce qui lui est arrivé. Les diamants, je m'en fiche. Si Pénélope Chestnut ou un autre les a pris, grand bien leur fasse. Tout ce que je demande, c'est qu'on me laisse enterrer mon frère.

Wyatt revint au présent et acheva de vider son verre. Des diamants volés. Dix millions de dollars. Ce n'était pas dans la liste des petits secrets qu'il soupçonnait son père de lui cacher ! Pourquoi diable se mêler d'une affaire qui, au fond, ne le regardait peut-être pas ? Il ferait mieux de rentrer.

Dix millions, tout de même. Une sacrée somme ! Pénélope apparut à sa table et s'assit en face de lui.

— Je sens le sirop d'érable ? demanda-t-elle.

— Tu sens... l'étuve.

— J'ai donné un coup de main à la cabane à sucre. Nous avons dîné de petits pains chauds et de sirop d'érable. Après ce que j'ai mangé ces derniers jours, je vais devoir me surveiller.

Examinant Wyatt avec plus d'attention, elle fronça les sourcils.

— Tu as l'air tout drôle. Ça va ?

Il sourit.

— Rude journée. Et ces longues nuits du New Hampshire me dépriment.

— Les lumières de la ville te manquent, c'est cela ? Mais ce n'est pas le pire moment de l'année, tu sais. Tu devrais voir janvier. Il fait noir comme dans un four et aussi froid que sur une banquise. J'ai des amies qui se soignent avec des plantes contre le blues de la saison. Moi, j'ai de la chance. Voler me maintient en forme.

— Je te trouve de bien bonne humeur pour quelqu'un dont on a presque saccagé la maison.

— Je viens de passer des heures délicieuses. La cabane à sucre est un endroit magique. Ma mère ne produit pas énormément, mais c'est autre chose que mon petit feu devant la maison. J'adore la saison des sucres. Elle annonce la fin de l'hiver ; et si j'aime les promenades, avec les raquettes ou les skis de fond, lire devant la cheminée et tout ça, quand arrive le mois de mars, je suis mûre pour les bourgeons et les crocus.

Elle eut un soupir ravi, et Wyatt se demanda, non sans perversité, si son humeur n'était pas plutôt due à leurs ébats de ce matin. Pénélope commanda une liqueur de café à la crème, prétextant qu'elle avait besoin de protéines, puis elle étouffa un bâillement qui faisait penser au ronronnement d'une chatte satisfaite. Wyatt résolut de ne pas l'affoler en lui racontant qu'il y avait dix millions de dollars en diamants dans l'avion de Colt et Frannie — s'ils y étaient encore. Il pensa aux quarante-cinq années qui s'étaient écoulées depuis l'accident, au vieil ermite, à la population locale, aux menaces que Pénélope avait reçues... les diamants avaient eu tout le temps de s'évaporer dans la nature.

— Quelqu'un a une idée de qui est entré par effraction chez moi ? interrogea Pénélope entre deux gorgées de liqueur.

— Pas que je sache. On ne m'en a rien dit, en tout cas.

— D'habitude, à cette heure, Andy Mac Nally vient prendre une bière. Tu... tu as parlé de l'avion à ton père ?

— Oui. Il digère la nouvelle.

— Il va en parler à Dunning ?

— Possible. Il souhaite que Jack nous accompagne demain. Il ne te fait pas confiance.

— A moi ? Et pourquoi donc ? Parce que j'ai tenté de protéger la vie privée d'un ermite et celle d'une cousine excentrique ?

En partie, songea Wyatt. Mais son père la soupçonnait surtout d'avoir fait main basse sur les diamants.

— Mon père ne te connaît pas, il ne peut pas savoir. Tu comptes dire à Mac Nally que tu as menti à propos de la décharge ?

Elle but une gorgée d'alcool.

— Il ne me croira pas. Je préfère attendre que nous ayons inspecté la carcasse. Il s'agit peut-être d'un autre avion — un avion moins célèbre. Inutile de déclencher une nouvelle tempête.

— Quoi que nous trouvions là-bas, je te conseille de l'annoncer publiquement à notre retour. Cela découragera peut-être le type qui te harcèle.

— Certes, et ça me soulagera. Mais je ne tiens pas à le décourager trop vite. Je voudrais bien qu'on le prenne, celui-là.

Les joues encore rosies par la chaleur de la cabane à sucre, Pénélope jouait avec un des glaçons de son verre. Jamais Wyatt ne l'avait vue aussi détendue.

— Je suis clouée au sol, il y a un Sinclair en ville, on me suit, on m'envoie des messages bizarres, on retourne ma maison sens dessus dessous… Pas étonnant que j'aie couché avec toi. Je perds la tête !

— Et cette nuit, tu dors à l'étage au-dessus de ma chambre, remarqua Wyatt avec un sourire entendu.

— Je te rappelle que Harriet est au bout du couloir. Elle ne dort que d'un œil… et d'une oreille.

— Dommage.

Andy Mac Nally arriva plus tard que de coutume. Il n'eut pas l'air très heureux de trouver Pénélope attablée devant un verre avec Wyatt. Se penchant vers celui-ci, la jeune femme lui souffla :

— Il aurait préféré voir ma cousine.

— Elle est sortie faire un tour avec Jack.

— Je sais. Je les ai aperçus en rentrant.

— Jack ne…

Wyatt hésita une fraction de seconde et reprit :

— Jack est ici en service commandé. Il serait bon que Harriet s'en souvienne. Je peux toujours demander à mon père de ne pas trop lui laisser la bride sur le cou, mais cela ne changera pas grand-chose. Jack mène sa barque comme il l'entend.

— Harriet est plus solide qu'on ne croit, déclara Pénélope, comme pour s'en convaincre. Elle a beau être célibataire, elle n'est pas naïve en ce qui concerne les hommes, bien au contraire. Je mettrais ma main au feu qu'elle en sait davantage que bien des femmes mariées depuis des lustres. Tu sais, elle a embrassé sa part de crapauds.

— Hmm. J'espère qu'elle ne s'imagine pas que Jack va se muer en prince charmant.

Un nuage passa sur le visage réjoui de Pénélope.

— Tu as peur qu'elle soit trop bavarde, n'est-ce pas ? Dunning et elle… oh ! et puis zut ! J'ai assez de difficultés avec ma propre vie en ce moment sans avoir en plus à m'occuper de la sienne. Je devrais sans doute aller dire deux mots à Andy au sujet du fax et du message électronique. Histoire d'en finir. Tu restes encore un peu ?

— Non. Ça risquerait de te compliquer la tâche. Je vais monter.

— Si tu arrives en haut. Tu tiens à peine debout ! Combien de Martini-gin ?

— Deux, c'est tout.

Retrouvant toute sa belle humeur, Pénélope sourit à Wyatt en se levant.

— Il y a encore de l'espoir pour toi, Sinclair. S'il en fallait six pour t'abattre, un étage entre nous ne suffirait pas.

Et elle se dirigea vers le bar tandis que Wyatt se levait tant bien que mal. Il avait les jambes en coton, une légère nausée, et la tête lui tournait. Bref, s'il ne titubait pas, il n'était pas non plus au mieux de sa forme. Au moins, n'aurait-il pas à s'accommoder comme la veille d'un divan défoncé et d'une tête d'élan, tout en sachant que la jeune femme dormait dans la chambre voisine. Au diable l'étage qui les séparait ! Il avait surtout besoin d'une bonne nuit de sommeil. Il jeta un coup d'œil par-dessus son épaule, la vit qui souriait à Mac Nally pour l'amadouer et se faire pardonner ses cachotteries, et il douta soudain de pouvoir dormir.

15.

A son réveil, Pénélope vit qu'un flot de soleil filtrait à travers les rideaux de coton. Dehors, les oiseaux chantaient, et, sur la table de chevet, la bougie éteinte fleurait bon le citron. La vie était bien douce parfois, songea-t-elle. Puis elle se tourna et s'empara du téléphone pour appeler Steve, un ancien camarade de classe qui travaillait à la quincaillerie. Il faisait partie de ces pêcheurs enthousiastes qui profitaient de la petite maison de Pénélope.

— Il me faut de nouvelles serrures pour mes portes, lui annonça-t-elle.

— Pénélope, ce sont des portes neuves qu'il te faut. Ces trucs coulissants sont dignes d'un musée !

— Une nouvelle maison pour aller avec les portes ne serait pas de refus, mais pour l'instant je me contenterai de serrures. Tu as le temps de passer voir ce que tu peux faire ?

— Je vais essayer. Je ne te promets rien.

— Aujourd'hui ?

Il soupira.

— Bon, d'accord.

— Bien. Je serai sans doute absente. Si on te pose des questions, dis que c'est moi qui t'envoie.

— Non, je dirai que je suis venu cambrioler. J'ai toujours rêvé d'avoir Mac Nally et les Sinclair collés à mes basques ! Tu me dois des comptes, Chestnut.

A l'idée d'avoir des serrures neuves, Pénélope se sentit plus calme, plus maîtresse de sa vie. Elle se doucha, passa des vêtements de randonnée et sortit discrètement par la porte principale sans que personne la remarque. Wyatt se contenterait peut-être du petit déjeuner continental de l'auberge, mais après tous les sucres lents et rapides de la veille, elle-même avait besoin d'œufs au bacon. Tout en écoutant les oiseaux, ravie par la température quasi printanière, elle remonta la grande rue jusqu'au Jeannie's Diner.

Wyatt était seul dans l'un des box, attablé devant une omelette fromage-jambon accompagnée des incomparables frites de Jeannie. Il portait des chaussures de marche, un jean et une chemise de toile. Pas de veste de cuir en vue. Il commençait à s'acclimater, songea Pénélope, amusée.

Elle se glissa sur le banc en face de lui.

— Je suis surprise que Jeannie t'ait laissé seul. Normalement, c'est au moins deux personnes par box.

— On ne peut pas dire que les clients se bousculent.

— Ici, c'est l'empire de Jeannie et on se soumet à ses lois.

— Ce ne serait pas ma serveuse, cette Jeannie ?

— Si, et la copropriétaire des lieux, avec son grand-père, Ed, qui ne vient que pour s'assurer qu'elle nettoie le gril correctement.

Il l'étudia attentivement.

— Tu me sembles bien gaie, ce matin.

— C'est l'idée d'aller dans les bois. Au bout d'un moment, il faut que je bouge. Je ne tiens plus en place. Et puis, il fait un temps splendide ; avec la fonte, les ruisseaux seront gorgés d'eau. Une bonne rando, c'est la seule chose qui puisse remplacer le vol !

S'interrompant, Pénélope haussa un sourcil, puis éclata de rire.

— Enfin, peut-être pas la seule.

Maigre comme un clou, Jeannie vint poser un mug devant Pénélope et le remplit de café avec des gestes vifs.

— On m'a dit que tu avais été cambriolée hier. Ce n'est pas quelqu'un d'ici, c'est sûr. Tout le monde sait que tu n'as rien à voler. Sauf cette tête d'élan que mon grand-père lorgne depuis toujours.

Pêcheur, lui aussi, Ed venait parfois chez Pénélope avec sa canne à lancer. Calant la cafetière contre sa hanche osseuse, Jeannie recula le buste, pencha la tête de côté.

— Ça va, toi ? Tu tiens le coup ?

— Ça va. Sauf que je suis morte de faim.

— Tant mieux ! J'ai du stock à écouler. Avec ces journalistes qui toupillaient de tous les côtés, j'ai fait venir du rabe. Ils ne sont pas restés dix minutes qu'ils étaient déjà repartis. J'ai vendu mes pâtés en croûte, une poignée de sandwichs... et terminé.

— Excuse-moi.

— C'est pas ta faute, que je sache. Alors, qu'est-ce que je te sers ?

Pénélope commanda des œufs brouillés, des toasts, un verre de jus d'orange. Jeannie y ajouta une portion de saucisse pour faire bonne mesure avant de filer dans la cuisine.

— Elle est incapable de prendre son temps, il faut toujours qu'elle coure. Et puis, tu sais, Wyatt, si tu n'étais pas là, elle m'aurait posé une foule de questions sur toi, sur Jack Dunning. Il ne se passe jamais rien ici sans qu'elle soit au courant du moindre détail. Une vraie concierge.

— Tu me sembles toi-même très au courant.

— Par défaut. Je ne demande rien à personne. Jeannie, oui. Et tu peux me faire confiance, maintenant qu'elle nous a vus déjeuner ensemble, elle va interroger tous les clients qui passeront ici aujourd'hui pour voir ce qu'ils savent sur nous.

— Tu aurais pu feindre de ne pas me connaître.

— Ouais. Pour qu'elle me fasse asseoir au comptoir ? Je préfère les box, on y est plus tranquille.

Après le petit déjeuner, ils se rendirent chez Pénélope à bord de son pick-up. Steve était passé poser une serrure neuve sur la porte de l'entrée latérale. Il avait laissé une enveloppe contenant une clé plate et un mot lui disant que la porte coulissante était définitivement hors d'état. Pénélope examina la serrure.

— Mouais, elle ne m'a pas l'air bien solide. En tout cas, elle brille, c'est déjà ça. Evidemment, celui qui veut entrer n'a qu'à passer par la terrasse et la porte coulissante qui ne ferme pas. Je crois que je vais prendre un gros chien.

Dans deux gibecières, ils mirent de quoi manger, des gourdes d'eau fraîche, le téléphone portable de Pénélope et sa trousse de premiers soins avec son manuel.

— Depuis mes frayeurs de dimanche, commenta-t-elle, j'aime autant sortir équipée.

Comme prévu, la neige fondait rapidement, la sève coulait et les ruisseaux étaient en crue. La nature alentour s'animait de chants d'oiseaux et du bruissement de l'eau. Ils ne s'encombrèrent pas de raquettes, inutiles aujourd'hui ; leurs chaussures de randonnée suffiraient. Wyatt marchait d'un bon pas, sûr de lui, et Pénélope, qui l'observait avec curiosité, finit par demander :

— Le trekking ne te manque pas ?

— Si, souvent.

— Tu comptes recommencer un jour ?

— Pas au même niveau. Je n'ai plus la même soif d'aventure qu'il y a dix ans, et pas seulement à cause de Hal. Il était mon compagnon de voyage. Il me manque. Jamais je n'oublierai ce qui nous est arrivé en Tasmanie. Comment pourrais-je ? Aussi longtemps que je vivrai, je tiens à me souvenir de chaque minute de cette épreuve.

Il s'interrompit. Son regard se posa sur Pénélope qui, vaguement mal à l'aise, se demanda si c'était elle qu'il voyait ou son compagnon défunt.

— Cela fait partie intégrante de moi.

— Mais ce n'est pas la seule raison.

— En effet. Je n'ai plus besoin de gravir des sommets, de faire mes preuves. Pour le meilleur ou le pire, je me sens bien dans ma peau. J'ai choisi de ne pas être comme mon grand-père et les autres Sinclair qui l'ont précédé, de ne pas courir de défi en défi.

— Alors, pourquoi être venu ?

S'arrêtant de marcher, il la considéra d'un regard pénétrant.

— Parce que Colt était mon oncle et que, même si mon père s'en défend, je sais que le mystère de sa disparition le ronge et le fait souffrir.

— Jack Dunning pouvait se charger seul de l'enquête. Pourquoi t'en être mêlé ?

Il lui adressa un sourire moqueur auquel elle ne s'attendait pas.

— Le karma. Il fallait que je te rencontre.

Pénélope secoua la tête.

— Moi, je crois que tu t'ennuyais.

Et elle reprit sa marche le long du sentier. Elle sentait les yeux noirs de Wyatt rivés à son dos. Sa réflexion, elle le devinait, ne lui avait pas plu, sans doute parce qu'elle le touchait au vif. Il s'ennuyait à périr dans son bureau de Wall Street entre les chiffres et l'argent. Il n'avait rien d'un Ebenezer Scrooge, le personnage de Dickens.

— Tu es bien fière de toi, remarqua-t-il.

Elle se retourna pour lui faire face, et continua d'avancer à reculons.

— Ça ne te plaît pas que j'aie raison. Tu n'éprouves peut-être plus le besoin de gravir l'Everest, mais il fallait que tu viennes te mesurer à une brave fille solide du New Hampshire dont tu étais persuadé qu'elle mentait.

— Ce en quoi je ne me trompais pas.

Elle haussa les épaules.

— Tu es peut-être bien dans ta peau, Sinclair, mais il te faut un zeste d'aventure de temps à autre.

Soudain pleine d'énergie, malgré la tâche pénible qui les attendait, Pénélope lui sourit.

— En venant dans le Nord, tu n'imaginais pas que tu serais vite dépassé par les événements.

— Ni toi quand tu as menti.

— Touchée, un partout, dit-elle avant de se retourner dans le sens de la marche.

Il n'y avait pas trace de Bubba Johns lorsqu'ils arrivèrent à sa cabane. L'un de ses chiens sortit de l'ombre et se précipita vers eux en aboyant. Il haletait et bavait, langue pendante. L'autre chien demeurait invisible. Ils le cherchèrent sans résultat. Pas plus de chien que de Bubba.

— Je vais jeter un œil à l'intérieur, proposa Wyatt. A tout hasard.

Il alla jusqu'à la porte, l'ouvrit et regarda dedans sans franchir le seuil.

— Il y a quelqu'un ? demanda Pénélope.

— Rien, personne.

Pénélope réprima un sentiment de malaise.

— En général, Bubba sort avec ses deux chiens, mais peut-être que celui-ci était trop fatigué, va savoir. Sans être spécialiste des ermites ni des chiens, j'ai idée que Bubba aura changé d'avis et décidé que je pouvais te conduire moi-même jusqu'aux décombres de l'avion.

— C'est probable.

Malgré le ton rassurant qu'avait pris Wyatt, elle le devinait aussi inquiet qu'elle. Ils descendirent la colline, traversèrent le ruisseau et s'enfoncèrent dans les bois des Sinclair. Même si elle n'était parvenue qu'une seule fois près du ravin où elle avait aperçu le Piper Cub, Pénélope ne doutait pas de le retrouver. Certes, en cherchant son chemin pour rentrer dimanche, elle avait tourné en rond pendant une bonne heure avant de retomber sur des repères familiers.

Lorsqu'ils eurent quitté le sentier principal, il lui fallut s'arrêter à plusieurs reprises pour s'orienter, se souvenir.

— Ce serait un sale coup si je ne le retrouvais pas ! s'exclama-t-elle.

Elle regarda autour d'elle. Wyatt se taisait pour ne pas troubler sa concentration. Enfin, elle se décida.

— Cette fois, j'y suis. A gauche, et de l'autre côté de cette élévation.

Bientôt, ils atteignaient le rocher où elle avait fait une pause pour reprendre son souffle, où elle avait regretté d'avoir mangé sa dernière barre de céréales. En dessous d'eux, il y avait le ravin et, sur la droite, en bas de l'escarpement, la carcasse métallique tordue qu'elle avait découverte dimanche — probablement les restes de l'avion accidenté de Colt Sinclair et Frannie Beaudine.

— Par là, dit-elle en désignant l'endroit du doigt. Le soleil ne tombe pas dessus mais… Ah ! ça y est, je le vois !

Wyatt ne voyait rien, lui. Plissant les yeux, il suivit la direction de son doigt. Soudain, il se raidit, la mâchoire crispée, et il hocha la tête.

— Oui, moi aussi.

Pénélope avait la gorge sèche, mais elle ne but pas à sa gourde. C'était la tension, pas la soif.

— Maintenant, tu dois comprendre pourquoi je n'ai pas cherché à m'approcher dimanche. Le terrain est accidenté, il se faisait tard, et en plus j'étais perdue. Ce n'était pas le moment de glisser et de me fracasser le crâne sur les rochers.

Péniblement, elle avala sa salive et ajouta :

— Wyatt, je peux m'être trompée.

— Nous le saurons bientôt. Si nous suivons la crête sur une vingtaine de mètres et que nous descendons en diagonale, cela ne devrait pas être trop difficile.

— D'accord.

Il lui jeta un bref coup d'œil en coin. Ses traits, son attitude exprimaient la retenue, la maîtrise de soi.

— Tomber là-dessus, toute seule, alors que tu étais perdue, cela devait être quelque chose, commenta-t-il.

— C'est vrai que ça m'a fait bizarre. Tout était tellement silencieux ce jour-là.

Pénélope s'interrompit, tendit l'oreille.

— Aujourd'hui, il y a du vent, les oiseaux chantent. Dimanche, c'était comme si j'étais arrivée par hasard devant une tombe. Après… après, j'ai aperçu les traces de pas de Bubba. J'ignorais s'il avait repéré l'avion, mais il y avait de grandes chances.

— Je me demande pourquoi il n'en a jamais rien dit.

— Parce que cela ne le concernait pas.

— Possible.

Sans prévenir, sans un mot de plus, Wyatt sauta du rocher et s'élança à travers les buissons dépourvus de feuillage. Il en avait le droit, après tout. Il s'agissait de son oncle, de sa famille. En silence, Pénélope le suivit. Ils étaient sur le point d'élucider le mystère tenace qui, depuis près de cinquante ans, laissait planer une ombre de scandale sur le nom des Sinclair. Si Wyatt éprouvait le besoin de se retirer en lui-même pour affronter ce moment de vérité, elle serait bien sotte de le lui reprocher.

La couche de neige molle, humide, était plus épaisse sur la pente nord abrupte, et leurs vêtements — ceux de Wyatt surtout — n'étaient pas adaptés à ces conditions. Bientôt, ils furent trempés jusqu'aux genoux. Il faisait heureusement doux, et ils ne risquaient pas l'hypothermie. Ils se frayèrent un passage à travers des bouleaux et des pins, se baissant ici et là pour éviter les branches, escaladèrent des blocs de granite puis, précautionneusement, descendirent en diagonale la pente dangereuse, parsemée de cailloux, de plaques de verglas et d'un tapis de feuilles détrempées et glissantes.

Enfin, ils arrivèrent à la carcasse de l'avion qui se trouvait dans l'ombre à cette heure de la journée. Son isolement pesait, au point que Pénélope eut le sentiment de pénétrer dans un caveau.

Il ne restait pas grand-chose du Piper Cub. Le temps et les intempéries avaient fait leur besogne. Pourtant, on identifiait encore l'armature, des pièces de moteur rouillées, des fragments d'ailes. L'une des ailes, presque intacte, gisait un peu plus bas. Peut-être qu'un expert pourrait en déduire les circonstances de l'accident. Quarante-cinq ans plus tôt, la colline était déjà recouverte par les bois. Dans sa descente, l'avion avait pu effleurer un arbre du bout de l'aile, puis se prendre dans un autre avant de s'écraser sur les rochers.

Dans tous les cas, cela n'avait pas dû être bien joli.

La retenue de Wyatt vola d'un coup en éclats lorsqu'ils furent à proximité de la carcasse. Bondissant par-dessus les rochers, il se précipita au milieu de la ferraille tordue et rouillée. Pénélope resta en retrait, le suivant sans se hâter pour lui donner du temps. Elle atteignait le dernier rocher lorsqu'il se retourna vers elle, pâle et défait.

— Bon sang ! C'est incroyable. Il… il n'y a pas de corps.

— Quoi ?

— Il n'y a pas de… restes. Rien. Ils ne sont pas là.

Pénélope sentit le souffle lui manquer.

— Peut-être que… des bêtes…

Wyatt ne répondit pas.

Evidemment. Il serait resté quelque chose. Des lambeaux de vêtements, des os. Une preuve que deux personnes étaient mortes ici.

En proie à un soudain malaise, elle frissonna.

Wyatt s'accroupit sur un petit rocher pour étudier la carcasse.

— Ça paraît bien peu de chose, pas vrai ? On s'imagine que, si on retrouve l'avion, on aura la réponse à toutes les questions. Et voilà…

Il se redressa, soupira et conclut :

— On récolte un nouveau lot de questions plus coriaces que les précédentes.

— Il doit bien y avoir une explication. Frannie et Colt ont pu tomber de l'avion ou en sauter, et leurs corps se trouvent quelque part sur cette colline. Pour les fouilles, il faudra attendre le printemps, quand il n'y aura plus de neige. Je suppose que ta famille exigera une enquête dans les règles.

Un aboiement soudain les fit sursauter tous les deux. Ils se retournèrent et aperçurent un chien au pied de la colline, près d'un sapin.

— Je crois que c'est l'autre chien de Bubba, dit Pénélope. Je ne connais pas son nom. Je me demande bien où…

Elle s'interrompit en découvrant une forme étendue dans la neige, en partie cachée par les basses branches de l'arbre.

— Oh ! mon Dieu ! C'est Bubba.

Wyatt l'avait vu aussi.

— Doucement, Pénélope. Ne t'emballe pas.

Elle ne prit pas le temps de se demander s'il la mettait en garde contre le danger des conclusions hâtives ou celui de la descente. N'obéissant qu'à son instinct, mue par ses craintes pour Bubba, elle dévalait déjà la pente à toutes jambes.

Derrière elle, elle entendit Wyatt marmonner un juron et se lancer à sa poursuite. Elle glissait, rebondissait, sautait par-dessus les roches et les branches mortes, glissait encore tandis que les buissons lui fouettaient les jambes, le torse, le visage. Dans sa course éperdue, elle avait oublié toute prudence.

— Bubba ! hurlait-elle. Bubba ! Vous n'avez rien de cassé ?

Le vieil ermite gisait sur le flanc dans la neige, et son chien anxieux haletait en montant la garde auprès de lui. Lorsque Pénélope arriva près de Bubba, la bête se mit à gronder.

— Gentil, le chien, gentil, murmura-t-elle.

Mais l'animal ne la laissa pas approcher davantage. Il grondait toujours, menaçait, montrait les crocs.

— Essaie donc de lui donner un morceau de jambon, lui conseilla Wyatt lorsqu'il l'eut rejointe.

Pénélope fouilla dans sa besace, en tira une tranche de jambon fumé dans l'âtre et la jeta un peu plus loin dans la neige sans cesser de murmurer des paroles rassurantes à l'attention du chien.

Enfin, il cessa de grogner, considéra le morceau de viande, la regarda brièvement, puis bondit sur le jambon.

Wyatt en profita pour s'agenouiller près de Bubba, faisant écran entre le chien et Pénélope. Il tâta le pouls du vieillard.

— Ça va ? interrogea Pénélope, le souffle court. Il est vivant ?

Wyatt acquiesça de la tête en se penchant sur le corps frêle pour examiner le visage. Il releva les cheveux blancs, la barbe.

— On dirait qu'il a pris un coup à l'arrière de la tête. Peut-être qu'il a glissé... mais peut-être pas.

— Mon portable... Je vais appeler les secours.

Tandis qu'elle cherchait son téléphone, Wyatt demeura près de l'ermite sans connaissance.

— Bubba ? C'est moi, Wyatt Sinclair. Pénélope Chestnut est avec moi. Nous appelons les secours.

Le chien, qui avait terminé son morceau de jambon, grondait de nouveau en allant et venant, mais il n'attaqua pas. Pénélope composa le numéro des urgences locales et dit à la standardiste que Bubba Johns était blessé, peut-être grièvement.

— Cela ne va pas être facile de nous localiser, expliqua-t-elle. Nous sommes dans les bois des Sinclair et je n'ai pas emporté de fusées. Le plus simple serait d'envoyer une équipe jusqu'à la cabane de Bubba. Je les rejoindrai là-bas pour leur montrer le chemin. Et surtout, qu'ils ne quittent pas le sentier où ils ne nous retrouveront pas. On est au beau milieu de nulle part.

Bubba gémit alors, à peine conscient.

— Une minute... je crois qu'il revient à lui.

— Doucement, Bubba, lui murmura Wyatt. Nous sommes ici pour vous aider. Vous pouvez parler ?

Le vieillard ne répondit pas.

— Bon, reprit Pénélope. Qu'on nous envoie quelqu'un en espérant que Bubba sera capable de marcher d'ici là.

Elle coupa la communication et s'agenouilla dans la neige, au côté de Wyatt, afin d'examiner le blessé de plus près.

— Je n'ose pas le bouger, lui confia Wyatt dans un souffle. Il a peut-être une fracture. Je ne tiens pas à ce que le malheureux finisse infirme.

— Si je pars maintenant, je devrais pouvoir rejoindre l'équipe de secours avant qu'elle ne s'égare hors des sentiers battus.

Il hocha la tête avec gravité, réfléchissant visiblement aux diverses possibilités. Pas le genre à se laisser gagner par la panique.

— Inutile de déplacer un hélicoptère. Cela ne servirait à rien ici. Je vais rester avec lui.

Il leva les yeux vers elle, soutint son regard.

— Sois prudente, Pénélope. Celui qui a fait ça est peut-être encore dans les parages.

— Tu ne penses pas qu'il s'est peut-être assommé en tombant ?

— Non. S'il avait glissé, il y aurait des traces dans la neige. Il est tombé ici, comme une masse. Et il a pris un coup à l'arrière du crâne.

A bout de nerfs, Pénélope soupira.

— Je ne comprends plus rien. Les menaces, le saccage de ma maison, et maintenant Bubba… tout ça pour un avion disparu. Cela ne tient pas debout. Je…

Elle s'interrompit soudain et fronça les sourcils.

— Qu'est-ce qu'il y a, Wyatt ? Je t'en prie, dis-le-moi !

— Frannie Beaudine est partie en emportant quelque dix millions de dollars en diamants la nuit où elle a disparu avec mon oncle.

Il parlait d'un ton neutre, dénué de toute émotion.

— Elle les a volés dans l'entrepôt où elle préparait la collection que ma famille a léguée au Metropolitan. J'ignore si Colt était impliqué dans le vol.

Un instant, Pénélope en resta interdite.

— Ça alors ! Frannie et Colt sont partis avec des diamants ? Mais cela change tout ! Personne n'a jamais soufflé mot…

— Oui, je sais. Je ne l'ai appris qu'hier soir.

— Ton grand-père était au courant ?

— Oui. Il ne voulait pas alerter les pillards et autres chasseurs de trésors.

A l'entendre, on aurait pu croire que ce genre d'affaire était monnaie courante chez les Sinclair.

— Il ne l'a avoué à mon père que sur son lit de mort et lui a fait promettre de garder le secret. Un secret que j'ai fini par lui arracher hier soir.

— Dunning le sait ?

— Pas exactement. Mon père lui a raconté qu'il y avait sans doute des objets de valeur dans l'avion. Jack était censé vérifier que tu n'avais pas modifié ton récit et inventé cette histoire de décharge pour masquer un éventuel larcin. Si tu avais découvert l'avion et que tu n'avais touché à rien, il devait mettre le butin à l'abri avant qu'il ne disparaisse.

Pénélope dut prendre sur elle pour ne pas exploser. Wyatt avait eu dix mille fois le temps de mentionner ce détail — une broutille : dix millions de dollars en diamants ! Il aurait pu le lui dire la veille au soir, ce matin au petit déjeuner, ou pendant les trois heures qu'avait duré leur randonnée jusqu'à l'avion accidenté...

Certes, elle avait eu de son côté des jours pour lui avouer qu'elle avait bien retrouvé le Piper Cub...

— Et, ces diamants, ils ne sont pas non plus dans la carcasse ? interrogea-t-elle.

— Autant que j'aie pu voir, il n'y a pas plus de diamants là-dedans que de corps.

— Est-ce que tu as dit à Jack ou à ton père que je t'emmenais ici ce matin ?

— Je l'ai dit à mon père, pas à Jack.

— Eh bien, ça ne s'arrange pas. Des diamants ! On aura tout vu. Tu avais l'intention de m'en parler un jour ?

Il demeura impassible.

— Pas sûr, murmura-t-il enfin.

— Merde alors.

Prenant une grande inspiration, Pénélope se redressa, s'éclaircit la voix et s'obligea à se concentrer sur le problème plus immédiat de Bubba Johns.

— Bon. Il faut que j'y aille si je veux rejoindre l'équipe de secours avant que les gars ne s'impatientent et se perdent dans la nature. Tu seras là quand nous reviendrons ?

— Sans faute.

Elle espérait pouvoir compter sur lui. Alors qu'elle commençait tout juste à lui faire confiance, il lui avait caché la bagatelle de dix millions de dollars en diamants volés. Certes, elle lui avait menti des jours durant au sujet de l'avion, mais il n'y avait pas de comparaison possible. Il le savait depuis le début. En revanche, jamais elle ne se serait douté qu'il lui dissimulait quelque chose.

Elle lui laissa sa gourde et sa trousse de premiers soins, puis reprit le chemin par lequel ils étaient venus et gravit la colline à vive allure en s'efforçant de ne penser à rien.

Il fallut presque deux heures pour que Pénélope revienne avec les sauveteurs. En attendant, Wyatt fit de son mieux pour soulager Bubba Johns, assailli par le souvenir de Hal, mourant à son côté, frissonnant dans le froid glacial, au-delà de la douleur mais lucide jusqu'au bout. La situation était pourtant bien différente. Le vieil ermite, en excellente condition pour son âge, n'avait pris qu'un coup sur la tête, et les secours étaient en route. Il n'était pas tombé comme eux du haut d'un pic dans le désert gelé de Tasmanie.

Lorsqu'ils entendirent l'équipe des sauveteurs approcher, Bubba Johns avait repris connaissance et s'était assis. Il avait le teint gris, la nausée, et tenait des propos trop décousus pour que Wyatt tente de l'interroger. Il avait demandé où étaient ses chiens et, tandis que l'un d'eux lui léchait le visage, Wyatt lui avait expliqué que l'autre était rentré à la cabane. Le vieillard avait alors fermé les yeux et s'était effondré contre un rocher. A l'évidence, même s'il ne se plaignait pas, il souffrait.

A peine arrivés, les sauveteurs s'empressèrent autour de lui. En les voyant s'affairer de la sorte, Wyatt comprit enfin pourquoi

Pénélope tenait tant à protéger Bubba, vieil ermite inoffensif qui ne demandait qu'à vivre dans la solitude. Que le malheureux se trouve ainsi happé dans un mystère qui ne le concernait pas lui parut soudain bien injuste.

En dépit des protestations de leur patient à demi conscient, les deux secouristes soignèrent sa blessure à la tête et lui immobilisèrent la nuque dans une minerve. Comme le jeune policier qui les accompagnait, ils connaissaient bien Pénélope et ne cessaient de la taquiner en répétant qu'un jour ils la ramèneraient, elle aussi, sur une civière. De son côté, elle ne cessait de leur demander si Bubba s'en tirerait. Finalement, l'un d'eux, une forte femme, lui répondit qu'il n'avait sans doute rien de très grave — un simple traumatisme dû au coup qu'il avait pris sur le crâne, mais pas de fracture.

— Il faudra tout de même l'emmener à l'hôpital pour que les médecins l'examinent, ajouta-t-elle.

— Pas besoin de médecins ! grommela Bubba. Je veux mes chiens.

Personne ne releva. Le policier informa Pénélope qu'Andy Mac Nally et Pete étaient en route et qu'elle devait les attendre sur place avec Wyatt. On l'avait d'ailleurs sommé de rester avec eux.

Wyatt, à qui la remarque n'était pas adressée, s'abstint de tout commentaire.

Lorsque les secouristes se mirent en route avec Bubba et le chien qui trottait à leurs côtés, le jeune policier se tourna vers Pénélope.

— On avait tous parié sur le jour où tu reviendrais sur ton histoire de décharge. J'ai perdu. Je te donnais encore le week-end.

Elle fronça les sourcils, et il lui sourit. C'était un homme jeune, d'environ vingt-cinq ans et, comme presque tous les mâles de Cold Spring, il traitait Pénélope en copain. Wyatt trouvait curieux qu'elle passe ainsi pour un garçon de la bande, et il se demanda si cela ne modifiait pas son attitude envers lui. A présent qu'ils avaient couché ensemble, elle s'imaginait peut-être qu'il s'était purgé de tout désir physique. S'attendait-elle à ce qu'il lui propose un pack de bouteilles de bière et une partie de pêche ?

Hmm. C'était bien la première pensée amusante qui lui venait depuis des heures ! Hélas ! son désir n'était pas purgé, loin de là. Faire l'amour avec elle l'avait au contraire exacerbé. Malgré la méfiance, les mensonges et les cachotteries, il se surprenait à rêver d'avenir, et s'il n'était pas plus optimiste que pessimiste quant à leur relation, il était fermement décidé à la connaître mieux.

Dix minutes plus tard, le chef de police arriva, escorté de son unique détective. En chemin, Mac Nally avait dû ruminer ses griefs afin de surmonter les difficultés du parcours. Il était essoufflé et d'une humeur de dogue. Aussitôt sur les lieux, il pointa un index accusateur en direction de Pénélope.

— Bon Dieu de bois, je savais bien que tu mentais ! La jeune femme redressa le menton d'un air de défi.

— Et alors ?

Wyatt préféra ne pas intervenir. Ces deux-là se tenaient tête bien avant qu'il ne vienne s'égarer à Cold Spring. Alors qu'il s'attendait à ce que Pénélope se lance dans des histoires de diamants volés et de corps disparus, elle tint sa langue. Mac Nally écouta le rapport du jeune flic, puis il examina l'endroit où ils avaient trouvé Bubba tandis que Pete gravissait la colline pour jeter un coup d'œil sur les restes de l'avion.

— Hé, Andy ! lança-t-il soudain. Il n'y a pas de corps, ici.

Mac Nally se tourna vers Pénélope.

— Il va falloir que tu t'expliques. D'abord, tu nous caches les menaces que tu reçois, et maintenant me voilà avec une agression et une carcasse d'avion, sans trace de Colt Sinclair ni de Frannie Beaudine.

— Parce que tu crois que j'ai enlevé les corps ? Voyons, Andy, sois raisonnable ! C'est la première fois que j'approche de l'avion et Wyatt ne m'a pas quittée une seconde.

A l'évidence, la présence de Wyatt n'arrangeait rien aux yeux de Mac Nally. Il serrait les dents et sa cicatrice avait viré au cramoisi tandis qu'il digérait ces nouveaux rebondissements de l'affaire Pénélope Chestnut. Un ermite inconscient et sans doute assommé. Un avion accidenté vieux de quarante-cinq ans, et pas trace de cadavres.

Lorsque Pete fut redescendu, Mac Nally s'éloigna afin de le laisser interroger Pénélope et Wyatt sur les raisons de leur excursion matinale. A en juger par son expression, le chef de la police semblait tout près de les mettre sous les verrous tous les deux.

Wyatt se garda de mentionner les diamants. Pénélope fit de même. Après quelques questions, Pete les laissa libres de rentrer puis, avec son patron et le jeune policier, ils allèrent rejoindre les décombres du Piper Cub.

La mauvaise humeur de Mac Nally n'avait finalement rien de surprenant. Eprouvé par le pénible trajet jusqu'à l'avion, il en voulait à Pénélope de ne pas avoir été franche avec lui — ce qui aurait sans doute permis d'éviter bien des problèmes. Le brave homme avait atteint les limites de sa patience.

Tandis qu'ils rebroussaient chemin à travers les bois, Pénélope ôta son anorak pour le nouer autour de sa taille. Elle avait chaud et accusait la fatigue.

— Je ne lui ai pas parlé des diamants, dit-elle à brûle-pourpoint. Inutile de compliquer les choses. Dieu sait quand on les a volés, et puis Frannie s'en était peut-être débarrassée avant de prendre l'avion. Nous manquons sérieusement de renseignements.

Elle s'interrompit et plissa les yeux en regardant Wyatt.

— Je voulais aussi épargner ton père.

— Je ne t'en demandais pas tant.

— D'ailleurs, Mac Nally est suffisamment énervé comme ça, entre cette histoire d'avion et l'ermite inconscient, pour qu'on le ménage. Il n'a pas besoin de dix millions en diamants disparus.

— Pénélope…

— Wyatt, je suis à bout, coupa-t-elle avec un geste de la main. Fatiguée et à bout. Je sais que tu étais pris entre le marteau et l'enclume, que tu as fait pour le mieux, et je reconnais que ce n'est pas facile.

— Mais tu m'en veux toujours.

Elle eut un vague sourire.

— Exact.

Il comprenait son point de vue. Si elle s'était certes entêtée à lui cacher la vérité sur les restes de l'avion au-delà des limites du raisonnable, elle avait fini par tout lui avouer. C'était une main tendue, un signe de confiance. Et lui, qu'avait-il fait ? Il lui avait rejeté sa confiance au visage en tardant à lui révéler l'existence des diamants.

Il leur faudrait régler cette question plus tard, après avoir paré au plus pressé. Le chien de Bubba venu les accueillir près de la cabane réclamait leur attention. Il ne grondait ni ne menaçait, il semblait surtout désemparé.

— Les sauveteurs auront réussi à se débarrasser de lui, dit Pénélope. Donne-moi une minute. Je vais leur donner à boire et à manger.

Plus âgé, plus indépendant, le deuxième chien les rejoignit bientôt. Les deux bâtards suivirent Pénélope jusqu'au ruisseau où elle remplit deux gamelles d'eau, puis jusqu'à la cabane de jardin où elle remplit deux autres gamelles de croquettes.

— Il vaut mieux les laisser là, dit-elle encore. Si Bubba doit rester à l'hôpital, je repasserai les voir.

— S'ils vivent avec lui, ils sauront se débrouiller.

La jeune femme jeta un regard alentour, puis ses yeux verts s'arrêtèrent sur Wyatt. Il remarqua alors sa pâleur surprenante après des heures passées à marcher au grand air. La fatigue sans doute. La fatigue et le choc.

— Tu as une idée de ce que Bubba fabriquait là-bas ?

Il secoua la tête.

— Aucune. Et comme nous n'avons rien entendu, j'imagine qu'on l'a assommé avant notre arrivée.

— Cela semble logique, mais pour ce qui est de la logique en ce moment, j'ai mes doutes. Je ne vois que trois possibilités. Ou bien il est parti tout seul et il a fait une chute. Ou bien il est parti tout seul et quelqu'un l'a assommé, ce qui nous laisse avec une nouvelle série de questions et d'hypothèses. Ou alors, il a été forcé de conduire quelqu'un jusqu'à l'avion, et s'est vu remercier par un grand coup sur la tête.

— Le dernier scénario impliquerait qu'il sait qui l'a frappé. Le deuxième, qu'il ne sait peut-être pas.

Wyatt marqua une pause et inspira longuement, goûtant la brise rafraîchissante. Puis il reprit :

— Le premier ne me paraît pas très probable.

— Bon, eh bien, il va falloir obtenir de Bubba qu'il nous dise ce qu'il sait. S'il sait quelque chose.

Aussitôt parvenus chez Pénélope, ils prirent son pick-up et se rendirent à l'hôpital de Laconia où Jack Dunning les accueillit aux urgences. Il portait son jean et sa veste habituels, mais ni bottes de cow-boy ni chapeau.

— Le vieux sagouin a filé. Il a trouvé une infirmière pour le reconduire en ville.

— Il n'a rien de grave ? interrogea Pénélope.

— Il a pris un sacré coup, mais il a le crâne solide. D'ici un jour ou deux, il n'y paraîtra plus. Il prétend qu'il a glissé, que personne ne l'a poussé.

— Il ment, déclara platement Wyatt.

— Il semblerait que ce soit la spécialité locale, n'est-ce pas, ma petite dame ?

Il fixait Pénélope qui ne broncha pas.

— Alors, comme ça, vous l'aviez bien trouvé, cet avion ? demanda-t-il.

Elle haussa les épaules.

— Sur le moment, expliqua-t-elle, j'ai cru plus judicieux de revenir sur mon récit. Tout bien réfléchi, si c'était à refaire, j'essaierai de trouver quelque chose de plus plausible. Cette histoire de décharge était vraiment bancale.

— Jack, la carcasse est vide, nettoyée. Pas de corps, pas d'effets personnels, rien. A croire que l'avion est tombé du ciel sans personne à bord.

Dunning demeura impassible.

— J'irai me rendre compte par moi-même.

— Je vous ferai un plan, proposa Pénélope. A moins que vous n'en ayez pas besoin.

— J'aime votre tournure d'esprit, mademoiselle Chestnut, répliqua Jack en souriant. Un esprit presque aussi retors que le mien.

La jeune femme ne lui rendit pas son sourire. Pâle, ébranlée, elle était d'une gravité absolue.

— Vous n'auriez pas suivi Bubba, par hasard ? interrogea-t-elle. Vous ne l'auriez pas forcé à vous mener à l'avion avant de le laisser pour mort ?

L'ignorant, il reporta son attention sur Wyatt.

— La nouvelle sera sur les ondes avant longtemps. Vous voulez que j'appelle votre père pour le mettre au courant ?

— Non, je m'en charge. Si vous avez quelque chose à lui dire…

— Je suis assez grand pour le lui dire moi-même. Ne vous en faites pas, Sinclair, je ferai mon travail.

— Vous n'avez pas répondu à mes questions, intervint alors Pénélope.

Jack se retourna vers elle.

— Désolé, ma p'tite, ce n'est pas dans mes attributions.

Sur ces mots, il se dirigea vers la sortie. Pénélope s'élançait déjà pour le suivre, mais Wyatt la retint avec fermeté par la taille.

— Tu perds ton temps, cela ne changera rien. Il ne réussira qu'à te mettre plus en colère.

La mâchoire crispée, elle foudroyait du regard la silhouette de Dunning.

— Bubba ne peut pas rester seul chez lui.

— Il vit seul dans les bois depuis plus de vingt ans.

— Mais pas dans cet état.

— Tu n'en sais rien. Il a peut-être vu pire. Laisse-le donc vivre sa vie comme il l'entend.

Pénélope pivota pour lui faire face. L'inquiétude se lisait sur ses traits et, malgré les fatigues de la journée, elle était prête à l'action.

— Et s'il a été attaqué ? Si son agresseur revenait ? Wyatt, je ne veux pas qu'il lui arrive quelque chose. Je ne le supporterais pas.

Il hocha la tête.

— Bon. Je passerai le voir ce soir.

— J'irai aussi.

— Tu n'as pas assez marché pour aujourd'hui ?

Elle esquissa un sourire.

— C'était une simple séance d'échauffement.

Lorsqu'ils arrivèrent à l'auberge, Lyman faisait les cent pas dans l'entrée en mâchonnant un cigare éteint. Pas le moindre signe de son épouse ni de Harriet. Sans se soucier de Wyatt, il s'en prit aussitôt à sa fille.

— Pénélope, bon sang, mais qu'est-ce qui t'a pris ? ! C'est pour ça que je te garde à terre. Tu prends trop de risques. Tu ne réfléchis à rien. Non mais, quelle idée de partir dans les bois avec un Sinclair ! Tu ne sais même pas quelles sont ses intentions !

Elle redressa le menton.

— Ah non ? Je ne sais pas ? L'argent, l'excitation de l'aventure. Rien de plus limpide que les intentions d'un Sinclair. En revanche, ce que je ne vois pas, c'est ce qui pousse quelqu'un à assommer un vieillard en traître et à le laisser pour mort au beau milieu d'une forêt. Là, je sèche.

— Cette histoire est allée beaucoup trop loin, gronda-t-il entre ses dents.

— Sans blague !

Il soupira.

— Tu tiens le coup, au moins ?

Elle se mordit la lèvre en même temps qu'elle acquiesçait d'un hochement de tête. Wyatt la sentait tendue à l'extrême, résolue à ne pas craquer à présent que le pire était passé.

— Bubba..., commença-t-elle.

— Bubba est un vieux bouc qui en a vu d'autres ! s'exclama son père. Il s'en remettra, ma fille.

Voyant que cette brève confrontation avait soulagé Lyman de sa colère, Wyatt lui demanda si les nouvelles concernant l'avion accidenté circulaient déjà.

— Toute la ville en parle. Ce sera à la radio et à la télé en un rien de temps.

— Il faut que je voie Harriet, déclara Pénélope, soudain très pâle.

Lyman hocha la tête.

— Elle prépare des scones.

— Elle m'en veut d'avoir menti à propos de l'avion ?

— Difficile à dire avec elle. Juste une chose...

Prenant la main de sa fille, il la pressa dans la sienne.

— Ne prends pas de gants avec elle, c'est une grande fille. Sois franche. Ses problèmes ne sont pas les tiens.

— Jamais je ne la traiterais comme une gamine ! protesta Pénélope.

— Non, mais tu te mettrais en quatre pour l'épargner. Allez, va lui parler.

Lorsque Pénélope eut disparu, Wyatt s'excusa en prétextant

qu'il devait appeler son père, mais, au moment où il atteignait l'escalier, Lyman déclara d'un ton neutre :

— Avant votre arrivée, ma fille n'était que distraite et vaguement casse-cou. Et la voilà maintenant avec un ermite à moitié mort, des messages de menace, une maison mise à sac…

Il s'interrompit avec un soupir. Sa nature taciturne lui rendait ce genre de conversation difficile.

— Sinclair, je commence à croire que vous lui portez la poisse. Comme votre oncle avec Frannie Beaudine.

— Ce n'est peut-être pas faux.

— Je préférerais me tromper. Tout ce que je demande, c'est que ma fille reste entière.

— Si cela peut vous consoler, moi aussi.

16.

Pénélope trouva Harriet occupée à hacher des noix à l'aide d'un énorme couteau de boucher. Elle répétait souvent qu'elle aimait le contrôle que lui offrait le couteau et préférait la consistance des noix hachées à la main plutôt qu'à la machine. Elle était au courant de la découverte de l'avion et de ce qui était arrivé à Bubba. Quand Pénélope tira une chaise et entreprit de lui présenter ses excuses pour avoir menti, Harriet l'interrompit, les yeux écarquillés — ce qui lui donnait l'air un peu folle.

— S'il n'y a pas de corps, peut-être Colt et Frannie sont-ils encore en vie.

Décidée à ne pas la laisser s'emballer, Pénélope secoua la tête.

— Non, Harriet, cela me paraît peu probable. Vu l'état de l'appareil, l'atterrissage aura été brutal.

Harriet hachait ses noix avec obstination, et la lame du couteau brillait sous la lumière déclinante de l'après-midi finissant.

— En ce cas, où sont les corps ? demanda-t-elle.

— Il y a encore beaucoup de neige sur le lieu de l'accident. S'ils ont été éjectés sous le choc, nous les retrouverons quand tout aura fondu. Il est encore trop tôt pour…

— Pourquoi ne m'as-tu pas dit que tu avais découvert leur avion ? Tu ne me juges pas digne de confiance ?

— Harriet, s'il te plaît...

— Non, coupa-t-elle, boudeuse, tu ne me faisais pas confiance.

— Il ne s'agit pas de confiance, Harriet. Pour moi, c'était une simple question de bon sens. J'étais en position délicate et j'ai fait du mieux que j'ai pu.

— Qu'y avait-il de délicat dans l'affaire ? Ou tu avais découvert l'avion, ou tu ne l'avais pas découvert.

— Les journalistes...

Harriet s'immobilisa, le couteau en l'air. La lame était longue, tranchante. Elle entretenait et aiguisait méticuleusement ses couteaux.

— Tu craignais que je me ridiculise, c'est cela ?

Soudain lasse, plus lasse qu'elle ne l'aurait cru, Pénélope sentit que cette conversation ne mènerait à rien.

— Non, Harriet. Je craignais qu'ils te ridiculisent, qu'ils te causent du chagrin. Et puis, il n'y a pas que toi. Je pensais aussi à Bubba. Franchement, je ne voyais pas l'intérêt d'attirer tout le pays sur les lieux d'une tragédie vieille de quarante-cinq ans. Pour ne rien te cacher, je ne vois toujours pas à quoi cela servirait.

Harriet serra les lèvres avec un petit air pincé. Une réaction de défense lorsqu'elle était vexée ou inquiète.

— Eh bien, tu n'as fait qu'envenimer les choses pour tout le monde.

— Effectivement, et je le regrette.

Les yeux de Harriet s'emplirent brusquement de larmes. Elle posa son couteau, se laissa tomber sur une chaise et dit en fixant le tas de cerneaux de noix à hacher :

— Je sais que tu as cru bien faire, Pénélope. Je n'en doute pas une seconde.

— Mais tu pensais qu'une fois l'avion de Colt et Frannie retrouvé tu aurais des réponses à tes questions. Tu saurais enfin s'ils étaient vraiment tes parents, s'ils étaient responsables de ton abandon sous le porche de l'église. A présent… je me demande.

Pénélope laissa échapper un soupir. Ce qu'il lui fallait, à présent, c'était un bon bain chaud, une tartine de beurre de cacahuètes… et Wyatt. Wyatt, malgré les dix millions de dollars en diamants volés, malgré son irrépressible besoin d'action et d'aventure — car il était bien ainsi, tel qu'elle l'avait décrit à son père.

— En tout cas, déclara-t-elle, nous voilà au moins sûrs d'une chose : leur avion s'est écrasé ici à Cold Spring.

Sans quitter le tas de noix des yeux, Harriet hocha vaguement la tête.

— Les Sinclair vont exiger une enquête approfondie, poursuivit Pénélope. Les restes de l'appareil seront passés au peigne fin par des spécialistes. Ils en déduiront peut-être les circonstances précises de l'accident. Avec un peu de chance, nous en apprendrons davantage sur Colt et Frannie, sur la nature de leurs relations. Mais pour le moment, il est encore trop tôt, Harriet. Mieux vaut ne pas tirer de conclusions hâtives.

— Peut-être… Je ne sais pas. Jusqu'ici, je voulais savoir la vérité à tout prix. Aujourd'hui… je n'en suis pas si sûre.

Elle prit un morceau de noix, le déposa sur sa langue.

— Jack devrait être ici bientôt, annonça-t-elle. Il a appelé en quittant l'hôpital.

— Qu'est-ce que tu lui trouves ?

— Rien ne l'arrête. C'est un esprit indépendant, un briseur de règles.

Elle sourit à sa cousine, puis ajouta :

— D'une certaine manière, il me fait penser à toi. Il est plus dur, bien sûr, plus intransigeant. Mais avant tout, c'est un homme, et son métier l'exige.

Pénélope fronça les sourcils. Cette comparaison ne l'enthousiasmait pas.

— Je ne vois vraiment pas en quoi il me ressemble.

— Vous êtes tous les deux dévoués, décidés et têtus.

— Tu n'es pas amoureuse de moi, que je sache.

Harriet ne put s'empêcher de rire.

— Pénélope, tu exagères !

— Et toi, tu me sors tout cru que je ressemble à Dunning pour que j'aie une bonne opinion de ce prétentieux. Il ne m'aime pas, tu sais.

Voyant le regard de sa cousine s'animer et toute trace de bouderie disparaître, Pénélope sourit.

— Franchement, je ne comprends pas que tu puisses t'amouracher d'un bonhomme qui ne m'aime pas.

— Si c'est le premier critère de choix, je finis vieille fille à coup sûr.

— Harriet !

— D'accord, ça ne se dit pas. « Vieille fille » n'est pas politiquement correct. Il n'empêche que l'expression me plaît. Ça me rappelle l'époque des films avec Katherine Hepburn et Humphrey Bogart.

— Et moi, ça me ferait plutôt penser aux méchantes sœurs dans les contes de fées.

Harriet se mit à rire.

— On est en train de raconter n'importe quoi, pas vrai ? Et ma foi, ça fait du bien. Seulement, il faut que je te prévienne : ta mère ne va pas tarder à arriver.

Pénélope prit une pomme dans une coupe de fruits.

— Dans ce cas, je disparais. Ce sera plus facile pour tout le monde.

— Tu dors ici, ce soir ?

— Je n'en sais encore rien. Je t'appellerai.

Elle croisa Wyatt au pied de l'escalier. Il s'était douché et changé. Tout bien considéré, il n'était pas vraiment beau, décida-t-elle, mais il avait un physique marquant, une rudesse surprenante chez un fils de riche, et un magnétisme indéniable.

En un mot, il était sexy.

— Comment ça s'est passé, avec ton père ? demanda-t-elle.

— Je n'ai pas pu le joindre. Il était parti jouer au golf. J'ai parlé à mes sœurs, mais elles sont trop jeunes pour que notre vieille histoire d'avion accidenté suscite de l'intérêt.

— Ellen et Béatrice, c'est bien ça ? Elles sont gentilles, au moins ?

— Adorables, affirma Wyatt en souriant.

— Et je présume qu'elles t'adorent aussi.

— Naturellement. Je suis leur grand frère. Et puis, j'ai un chat.

— Je ne te voyais pas avec un chat.

— Certes. Je ne suis pas un homme à chat. Pill était celui de Madge. Elle me l'a laissé après une aventure qui aura duré le temps qu'elle mette en pratique ses connaissances en feng shui sur mon appartement et décide que nous n'étions pas compatibles. J'étais arrivé à la même conclusion par des moyens plus ordinaires.

— Ah !

— Madge et moi n'avons jamais été très impliqués, ne t'inquiète pas.

— Oh ! je ne m'inquiète pas. Seulement, je me rends soudain compte que tu as une vie à toi dont je ne sais pas grand-chose, des petites sœurs, New York, Wall Street, un chat qui s'appelle Pill.

— Son vrai nom est Salsepareille.

— Pauvre bête. Enfin, ce que je voulais dire…

Pénélope soupira.

— Rien. C'est sans importance. Toi et moi, nous ne sommes pas impliqués non plus.

Wyatt poussa la porte, s'effaça pour la laisser passer et s'inclina avec une courtoisie excessive.

— Tu me pardonneras si je ne relève pas… pour le moment.

Ils se rendirent chez elle dans son pick-up, prirent au passage des biscottes et du fromage avant de retourner à la cabane de Bubba. Le soleil déclinait et la température avait fraîchi. En entendant les deux chiens aboyer, Pénélope pressa le pas, impatiente de savoir comment se portait le vieil ermite. Wyatt accéléra l'allure, lui aussi, et resta à sa hauteur. Sa présence la réconfortait, s'avisa-t-elle, tout en préférant ne pas s'appesantir sur cette pensée. C'était trop dangereux. Digne de Harriet qui sombrait facilement dans le roman d'aventure, rêvant à Scaramouche et autre d'Artagnan. Mieux valait ne pas confondre Wyatt avec Superman. Malgré tout, elle appréciait de l'avoir à son côté.

En fait de Bubba, ils trouvèrent Andy Mac Nally et les deux chiens qui lui tournaient autour en aboyant.

— Quand j'ai appris que Bubba avait quitté l'hôpital, expliqua le chef de la police, je suis venu jusqu'ici pour prendre de ses nouvelles et lui demander un peu ce qui s'était passé dans ce bois, mais le bougre s'est pour ainsi dire évaporé. Pete est parti à sa recherche.

— Il a disparu ? Tu en es sûr ? demanda Pénélope. Il ne partirait pas en laissant ses chiens.

— Qu'est-ce que tu en sais ? Tu le connais mieux que nous autres ? Va comprendre ce qui a pu lui passer par la tête. La porte de la cabane était ouverte, et aucune trace du bonhomme. J'ai eu comme l'impression qu'il avait levé le camp. D'après moi, il s'est dit qu'il y aurait bien quelqu'un pour s'occuper des chiens.

— Il a pris peur, déclara Pénélope.

— Mouais, dit Mac Nally en fronçant les sourcils. Ou il cache quelque chose.

— Voyons, Andy, il ne s'est pas assommé tout seul.

— Il peut très bien s'agir d'un stratagème. Histoire de nous faire croire qu'on l'a assommé.

— Je t'en prie ! C'est ridicule.

Wyatt qui jusque-là écoutait patiemment se décida alors à intervenir.

— Vous avez des indices de ce que vous avancez, ou bien ce n'est qu'une hypothèse ?

— On n'a pas plus d'indice que de beurre en broche, oui ! Ce n'est pas le langage officiel de la police, je sais, mais ça a le mérite d'être clair. Demain, nous irons examiner la carcasse de l'avion pour vérifier que Bubba ne l'a pas fouillée. Si on trouve une preuve qu'il l'a fait, et s'il ne reparaît pas sous peu, nous demanderons un mandat de perquisition pour la cabane. Dans le cas où il aurait volé quelque chose, il a pu prendre peur et filer pour se faire oublier.

— Se faire oublier de qui ? interrogea Pénélope. Personne ne lui demandait rien.

— Pas si sûr. Wyatt et toi, vous êtes bien venus rôder par ici, hier, non ?

Elle ne releva pas, lui tourna le dos et reprit le chemin de la colline, aussitôt suivie par les chiens. Wyatt resta sur place avec Mac Nally.

— Andy, quand je lui ai parlé hier, Bubba ne m'a pas semblé le moins du monde inquiet.

— Pour vivre tout seul comme ça… il ne doit quand même pas apprécier que les événements le dépassent. On verra. En attendant, j'espère que le vieux a un endroit chaud où passer la nuit. Il n'est pas en grande forme. S'il a juste paniqué parce qu'il s'est servi sur une carcasse d'avion vieille de quarante-cinq ans, j'aimerais autant éviter le drame.

— Vous pensez qu'il a pu enterrer Colt et Frannie ?

— J'aimerais bien lui poser la question.

Pénélope s'arrêta pour se tourner vers les deux hommes. A ses côtés, les chiens s'immobilisèrent. La tension avait monté d'un cran, et les soupçons du chef de police étaient presque palpables.

— Sinclair, si vous savez quelque chose que je devrais savoir, dites-le, et dites-le vite ! lança-t-il. N'attendez pas que je me voie obligé de vous tirer les vers du nez. Je ne suis peut-être qu'un flic de province, mais je connais mon métier.

Wyatt le regarda droit dans les yeux et déclara :

— Je n'ai rien à vous dire.

— Pénélope ?

— Si je savais quelque chose qui puisse vous aider à retrouver Bubba ou celui qui l'a laissé pour mort ce matin, je vous le révélerais.

Là. C'était dit. Si elle péchait par omission, au moins n'avait-elle pas menti.

— Ça ne pose pas de problème si j'emmène les chiens ? demanda-t-elle. Ils ont l'air de m'avoir adoptée et je ne tiens pas à les laisser ici sans Bubba.

Mac Nally acquiesça d'un hochement de tête en soupirant.

— Dix contre un que le vieux roublard avait prévu le coup !

Pete apparut alors sur le sentier qui remontait du ruisseau.

— Rien vu d'utile, patron. Entre la température qui a fait fondre la neige et le monde qui piétinait dans les bois aujourd'hui, pas facile de retrouver une piste.

— Merci, Pete, je comprends. Bubba connaît ces bois mieux que personne. S'il ne veut pas qu'on le retrouve, on ne le retrouvera pas. J'espère seulement qu'il sait ce qu'il fait.

Sur ce, ils prirent congé. Mac Nally et Pete s'engagèrent sur le sentier qui menait à la route tandis que Pénélope et Wyatt rejoignaient celui qui conduisait chez elle. Près d'eux, les chiens trottaient paisiblement.

— J'y suis ! s'exclama-t-elle soudain. Ils me serviront de protection pour la nuit. J'ai une bonne serrure neuve à la porte de côté, et je peux bloquer celle de la terrasse avec une chaise. Entre les chiens de Bubba et la Winchester de grand-père, je devrais être tranquille.

Comme ils arrivaient aux premiers érables qu'elle avait incisés, Pénélope se précipita pour vérifier le niveau de sève dans les récipients. Consciente que Wyatt l'observait, elle s'étonna du trouble qu'il suscitait en elle.

— Et moi, demanda-t-il, je suis où dans ce scénario ?

— Bien au chaud et à l'abri des ennuis dans ton lit à l'auberge, j'imagine.

— Imagine comme tu serais à l'abri des ennuis et au chaud si, en plus de ta Winchester et des chiens de Bubba, tu avais un Sinclair pour te…

— Pour me protéger ? Tu parles !

Il se glissa derrière elle, effleura ses cheveux et se pencha pour embrasser le coin de sa bouche.

— Pour te faire l'amour.

Andy Mac Nally vint prendre sa rituelle bière du soir une demi-heure plus tard qu'à l'accoutumée. Ce n'était certes pas un homme bien compliqué à cerner mais, au premier coup d'œil, on devinait son humeur à l'état de sa cicatrice. Harriet vit aussitôt qu'il était épuisé et soucieux. Assise devant son verre de vin blanc au bout du comptoir, elle avait presque honte de s'apitoyer sur elle-même.

— Dure journée ? demanda-t-elle en lui souriant.

— Ça aurait pu être pire. Bubba aurait pu être tué. De même que ta cousine. Il va falloir qu'elle se calme, Harriet.

— Je sais, je sais. Ses parents pensent comme toi. Seulement, ce n'est plus une gamine…

— Tout le problème est là. C'est une femme, et elle ne s'arrange pas avec l'âge.

— Elle était avec Wyatt…

Il scruta son regard.

— Tu lui fais confiance, à celui-là ?

Harriet s'étonna de tant de brusquerie de la part de Andy, si patient d'ordinaire, si impassible. Il était rare de le voir en colère ou à bout. Son emploi et la mort de sa femme lui avaient conféré une sorte de sagesse. Il savait que les épreuves de la vie influençaient les actes et les réactions des gens. Il comprenait.

Même lorsqu'il se plaignait de Pénélope — ce qui était fréquent —, jamais Harriet n'avait perçu chez lui une frustration pareille à celle qu'elle sentait ce soir.

Elle haussa les épaules.

— Je ne vois vraiment pas pourquoi je me méfierais.

— Pénélope s'est entichée de lui. Tu le savais ?

Elle ne commenta pas et se contenta de hocher la tête. Andy, lui, soupira et but une gorgée de bière.

— Quant à Bubba, reprit-il, je ne sais plus quoi penser de lui. Il devait connaître l'existence de cette carcasse d'avion depuis des lustres.

Harriet s'agita sur son tabouret. Elle avait à peine touché à son verre. Les yeux lui brûlaient. Il suffisait d'un rien pour qu'elle se ferme comme une huître, retourne en elle-même.

— Que se passe-t-il, Harriet ? lui demanda Andy en perdant toute sa brusquerie. Qu'est-ce qui ne va pas ?

— Toi qui as souffert, peut-être que tu comprendrais…

Soudain essoufflée, elle but un peu de vin et poursuivit sans lever les yeux :

— Quand je ne veux plus penser à quelque chose, un souvenir, un acte dont je ne suis pas très fière, c'est comme si je rangeais ça dans un petit placard tout au fond de mon esprit et que je fermais la porte. Je n'y pense plus. Cela ne me gêne plus. Mais parfois, la porte s'ouvre toute seule. Ou alors, il se passe quelque chose, et j'ai l'impression qu'une tornade arrache toutes les portes de mes petits placards…

Elle s'interrompit sans cesser de fixer son verre, devenu trouble à cause des larmes qui brouillaient sa vision. Près d'elle, Andy se taisait. Il n'y avait pas de barman ce soir. Harriet l'avait renvoyé chez lui. Pas de Jack Dunning non plus ni de Wyatt Sinclair.

Wyatt devait se trouver avec Pénélope. Quant à Jack, Dieu seul savait où il était. Elle ne l'avait pas vu de la journée. Leur promenade de la veille n'était peut-être qu'un rêve.

— Je tiens des discours de folle, murmura-t-elle d'une voix qui se brisait.

— Non, Harriet, au contraire. Tout cela me semble très cohérent. Mais tu ne dois pas laisser les mauvais souvenirs te ronger toute ta vie. Il faut que tu te ressaisisses afin de poursuivre ta route.

Consciente que son mascara bavait, elle affronta quand même le regard d'Andy.

— Ce ne serait pas me trahir ?

Il haussa ses épaules massives.

— Va savoir. Peut-être que si. Mais quelle importance, hein ? Personnellement, je ne peux pas penser en permanence à tous les malheurs qui me sont arrivés. Je n'aurais plus la force de me lever le matin. Le souvenir est là, quelque part, il fait partie de moi ; seulement, je ne l'autorise pas à contrôler ma vie. C'est peut-être ce qu'on appelle faire son deuil. On accepte ce qui est, et on repart de l'avant. Cela ne gêne plus.

— Plus jamais ?

— Presque. Il y a des moments où…

Pensif, il leva sa chope, fit tourner le liquide ambré et reprit :

— Il y a des moments où cela revient vous hanter. Comme lorsque tes portes s'ouvrent ou qu'elles sont arrachées par une tornade. Et toutes les saletés ressortent du placard.

Harriet sourit, gênée.

— C'est la seule métaphore qui me soit venue à l'esprit.

— Elle est excellente, Harriet. Seulement, je me demande bien ce que tu peux enfermer dans tes placards.

— Je vois. La fille du pasteur, la vieille fille de l'auberge… Quels squelettes pourrait-elle cacher dans ses placards quand elle n'a pas vécu ?

Elle avait parlé trop vite et regrettait déjà ses sarcasmes. Andy, lui, semblait peiné.

— Non, Harriet. Ce n'est pas ce que je voulais dire. Tu sais bien…

— Je sais, Andy, l'interrompit-elle en levant la main. Excuse-moi.

— Bon. La journée aura été rude pour tout le monde.

Sur ces mots, il quitta son siège, laissant sa bière presque intacte.

— Je vais me rentrer. Traîner les bois en cette saison n'est pas de tout repos.

— Bonne nuit, Andy. Dis bonjour de ma part à Jane et Rebecca.

Une fois seule, Harriet versa du vin dans son verre à peine entamé. Un geste banal, pour s'occuper. Elle n'avait guère mieux à faire que de rester là à boire, alors qu'elle ne se sentait pas prête à regagner sa suite. La nuit serait longue. Interminable.

Elle avala deux gorgées de vin, puis s'obligea à respirer.

— Enfin une bonne chose ! Au moins, cette sale journée finira-t-elle bien.

Jack. Sa voix rocailleuse. Harriet se retourna et le découvrit au bar, mince, rude et masculin. Incroyablement séduisant.

Il lui sourit.

— J'ai horreur de boire seul. Et vous, Harriet ? Est-ce qu'une aubergiste apprécie parfois de boire un verre seule, au calme ?

Elle s'abstint de mentionner la visite d'Andy.

— J'aime les gens, dit-elle simplement.

— C'est là votre point faible, Harriet.

Son regard gris, moqueur, se réchauffa soudain, et il ajouta :

— C'est aussi ce qui fait votre force. Je peux me servir un whisky ?

Ragaillardie, elle sourit. Le dégoût qu'elle éprouvait d'elle-même quelques instants plus tôt s'était évanoui.

— Allez-y, servez-vous.

La nuit était sombre, froide, ventée, et Wyatt resta éveillé longtemps après que Pénélope et lui eurent fait l'amour. Il la tenait contre lui, goûtait la chaleur de son corps, l'odeur de camomille de ses cheveux. Les chiens de Bubba dormaient près du poêle dont les braises mouraient doucement. Ils avaient tout reniflé dans la maison, arpenté les pièces de long en large, agités et nerveux jusqu'à ce que Pénélope leur fasse chauffer des gaufres en attendant de leur acheter des croquettes.

Tandis que les chiens mangeaient, elle avait ouvert une boîte de soupe, préparé des sandwichs grillés au fromage. Wyatt en avait profité pour appeler son père et lui faire le récit des derniers événements. En apprenant qu'on avait retrouvé l'avion de son frère sans plus de corps que de diamants, que l'ermite local, découvert inconscient au fond d'un ravin, avait depuis disparu, il s'était contenté de dire :

— Je prends le premier avion demain matin.

Wyatt préférait ne pas s'appesantir sur les difficultés de son père à communiquer. Il n'y avait rien là de comparable au laconisme d'un Lyman Chestnut qui, malgré sa concision et sa nature taciturne, communiquait fort bien avec sa fille.

Durant le dîner, Wyatt et Pénélope avaient passé en revue tout ce qui s'était passé depuis la découverte du Piper Cub le dimanche précédent. Ils avaient cherché des suspects, leur avaient trouvé des mobiles ou des alibis pour les innocenter, reconnaissant que chacun avait ses préjugés. Tous deux avaient grandi avec le mystère, le scandale et la tragédie de Colt et de Frannie, mais leurs points de vue différaient nécessairement. Il était un Sinclair ; elle, une native de Cold Spring. Ce qui modifiait considérablement l'éclairage et les zones d'ombre.

Elle remua contre lui et, malgré son silence, il sentit qu'elle ne dormait pas.

— Dis-moi, comment tu as fini clouée au sol pour trois semaines ? murmura-t-il.

Elle se tourna vers lui.

— Parce que c'est à ça que tu réfléchissais ?

— Ce n'était pas seulement à cause de dimanche. Ton père avait ce projet en tête depuis un moment.

— Depuis plusieurs semaines.

— Pourquoi ?

— Parce que c'est un vieux râleur.

— Pénélope...

Avec un soupir, Pénélope passa une jambe par-dessus celles de Wyatt et lui effleura le menton de l'index. Il ne céda pas à la tentation. Il tenait à savoir. Il avait besoin de comprendre, pour lui-même.

— Je suis intenable depuis toujours, agitée, murmura-t-elle enfin. Il faut que je bouge. Même gamine, je n'en faisais qu'à ma tête. Et j'ai toujours voulu piloter. Là-haut, je suis sûre de moi, concentrée, attentive, professionnelle. Je ne me laisse pas distraire.

— Ce n'est pas ce que dit ton père.

— Je sais.

Elle changea de position. Wyatt la devinait mal à l'aise. L'introspection n'était pas dans son caractère.

— C'est difficile à expliquer, avoua-t-elle. Le genre de pensées qui m'animent et me poussent à la distraction quand je suis au sol ont commencé à me hanter en vol. Pas au point de me mettre en danger, néanmoins. Je n'ai jamais eu de pépin.

— Mais tu n'en étais pas bien loin.

— Ça, c'est l'opinion de mon père. J'aime voler. J'adore mon travail. Pourtant, ces temps derniers, j'étais prise entre ma vie actuelle et ma vie à venir. Tu comprends ce que je veux dire ? Plus jeune, j'en ai vraiment fait voir à ma famille, à mes amis. Je me perdais, je tombais à travers la glace, je me retrouvais coincée en haut des arbres, je nageais dans le lac et j'allais trop loin. Non pas par témérité, par goût du risque, mais par distraction. Je ne faisais attention à rien. Et puis, j'ai commencé à regarder autour de moi. J'ai fait de gros efforts ces dernières années… de gros efforts pour devenir plus… plus fiable.

— Mais tu es allée trop loin dans l'autre sens.

Elle soupira.

— Oui. Peut-être que je me bride trop. Je ne sais pas. Si je pouvais revenir en arrière, à dimanche dernier, je ne suis pas certaine que je m'autoriserais à me perdre. Du coup, jamais je n'aurais retrouvé les restes de l'avion, et tu ne serais pas venu à Cold Spring.

Elle lui adressa un sourire dans l'obscurité de la chambre.

— Peut-être que c'est écrit, que c'est le destin, que je devrais me détendre et laisser faire.

— Tu veux mon opinion ?

De la paume, il lui effleura sa hanche.

— Tomber en panne de carburant à cinq mille pieds et se perdre dans les bois sont de pauvres substituts à la sexualité.

— Voilà bien une idée d'homme ! se récria Pénélope d'un ton faussement outré. Si tu veux tout savoir, ce qui me travaille depuis des semaines relève d'une frustration de l'âme et non des sens.

— Mais les deux sont liés, conclut-il.

Et il laissa sa main glisser le long du ventre de la jeune femme, constata avec bonheur que son âme et ses sens étaient pour le moment en parfait accord.

— Qu'est-ce que tu veux au juste, Pénélope ?

Elle se rapprocha de lui, le caressa à son tour.

— La même chose qu'il y a deux heures, murmura-t-elle en trouvant sa bouche.

Leurs corps se joignirent, mais pas avec l'urgence de leur étreinte précédente. Ils se cherchaient, se découvraient, se mettaient à l'épreuve. Dès qu'il la sentait au bord de l'extase, Wyatt se retirait pour prolonger le plaisir, puis il la menait plus loin, donnait et exigeait toujours davantage. Il faisait si sombre dans la chambre qu'il ne la voyait pas, mais il la sentait agrippée à lui, tendue de tout son être, concentrée et présente. Enfin, il n'y tint plus lui-même, et ils se laissèrent submerger dans une même vague.

La tempête apaisée, corps et âme assouvis, Wyatt tenta d'écouter le vent, le souffle de la femme étendue près de lui, mais ses pensées revenaient toujours à la carcasse de l'avion, à la disparition de ses occupants, à l'ermite introuvable, à la perte absurde d'un frère, à la mort d'un ami. En ce monde, on était assuré de rien. Et pour un Sinclair, l'amour ne suffisait pas à combler le vide.

17.

Le lendemain matin, Bubba Johns demeurait introuvable. Pénélope l'apprit de sa mère, qui le tenait elle-même d'Andy Mac Nally, avec qui elle avait eu une conversation de mère à policier. Voyant que sa fille venait déposer Wyatt à l'auberge, elle l'avait assaillie de questions, et Pénélope avait eu beau jouer les innocentes, Robby savait. On ne peut rien cacher à une mère.

S'étant munie de muffins aux airelles encore tièdes, elle regagna son pick-up.

Les nouvelles de la veille commençaient de se répandre mais, cette fois, chacun restait prudent. Pénélope ne se faisait pourtant guère d'illusions. Sitôt qu'ils auraient vent de la disparition de l'ermite local et de l'arrivée imminente de Brandon Sinclair, les journalistes reviendraient en force.

Wyatt était déjà parti chercher son père à l'aéroport de Manchester, situé à une heure au sud de Cold Spring.

Pénélope mit le cap sur l'aérodrome familial. C'était une journée splendide, une journée à faire du sucre, où les eaux de fonte remplissaient les nids-de-poule et gonflaient les ruisseaux. Elle trouva son père seul dans un hangar, occupé à réviser son Beechcraft préféré.

— Papa, j'aimerais que tu me parles de Bubba Johns, lança-t-elle sans préambule.

— Il n'y a pas grand-chose à dire.

De la paume, il effleura le nez de l'avion, comme s'il l'auscultait, cherchait un défaut.

— Tu le connais mieux que moi, ma fille.

Pénélope enfonça les mains dans ses poches de veste. Inutile de tergiverser, décida-t-elle.

— Tu crois qu'il pourrait être Colt Sinclair ?

Son père fut moins surpris qu'elle ne l'avait prévu. Il se contenta de hausser les épaules.

— Tu dis toi-même que vu l'état de la carcasse, ils n'ont pas pu survivre à l'accident.

— Je sais bien, mais il n'y a pas de corps. Suppose que Frannie ait prévu des parachutes. Ils pouvaient sauter avant que l'avion ne s'écrase. Ou bien, Frannie est morte et Colt a survécu. Accablé de remords, il est devenu ermite.

Elle s'obligea à s'interrompre pour reprendre son souffle. Tout lui venait pêle-mêle, scénarios et soupçons.

— Peut-être s'agit-il d'une mise en scène ; Frannie et Colt auraient alors exécuté leur projet de main de maître.

— Tout est possible, reconnut Lyman. Dans les semaines qui ont suivi leur disparition, les hypothèses les plus invraisemblables ont été envisagées. Moi, je pense en termes pratiques. Ils n'avaient pas d'argent. De quoi auraient-ils vécu ?

Des dix millions en diamants volés, songea Pénélope. Mais ce n'était pas à elle de faire cette révélation.

— Ecoute, ma fille, j'ignore ce qui est arrivé à cet avion. Pour ce qui est de Bubba, il est apparu ici vingt ans après l'accident. D'après moi, c'est un vagabond venu du Nord. Un point, c'est tout.

— Mais peut-être que…

— Comme je viens de te le dire, tout est possible. Je pense qu'il a pris peur, Pénélope. Il a vu quelque chose, fait quelque chose, va savoir… Sa paix était menacée, et il a plié bagage.

Le bon sens foncier de son père avait le don de calmer Pénélope.

— Autrefois, je pensais que c'était un repris de justice évadé de prison, se souvint-elle.

— Sur le terrain de chasse d'Andy Mac Nally ? Tu rêves ! Je ne sais pas d'où il vient, mais ce qu'il y a de sûr, c'est que Bubba Johns n'est pas un violent.

— Je le pense aussi. Encore que. Je ne suis peut-être pas apte à juger. Je me trompe tellement souvent… Jamais je n'aurais dû inventer cette histoire de décharge.

— Tu l'as fait pour Bubba, ou bien pour Harriet ?

— Les deux. Et cela n'aura servi qu'à leur causer les pires ennuis.

Pénélope sourit à son père.

— Lorsque tu m'as interdit de voler, tu n'imaginais pas que je m'emberlificoterais dans une histoire pareille, n'est-ce pas ?

— C'est rien de le dire. Tu tiens le coup, au moins ?

— J'ai passé une sale journée hier, mais cela devrait s'arranger aujourd'hui. Tu sais que Brandon Sinclair est en route ?

— Il paraît, oui.

— Tu te souviens de lui ?

— Ce n'était guère qu'un môme quand Colt a disparu. Son père s'est efforcé de le protéger du scandale, et même du deuil. Willard était la rigidité même. Brave homme au demeurant. Il croyait qu'en n'exprimant pas ses émotions, on évitait bien des souffrances.

Lyman considéra Pénélope en silence, avant d'ajouter :

— D'ailleurs, je lui ressemble un peu sur ce point.

— Mais tu n'es pas rigide. Et tu ne t'attends pas à ce que les autres cachent leurs émotions.

— Cela m'avancerait à quoi ? Et puis, il m'arrive de me mettre en colère, moi aussi.

— Quotidiennement si nécessaire, souligna malicieusement Pénélope.

— Ecoute, Pénélope…

Il hésita, visiblement partagé entre ce qu'il convenait ou non de lui dévoiler.

— J'avais quinze ans quand Colt et Frannie ont disparu et je ne comprenais pas grand-chose à ce qui se passait. Je serais peut-être parti moi aussi si j'avais eu Willard pour père. Comme je disais, il s'entendait bien avec ton grand-père. Je suppose qu'à la campagne il devenait un autre homme, mais je me souviens que…

A l'évidence gêné, il marqua une nouvelle pause.

— Willard bousculait Colt, le poussait à toutes sortes d'activités quand le malheureux gosse aurait préféré rester sur la plage avec un livre.

— Colt ? Je croyais que c'était un grand aventurier.

— Pas à ce que j'en ai vu, même le connaissant mal. Ça, c'est la légende. A mon avis, l'aventurière, c'était Frannie. Intrépide de nature, innocente, elle s'est impliquée avec les Sinclair plus par fascination que par témérité.

— J'ignorais tout de ton point de vue. Pourquoi ne m'en as-tu jamais rien dit ?

Lyman ébaucha un vague sourire.

— Je ne tenais pas à finir enregistré sur de fichues cassettes ! Ce n'étaient pas mes affaires il y a quarante-cinq ans… et ce ne sont peut-être pas les tiennes aujourd'hui.

— Et Harriet ?

— Harriet est Harriet.

Il se dirigea vers la porte du hangar, comme s'il en avait fini avec le Beechcraft. A moins que sa tâche inachevée lui soit sortie de l'esprit.

— Elle ne tient pas vraiment à connaître la vérité, et crois-moi, tu ne lui rendras pas service en la lui offrant sur un plateau.

Pénélope en resta bouche bée.

— Papa… Dieu du ciel, papa, tu sais quelque chose ?

Il se retourna.

— Bien sûr que non. Où vas-tu chercher de pareilles idées ?

— On dirait que tu marches sur de la braise, soudain.

— C'est que j'ai du travail, moi. Contrairement à certains, je ne suis pas libre d'aller et venir à ma guise. En tout cas, je peux te dire une chose : si Harriet était une Sinclair, on ne l'aurait pas trouvée abandonnée sous le porche de l'église.

De plus en plus soupçonneuse, Pénélope plissa les yeux.

— Tu avais quinze ans, à l'époque. C'est ton oncle qui l'a trouvée. Les adolescents sentent parfois des choses qui échappent aux adultes…

— Aujourd'hui, peut-être, mais pas dans les années 50. Tu as l'intention de travailler aujourd'hui, ou tu comptes rester là à jacasser ?

Pénélope fit quelques pas pour aller prendre un grand balai, puis elle s'arrêta et se tourna brusquement vers son père. Il regardait le ciel comme s'il guettait la pluie, ou bien un avion prêt à atterrir. De fait, il s'efforçait de recouvrer son calme. Elle hésita, craignant que sa question soit absurde, mais elle ne put la garder pour elle.

— Papa… Ce fax que j'ai reçu. Est-ce que c'était toi ?

Il pivota sur les talons, le visage sévère.

— Tu crois que j'enverrais un message anonyme à ma propre fille ?

— Pour m'empêcher de faire une bêtise, va savoir.

— S'il y avait eu une chance que ça marche, j'aurais peut-être essayé. Depuis le début, ça me chagrine que tu aies plongé bille en tête dans cette mélasse. Mais je te connais. Je sais bien qu'un vague avertissement de ce genre ne servirait qu'à te braquer. Si je voulais te décourager, je trouverais mieux que ça.

— Comme m'interdire de voler.

— Pour le bien que ça a fait, j'aurais pu m'abstenir.

— Tu m'en veux de t'avoir posé la question ?

Il secoua la tête.

— Non. Ça me rassure plutôt. Si tu es capable de soupçonner ton père, tu es peut-être en mesure de te méfier des autres. Garde les yeux bien ouverts, ma fille.

— Compte sur moi.

Sur cette promesse, Lyman se dirigea vers le bureau, dans le bâtiment voisin. Pénélope commença de balayer le hangar, mais elle avait l'esprit ailleurs. Finalement, elle abandonna son balai, regagna sa camionnette et prit le chemin de la ville. Il n'y avait personne à l'auberge. Pas même Harriet. Plusieurs journalistes s'étaient rassemblés devant le Jeannie's Diner, et Pénélope croisa un camion de la télévision en se rendant chez elle. Deux voitures étaient en faction près de la maison.

Ainsi, les éclaireurs étaient en place. Le gros des troupes ne tarderait pas à arriver. Un ermite blessé qui avait disparu, des Sinclair et la carcasse de l'avion célèbre retrouvée sans trace des corps, la tentation était irrésistible pour les médias. Tant qu'ils ne la harcelaient pas, qu'ils n'envahissaient pas son domaine,

Pénélope ne voyait pas d'objection à ce que les journalistes fassent leur travail.

Elle n'avait toutefois pas l'intention de les accueillir à bras ouverts. Prenant le chemin des bois, elle alla vérifier ses robinets à sève. Les bouteilles de lait étaient sur le point de déborder. Les seaux avaient besoin d'être vidés. Fermant les yeux, elle songea au rituel saisonnier du sucre. Elle sentait presque le sirop d'érable qui bouillait, la chaleur, la vapeur sur son visage. Il lui fallait en finir avec l'avion, les menaces et Bubba. Il était temps qu'elle se reprenne en main et aille de l'avant.

Lorsqu'elle rouvrit les yeux, elle pensa à Wyatt. Et elle comprit que sa vie ne serait plus jamais la même.

Ecartant cette pensée, elle dirigea naturellement ses pas vers la cabane de Bubba. Avec la température printanière, la neige avait encore fondu ; ici et là, le sol nu reparaissait par larges plaques. Elle espérait que les nuits resteraient froides afin de recueillir encore de la sève, mais la venue du printemps dans ce coin reculé au nord de la Nouvelle-Angleterre lui réjouissait le cœur.

Curieusement, il n'y avait personne à la cabane de Bubba. Ni police, ni journaliste, ni Sinclair. Pénélope en fit le tour, s'arrêta à flanc de colline pour écouter le ruisseau et les oiseaux, et aussi imaginer quel genre de vie Bubba menait ici depuis plus de vingt ans. Et s'il était parti pour s'installer ailleurs ? S'il s'en était allé comme il était venu ?

Un bruit, près de l'abri de jardin, attira son attention. Ce ne pouvait être les chiens, qui étaient restés chez elle. Elle approcha en appelant Bubba, remarqua que la porte branlante de l'abri était entrouverte. Un coup de vent suffirait à l'arracher de ses gonds. Mieux valait la refermer.

A peine Pénélope avait-elle posé la main sur le rudimentaire verrou de bois qu'un nouveau bruit, de pas cette fois, lui parvint de l'intérieur. Avant qu'elle n'ait eu le temps de réagir, le battant s'ouvrit à la volée. Surprise, elle sursauta, glissa dans la boue. La porte lui heurta l'épaule et le visage. Déséquilibrée, elle atterrit sur les fesses et dévala la pente sur quelques mètres pour se retrouver finalement à plat ventre, la tête dans la neige et la boue.

Elle se releva en toussant et crachant, le souffle coupé. Le temps qu'elle se redresse, son agresseur s'était comme évaporé. Elle tendit l'oreille, épiant le moindre craquement de branche, mais elle n'entendait que la rivière qui coulait au pied de la colline.

D'où elle déduisit que l'inconnu était peut-être encore caché dans les parages.

— Bubba… C'est moi, Pénélope !

Son cœur battait à se rompre, son dos lui faisait mal, du sang coulait d'une entaille à sa joue, et elle avait des brindilles plein les cheveux. En état de choc, elle tremblait, respirait avec peine. Serrant les dents, elle alla tout de même jeter un coup d'œil dans l'abri. Rien que de vieux outils, des pots, des engrais naturels — pas de sac de diamants cachés avec la poudre d'os.

Comme l'entaille à sa joue lui cuisait, elle y porta l'index. Le sang coulait toujours.

Les jambes flageolantes, elle se mit en devoir de rentrer. Elle prit au passage deux de ses seaux et, ainsi chargée, elle traversa le chemin creux qui conduisait chez elle. Autant que les chiens de garde des médias la prennent pour une excentrique mal fagotée qui recueillait la sève d'érable !

Sitôt en sécurité dans sa maison, elle appela l'auberge. Les chiens de Bubba s'agitaient, allaient et venaient entre la table de cuisine et le canapé. Ils avaient besoin d'exercice, les pauvres. Et surtout besoin de Bubba.

Harriet décrocha et, sans préambule, Pénélope lui demanda :

— Il y a du monde à l'auberge ? Jack ? Wyatt ? Il y a quelqu'un ?

— Personne pour l'instant. Mais Brandon Sinclair a réservé sa chambre. Wyatt et lui sont passés ici en coup de vent.

— Quand ?

— Je ne me souviens pas exactement. Il y a peut-être une heure. Une heure et demie. Pénélope…

— Et Jack Dunning ? Tu l'as vu ?

— Il est parti de bonne heure sans me dire où il allait.

Malgré ses propres inquiétudes, Pénélope sentait sa cousine troublée.

— Qu'est-ce qui t'arrive, Harriet ?

— Rien… Enfin, je ne sais pas. Pénélope, je suis dépassée. Il y a de plus en plus de journalistes en ville.

La malheureuse semblait sur le point de craquer. Coinçant son téléphone sans fil entre son épaule et son oreille, Pénélope fit couler l'eau froide dans l'évier. Il fallait qu'elle se reprenne. Ce n'était pas le moment de céder à la peur.

— Ne t'inquiète pas, Harriet, j'arrive. A quel parfum, tes scones d'aujourd'hui ?

— A la pêche. Mais ils ne sont pas prêts.

— J'aime bien me préparer à l'avance.

— Et depuis quand ? répliqua sa cousine avec l'ébauche d'un rire.

Pénélope raccrocha. Elle n'eut pas le temps de se débarbouiller et encore moins d'emmener les chiens en promenade que les

Sinclair étaient à sa porte. Wyatt et son père. Brandon Sinclair. C'était un grand et bel homme digne, aux cheveux et aux yeux gris, vêtu d'un pull et d'un pantalon sombres. Wyatt ne prit pas la peine de faire les présentations en découvrant Pénélope.

— Mais dans quel état tu es ? s'exclama-t-il. Qu'est-ce que tu as fait ?

— Une mauvaise rencontre chez Bubba.

Les chiens aboyaient furieusement, et Pénélope leur cria de se tenir tranquilles. Wyatt l'observait, impassible, attentif.

— Tu sais qui ?

— Aucune idée. Il m'a flanqué la porte de l'abri de jardin dans la figure et il a filé. A moins que le coupable ne soit un coup de vent, j'imagine que quelqu'un était là-dedans en train de fouiner et qu'il ne voulait pas être découvert.

— Peut-être un journaliste, proposa Sinclair.

— Ou bien Bubba, ajouta Wyatt.

Pénélope alla jusqu'à l'évier.

— Ou celui qui a laissé Bubba pour mort hier.

— En supposant qu'il ne s'agissait pas d'une ruse.

Elle remit l'eau à couler, mouilla un gant de toilette et l'appliqua sur sa joue blessée. Rien de très grave, une entaille superficielle. Mais Wyatt la couvait de son regard noir soupçonneux.

— Où est Jack Dunning ? lui demanda-t-elle.

— Il est allé voir l'avion pour s'assurer qu'aucun détail n'avait échappé aux enquêteurs.

Pénélope se tourna vers Brandon Sinclair et, se souvenant qu'il avait perdu son frère dans l'accident, elle s'efforça de contrôler ses impulsions désordonnées. Bien que taraudée par l'envie soudaine de filer dans les bois avec les chiens de Bubba pour qu'ils retrouvent la trace de l'ermite, elle réprima son envie.

— Vous comptez aller voir l'appareil ?

— J'irai, oui. Il y a bien longtemps que je ne suis pas venu dans le New Hampshire. Dans l'état actuel des choses, je ne crois pas que ce soit une urgence.

Avec ses manière polies, son ton compassé, Brandon Sainclair semblait discuter des cours de la Bourse. Wyatt prit le visage de Pénélope entre ses mains et le tourna vers lui, afin d'examiner sa joue.

— Tu devrais voir un médecin.

— Pour quoi faire ?

— Tu as peut-être un traumatisme crânien, ou autre chose de grave.

— Ça m'étonnerait. C'est mon épaule qui a supporté le gros du choc. Je ne vais pas déranger un médecin pour une éraflure.

Mais Wyatt n'en avait pas encore fini.

— Il faut que tu fasses venir Andy Mac Nally.

Allons bon ! Le chef de la police, à présent. Andy qui, depuis qu'elle avait douze ans, ne voyait en elle qu'une gamine casse-cou et intenable. Comme si deux Sinclair ne lui suffisaient pas !

De la main, elle balaya la remarque.

— Ne vous inquiétez pas pour moi. Vous aviez sûrement d'autres projets. Je ne voudrais pas…

— Nous venions vous voir, l'interrompit posément Brandon Sinclair.

Malgré des différences évidentes dans leurs comportements, le père et le fils se ressemblaient plus qu'il n'y paraissait. Mais Pénélope remit ces considérations à plus tard. Les tempes lui battaient ; les éraflures de sa joue et de son dos lui cuisaient. Il fallait qu'elle mange quelque chose. Elle ouvrit le réfrigérateur et en sortit du fromage, tout en s'efforçant d'ignorer les deux paires d'yeux braquées sur elle.

— Téléphone, insista Wyatt.

— Bon, d'accord.

Elle composa le numéro d'Andy Mac Nally. Sa secrétaire lui apprit qu'il s'était absenté et proposa de le joindre par radio.

— Vous avez besoin d'une ambulance ?

— Non, merci. Deux cachets d'aspirine suffiront. Surtout, ne manquez pas de le lui dire. Et insistez, surtout. Je ne veux pas qu'il m'envoie la cavalerie ici.

Puis, au cas où la police de Cold Spring ne résisterait pas à l'envie de foncer chez elle dans un concert de sirènes, elle appela l'auberge pour demander à Harriet de prévenir sa mère. Mais Harriet n'était pas là. Apparemment, elle était sortie peu de temps après leur précédente conversation sans dire où elle allait ni quand elle reviendrait. Cela ne lui ressemblait guère, et Pénélope s'en voulut une nouvelle fois d'avoir bouleversé la vie de sa cousine.

Elle appela ensuite sa tante Mary à l'aéroport et la mit au courant des événements de la matinée. Sa tante lui parut étrangement calme.

— Ton père n'est pas ici. Il est parti peu de temps après toi. Il devait se douter que tu ferais des bêtises.

— Zut ! C'est peut-être bien lui qui m'a mise sur le derrière.

— Si c'est lui, personne ne lui en voudra. Tu l'auras bien cherché. Tu es entière, au moins ?

— Oui. En dehors de trois bleus et deux égratignures, ça va.

— Hmm. J'espère que cette aventure t'aura servi de leçon. Tu as les deux Sinclair, chez toi ?

— Ils sont en ce moment même à ma table de cuisine. Tu préviendras maman ?

— C'est toujours moi qui récolte le sale boulot, pas vrai ? Enfin, il vaut mieux qu'elle l'apprenne de ma bouche plutôt que dans la rue.

Son devoir accompli, Pénélope alla s'effondrer sur le canapé avec un second morceau de fromage. Les Sinclair l'observaient comme une curiosité digne de la collection qu'ils avaient offerte au Metropolitan. Calée contre le dossier inconfortable qui sentait la poussière, elle jeta un coup d'œil à Willard. Un élan abattu par leurs deux grands-pères était à peu près tout ce que Wyatt et elle avaient en commun. Surprenante pensée — dérangeante, mais vraie. Et la réalité ne lui faisait pas peur. Elle mettait même un point d'honneur à la regarder en face.

— Elle a besoin d'une tasse de thé, décida Brandon Sinclair. Je vais brancher la bouilloire.

— Excellente idée, dit Wyatt. Tu sais, Pénélope, si celui qui t'a flanqué ce coup avait voulu te tuer, tu serais morte.

— Sans blague !

Brandon n'attendit pas que l'eau bouillonne. Il jeta un sachet de thé dans l'une des chopes du grand-père de Pénélope, y versa l'eau à peine frémissante, et la lui tendit.

— Prenez-la à deux mains, ordonna-t-il.

Tout en lui obéissant, Pénélope examina Sinclair père — un fascinant mélange de charme et d'arrogance. Elle le sentait toutefois en dehors de son élément, déplacé, ce qu'il savait parfaitement.

— D'après moi, déclara-t-elle, quelqu'un s'imagine que Bubba Johns a déjà fouillé dans les décombres de l'avion et a filé avec les diamants volés de Frannie Beaudine.

Doté d'une admirable maîtrise de soi, Brandon Sinclair ne cilla pas.

— C'est possible. J'ignorais qu'un ermite vivait sur mes terres. Je viens d'apprendre aussi que votre cousine avait été trouvée sous le porche de l'église peu après la disparition de Colt et de Frannie.

— Les gens d'ici pensent que c'est une coïncidence. Que quelqu'un a profité de la situation.

— Ce n'est pas l'avis de votre cousine.

Pénélope jeta à Wyatt un regard accusateur, mais il secoua la tête. Le mouchard n'était donc pas lui, et ce ne pouvait être que Jack Dunning qui avait informé son patron des fantasmes de Harriet. Avant que Pénélope n'ait pu prendre la défense de sa cousine, Andy Mac Nally arriva sans tambour ni trompette. Il n'eut lui-même pas le temps d'ouvrir la bouche que Lyman entrait au pas de charge, emplissant la petite maison de sa rage et de l'odeur infecte de son cigare.

— Andy, qu'est-ce que tu fiches ici ? Pénélope… Doux Jésus, qu'est-ce qui t'est arrivé ?

— Tante Mary ne t'a donc pas prévenu ?

— Quelqu'un l'a attaquée à la cabane de Bubba, expliqua Andy. Elle y est allée toute seule.

— Je n'ai rien de cassé, papa, affirma Pénélope. Et je ne suis pas certaine qu'on m'ait « attaquée ». Juste un peu bousculée pour m'écarter. En outre, je te rappelle qu'on ne fume pas ici.

Lyman la foudroya du regard et jeta son cigare dans l'évier. Andy prit sa déposition. Son père faisait les cent pas. Les chiens tournaient en rond. Les Sinclair restaient sur la touche. Et lorsque Pénélope eut achevé son récit, sa mère entra à son tour en coup de vent, anxieuse, exaspérée.

— Eh bien, j'espère que vous êtes tous contents de vous ! lança-t-elle. Voilà que Harriet a disparu.

18.

Harriet courait comme une folle depuis un moment, sans s'arrêter, jusqu'à ce qu'elle bute contre un arbre abattu et perde l'équilibre. Dans sa chute, une branche lui fouetta le visage. Elle se retrouva à quatre pattes, les joues en feu, les genoux enfoncés dans un reste de congère, les mains et les poignets gelés, douloureux. La neige n'était pas floconneuse et molle. Fine et compacte, comme du sable, elle entamait la peau. Harriet demeura un moment dans cette position à humer l'air qui sentait la résine et les feuilles humides en décomposition. Elle se demanda si la mort faisait le même effet, si elle aurait cette odeur de terre quand on la mettrait dans sa tombe.

— Tu es lamentable ! souffla-t-elle en se redressant.

Et elle s'assit sur un tronc d'arbre. Encore un pin. Fendu en deux par le milieu. Sans doute au cours d'un des violents orages de l'hiver.

Elle avait besoin de printemps, de tendres feuilles sur les arbres, d'herbe verte, de jonquilles, besoin de travailler dans le jardin, de remuer la terre de ses mains, de sentir de temps à autre un ver glisser entre ses doigts. Elle planterait davantage de fleurs vivaces — des digitales, des sauges, des primevères, de la monnaie du pape. Elle aimait cette vie qui la rendait heureuse, ne désirait rien de plus, n'avait nulle envie de fuir, de partir à l'aventure, d'acheter une grande maison, de faire ses bagages pour s'expatrier au Texas ou à New York avec Jack — qui ne le lui avait pas demandé et ne le lui demanderait d'ailleurs pas.

Jack n'avait rien d'un aubergiste, et la région des lacs ne lui offrirait pas d'emploi à sa mesure. Ce n'était pas le Texas. Or, c'était au Texas qu'il se sentait chez lui, pas à New York où il avait grandi, ni dans le New Hampshire de son enfance à elle. Il s'attendrissait dès qu'il évoquait le ranch qu'il rêvait d'acheter. Brandon Sinclair le payait bien, et un jour il aurait son ranch.

Brandon Sinclair. Elle sentit son visage s'embraser à l'évocation de ce seul nom. Etait-il son oncle ? Le frère de son père ? Ses propres pensées lui faisaient honte, mais elle ne pouvait lutter contre. Il lui avait paru si noble, si gentleman — jusqu'au bout des ongles. Mais il était le chef du clan Sinclair et ne tolérerait pas ses prétentions ; il exigerait qu'elle en prouve le bien-fondé et lui intenterait peut-être même un procès si elle affirmait que Colt était son père biologique. S'il n'en avait certes rien dit, elle l'en savait capable. Elle constituait un danger pour la famille, une menace ridicule, mais une menace tout de même.

Andy lui avait conseillé de se méfier, de ne pas se vanter trop haut d'être une Sinclair. Des années durant, elle n'avait pas même songé qu'on pourrait la trouver bizarre. La police n'avait-elle pas enquêté à l'époque sur les liens possibles entre son apparition sous le porche de l'église et la disparition de Colt et de Frannie ?

Naturellement, l'enquête n'avait mené à rien. Et voilà que des journalistes se pressaient en foule à Cold Spring pour en apprendre davantage sur la croustillante histoire de la vieille fille de l'auberge et de ses prétentions d'héritière. Harriet se sentait étouffer, elle perdait pied.

Un grand pivert qui donnait du bec contre un arbre voisin la tira de son obsession pour la ramener au présent. Il lui avait fallu fuir l'auberge, fuir les reporters et tout ce qui se rapportait aux Sinclair. Elle avait d'abord songé à prendre sa voiture pour partir dans les montagnes, mais elle s'était retrouvée chez Robby et Lyman, à la périphérie de la ville et en bordure d'un des petits lacs. Là, elle s'était garée pour s'enfoncer à pied dans les bois.

La randonnée n'était pas dans ses habitudes. Lorsqu'elle croisait une rivière, au lieu de la franchir en sautant de pierre en pierre, elle marchait droit devant elle à travers l'eau glacée qui lui gelait les pieds, entrait dans ses chaussures et transformait ses chaussettes en éponges. Elle avait couru sans relâche, jusqu'à ce que sa chute l'arrête. Ayant perdu tout sens de l'orientation, elle se demanda où elle était, si Pénélope s'était sentie aussi désemparée dimanche dernier en s'apercevant qu'elle s'était égarée. Les vêtements que portait Harriet n'étaient pas adaptés ; elle n'avait emporté ni eau, ni nourriture ; ses pieds étaient trempés et elle grelottait.

Tant pis ! Elle resterait assise ici un moment, le temps que la situation se décante, s'éclaircisse. Ses illusions avaient heurté de plein fouet le mur solide de la réalité. Elle n'était pas une Sinclair. Elle n'était rien, personne.

— Imbécile ! murmura-t-elle, tu es une Chestnut. Ce sont eux ta famille.

Et c'était la pure vérité. Elle aimait ses parents, Lyman et Robby, Mary et sa tribu, Pénélope. Mais là n'était pas le problème.

Le problème résidait dans le fait qu'elle n'était qu'une gourde. Et la risée de la ville.

Elle se redressa, raide, engourdie. Une brise soudaine acheva de la glacer. Elle frissonnait, claquait des dents, ses pieds gelés lui faisaient mal. Malgré la température clémente, l'air demeurait frais dès que le soleil disparaissait derrière un nuage. Ce n'était pas encore le printemps. Qu'adviendrait-il d'elle si elle ne retrouvait pas son chemin avant la nuit ?

Robby devait être sur la brèche. L'auberge avait fait le plein de clients, et il fallait nourrir tous ces journalistes, en plus de Brandon Sinclair, Wyatt et Jack. Il y avait le dîner à préparer, beaucoup de travail en perspective avec une foule pareille. Et elle avait choisi ce moment pour s'absenter. Au mépris de ses responsabilités envers Robby. Ça n'était pas bien malin.

— Ma vieille, tu te laisses aller ! chuchota-t-elle encore. Tu manques à tous tes devoirs.

Elle parlait à voix basse, bien qu'il n'y eût personne dans les environs pour l'entendre. En descendant la pente douce de la colline, elle se retrouva sur une allée bordée d'un mur de pierre. Une voie qui à coup sûr menait quelque part…

Soudain, elle entendit parler un peu plus bas.

— Ohé ! lança-t-elle en pressant l'allure. Il y a quelqu'un ?

— Harriet ?

Pénélope apparut au sortir d'un tournant. Wyatt la suivait.

En voyant les reflets du soleil dans les cheveux de sa cousine, Harriet réalisa à quel point elle était jolie avec ses boucles blondes, sa peau laiteuse et ses yeux verts. Obnubilée qu'elle était par ses talents de pilote, son goût de l'action et de l'aventure, elle n'avait jamais remarqué sa beauté. Brusquement émue aux larmes, elle se sentit bien sotte de pleurer.

— Dis donc, Harriet ! lança Pénélope. J'espère que tu n'avais pas l'intention de fuguer parce que tu n'es pas bien difficile à retrouver. On te suivait à la trace. En voyant ta voiture, nous avons pensé que tu devais être par ici.

— J'étais juste sortie faire un tour, répondit Harriet en reniflant pitoyablement.

— Ce n'est pas grave, tu en as le droit. Moi-même, j'ai fait quelques échappées cette semaine.

— Mais... Ta joue ! Mince, je n'avais pas remarqué. Qu'est-ce qui t'est arrivé ?

— Ne t'inquiète pas, ce n'est rien. Il est temps de se mettre en route. Maman est à l'auberge en train de changer les menus à sa convenance.

Contaminée par la vitalité débordante de sa cousine, Harriet esquissa un sourire. Et, curieusement, elle s'avisa que Pénélope et Wyatt formaient un couple des plus assortis. S'en rendaient-ils seulement compte ? Cependant, elle doutait fort que sa cousine s'éprenne d'un homme aussi solide, dynamique et intelligent. Un Sinclair de surcroît.

A leur retour, ils trouvèrent un groupe de journalistes assemblés devant la cheminée de la réception. Comme Harriet le craignait, ils avaient appris que le pasteur local l'avait trouvée sous le porche de l'église quarante-huit heures après la disparition de Colt et de Frannie. Cet angle nouveau ajouterait du piquant et une touche de sensationnel à leurs articles et reportages. Une vieille fille de province, enfant secrète du couple d'aventuriers. Une histoire peu probable au demeurant. Harriet avait fait ses calculs : même si, par quelque miracle, Frannie Beaudine était sa mère, elle devait avoir au moins six semaines quand George Chestnut l'avait découverte dans son panier. Il fallait donc que quelqu'un soit au courant et l'ait soignée, nourrie depuis sa naissance.

— La police n'a toujours pas retrouvé les corps. Qu'en pensez-vous, Harriet ? interrogea un journaliste.

— Je pense que je vais prendre une tasse de thé avant de préparer le dîner. Vous serez des nôtres ce soir ?

— Naturellement. Je ne voudrais pas manquer ça.

Crispée, l'estomac noué, Harriet regrettait de ne pas avoir l'aplomb de Pénélope. Elle courut se réfugier dans sa suite sous prétexte de faire un brin de toilette. Là, elle s'abîma dans ses réflexions. Si elle avait été la fille de Colt et Frannie, elle aurait la beauté, le goût de l'aventure. Mais elle n'était qu'une femme très ordinaire de quarante-cinq ans, à la tête d'une charmante auberge et dotée d'une famille merveilleuse que ses interrogations et ses illusions faisaient souffrir depuis des lustres. Ils ne s'étaient pourtant jamais plaints. Stoïques, taciturnes, ils étaient aussi chaleureux et aimants à leur manière.

Elle observa son reflet dans le miroir, honteuse d'avoir jamais souhaité être autre que ce qu'elle était — autre que Harriet Chestnut.

Andy Mac Nally se proposa de raccompagner Pénélope chez elle. Convaincu qu'elle avait été victime d'une agression près de la cabane de Bubba, il la chapitra sur les mesures élémentaires de sécurité avant de la déposer devant sa porte.

— Ce n'était peut-être qu'un reporter qui a pris peur et filé, mais méfie-toi tout de même. Je n'aime pas beaucoup savoir ce Bubba dans la nature.

— J'ai des serrures neuves et ses chiens.

— En plus de Wyatt Sinclair, à ce qu'on raconte, fit remarquer Andy sans enthousiasme.

— Il est en grande réunion à l'auberge avec son père et Jack Dunning. Je présume qu'ils vont consulter des avocats, conseillers et autres sur la marche à suivre pour l'enquête et ce qu'il convient de dire aux médias.

— Mouais. Tu ferais bien d'y réfléchir de ton côté.

— C'est tout réfléchi. Je vais débrancher mon téléphone.

Andy agita la tête en soupirant.

— Tu es vraiment impossible !

— N'exagère pas, Andy. Je sais bien qu'au fond tu es de mon côté.

— Tu pourrais m'appeler « chef ». Pourquoi est-ce que tu ne dînes pas avec tes parents ?

— Parce qu'ils pensent que je dîne avec les Sinclair. Ce qui m'arrange d'autant plus que les Sinclair s'imaginent que je dîne avec mes parents. Pour le moment, j'ai besoin de calme pour m'éclaircir les idées.

— Ça ne me plaît pas, cette histoire. Tu veux que je reste en faction dans l'allée le temps que tu fasses le tri ?

— Non, Andy. J'ai besoin d'être seule — toute seule, sans personne.

— Si tu insistes…

— J'insiste.

— Au cas où tu changerais d'avis, tu sais où me joindre.

Elle lui sourit.

— Je te remercie.

Il agrippa le volant puis toussota, indécis, gêné.

— Pénélope je… je suis inquiet pour Harriet.

— Nous le sommes tous.

Avec une grimace, Pénélope revit sa cousine dans l'état lamentable où ils l'avaient retrouvée dans les bois — trempée, les cheveux en désordre, les vêtements maculés de boue, les mains griffées et rougies par le froid. Si elle était restée seule à errer ainsi, elle aurait pu mourir de froid.

— Si je pouvais revenir en arrière, je n'hésiterais pas, Andy. Je laisserais l'avion où il est et je ferais comme si de rien n'était. Quand je vois la peine que j'ai causée, je me dis que ça ne valait pas la peine.

— Allons, Pénélope, tu n'as pas besoin de te flageller de la sorte. Il fallait bien qu'un jour ou l'autre Harriet affronte la réalité. La bercer dans ses illusions, c'était reculer pour mieux sauter.

Ils se quittèrent sur cette conclusion. Sitôt chez elle, Pénélope confectionna deux laisses improvisées pour les chiens de Bubba, puis elle les sortit, leur fit faire quelques allers-retours devant la maison. Ils avaient sérieusement besoin d'une longue promenade avec leur maître. La vie sédentaire ne leur valait rien. Déjà, ils ne pensaient plus qu'à manger. Elle remplit leurs bols de croquettes et les regarda dévorer en grognant jusqu'au dernier morceau.

Ensuite, elle alla consulter ses messages. Le répondeur débordait d'appels de journalistes. Pas de fax. Pas de message électronique. Au moins son empoisonneur anonyme avait-il renoncé.

Tandis que la soupe chauffait à feu doux, elle se rendit dans sa chambre pour se changer. Ses diverses excursions dans les bois l'avaient laissée crottée, courbatue et meurtrie — sans parler de la sueur. Un bon bain chaud ne lui ferait pas de mal. Elle avait eu sa dose de nature pour le moment, et il lui tardait de voler.

Lorsqu'elle regagna la cuisine, la soupe frissonnait dans la casserole. Elle sortit un bol du placard, et les larmes jaillirent spontanément de ses yeux. Elle ne pouvait s'empêcher de pleurer. Tout compte fait, la solitude ne lui réussissait pas.

Soudain, les chiens bondirent en aboyant et se précipitèrent vers la porte vitrée coulissante. Oubliant sa Winchester, Pénélope s'arma d'un couteau de boucher. L'un des chiens, le noir, montra les dents, puis tous deux se couchèrent en geignant.

Pénélope abaissa le couteau.

— Qu'est-ce qui vous arrive, les petits gars ?

Elle avait sa petite idée sur la question. Ce ne pouvait être que leur maître. Ayant posé son arme de fortune, elle ôta la chaise qui bloquait la porte vitrée et jeta un coup d'œil vers sa terrasse. Le soleil venait tout juste de se coucher. Il ne faisait pas encore nuit, mais de longues silhouettes sombres et inquiétantes s'agitaient dans le vent. Bubba, lui, demeurait invisible. Les chiens s'étaient trompés.

Au même moment, il se matérialisa devant la vitre. Surprise, Pénélope laissa échapper un cri et les chiens se remirent à hurler de plus belle. Posant l'index sur sa bouche, Bubba lui fit signe de se taire. Pénélope tenta de lui ouvrir, mais malgré les efforts de Steve pour réparer la baie vitrée, celle-ci ne coulissa pas de plus de vingt centimètres.

— Désolée, Bubba, je ne peux pas faire mieux. Si vous voulez entrer, il faudra que vous passiez de l'autre côté.

— Non. Trop de journalistes.

— Je comprends.

Plissant les yeux, Pénélope l'examina ; il avait les cheveux et la barbe en broussaille, le teint gris, plombé.

— Doux Jésus, vous avez l'air d'un fantôme ! Il ne vous manque que la chaîne et le boulet. Est-ce que ça va, au moins ? Vos chiens s'ennuient, sans vous.

— Ce sont de braves chiens.

S'y reprenant à deux mains, Pénélope tenta d'ouvrir davantage la porte coulissante. Sans plus d'effet.

— Un bol de soupe vous ferait du bien.

— Pas de soupe, merci. Pénélope, il faut que vous sachiez. Les diamants…

— Vous êtes au courant pour les diamants ?

Il confirma d'un hochement de tête.

— Ils étaient dans l'avion. Il y a plus de vingt ans qu'ils ont disparu.

Pénélope en resta muette de stupeur.

— Partis, envolés, dit encore Bubba. Si quelqu'un les cherche, il est trop tard.

— Ce n'est pas vous qui les avez pris ?

— Pour quoi faire ? Les bois sont remplis de belles pierres.

— Peut-être, mais le granite local ne vaut pas dix millions de dollars.

Le regard gris, perçant, de Bubba semblait la scruter jusque dans les profondeurs de l'âme.

— A quoi m'auraient servi des millions de dollars ?

Logique d'ermite, songea Pénélope.

— Et vous ne savez pas qui s'en est emparé ?

— Non.

— Bubba… ce n'est pas vous qui m'avez attaquée ce matin, n'est-ce pas ? Je ne vous ai pas fait peur alors que vous étiez dans votre abri ?

— Non.

— Avez-vous vu de qui il s'agissait ?

— Non.

Il était pour le moins laconique, se dit encore Pénélope. Il faudrait du temps pour lui tirer des informations.

— Où vous cachez-vous ? La police voudrait vous interroger. Je… je regrette d'avoir chamboulé votre vie avec cette histoire.

— Elle la chamboulait déjà que vous n'existiez pas.

Pénélope sentit le sang lui monter aux oreilles.

— Bubba… Vous ne seriez pas Colt Sinclair, par hasard ?

Les yeux, le teint gris, les cheveux et la barbe hirsutes. Impensable. Elle devenait folle. Bubba se taisait toujours quand un bruit de moteur se fit entendre dans l'allée. Les chiens se relevèrent, se remirent à aboyer tandis que Bubba se reculait jusqu'au bord de la terrasse. Pénélope tenta de se glisser par l'ouverture de la vitre pour le rejoindre. En vain. Elle ne passait pas.

— Bubba… et les corps ? demanda-t-elle encore. Est-ce que vous auriez enterré Colt et Frannie ? Si vous me dites ce que vous savez, je pourrais parler à la police, essayer d'arranger…

Elle s'interrompit. Il avait disparu, et Wyatt arrivait par la porte latérale. A quoi bon des serrures neuves si elle ne fermait pas à clé ?

Ignorant les battements précipités de son cœur, signe qu'elle espérait sa venue, elle se tourna vers lui, hargneuse, et lança :

— J'ai horreur des gens qui entrent sans frapper.

— Je voulais savoir à qui tu parlais, dehors. A notre ermite, je présume.

— Et des je-sais-tout, aussi. Je hais les je-sais-tout !

Wyatt lui sourit avec indulgence.

— Tu deviens mauvaise quand on te prend en flagrant délit. Ce n'est pas ton meilleur trait de caractère.

S'approchant d'elle, il lui effleura la joue.

— Tu as encore mal.

— Pas trop, non.

Pénélope se servit de la soupe, soulagée qu'il change de sujet. Hélas ! ce n'était que partie remise. Elle n'échapperait pas à l'interrogatoire.

— Tu as mangé ? lui demanda-t-elle.

— Non. Je dînerai plus tard, avec mon père. Tu ne veux pas te joindre à nous ?

— Merci, tu es gentil, mais je préfère rester seule. Il y a trop d'agitation à l'auberge. Des journalistes, la police, les Sinclair. Harriet. Ma mère. J'ai besoin d'une soirée au calme. Et votre réunion au sommet ? Qu'est-ce qu'il en est ressorti ?

— Rien de neuf. Un expert va venir examiner les décombres de l'avion pour tenter de déterminer les causes de l'accident. En attendant, la famille reste en dehors de la mêlée, comme on pouvait s'y attendre.

— Ça me paraît raisonnable.

— Oui. Ton père est un homme réservé de nature. Le mien l'est par calcul. Il prévoit à l'avance ce qu'il fait, ce qu'il dit.

Pénélope s'assit à la table devant son bol de soupe. Elle était raide, courbatue. Et pas seulement à cause de sa mauvaise rencontre chez Bubba. Il y avait aussi les séquelles de la nuit qu'ils avaient passée ensemble. Même si elle avait un peu honte d'y repenser maintenant, ce souvenir lui réchauffait le cœur.

— Je n'ai pas franchement remarqué que tu pesais tous tes mots. Tu me sembles plutôt direct.

Il haussa les épaules.

— Par esprit de révolte.

— Mais vous vous aimez, ton père et toi.

— Il y a un détail que tu ignores encore sur ma famille, déclara Wyatt en tirant une chaise pour s'asseoir en face d'elle. L'amour ne suffit pas à un Sinclair.

— Et tu te révoltes aussi sur ce plan ?

Il soutint son regard.

— Cela peut venir.

Posant sa cuillère, Pénélope se pencha en travers de la table pour l'embrasser. Peu lui importait que l'amour ne suffise pas à un Sinclair, qu'il fasse ses valises et reparte demain pour New York. Tant qu'elle sentait sa bouche contre la sienne, ses cheveux sous ses doigts, rien d'autre ne comptait. S'il n'avait pas eu le projet de dîner avec son père, ils auraient sans aucun doute fini dans la chambre.

Après ce tendre intermède, elle se concentra sur sa soupe.

— C'était bien Bubba, sur la terrasse, déclara-t-elle.

C'était là une bien maigre preuve d'amour et de confiance, mais elle n'avait pas mieux à lui offrir.

— Et alors ? demanda aussitôt Wyatt, intéressé.

— Les diamants ont disparu depuis plus de vingt ans.

Il se figea.

— Autre chose ?

Elle secoua la tête.

— Bon, je te donne le choix, reprit Wyatt. Ou bien je reviens ici ce soir, ou bien tu passes la nuit à l'auberge. Il est hors de question que tu restes seule chez toi, Pénélope. Moi-même, je ne prendrais pas le risque.

— Mais c'est chez moi, j'ai l'habitude.

Avec un soupir, elle jeta un coup d'œil à sa petite cuisine, à son salon, au décor bizarre où se mêlaient les objets d'un vieil homme et les siens.

— Drôle de maison, hein ? remarqua-t-elle en reportant son attention sur lui.

Il se radoucit.

— Légèrement excentrique.

— Je t’en prie ! s’exclama Pénélope. Harriet est excentrique. Moi, je ne suis qu’un pauvre pilote qui n’a pas les moyens de tout démolir pour reconstruire la maison de ses rêves.

Sur une impulsion, elle se leva d’un bond et prit sa veste en laine polaire sur le dos de sa chaise.

— Finalement, c’est une bonne idée d’aller à l’auberge. Si ton père et toi préférez dîner en tête à tête, je mangerai dans la cuisine avec ma mère et Harriet. Ou bien je leur donnerai un coup de main. Elles doivent être débordées, avec tous ces journalistes.

— Et pour la nuit ?

— Il faut que je rentre. Cette maison n’est peut-être pas un palais, mais c’est chez moi. Je ne veux pas l’abandonner aux chiens de Bubba et à la presse.

— En ce cas, dit Wyatt en se levant à son tour, je prends ma trousse de toilette et je reviens avec toi.

Un grand sourire aux lèvres, Pénélope acquiesça d’un hochement de tête.

— J’en serais ravie.

Tandis qu’il l’observait pendant le dîner avec son père et Jack Dunning, Wyatt découvrit certaines choses sur Pénélope Chestnut. Elle ne serait peut-être pas d’accord sur son analyse, mais il s’en souciait d’autant moins qu’il était sûr d’avoir raison. Cette femme se mettrait en quatre, ferait n’importe quoi pour ceux qu’elle aimait. Cela expliquait sa détermination, son courage, sa ténacité. A côté de ce trait de caractère, elle était gênée, mal à l’aise dès qu’il s’agissait de demander ou bien d’accepter l’aide d’autrui. Elle ne voulait pas que d’autres s’aperçoivent de ses faiblesses, de ses craintes, de ses besoins profonds et préférait tendre une main secourable plutôt que d’être secourue.

Wyatt la comprenait, savait ce qu'il en coûtait. Il lui avait fallu vivre une tragédie dans les montagnes de Tasmanie pour reconnaître qu'il n'était pas invulnérable, que son corps et son âme pouvaient se briser. Et s'il s'était remis de ses blessures physiques, il se demandait parfois si son âme guérirait jamais. Mais la question ne se posait pas pour le moment. Pénélope, et ce qu'il apprenait d'elle, l'intéressait bien davantage.

Sa mère les avait installés dans un petit salon qui donnait sur la terrasse et le lac. Les journalistes ainsi qu'une poignée de curieux occupaient la salle octogonale. En voyant la joue meurtrie de sa fille, Robby avait eu une grimace douloureuse. Elle s'était toutefois abstenue de commentaires sur le choix de ses compagnons de table.

Jack avait déjà chapitré Pénélope sur les méfaits de la témérité qui, à en juger par le ton de sa voix, était synonyme de sottise. Peu habituée à se faire réprimander de la sorte, elle avait laissé le détective vitupérer, tout en beurrant une tranche de pain de potiron tiède. Le père de Wyatt semblait plus gêné qu'elle. Sans doute parce qu'il ne la connaissait pas encore.

Ils avaient évoqué les événements récents en termes vagues. Brandon Sinclair aurait jugé toute précision déplacée. Par quelque accord tacite inexpliqué, ni Pénélope ni Wyatt n'avaient mentionné la visite surprise de Bubba Johns au domicile de la jeune femme.

— Je tiens à ce que vous me laissiez travailler comme je l'entends, déclara Jack au moment du dessert. S'il faut que j'interroge le vieux et que je passe sa cabane au crible, je le ferais, que cela vous plaise ou non. Il ne servira à rien de me mettre des bâtons dans les roues.

Brandon Sinclair considéra son détective personnel avec un calme calculé. Calme, il ne l'était pas, Wyatt le savait d'expérience.

— Jack, il n'est pas question que vous commettiez des illégalités en mon nom.

Dunning se tourna vers lui, la nuque raide, la mâchoire crispée.

— C'était une façon de parler. Je connais les règles.

Un sourire radieux aux lèvres, Pénélope brisa la tension.

— Pendant que vous continuez à discuter tactique, je vais dans la cuisine dire bonsoir à ma mère et à Harriet.

— Surtout, lui dit Brandon, remerciez-les pour ce repas délicieux, et pour nous avoir installés à l'écart dans ce charmant salon. Ce fut un plaisir.

Wyatt nota que son père avait conquis Pénélope. Il lui faudrait maintenant l'entendre chanter les louanges de Brandon, et se voir, lui, le fils unique, traité de mufle en comparaison. Ce ne serait pas la première fois qu'une femme lui tiendrait ce genre de discours. Toutes semblaient faire fi de la vie affective tourmentée de Brandon, de ses trois mariages, de ses nombreuses maîtresses, des émotions refoulées qui affleuraient et dont Wyatt avait souffert dès sa plus tendre enfance. Si son père semblait heureux avec ses deux filles et sa troisième épouse, ce bonheur apparent recouvrait un vide béant, un gouffre fait de rêves inassouvis et de douleur profonde qui remontait à ses onze ans, au jour où son grand frère l'avait abandonné.

Après que Pénélope les eut quittés, Jack remplit son verre et déclara platement :

— Wyatt, vous devriez tenir cette fille à l'œil. Nous ignorons encore si son histoire est vraie. Rien ne prouve qu'elle n'a pas découvert l'avion voilà des années et fait main basse sur les diamants.

— Pour en faire quoi ? Les cacher dans sa tête d'élan ? ironisa Wyatt. Allons, Jack, un peu de bon sens ! Pénélope ne vit pas comme quelqu'un qui dispose de dix millions de dollars.

Jack ne céda pas une once de terrain.

— Vous connaissez les provinciaux. Ils se méfient de l'argent.

— Les Chestnut sont des gens simples. Cela ne fait d'eux ni des avares ni des détracteurs de l'argent. Si Pénélope en avait les moyens, elle construirait la maison de ses rêves, achèterait un avion et prendrait sans doute une option sur les bois des Sinclair.

— Elle vous tourne la tête, mais le problème n'est pas là.

Sur ces mots, Jack Dunning se leva et salua son patron de la tête.

— Si j'apprends quelque chose, je vous le ferai savoir.

Lorsque Jack se fut retiré, Wyatt observa son père un moment en silence. Un pli de tension à peine perceptible marquait son front. Pour le reste, rien ne laissait transparaître le stress qu'il subissait depuis vingt-quatre heures.

— Bubba est passé chez Pénélope en début de soirée, révéla Wyatt. Il lui a dit que les diamants avaient disparu il y a plus de vingt ans, et puis il est parti.

Son père leva son verre. Ses doigts tremblaient un peu.

— Elle compte en parler à la police ?

— Je suppose que oui. Mais ce n'est qu'une supposition. Elle cherche à protéger Bubba et la confiance qu'il a placée en elle. C'est pour cela que je n'en ai rien dit tant qu'elle était avec nous. Et puis, pour être franc, je n'ai pas forcément envie que Jack soit au courant.

— La vie de cet ermite est peut-être en danger, remarqua simplement Brandon.

Wyatt acquiesça d'un hochement de la tête.

— Père, reprit-il après une pause, pensez-vous qu'il puisse être Colt ?

— Certainement pas ! Colt avait une famille. Quoi qu'il se soit passé, quoi qu'il ait pu faire, il savait qu'il pouvait rejoindre sa famille, compter sur elle.

— Mais l'aurait-il fait ?

Brandon demeura un moment silencieux à observer son fils avec une nuance de curiosité.

— Qu'entends-tu donc par là ? demanda-t-il enfin.

— Votre père n'était pas un homme tolérant. Si Colt ne se sentait pas à la hauteur de ce qu'on attendait de lui, il doutait peut-être qu'on lui pardonne un jour d'avoir déchu.

Wyatt changea de position, hésita à reprendre du vin, y renonça.

— Colt passe aux yeux de tous pour un aventurier et un vaurien. L'était-il vraiment ? Personnellement, je n'en jurerais pas.

— Il me lisait des histoires, autrefois.

Le ton posé laissait transparaître une émotion enfouie profond, mais toujours présente.

— Il aimait les romans d'aventure. Jack London, Alexandre Dumas. Il adorait dessiner. Un jour, il m'a emmené au musée d'Histoire naturelle pour me montrer un aigle empaillé qu'il avait dessiné au fusain. Il n'était pas...

Brandon s'interrompit, domina le trouble qui l'agitait et reprit d'une voix neutre :

— Mon frère n'était pas un homme d'action.

— Mais il se croyait le devoir d'en être un, ajouta Wyatt.

— N'est-ce pas le cas de tout Sinclair ? commenta son père avec un bref sourire sans joie.

— Le vôtre aussi ?

— Bien sûr. Néanmoins, j'ai sciemment choisi d'honorer la mémoire de mon frère en ne cédant pas à mes impulsions. Mon père le savait. Il était partagé. Il souhaitait que je prenne des risques physiques, que je connaisse la grande aventure. Il m'aurait respecté davantage si je l'avais fait.

Il vida son verre, le posa sur la table et conclut :

— Mais il voulait aussi que je vive.

— Il vous a fallu du courage pour vous forger votre identité propre face à de telles pressions.

— Oui. Les pressions de la tradition familiale entretenues par un homme qui mesurait la valeur des autres aux risques physiques qu'ils acceptaient de prendre. Mon frère savait qu'il n'était pas à la hauteur sur ce plan. Et moi, j'ai résolu de prouver à notre père que ce que Colt voulait être — ce qu'il était de fait — avait autant de valeur que les exploits accomplis par des générations de Sinclair.

— Alors, vous avez sacrifié vos ambitions.

— Absolument. J'aurais gravi l'Everest, Wyatt, exploré l'Amazone. J'aurais monté des expéditions pour promouvoir la science et la recherche. Mais je n'en ai rien fait par choix. Parce que je savais — et j'en reste convaincu — que mon frère était aussi vaillant et courageux que tous les Sinclair. C'était une manière de révolte personnelle.

— Père…

Mais l'entretien avait pris fin. Brandon s'était levé, le dos droit, de nouveau noble et impassible.

— Tu devrais aller voir Pénélope avant qu'elle ne s'attire de nouveaux ennuis.

Il esquissa un sourire.

— Depuis des années, Wyatt, je souhaite que tu rencontres une femme aussi téméraire et obstinée que toi — afin que tu comprennes ce que ta mère et moi avons enduré. Il semblerait que l'un de mes rêves au moins se soit réalisé.

— J'ai prévu de passer la nuit chez elle.

— Bien. C'est ce que tu as de mieux à faire.

Alors que Brandon Sinclair se dirigeait posément vers la porte, Wyatt lui lança :

— Père, comment Colt aurait-il d'après vous réagi si Frannie Beaudine l'avait dupé ? Supposons qu'elle ait emporté les diamants à son insu, qu'elle soit morte dans l'accident et qu'il ait survécu, qu'aurait-il fait ? Vous le connaissiez bien. Aurait-il pu faire face à votre père ?

— Je l'ignore. Mais cette histoire est vieille de quarante-cinq ans, et père est mort depuis dix ans. Colt n'avait pas de honte à avoir avec moi. Il aurait dû le savoir.

19.

Dès son réveil, le lendemain matin, Pénélope alla jusqu'à son ponton pour examiner le sol boueux et les plaques de neige en quête d'empreintes. Bubba ne s'était pas matérialisé sous ses yeux par enchantement. Il devait bien venir de quelque part.

Wyatt la rejoignit et lui tendit un mug de café.

— Tu vois quelque chose ?

— Rien.

Elle se sentait plus tendue qu'un ressort.

— J'ai vraiment tout gâché ! soupira-t-elle. Harriet est dans tous ses états, Bubba chassé de chez lui… et c'est justement eux que je voulais protéger. Ah ! ils peuvent me remercier !

— Tes intentions étaient…

— Au diable mes intentions ! Comme le répète ma mère, l'enfer est pavé de bonnes intentions.

— Faux.

Le regard de Wyatt était lointain, plus noir que de coutume.

— L'enfer est pavé de négligence, de manque d'attention et d'irresponsabilité, ajouta-t-il.

— Je n'ai pas réfléchi.

— Mais tu n'es pas irresponsable.

Elle lui sourit, goûtant la chaleur de la tasse entre ses mains, l'air vif du matin.

— Finalement, ce n'est pas si mal de se réveiller avec toi.

Wyatt se pencha par-dessus le parapet pour contempler l'étendue du lac, si calme, et écouter les oiseaux.

— Joli endroit, remarqua-t-il.

— C'est très différent en été. Je me lève souvent de bonne heure pour aller faire un tour en kayak avant de me rendre au travail. Il y a des camps tout le long de la route. On entend les gamins, et on sent les barbecues jusqu'ici.

— Ça ne te gêne pas ?

— J'adore ! Après l'hiver, pendant lequel je vis en recluse, cela fait du bien. En un sens, je comprends Bubba, la paix et la satisfaction qu'il doit tirer d'une vie simple, de son indépendance.

Elle but une gorgée de café, puis fixa le lac.

— Seulement moi, j'ai aussi besoin des gens. Même si ma famille et mes amis me tapent parfois sur les nerfs — et vice versa —, je n'éprouve pas le besoin de les fuir.

— Parce que tu penses que Bubba fuit ?

— En un sens, oui. Va savoir, c'était peut-être une question de survie. On ignore tout de sa famille, de ses amis.

Wyatt se taisait. Lui aussi soupçonnait Bubba Johns d'être son oncle. Son âge, ses yeux gris, son physique anguleux. Il pourrait bien être un Sinclair.

— Je réfléchissais, reprit Pénélope. Puisqu'on a dix millions de dollars en diamants volés et un ermite, pourquoi pas un enfant secret ? Au point où nous en sommes, ce n'est pas plus invraisemblable que le reste. Supposons que Harriet soit la fille de Colt et de Frannie. Cela impliquerait que Frannie l'ait mise au monde ici, à Cold Spring.

— Pourquoi pas à New York ?

— Trop compliqué. Il aurait fallu qu'elle cache le bébé quelque part, qu'elle passe le chercher avant d'embarquer à bord de l'avion, que la petite survive à l'accident, et j'en passe. Mais à Cold Spring, Frannie avait des amis sûrs.

— Doucement, Pénélope, ne t'emballe pas.

Elle leva les yeux vers lui.

— Tu as raison. Ecoute, je vais faire un saut à l'aéroport. Il faut que je parle à mon père. Si les journalistes assiègent son royaume, il doit être comme un lion en cage. Tu vois ton père et Dunning ce matin ?

— Ils attendront. Je t'accompagne.

— Pour me protéger, ou parce que tu ne me fais pas entièrement confiance ?

Il eut un sourire amusé et rentra une mèche folle dans la natte qui maintenait les cheveux de Pénélope.

— Et si c'était pour le plaisir de ta compagnie ?

— Admettons, mais cela vient en prime.

Ils trouvèrent Lyman en compagnie de sa sœur, lui disant haut et fort qu'il trouvait son café infect.

— Si je supporte tes cigares, répliqua-t-elle, tu peux boire mon café.

Pénélope s'assit sur une chaise en vinyle à armature chromée. Wyatt se promenait dehors et examinait l'avion de Jack Dunning : il préférait rester à l'écart par discrétion. Pénélope refusa la tasse de café que lui proposait sa tante Mary et attaqua sans préambule :

— Papa, tu savais que Frannie était partie en emportant l'équivalent de dix millions de dollars en diamants volés ?

— Oh ! mon Dieu ! s'exclama sa tante.

Son père but une gorgée de café en grimaçant.

— Je me doutais d'un truc de ce genre. Peut-être pas dix millions et peut-être pas des diamants. Mais entre l'attitude de Willard à l'époque et ce qui se passe ici depuis quelques jours, j'étais certain qu'il y avait de l'argent dans cette affaire. On ne ferait pas tant d'histoires autour d'un couple mort depuis près de cinquante ans.

— S'ils sont morts, corrigea Pénélope.

Il haussa les épaules.

— D'accord. S'ils sont morts.

— Bien. Frannie a donc volé des diamants. Reste à savoir pourquoi. J'ai une théorie là-dessus. Tu veux entendre ?

— Parce que j'ai le choix ?

Elle tenta de sourire, sans vraiment y parvenir.

— Supposons que Frannie Beaudine soit aussi la mère de Harriet. Si tel est le cas, il faut bien que quelqu'un à Cold Spring l'ait aidée à mettre l'enfant au monde. Elle n'a pas pu accoucher à New York, cela ne tient pas debout. Et une fois le bébé là, il a bien fallu que quelqu'un s'en occupe pendant que Frannie rentrait à New York.

Tante Mary se leva d'un bond.

— Bon. J'ai des courses à faire. Je vous laisse discuter. Depuis quarante-cinq ans, j'ai entendu toutes les hypothèses possibles et imaginables, et si vous voulez mon avis, certains mystères sont faits pour ne pas être élucidés.

Ni Pénélope ni son père ne tentèrent de la retenir. Tante Mary n'avait aucune patience pour ce genre de discussion. Lorsqu'elle les eut quittés, Pénélope reprit sous le regard résigné de son père.

— On retrouve donc Frannie à New York. Colt et elle dévoilent leur relation au grand jour, mais la chose est mal vue. Frannie n'est pas le genre d'épouse que souhaite Willard pour son aîné. Elle est d'autant plus furieuse qu'elle a ce bébé, là-bas, et elle estime avoir droit à sa part de la fortune des Sinclair. Comme elle ne peut plus compter sur Colt pour faire sa vie, elle se sert et embarque les diamants.

Elle marqua une pause dans l'espoir que son père lui dirait si elle allait trop loin ou pas ; au lieu de quoi, il se contenta de grommeler :

— Vas-y, continue.

— Maintenant, suppose que Colt se doute de quelque chose, ou alors qu'il découvre le pot aux roses, en tout cas, un événement fait qu'il accepte de s'enfuir avec Frannie. Il sait qu'il sera déshérité, renié ou je ne sais quoi, mais elle n'est pas inquiète pour leur avenir.

— Parce qu'elle a les diamants.

— Exactement. Alors, ils s'envolent tous les deux pour rejoindre leur enfant. Sauf que l'avion s'écrase, et ils disparaissent. A Cold Spring, ceux qui ont aidé Frannie à la naissance de l'enfant se retrouvent avec le nouveau-né sur les bras. Naturellement, ils ignorent tout des diamants. Et quand il apparaît que Colt et Frannie n'ont pas pu survivre à l'accident, ils n'ont plus le choix.

— Ils laissent le bébé sous le porche de l'église pour que mon oncle le trouve.

— En gros, ce serait mon hypothèse, oui.

Il hocha la tête, pensif.

— Et tu as des hypothèses sur ceux qui l'ont aidée ici ?

— Oui.

— Alors ?

Elle croisa son regard clair et franc.

— Je crois que c'était toi et grand-père.

— Pourquoi ? Parce qu'on n'a pas voulu participer à tes séances d'entretiens ?

— En partie. Et aussi parce que, si j'avais vingt-cinq ans et que j'étais dans les ennuis jusqu'au cou, c'est auprès de gens comme toi et grand-père que j'irais chercher de l'aide. Je saurais que je peux compter sur vous, que vous agirez pour le mieux. Et, toujours dans le cadre de mon hypothèse, le mieux, c'était de donner à ce bébé un bon foyer et une chance d'être heureux. Frannie et Colt morts, rien d'autre ne comptait.

Son père se frotta la mâchoire et soupira en agitant la tête.

— Ma fille, pour trouver ça, tu as dû drôlement te remuer les méninges. J'avoue que là, tu te surpasses.

— Mais non, papa, c'était facile.

Il se leva de sa chaise.

— Bon, eh bien, moi, j'ai du travail.

— Papa…

Il se retourna vers elle et, contre toute attente, il ne semblait pas du tout irrité.

— Je ne sais pas grand-chose, la môme, mais je sais au moins ce qu'il m'appartient de dire ou de ne pas dire. Et maintenant, est-ce que tu te sens d'attaque pour aller pousser un balai ?

Esquissant un sourire, Pénélope songea qu'il fallait lui laisser le temps de digérer tout cela. Elle ne tirerait rien d'autre de lui pour le moment.

— Tu sais aussi comment te débarrasser de moi, n'est-ce pas ? répliqua-t-elle. Je vais jeter un œil dehors, voir ce que mijote Wyatt.

Depuis la porte du bureau, elle scruta l'aéroport balayé par le vent sans le voir. Enfin, elle l'aperçut au loin, près du troisième hangar, et elle entreprit de le rejoindre, le visage fouetté par une bise glaciale. Ce matin, elle sentait ses éraflures et ses bleus. Lorsqu'elle arriva à sa hauteur, elle remarqua qu'il avait les cheveux ébouriffés. Avec la baisse de température, il avait aussi ressorti son blouson de cuir.

— Tu devrais prendre des leçons de pilotage, dit-elle. Tu as le physique d'un aviateur.

Il lui sourit.

— Je me vois bien au premier rang dans la classe de ton père. C'est comme si j'y étais !

— S'il a pu me supporter, il te supportera. Que faisais-tu ?

— Rien. Je regardais.

— Il n'y a pas grand-chose à voir par ici. On n'utilise presque jamais ce hangar en saison creuse. Aux beaux jours, papa engage du personnel supplémentaire, et je te promets qu'on ne chôme pas.

— Tu aimes ça, n'est-ce pas ?

— Oui, j'aime ça.

Mais il avait remarqué quelque chose, elle en aurait juré. Son regard le trahissait. Feignant de ne s'apercevoir de rien, elle croisa les bras sur sa poitrine et se dirigea vers le coin du hangar, comme pour se mettre à l'abri du vent. Chemin faisant, elle cherchait des yeux ce qui avait pu retenir l'attention de Wyatt. Et là, soudain, elle vit. Des traces de pas dans les restes de neige et la boue gelée.

Elle pivota vers lui.

— Tu comptais ne pas me le dire, hein ? Où mènent ces empreintes ? Tu les as suivies ? Et ce ne sont pas celles de journalistes. Ils n'ont rien à faire par ici…

Haletante, elle s'interrompit pour reprendre son souffle.

— Je sais ! Ça ne peut être que Bubba. Mon père doit le cacher.

— Il y a une porte sur le côté, tout au bout du hangar. Elle est fermée à clé. Pénélope… pas de déductions hâtives, s'il te plaît.

Mais elle était déjà partie au pas de charge dans la direction indiquée. Derrière elle, Wyatt laissa échapper un soupir exaspéré. Oh ! il pouvait bien l'accuser d'être impulsive, intrépide, mais en aucun cas dire qu'elle était distraite. Pas en ce moment. Elle était concentrée, furieuse. Et sûre de ses déductions.

Parvenue devant la porte dépourvue de fenêtre, elle la trouva effectivement verrouillée. Rien d'anormal à cela. Vu son éloignement, elle ne servait jamais. Mais elle ouvrait sur un petit entrepôt auquel on accédait par l'intérieur du hangar, dont les immenses portes étaient elles aussi verrouillées à cette époque de l'année.

Si elle-même avait voulu cacher quelqu'un ou se réfugier en lieu sûr, c'était l'endroit idéal.

Elle leva le poing pour frapper, se ravisa et donna un coup de pied dans le battant.

— Pénélope !

C'était son père. Avec Wyatt sur les talons. Les ignorant tous deux, elle donna un second coup de pied rageur dans la porte. Les messages de menace, sa maison mise à sac, ses serrures brisées, sa terreur quand la porte de l'abri de Bubba l'avait envoyée rouler dans la neige… c'en était trop ! Si elle était revenue sur son récit, si elle avait menti en déclarant avoir découvert une décharge et non pas les restes d'un avion, c'était pour protéger un innocent vieillard et une femme qu'elle aimait. Elle l'avait fait d'instinct, pas par calcul. Et cela ne durait pas depuis des années ! Pas comme les cachotteries de son père qui lui mentait depuis toujours.

— Pénélope, bon sang ! lui lança-t-il. Tu vas casser la porte !

— Tant mieux !

Lyman était aussi essoufflé que furieux. Derrière lui, Wyatt demeurait impassible. Les gènes des Sinclair avaient repris le dessus. Dieu qu'elle lui en voulait, soudain ! Il ne lui aurait rien dit des traces de pas, se serait arrangé pour revenir discrètement et parler à son père derrière son dos…

Hmm. La paille et la poutre. Ne s'était-elle pas efforcée de l'éloigner des traces de Bubba lorsqu'ils recueillaient la sève dans les bois ? Quand était-ce, déjà ? Mercredi ? Que cela semblait loin !

— Pour l'amour du ciel, arrête, Pénélope ! insista Lyman. Il n'est pas là.

Elle se retourna, bouche bée, et sentit des larmes lui brûler les yeux.

— Papa… tu m'as menti.

L'air grave, il hocha la tête.

— Ma fille, c'est une piètre excuse, mais cela ne te concernait pas.

— Papa… Mon Dieu, quand je pense…

Voyant que Wyatt et son père fixaient quelque chose derrière son dos, elle pivota sur les talons et se trouva en face de Bubba, surgi comme de nulle part. Il devait se cacher derrière le hangar, et il était venu voir, attiré par le bruit et les voix amies.

— Bubba, dit alors Lyman, le temps des aveux est venu. Parle.

Le vieillard acquiesça d'un hochement de tête. Il regarda Pénélope, longuement, puis Wyatt, et il commença :

— Mon vrai nom n'est pas Bubba Johns. Je l'ai inventé. Mon vrai nom…

Il s'interrompit, le temps de déglutir, et son regard gris se noya de larmes inattendues.

— Je suis Colt Sinclair.

Lyman Chestnut, le provincial taciturne de la Nouvelle-Angleterre, et Colt Sinclair, l'ermite efflanqué et hirsute, formaient une bien étrange paire dans le bureau du chef de police. Ils avaient résolu de tout raconter : comment Colt avait survécu à l'accident, ce qu'il était advenu de Frannie, ce qu'il savait des diamants, comment Lyman s'était trouvé impliqué dans l'affaire… Et ils tenaient à le faire dans les règles, au poste de police, afin de prévenir tout nouveau désordre.

Pénélope, elle, bouillait de frustration. Elle voulait des explications, et tout de suite. Wyatt la sentait prête à exploser quand Andy Mac Nally leur demanda de sortir. Il lui prit la main, sentit qu'elle se détendait un peu, et elle le suivit presque docilement.

Le vent était tombé, mais la température demeurait hivernale. Dans la voiture de Wyatt, ils regagnèrent l'auberge où l'on attendait les journalistes qui avaient appris que Bubba Johns se trouvait au poste de police. Loin de s'inquiéter pour le vieil ermite, Pénélope déclara avec froideur :

— Papa et lui méritent tout ce qui leur arrive. Ils l'auront cherché.

Occupée à ranimer le feu, sa mère était du même avis.

— J'étais certaine qu'un jour Lyman serait arrêté à cause d'un Sinclair.

— Tu exagères, maman ! Ils ne l'ont pas arrêté. Qu'est-ce qu'Andy pourrait bien lui reprocher ? D'avoir fait des cachotteries à sa femme et à sa fille ?

Robby Chestnut pâlit. Wyatt compatissait. Son mari était dans le bureau du chef de la police, et sa fille meurtrie, couverte de bleus, et en compagnie d'un Sinclair. Pauvre Robby, qui ne demandait rien d'autre qu'une jolie auberge et une vie paisible !

— Lui et Frannie... Si tu savais comme il l'adorait. Nous l'adorions tous. Elle était si dynamique, si déterminée à se faire une place au soleil. Pour elle, il aurait décroché la lune.

Pénélope saisit le bras de sa mère.

— Attends ! Tu ne veux pas dire que... que papa et Frannie...

— Non !

Robby pâlit davantage, si c'était possible.

— Dieu du ciel, non ! Il n'avait que quinze ans. Il n'était pas...

Elle s'interrompit, agita la tête avec emphase et répéta, catégorique :

— Non.

— C'est ce que je pensais. Mais au train où vont les choses en ce moment...

— Inutile de t'expliquer, je comprends.

Alors que Robby avait entrepris de déposer une bûche dans le feu, elle lui glissa des mains, manqua lui tomber sur le pied.

— Maman, pas comme ça ! protesta Pénélope. Tu vas te brûler !

Et Wyatt se retira pour les laisser seules.

Sur la terrasse, il trouva son père vêtu d'un gros pull en laine d'Ecosse et absorbé dans la contemplation du lac Winnipesaukee. A peine Wyatt l'avait-il rejoint que Brandon déclara :

— Cela n'a pas tellement changé, ici. Bien sûr, Cold Spring s'est développé. Quand j'étais jeune, ce n'était qu'une petite bourgade isolée et sur le déclin. Aujourd'hui, elle jouit d'une population active en plein essor et d'une industrie touristique florissante. Cette auberge, par exemple… Quand j'étais gosse, c'était une maison de pêcheur qui tombait en ruine.

— Vous étiez très jeune, lors de votre dernière visite. Cela doit vous faire drôle de revenir…

— Je voulais participer aux recherches, les aider à retrouver Colt. Je m'en souviens comme si c'était hier. Je tenais désespérément à le retrouver. Pendant des semaines, des mois, je n'ai pensé qu'à cela. Mais mon père me l'a interdit. Il ne m'a même pas autorisé à venir ici, et j'ai dû rester à New York avec ma mère, aller en classe. J'ai fait ce qu'on attendait de moi, alors que je rêvais de m'enfuir et de retrouver mon frère.

— Père…

D'un geste de la tête, Brandon l'interrompit.

— D'ailleurs, je me suis enfui. Trois fois dans les dix-huit mois qui ont suivi le départ de Colt. Je suis arrivé une fois jusque dans le Massachusetts. Les deux autres fois, la police de l'aéroport m'a intercepté.

Il inspira profondément pour endiguer le flot de son émotion.

— Je crois que mon père en était secrètement ravi.

— Cela doit être pénible pour vous, aujourd'hui, observa Wyatt, qui se sentait impuissant.

— Il y a des années, j'ai entendu parler de l'ermite qui vivait sur nos terres. J'avais le vague soupçon qu'il s'agissait peut-être de Colt, mais je n'ai jamais pu me résoudre à faire le nécessaire pour m'en assurer.

Levant les yeux vers Wyatt, il se fit sévère.

— Il a renié sa famille. Non pas une fois, mais deux. En partant sans même un adieu avec Frannie Beaudine, et en devenant ensuite ce Bubba Johns. Il a eu quarante-cinq ans pour renouer, Wyatt. S'il avait voulu me voir ou te connaître, il savait où nous trouver.

Brandon avait beau refouler ses émotions, croire qu'il les maîtrisait, elles affleuraient maintenant — la colère, la frustration, le deuil de la perte, le sentiment d'abandon, d'avoir été trahi. Pour sa part, Wyatt n'éprouvait ni soulagement ni satisfaction à constater que, derrière l'homme de cinquante-six ans qu'était son père, se cachait un petit garçon qui ne s'était jamais remis des souffrances que lui avait infligées son grand frère par ses choix.

Et tout était d'une simplicité désarmante : il avait aimé son grand frère, et l'amour n'avait pas suffi.

— Wyatt, reprit Brandon, je sais que j'ai failli envers toi des centaines de fois, mais jamais je ne t'ai abandonné. Sans doute ai-je été maladroit, mais je me suis toujours efforcé d'être là pour te soutenir.

— Je sais.

— Le sais-tu vraiment ?

Le ton était presque dur, réprobateur. Wyatt confirma en hochant la tête.

— Vous nous aimez tous trois, Ellen, Béatrice, moi. Nous ne demandons pas davantage. Cela suffit.

Colt Sinclair vivant.

Assise à sa fenêtre qui donnait sur le lac, Harriet en était bouleversée et défaite. Elle respirait avec peine, son cœur battait à se rompre. Elle allait s'effondrer.

Si Colt était vivant, il ne pouvait être son père. Jamais il n'aurait abandonné son enfant sous un porche, fût-ce celui d'une église. Il aurait repris sa fille et l'aurait élevée.

Mais à vingt et un ans, il était à peine adulte lui-même...

Certes, mais il n'aurait pas abandonné sa propre enfant, cela ne faisait aucun doute.

Elle s'était longtemps demandé qui l'avait enveloppée dans une couverture et déposée dans son panier sous le porche de l'église par cette froide nuit d'avril — sans trouver de réponse. Lyman, à ce qu'il semblait à présent. Son propre cousin. Un homme qu'elle connaissait depuis son plus jeune âge. Il savait que leur ermite était Colt Sinclair. Quels autres secrets cachait-il ?

Elle ne voulait ni le voir ni lui parler. Pas encore. Pour l'instant, le simple fait de respirer suffisait à ses peines.

On frappa doucement à sa porte. Dans un cri, Harriet bondit de son siège, renversant sa trousse de couture.

— Harriet ? C'est moi, Jack.

Vanité ridicule, elle remonta ses cheveux, avant de jeter un coup d'œil dans le miroir de sa coiffeuse pour voir si elle était à peu près présentable. Non, elle ne l'était pas. Elle avait le cheveux terne, le teint blême, le regard halluciné. Trop ébranlée par les récentes révélations, elle ne parvenait même pas à pleurer. Ses larmes, ses sanglots l'étouffaient. Elle avait pourtant bien envisagé que Bubba Johns pût être Colt Sinclair. Mais jamais elle n'y avait cru vraiment, et la réalité l'atteignait à présent de plein fouet.

— Harriet...

— Oui, je suis là !

Elle ouvrit la porte, et manqua défaillir à sa vue. Le choc était le même dès qu'elle l'apercevait, dès qu'elle pensait à lui.

— Jack… que puis-je faire pour vous ?

— Je peux entrer ?

— Bien sûr.

Il ferma sans bruit le battant derrière lui. En proie à une vive excitation, Harriet respirait encore plus mal, et tandis que Jack visitait les trois pièces de son appartement, examinait attentivement les lieux, elle se mordait l'intérieur de la joue pour ne pas s'évanouir. Et voilà qu'elle avait presque honte, qu'elle se sentait affreusement gênée. En dehors de Robby et Pénélope, personne ne montait jamais chez elle. Ses amis la voyaient en bas, ou bien dans l'une des salles communes. Pas un homme ne s'était aventuré dans l'appartement. Et si la présence de Jack était incongrue parmi ses fleurs, ses dentelles et ses fanfreluches, il n'en paraissait pas le moins du monde troublé.

Il lui sourit.

— C'est exactement comme je me l'imaginais.

— Si vous saviez comme c'est agréable en été, quand la brise monte du lac et…

Harriet s'interrompit, sidérée de le voir ouvrir un tiroir de sa commode.

— Mais… qu'est-ce que vous faites ?

— Je cherche où tu as pu cacher les diamants.

Elle en resta muette. Incapable d'articuler une parole.

— Bien, dit-il. J'aime ce silence. Au moins, tu ne vas pas faire semblant de ne pas savoir.

— Jack, je vous en prie, non !

Il s'assit sur le bord de son lit et la détailla de son regard froid. Elle portait un large pantalon de coton bleu marine, un corsage blanc, et sa montre pour tout ornement. Elle n'avait ni le panache de Robby pour s'habiller, ni la beauté naturelle de Pénélope. Il lui fallait soigner son apparence, faire des efforts — qu'en général elle ne faisait pas. Ce matin, elle avait renoncé au maquillage, s'était débarbouillée pour l'enlever.

— Ah ! Harriet...

Il soupira en agitant la tête.

— Allez, autant l'avouer, j'ai un faible pour toi. Mais je crois que tu le sais déjà.

Ses yeux se plissèrent pour mieux la scruter. Le détective en pleine action.

— D'après mes déductions, il y a longtemps que tu as retrouvé les restes de l'avion. Combien de temps ?

Harriet avait la bouche si sèche que les mots semblaient accrocher.

— J'avais seize ans.

— Seize ans. Un drôle d'âge pour découvrir l'avion dans lequel, pensais-tu, tes parents étaient morts.

— Mes parents biologiques, rectifia Harriet dans un murmure.

— Drôle d'expression ! Enfin, si tu y tiens... tes parents biologiques. Bref, cela fait près de trente ans que tu te tais. Tu m'impressionnes, Harriet. Tu m'impressionnes.

— Je n'ai pas... jamais regardé à l'intérieur de l'avion. Je ne voulais pas voir les cadavres. Je suis tombée dessus par hasard. Je cherchais une amie... Nous nous étions séparées et...

Elle ferma les yeux. La porte de ce placard fermé depuis longtemps au fond de sa mémoire s'ouvrit, et une tornade fit remonter d'un coup tout ce qu'elle avait enfoui, caché aux autres comme à elle-même.

— J'ai trouvé les diamants sur la colline, à quelques mètres de la carcasse de l'avion, calés sous une pierre. Ils étaient dans une petite boîte d'aquarelle. Sans doute avait-elle été projetée jusque-là par l'impact du choc.

— Une heureuse trouvaille, commenta Jack d'un ton ironique.

Harriet le dévisagea et, dans un éclair de brutale lucidité, elle vit ce qu'il aurait pu être — ce qu'ils auraient pu être ensemble — et ce qu'il était. Un homme tendre et brave qui rêvait d'un ranch au Texas, et une brute impitoyable qui écraserait tout sur son passage — elle inclue — à présent que son rêve était à portée de main.

— Je ne les ai pas pris immédiatement, poursuivit-elle. Je ne savais pas trop ce que c'était… s'ils étaient vrais… Je pensais que… que je n'étais pas censée les trouver. Alors, je les ai laissés avec l'avion. Plus tard, quand Bubba Johns a construit sa cabane, je suis retournée les chercher.

— Pourquoi n'as-tu révélé à personne que tu avais découvert l'avion de Colt et Frannie ?

Harriet se passa la langue sur les lèvres en pure perte. Elle n'avait plus une goutte de salive.

— Je n'étais pas prête à apprendre la vérité, quelle qu'elle puisse être. J'aimais mes vrais parents, et je ne voulais pas que…

— Où sont les diamants, à présent ?

Inutile de mentir. Elle savait qu'il mettrait son appartement à sac si nécessaire. Ils étaient au troisième étage, et personne n'entendrait rien. Si elle criait, il la bâillonnerait.

— Ici, dit-elle.

Et elle alla ouvrir le coffre ancien de son salon. Dedans, tout au fond, il y avait la boîte d'aquarelle contenant les diamants. Elle leur avait confectionné un petit sac de velours fermé par un ruban rouge. Elle ouvrit la boîte et remit les diamants à Jack.

— Ben merde ! dit-il d'une voix étouffée. Harriet, bon sang, j'aurais préféré que ça ne finisse pas comme ça.

— Je sais.

Il lui effleura la joue, laissa ses doigts errer jusque dans ses cheveux.

— Tu voudrais que je sois ton chevalier sans peur et sans reproche. Et ça me plairait bien, tu sais. Peut-être plus que tu ne le crois. Mais je ne suis qu'un mauvais garçon de Brooklyn qui s'en sort comme il peut, par le seul moyen qu'il connaisse. Je veux mon ranch, Harriet. Si je pouvais t'expliquer…

— Inutile d'expliquer, Jack, je comprends. Pendant que je rénovais cette ruine avec Robby pour en faire une auberge, je l'imaginais finie, avec ses coussins brodés, ses jolis papiers peints, ses vases de pot-pourri. Nous avons passé des journées entières à quatre pattes pour décaper le plancher, le cirer. Nous étions si épuisées et découragées, que nous étions tout près de laisser tomber. Et puis, je regardais le soleil se coucher sur le lac…

Elle s'interrompit, avala péniblement sa salive.

— Je sais ce que c'est qu'avoir un rêve.

— Je croyais que ton rêve, c'était d'être une Sinclair.

— Non, assura-t-elle avec un pauvre sourire. Ça, c'était une histoire que je me racontais, un fantasme stupide. Je suis une Chestnut, et ma place est ici.

Harriet haussa les épaules.

— Je m'en rends compte un peu tard, mais c'est la vérité.

Jack pencha la tête de côté, plissant les yeux comme pour mieux l'étudier.

— Bon sang, Harriet ! Mais alors, c'est toi qui essayais de flanquer la frousse à Pénélope !

Coupable, elle baissa les yeux sur ses pieds. Une autre porte venait de s'ouvrir, une autre vérité terrible en sortait. Elle avait honte. Et pas question de pleurer. Les larmes, c'était trop facile.

— Mais pourquoi ? s'exclama Jack. A quoi cela pouvait-il bien te servir ?

— Je l'ignore. Je crois que je voulais être la seule à savoir où se trouvait l'avion de Colt et Frannie. J'avais peur de la vérité, et Pénélope…

Soudain, elle étouffait de nouveau, cherchait son souffle.

— Pénélope n'a peur de rien. Je lui ai envoyé le message électronique, le fax… mais je ne lui ai pas fait de mal. Ça, Jack, c'était toi. Je le sais.

Il tendit la main pour prendre la sienne.

— Fais-moi confiance, Harriet. Viens avec moi. Ensemble, nous ferons quelque chose de bien. Je ne sais pas ce qui m'est arrivé. Jamais je n'aurais cru que j'en pincerais pour une fille comme toi, mais c'est fait.

Harriet pressa sa main. Elle était ferme, chaude, légèrement calleuse par endroits.

— Tu as laissé Bubba dans la neige pour qu'il meure ?

— Certainement pas ! Je savais que Wyatt et Pénélope le retrouveraient. J'ai suivi ce vieux bouc jusqu'aux décombres de l'avion, mais il s'en doutait. Il a voulu jouer au malin, alors je l'ai assommé ; il est tombé comme une masse, et je suis allé fouiller l'avion. Pas de corps, et pas de butin.

— Tu étais au courant, pour les diamants ?

— Je savais que c'était un truc comme des diamants, un machin qui ne craignait pas les intempéries. J'ai fini par soutirer le secret à Brandon Sinclair. Il m'a fallu un bon bout de temps pour réaliser que c'était toi qui les avais. Harriet, je ne suis pas un assassin. J'ai travaillé dur toute ma vie. Tu ne sais pas ce que c'est. L'honneur, l'intégrité, ça ne se mange pas. Ça n'achète pas un ranch. Je suis revenu à New York avec l'espoir que je pourrais me tailler une part du gâteau. Depuis trois ans, je protège Brandon Sinclair de sa propre paranoïa. C'est mon tour à présent d'avoir la belle vie. Je le mérite bien.

— Et moi, Jack ? Qu'est-ce que je mérite ? demanda Harriet d'une voix à peine audible.

Il se leva, les traits indéchiffrables.

— A mon avis, même l'ermite ne sait pas que tu as pris les diamants. Si j'ai réussi à le deviner, c'est parce que je suis tombé amoureux de toi. Autrement...

Il haussa les épaules.

— Va savoir, hein ?

— C'est mal.

Jack ne la regardait plus.

— J'ai juste besoin d'un peu de temps pour filer.

— Et moi ?

— Tu ne diras rien.

A cet instant, il planta les yeux dans les siens. Ils étaient froids et vides, comme morts. Toute chaleur s'en était retirée.

— Ton silence et ce que tu as fait à Pénélope t'ont déjà condamnée.

20.

Sur la route de l'aéroport, Pénélope n'évita pas un nid-de-poule, pas une plaque de verglas. Elle conduisait au mépris de tout danger, mais il lui fallait retrouver Jack Dunning et Harriet au plus vite. Elle n'avait aucune confiance en Dunning et s'inquiétait pour Harriet.

La nouvelle était passée sur les ondes, à CNN, dans tous les médias de Boston et du New Hampshire. Tous les journalistes présents à Cold Spring voulaient des photos de l'héritier devenu ermite. Mais Bubba Johns, alias Colt Sinclair, et Lyman Chestnut se refusaient à coopérer. En quittant le bureau d'Andy Mac Nally, ils gagnèrent directement l'auberge du Soleil Levant.

Robby Chestnut les installa dans la cuisine devant des sandwichs et du café, puis elle prévint les journalistes que, en vertu d'un décret des services sanitaires, l'accès du lieu leur était interdit. Jamais Pénélope n'avait été plus fière de sa mère. Quoique furieuse que son époux l'ait tenue à l'écart de ses secrets, elle ne l'aimait pas moins et voulait qu'il puisse déjeuner en paix avec son vieil ami.

Personne ne se proposa d'aller chercher le frère et le neveu de Bubba/Colt. Si le vieil ermite souhaitait les voir, c'était à lui de demander — ce qu'il n'avait pas fait.

— Alors, demanda Robby en remplissant leurs tasses, qu'est-ce qui est arrivé à Frannie ?

— Elle est morte quelques heures après l'accident, expliqua Colt Sinclair. Je ne pouvais rien pour elle. Nous devions aller au Canada, mais elle a insisté pour passer d'abord par Cold Spring, où Lyman et son père nous attendaient à l'aéroport. Seulement je...

Les yeux gris du vieil homme s'embuèrent.

— ... Il y a eu un pépin, et l'avion s'est écrasé.

— Mon père est aussitôt parti à leur recherche, se souvint Lyman. Il avait une idée du lieu de l'accident. En chemin, il a rencontré Colt. Frannie s'était traînée hors de la carcasse. Elle ne tenait pas en place. Papa a fait ce qu'il pouvait pour tenter de la sauver, sans résultat. Elle souffrait d'hémorragies internes.

— Elle n'avait qu'une idée en tête, déclara Colt d'une voix calme. Voir son bébé.

— Doux Jésus ! murmura Robby.

— J'avais installé le nourrisson dans la loge de pêche de papa au bord du lac, reprit Lyman. Papa et moi, on s'est relayés pendant des semaines pour veiller sur la petite. Ma mère se doutait de quelque chose, et j'ai surpris Mary à me suivre plus d'une fois. Frannie était revenue pour accoucher ici. J'avais remarqué qu'elle était enceinte. On a gardé le secret aussi longtemps que possible.

— Tu l'as aidée à accoucher ? interrogea Pénélope, qui n'en revenait pas.

Il confirma d'un mouvement de tête.

— Mon père est arrivé comme les cheveux sur la soupe. Elle était en plein travail. Il a d'abord cru que j'étais le père de l'enfant, et je peux vous dire que j'ai passé un sale quart d'heure. Quand on a eu éclairci les choses, il a retroussé ses manches, et on a fait de notre mieux.

— Mais pourquoi, papa ? Je ne comprends pas. Pourquoi ne pas l'avoir emmenée à l'hôpital ?

— A l'époque, avoir un enfant illégitime n'était pas une partie de plaisir. Et puis, Frannie avait des idées bien arrêtées. Elle tenait à ce que personne ne connaisse l'existence de la petite. Elle avait peur.

Colt, qui n'avait pas touché à son sandwich, croisa ses mains noueuses sur la table et agita la tête.

— Je n'étais au courant de rien. Je ne l'ai appris que cette nuit-là, dans l'avion. De tout l'hiver, je ne me suis jamais douté qu'elle était enceinte. Elle était...

Il ferma les yeux, déglutit péniblement.

— C'était la femme la plus merveilleuse que j'aie jamais rencontrée.

— Et son enfant était celui du père de Colt, ajouta Lyman avec une franchise brutale.

Pénélope manqua s'étouffer.

— Willard Sinclair ? s'exclama sa mère, horrifiée. Le vieux sagouin !

— Il l'avait séduite au cours de l'été précédent, expliqua Lyman. Mais cela n'avait pas duré. Elle était convaincue que jamais il ne reconnaîtrait l'enfant. Il ne la voyait plus, faisait comme s'il ne s'était rien passé entre eux. Et puis, il faut bien dire que Frannie... elle voulait le beurre et l'argent du beurre. Aussi a-t-elle accepté quand il lui a proposé un emploi à New York. Elle a soigneusement caché sa grossesse, et elle est rentrée ici pour avoir son bébé au pays, parmi ses amis.

— Et après ça, elle est retournée à New York ? intervint Pénélope.

— En promettant de nous contacter quand elle aurait trouvé une solution. Alors, papa et moi, on s'est relayés pour s'occuper de la petite.

— De Harriet, précisa Robby, les lèvres pincées.

Son époux hocha la tête.

— Elle avait six semaines quand Frannie a appelé pour prévenir qu'elle avait pris ses dispositions et viendrait en avion à Cold Spring. Seulement... l'avion s'est écrasé.

— Quelle horreur ! murmura Pénélope. Etre séduite par un homme et tomber amoureuse de son fils pour finir...

— Non ! l'interrompit Colt. Frannie n'a jamais été amoureuse de moi. Elle avait besoin de moi pour se lancer dans une nouvelle vie. Dans son désespoir, elle était prête à tout. Elle a pris les diamants en estimant que mon père lui devait bien ça. Elle comptait emmener sa fille au Canada et repartir de zéro.

— Avec vous ? demanda Pénélope.

— Non. Avant de mourir, elle m'a dit que ma place était auprès de ma famille, avec mon frère. Elle avait l'intention de me renvoyer à New York.

Robby fronça les sourcils.

— Il me semble que Frannie ne s'est pas trop encombrée des détails, dans l'histoire.

— Sachant que mon père ne reconnaîtrait pas l'enfant, elle était au désespoir, répéta Colt.

A l'évidence, il se refusait à dire du mal d'elle. Mais Robby n'en fut pas amadouée pour autant.

— N'empêche qu'elle s'est servie du frère de son bébé et d'un gamin de quinze ans pour se tirer d'affaire.

Elle se tourna vers son mari.

— Et ton père, Lyman ? A quoi diable pensait-il pour s'embarquer dans un projet pareil ?

— Au bébé, Robby. Il pensait que la place de la petite était avec sa mère et ne voyait pas d'autre moyen de les réunir. Alors, il a fait ce que Frannie lui demandait. Naturellement, on ignorait tout des diamants. On supposait juste qu'elle avait de l'argent de côté.

— Du coup, conclut Pénélope, quand elle est morte, grand-père et toi avez mis le bébé dans un panier, que vous avez déposé sous le porche de l'église afin qu'oncle George le trouve.

— Exactement, ma fille.

— Eh bien, reprit Robby, si Harriet décide de t'arracher les yeux, ce n'est pas moi qui l'en empêcherais. Garder un tel secret pendant toutes ces années, tu devrais avoir honte !

— Calme-toi et réfléchis. Mon père et moi, on avait promis à Colt et à Frannie de ne rien dire. Nous avons tenu parole. Qu'est-ce que tu aurais voulu que je fasse ? Que je remette Harriet à Willard Sinclair ? Il l'aurait rejetée dans la minute. Peut-être même flanquée à l'Assistance publique !

Robby laissa échapper une exclamation de dégoût, mais Pénélope savait que sa colère ne durerait pas. Quant à la sienne, c'était une autre histoire. Elle se tourna vers Colt, silencieux devant sa tasse pleine et son sandwich intact.

— Et vous ? Pourquoi ne pas être allé rejoindre votre famille ?

— Je ne le pouvais pas, dit-il d'un ton sincère.

— Ça me dépasse !

Le vieil homme esquissa un sourire.

— Remerciez le ciel de ne pas comprendre. J'ai enterré Frannie sous un laurier sauvage, et je suis parti dans les bois. Je comptais revenir à l'avion et prendre les diamants, mais j'ai continué à marcher. J'ai fini par m'arrêter à la frontière canadienne. J'y suis resté un bout de temps, et puis j'ai rebroussé chemin pour venir construire ma cabane près de l'endroit où j'avais enterré Frannie. Je crois que je m'étais mis à réfléchir au moyen d'expliquer toute cette histoire à mon père, et je ne l'avais pas trouvé.

— Mais votre frère…

— Je pensais que mon frère s'en tirerait mieux sans moi. Je me voyais comme un imbécile qui s'était laissé berner. A cause de moi, Frannie était morte, et d'autres élevaient son enfant. Je voulais que Brandon soit fier de moi. Mon père ne l'aurait pas permis et, de toute façon, je ne le méritais pas.

L'arrivée d'Andy Mac Nally les interrompit, et ils s'aperçurent alors que Wyatt et Brandon Sinclair les écoutaient sans doute depuis un moment. Assise face à la porte, Robby les avait probablement vus, pourtant elle n'en avait pas soufflé mot. Elle tenta d'ailleurs de faire signe à Andy qu'il se taise, mais il l'ignora.

— Eh bien, vous deux, leur lança-t-il, entrez donc ! Prenez un siège.

Le visage blême, Brandon Sinclair pivota aussitôt sur ses talons et disparut. Visiblement déchiré, Wyatt hésita un instant avant de le suivre.

Pénélope ne réagit pas. Elle sentait Wyatt lui échapper, Wyatt qui était ce qu'elle désirait le plus au monde. Venu voir Harriet sans se poser de questions, Andy ne semblait pas comprendre en quoi il avait gaffé. Ebranlé qu'il était par ce qu'il avait appris de Colt et de Lyman, il semblait décomposé, et seule sa cicatrice faisait une tache de couleur sur son visage livide.

— Il faut que quelqu'un raconte ce qui se passe à Harriet, dit-il.

— Je m'en occupe, Andy, répondit Lyman. Je vais aussi appeler George et Rachel. Je présume qu'ils voudront venir.

— Ils sont au courant ?

— Pas encore.

Andy ne put contenir son impatience.

— Je sais bien que vous êtes tous obnubilés par ces événements vieux de quarante-cinq ans, mais il ne faudrait pas oublier qu'hier un salopard a presque assommé Pénélope et qu'il court toujours. Sans parler des dix millions en diamants qui se sont évaporés dans la nature.

— N'importe qui peut les avoir pris, Andy, souligna la mère de Pénélope. Colt affirme qu'ils ont disparu depuis des lustres. Si je trouvais par hasard une fortune en diamants dans une épave d'avion, je n'irais pas le chanter sur les toits.

— Non, Robby, cela ne s'est pas passé comme tu le crois.

Les paroles d'Andy firent tomber comme une chape de silence sur la pièce ; la tension devint palpable. A demi-mot, ils avaient compris.

Harriet, songea Pénélope.

— Andy ! protesta sa mère. Tu ne penses tout de même pas que…

— Cela expliquerait bien des choses, Robby. Réfléchis. Je ne dis pas qu'elle les a vendus en douce, mais je mettrais ma main au feu qu'ils sont son petit secret depuis très, très longtemps.

— Je vais t'aider à la retrouver, déclara posément Pénélope.

Quelqu'un avait aperçu Harriet en compagnie de Jack Dunning. Un autre avait vu Dunning prendre sa voiture et prendre la direction de l'aérodrome. Lyman l'avait fermé pour la journée, et Pénélope se proposa d'aller voir là-bas. Pas d'arrivée, pas de départ. C'était l'heure de vérité à Cold Spring.

Elle s'en fut sans en avertir Wyatt. Harriet était sa tante, Bubba Johns, son oncle, et Lyman le savait depuis le début. Comment attendre de Wyatt et de son père qu'ils digèrent une telle révélation en dix minutes ?

Quand elle arrêta sa voiture sur le parking de l'aéroport, elle vit aussitôt la voiture louée par Dunning. Soudain pleine d'espoir, elle bondit de son pick-up, traversa le parking en courant et accéléra encore en voyant l'avion de Dunning sur la piste d'envol. Au moins, était-il encore là.

Mais il n'y avait personne aux commandes de l'appareil. Elle grimpa dans le cockpit et s'assit sur le siège voisin de celui du pilote. C'était une belle machine, à l'intérieur aménagé pour le confort, avec des équipements à la pointe du progrès. Hum. Elle était plutôt habituée aux avions familiaux qu'elle et son père rafistolaient avec des bouts de ficelles... Si l'avion n'appartenait pas aux Sinclair, Dunning avait des goûts de luxe.

Mais là n'était pas le problème, songea-t-elle en se rappelant à l'ordre. Si elle était détective privée à New York, rêvait d'un ranch au Texas et avait fait main basse sur dix millions en diamants pour filer avec, où les aurait-elle cachés ?

— C'est pas vrai ! Mais tu me colles comme la poisse !

Pénélope sursauta. Jack Dunning venait d'apparaître à la portière ouverte. Il monta à bord, et s'assit au poste de commande en agitant la tête.

— Je te retrouve toujours sous mes pieds quand je n'ai pas besoin de toi.

Cela ne présageait rien de bon, se dit Pénélope. Et elle n'avait ni chiens, ni carabine, ni Wyatt. Malgré tout, elle garda son calme.

— Alors, comme ça, vous nous quittez ?

— J'ai des affaires urgentes qui m'attendent à New York.

— C'est ce qu'on appelle sauter en marche, non ? On a retrouvé Bubba, mais il y a toujours une ordure qui court dans la nature.

— A mon humble avis, tu te trompes.

Comme Dunning se tournait vers elle, Pénélope se rendit compte que son visage avait une gamme d'expressions singulièrement limitée — du vide total à presque rien.

— A la fin, vous verrez que tout retombe sur Harriet et l'ermite. C'est Harriet qui t'a envoyé le charmant message électronique et le fax, avant d'aller traficoter la machine de ta tante pour brouiller les pistes.

— C'est ridicule !

— Oh ! que non. C'est la pure vérité. Quant à Bubba, notre ermite héritier, c'est lui qui a fait le reste.

— Et qui s'est assommé tout seul, je présume.

— Afin d'écarter les soupçons, oui. Tu présumes bien.

Rapidement, Pénélope passa en revue les options qui s'offraient à elle. Hurler, prier, tenter de fuir, ou jouer la partie au plus serré.

— Où est passée Harriet ?

— Je n'en sais rien, répondit Dunning en détournant la tête.

— Vous savez qu'elle est tombée amoureuse de vous ? Naturellement, vous le savez, puisque vous vous êtes servi d'elle pour lui soutirer les diamants.

— Vous autres ici, vous voyez la vie en noir et blanc. Seulement, ce n'est pas si simple. J'aime ta cousine. Je ne l'ai obligée à rien. C'est elle et elle seule qui a choisi.

— Elle ne va pas…

Atterrée par la pensée qui lui traversait l'esprit, Pénélope s'interrompit.

— Elle ne va pas se… faire de bêtises, j'espère ?

— J'ignore ce qu'elle va faire. Cela ne me concerne plus. En ce moment, le problème, c'est toi.

Dans un éclair de lucidité, elle comprit quels étaient les projets immédiats de Dunning. Elle vit le revolver, le regard mort. Elle lâcha un juron, tenta d'ouvrir la porte, mais la crosse s'abattit violemment sur son crâne. Elle s'effondra, se sentit perdre connaissance, et sa dernière pensée fut que, cette fois, elle était en danger pour de bon.

Wyatt passa en revue chacun de ses actes depuis une semaine. En cherchant bien, il espérait trouver une alternative, une solution qui lui aurait évité de se trouver dans la situation présente. Il aurait pu rester à New York avec Pill. Jeter Jack Dunning par la fenêtre de son bureau. Croire Pénélope quand elle disait n'avoir trouvé qu'une vieille décharge et prendre l'avion pour aller rendre visite à son père aux Bahamas.

Au lieu de quoi, il avait fait ce qu'il avait fait et se trouvait maintenant à l'arrière d'un avion, en compagnie d'une femme ligotée et bâillonnée, une femme dont il était tombé amoureux, et de la sombre crapule qui était aux commandes de l'appareil.

Ils étaient en l'air. Dunning avait décollé sitôt après s'être occupé de Pénélope. S'obligeant à garder son calme, Wyatt guettait le bon moment pour intervenir. Dunning était armé, détective professionnel de surcroît. Lui n'avait en sa faveur que l'élément de surprise — et une fameuse colère.

Très ébranlé par ce qu'ils avaient entendu depuis la porte de la cuisine, son père l'avait envoyé chercher Jack. Le fait d'avoir revu Colt lui avait ôté tout mordant. Il n'avait plus qu'un désir : mettre Dunning au courant et lui demander d'interrompre ses recherches. Il n'en avait rien dit, mais Wyatt se doutait qu'il soupçonnait comme lui le détective privé d'avoir passé les bornes, au risque de transformer une situation affective délicate en une véritable poudrière.

En arrivant à l'aérodrome, Wyatt l'avait trouvé fermé.

Pas le moindre signe de Jack, pas même un garde. Il avait continué en voiture jusqu'au hangar où son oncle avait passé les dernières nuits. Qu'espérait-il trouver ? Les diamants ? Jack Dunning occupé à fouiller les affaires de son oncle ? Mais le hangar était verrouillé. Laissant sa voiture là, il était parti à pied jeter un coup d'œil aux deux autres hangars, tout en imaginant la vie de Pénélope avant qu'il ne l'envahisse.

Jack était arrivé alors qu'il passait les lieux en revue. En le voyant sortir de voiture, Wyatt s'était dit que cette apparition n'augurait rien de bon. Il s'était glissé à l'arrière de l'avion pour ne pas qu'on le voie du dehors, avec l'intention de fouiller très vite l'appareil et de filer discrètement. Mais Pénélope était montée à bord, bientôt suivie de Jack. Jugeant plus prudent de se faire oublier, Wyatt s'était caché derrière le coffre à bagages et recouvert d'une bâche qui traînait là. Il attendrait que Jack avoue et se condamne, puis il sortirait de sa cachette.

Avec le recul, il lui fallait reconnaître que ce plan n'était peut-être pas le meilleur. Si Jack avait bien avoué, il avait aussi assommé Pénélope. Afin de ne pas la mettre davantage en danger, Wyatt avait décidé de rester dans l'ombre. L'instant d'après, ils décollaient. N'ayant pas la moindre notion de pilotage, Wyatt n'avait plus qu'à attendre le moment opportun pour agir. Le méchant pilote était aux commandes et le bon pilote K.O. Restait donc à faire preuve de patience.

Il était toujours sous sa bâche, recroquevillé dans une position à peine supportable, qui lui donnait des crampes, et sa rage ne faisait que croître. Mais un geste inconsidéré, et Jack risquait de tirer sur Pénélope. Ou sur lui. Ou sur une partie vitale de l'avion. La sagesse commandait de ne pas bouger pour le moment.

— Eh bien, eh bien, dit soudain Jack. Voilà qu'on se réveille ?

Il avait sans doute abaissé le bâillon de Pénélope, car celle-ci s'exclama :

— Espèce de salaud !

— Oh ! tu as mal à la tête, c'est ça ? J'aurais pu te tuer hier, quand je t'ai flanqué la porte dans la figure. C'est là que j'ai compris que les diamants étaient en possession de Harriet. J'ai retourné la cahute de ce fou d'ermite dans tous les sens. S'il les avait trouvés, il les aurait jetés. Il n'y avait donc plus que deux solutions. Ou bien c'était Harriet, ou alors ils avaient disparu pour de bon.

— Qu'est-ce que vous avez fait d'elle ?

— Rien, je te l'ai déjà dit. Et elle tiendra sa langue. Elle s'est mise dans un sacré pétrin.

— Vous croyez la connaître, mais vous vous trompez.

Pénélope semblait souffrir. Sa voix était faible, sa diction pâteuse. Tel un félin à l'affût, Wyatt ne bougeait pas, attentif, tendu, prêt à bondir.

— Vous n'imaginez tout de même pas que votre plan va marcher ? reprit Pénélope.

— Oh ! que si. Ecoute. Je te surprends à traficoter autour de mon avion et je comprends que tu cherches à tout me mettre sur le dos pour protéger ton allumée de cousine. On se bat, tu as le dessus dans un premier temps, et tu en profites pour décoller sans savoir que l'avion manque de carburant. Pénélope Chestnut et son fichu caractère impulsif, tu me suis ?

— Un peu tiré par les cheveux...

— Pas plus que d'imaginer que ce brave laideron de Harriet soit fille d'un Sinclair. Et puis, il faut bien que je fasse avec ce que j'ai. Et ce que j'ai, ma douce, c'est toi.

— Alors, je tombe en panne de carburant, je m'écrase et je meurs.

— C'est l'idée, en gros. Il n'y a plus que des arbres et des collines à perte de vue. Tu risques même de rester toi aussi cinquante ans dans les bois avant qu'on te retrouve.

— Et vous ?

— Je rentrerai à New York, je continuerai à travailler pour les Sinclair, je fourguerai les diamants un par un, et quand j'aurais amassé une bonne petite fortune, j'achèterai mon ranch au Texas. Ou en Argentine si ça devient trop chaud par ici. Tiens, même en Australie. Malheureusement, tu es morte dans l'accident, et personne n'a jamais retrouvé les diamants.

— Harriet parlera, déclara Pénélope.

— Si elle croit qu'elle a pu causer la mort de sa Chestnut préférée ? A mon avis, tu te trompes. Elle se ratatinera comme une vieille pomme et deviendra amère. Ou bien elle se pendra sur sa terrasse.

— Vous êtes un monstre !

— Non. Juste un gars qui a besoin d'un peu d'argent.

De sa cachette, Wyatt entendit un bruit de serrure, puis la voix de Pénélope :

— Parce que vous allez sauter ? J'espère de tout mon cœur que vous allez vous briser le cou.

— Tu as de la chance que je ne torde pas le tien. J'ai besoin que l'autopsie prouve que tu es morte dans l'accident.

Vint ensuite le bruit mat, détestable, d'un objet lourd contre un crâne. Il venait d'assommer Pénélope une seconde fois. Se dégageant de la bâche, Wyatt s'élança et sentit un souffle d'air froid. Il se cogna le tibia en enjambant le coffre.

Jack Dunning avait disparu. La portière ouverte battait. Avec un chapelet de jurons, il se propulsa en avant, se glissa sur le siège vacant et boucla sa ceinture de sécurité avant de claquer vigoureusement la portière. Là. Une bonne chose de faite. L'appareil semblait stable, la vitesse adéquate. Mais il n'était pas pilote et serait bien incapable d'atterrir. Près de lui, Pénélope était affalée sur son siège, sans connaissance. L'heure n'était pas à la délicatesse. Il fouilla derrière lui, agrippa une bouteille d'eau, la décapsula et lui en versa le contenu sur la tête.

— Allez, mon chou, réveille-toi et pose-nous cet avion ! l'encouragea-t-il en lui tapotant les joues. Hé, princesse ! Assez dormi… Pénélope… réveille-toi, on est dans la semoule !

Enfin, elle gémit et porta une main à son front. Ce qui n'avait rien de surprenant. Elle devait avoir un fameux mal de crâne.

— Pénélope… Ohé !

— Wyatt ? Je… Où… mais pourquoi suis-je trempée ?

— Je t'ai versé de l'eau dessus. Bon, je te résume la situation : Jack s'est parachuté dehors, on n'a plus beaucoup de kérosène et je ne vaux pas grand-chose aux commandes d'un avion.

— Et Jack ?

— Je te l'ai dit : Parti, envolé. Il n'y a plus que nous deux.

La jeune femme se prit la tête à deux mains. Un progrès.

— Elle était froide, ton eau.

— Pénélope, il faut que tu nous poses cet avion !

— Tu ne voles donc pas ? Je croyais que les Sinclair savaient tout faire. Dieu que j'ai mal au crâne. Je... je crois que je vais vomir.

— Non, tu ne vas pas vomir, tu vas... oh ! laisse tomber. Dis-moi plutôt ce que je dois faire, bon sang, on manque de kérosène !

Comme pour confirmer ses paroles, le moteur se mit à tousser.

— Alors ? Qu'est-ce que je fais ? Je commence par vérifier la vitesse de vol ?

Soudain, Wyatt constata que Pénélope avait pris la mesure de la situation : les yeux plissés, elle examinait les cadrans.

— J'ai horreur de voler quand j'ai mal à la tête, marmonna-t-elle.

Le moteur toussa de nouveau.

— On n'a plus beaucoup de temps ! Dix contre un que le réservoir de secours est vide.

Elle tripota quelque chose sous son siège.

— Evidemment. Quel salopard !

— C'est moche ? demanda Wyatt.

— Pire que lundi dernier, quand papa a décidé de me clouer au sol. Et la vitesse est moche, aussi. Il faut que je trouve à me poser avant que le moteur s'arrête. Cherche-moi un bon terrain bien dégagé, un champ, une route, un lit de plume, n'importe quoi.

Sous eux, il n'y avait que des arbres et des collines à perte de vue. Concentrée sur sa tâche, Pénélope amorçait la descente.

— Alors, il a sauté ? Comme ça, en plein jour ? Eh bien, il ne doute de rien !

— Arrogant comme il est, il croit pouvoir se tirer de n'importe quel mauvais pas. Là… là, regarde, une clairière !

— Trop petite. On va finir dans les arbres.

Elle se tourna vers lui, les yeux grands ouverts, vifs, emplis de lumière et de détermination. Elle était pâle, et un gros hématome s'était formé juste sous son oreille, là où Jack l'avait frappée.

— Ça va être juste, prévint-elle.

— On y arrivera.

— Tu sais, je n'ai pas de regrets pour la semaine dernière.

Ils étaient très bas à présent, juste au-dessus des arbres, et la clairière semblait ridiculement petite. Concentrée sur les commandes, sur le terrain et l'atterrissage à venir, Pénélope ajouta :

— Absolument aucun.

— Pas d'adieux, Pénélope. J'envisage un très long avenir avec toi.

Le moteur s'arrêta, et l'avion commença de planer en descendant plus vite. Pénélope s'efforça de lui maintenir le nez en l'air. Wyatt vérifia qu'elle était solidement attachée à son siège. Elle l'était. Cette ordure de Dunning tenait vraiment à ce que cela ait l'air d'un accident.

— Accroche-toi ! lança-t-elle.

L'avion toucha le sol, plutôt brutalement, et fila par-dessus les ornières, à travers les congères, jusqu'au bout de la clairière. Une aile heurta un pin, et ils pivotèrent sur eux-mêmes.

Il y avait un autre arbre juste en face d'eux. Trop près. Beaucoup trop gros. Pénélope lâcha un juron. Wyatt lui saisit le bras, et tous deux plongèrent en avant, tête sur les genoux.

21.

Au nord-est du lac Winnipesaukee, dans les bois reculés, deux irréductibles randonneurs à raquettes rapportèrent avoir vu un petit avion tomber. Les autorités de l'Etat lancèrent aussitôt des recherches. Aux commandes de son appareil, Lyman Chestnut se joignit à l'opération. Personne ne songea à l'en empêcher, et, pour la première fois en près de vingt ans, Robby était à son côté dans le cockpit.

C'en était trop pour Harriet. Dans le petit salon du rez-de-chaussée, Andy lui tenait compagnie auprès du feu. Elle n'avait plus la force de trembler, était au-delà des larmes. Si Pénélope et Wyatt mouraient, ce serait sa faute, répétait-elle sans cesse. Plein de bonté, Andy avait tenté de la convaincre qu'ils étaient toujours vivants, sans trop y croire lui-même.

Il lui mit un mug de chocolat chaud dans les mains.

— Bois, Harriet. Cela te fera du bien.

Elle acquiesça d'un hochement de tête, mais se contenta de regarder la tasse.

— Aie confiance, Pénélope est un bon pilote.

Nouveau hochement de tête. C'était lui qui l'avait retrouvée dans ses appartements, à l'étage. Elle venait tout juste de composer son numéro, pour l'appeler au poste de police. En le voyant, elle avait tout avoué. Qu'elle avait pris les diamants, les avait gardés et n'avait jamais révélé l'emplacement de l'avion accidenté. Qu'elle avait envoyé le message électronique et le fax à Pénélope pour la décourager. Non, elle n'avait pas fouillé la maison de sa cousine — cela, c'était Jack. Il cherchait les objets de valeur qu'il savait être dans l'avion de Colt et Frannie, ou un indice pouvant conduire à leur cachette. Harriet n'avait pas non plus suivi Bubba Johns pour l'assommer, ni poussé la porte de l'abri dans le visage de Pénélope. Tout cela c'était Jack.

Toutefois, sans sa complicité mal avisée, jamais il n'aurait pris la fuite avec les diamants, ni fait ce qu'il avait fait à Wyatt et Pénélope. Car ceux-ci devaient se trouver à bord de l'appareil repéré par les randonneurs. Cette déduction s'imposait d'elle-même puisqu'à l'aéroport on avait retrouvé le pick-up de Pénélope, la voiture de Wyatt, de même que celle louée par Jack. Mais pas son avion.

Les frères Sinclair avaient emprunté le véhicule de Robby pour partir à la recherche du détective privé en fuite. Ils formaient une bien curieuse équipe, tous les deux — Colt barbu et hirsute, en bleu de travail élimé et taché, chemise de gros coton et bretelles ; Brandon, noble et digne, en pull de laine d'Ecosse, pantalon bien repassé et chaussures de marque cirées avec soin. Ils étaient les demi-frères de Harriet. Et Willard Sinclair était son père.

— Harriet, je t'en supplie, ne pleure pas ! murmura Andy, accablé. Tout le monde sait que tu ne ferais pas de mal à une mouche.

— Ce n'est pas ça…

Elle renifla piteusement, laissa échapper une larme.

— Mes parents… mes vrais parents… que vont-ils penser de moi ?

— Je ne peux pas parler en leur nom, Harriet. Mais j'ai deux filles à moi, et si l'une d'elles se trouvait dans ta situation, ayant fait ce que tu as fait, cela ne changerait absolument rien. Elle resterait ma fille et je l'aimerais toujours.

— Tu es un brave homme, Andy. Tu as bon cœur.

Il hocha la tête avec tristesse.

— Oui, c'est ce qu'on dit.

Pete, le détective d'Andy, fit alors irruption dans le salon, si brusquement que Harriet sursauta et renversa du chocolat sur son corsage. Dans sa hâte, Pete n'en remarqua rien.

— Patron, les Sinclair viennent d'appeler ! Ils sont quelque part au nord, et ils tiennent Dunning. Cette crapule était en route pour — tenez-vous bien — se joindre aux équipes de recherches ! Vous imaginez ça ?

— Ils lui ont dit que j'avais parlé ? interrogea Harriet.

— Je l'ignore. Apparemment, il a tenté de leur échapper, mais Bubba… enfin, Colt Sinclair et son frère lui ont sauté dessus. Ils l'ont neutralisé, ficelé et bâillonné, et ils ont attendu que la police arrive.

Pete sourit, puis ajouta :

— J'aimerais bien une vidéo de la scène, tiens !

— Et l'avion ? demanda Andy.

Le sourire du détective s'effaça aussitôt.

— Toujours rien.

Lorsqu'il les eut laissés, Andy proposa à Harriet de monter se changer, mais elle refusa. Comme il insistait, elle finit par boire une ou deux gorgées de chocolat. Des recherches aériennes. Cela pouvait durer des jours. Des semaines.

Pourtant, une heure plus tard, ils entendirent des exclamations enthousiastes venant du salon de l'auberge où les journalistes consommaient des litres de café en attendant des nouvelles. Certains étaient déjà partis vers le nord. Andy reçut un appel sur son portable. Il remercia son interlocuteur, raccrocha et sourit à Harriet.

— On a retrouvé l'avion. Ils sont vivants.

Lorsque l'équipe de sauveteurs les rejoignit, Pénélope avait débarbouillé son visage ensanglanté avec de la neige.

Elle avait des coupures superficielles au visage et aux bras. Plus spectaculaires que graves. Mais ses parents seraient immanquablement parmi les sauveteurs, et elle ne tenait pas à affoler sa mère. Lui aussi couvert de sang, Wyatt avait refusé de l'imiter. Il guettait l'approche des secours et préférait attendre qu'on désinfecte ses plaies correctement.

Elle lui souriait, heureuse. Pour l'instant, elle ne ressentait aucune douleur. Elle souffrirait plus tard, quand le choc serait passé. Alors, elle le savait, tout son corps lui ferait un mal de chien. Pour le moment, elle était tout à la joie de penser qu'elle passerait sa vie entière avec cet homme.

— Alors ? lui demanda-t-elle. Tu es content que je nous aie sauvé la vie ?

Wyatt eut un rire léger. Il ne souffrait pas non plus.

— Si je ne t'avais pas douchée, tu te serais écrasée sans reprendre conscience.

— Certes. Ton eau froide m'a aidée, je le reconnais. Mais tu sais ce qui m'a réellement éclairci l'esprit ?

Il sourit.

— De penser que je te faisais l'amour ?

— Non. Les bébés.

— Pardon ?

— Je voyais tous ces petits Sinclair-Chestnut qui apprenaient à nager dans le lac Winnepesaukee, et c'est là que j'ai compris que nous devions survivre à tout prix. Evidemment, il faudra leur mettre des colliers émetteurs. S'ils sont comme nous, ils risquent de nous donner du fil à retordre…

Il lui prit la main, la pressa dans la sienne et lui déposa un baiser sur le front.

— Je t'aime, murmura-t-il.

— Si je n'étais pas en état de choc et toute contusionnée, je te ferais l'amour ici, tout de suite. Je n'y crois pas. Comment ai-je pu tomber amoureuse d'un Sinclair ?

En tout cas, c'était fait.

Lorsque les sauveteurs arrivèrent, les parents de Pénélope étaient parmi eux. Sa mère se décomposa en la voyant, mais elle garda son calme. Les hommes des urgences médicales se précipitèrent sur Pénélope, l'assaillirent de questions, l'examinèrent sous toutes les coutures.

— Pourquoi commencez-vous par moi ? demanda-t-elle. Vous feriez mieux de vous occuper de Wyatt. Il n'est pas pilote, lui.

— Peut-être, répliqua l'intéressé. Mais je n'ai pas été assommé deux fois à coups de crosse de revolver.

— C'est vrai. J'oubliais ce détail.

— Un revolver ? s'exclama sa mère, horrifiée. Il y avait un revolver ?

Lyman rejoignit son épouse, la prit par la main et l'entraîna vers l'appareil accidenté.

— Viens, Robby. Viens que je te montre pourquoi voler n'est pas si dangereux. Et pourquoi Pénélope est un as du manche à balai quand elle a la tête à ce qu'elle fait.

Pénélope sourit. Elle se laissa installer sur une civière en regardant Wyatt, toujours debout et toujours aussi séduisant. Et lorsque le groupe se mit en route pour les ramener à l'ambulance, il enfonça le clou en lançant avec un clin d'œil :

— Tu vois, moi, je m'en sors comme un homme.

Mais l'idée de se fâcher n'effleura même pas Pénélope.

Épilogue

C'était l'une de ces chaudes journées d'été qui amenaient les touristes de Boston à Cold Spring et remplissaient l'auberge du Soleil Levant de clients heureux de prendre le thé dans les jardins, de nager dans le lac, ou de rester à la terrasse pour profiter de la brise en compagnie d'un bon livre. Harriet, qui en avait terminé avec ses diverses tâches, était au bar devant un verre de vin blanc. La petite taverne à l'ancienne aux murs lambrissés de bois chaud était bondée en cette saison, et les rires qui fusaient venaient lui rappeler qu'elle faisait un travail satisfaisant.

Andy Mac Nally entra, alla prendre sa bière au comptoir et revint s'asseoir près d'elle comme s'il était venu pour la dernière fois la veille, et non pas trois mois plus tôt.

— Tu es bien pimpante, Harriet, dit-il.

— Merci.

Elle s'était fait teindre les cheveux dans un ton cuivré et avait définitivement renoncé au maquillage. Elle n'aimait pas cette impression étrange que sa peau étouffait. En revanche, ses cheveux roux lui plaisaient. Andy, lui, n'avait pas changé. Bien sûr, il était moins las, moins accablé que le jour où ils avaient attendu ensemble des nouvelles de Pénélope et de Wyatt dans le petit salon. Le procès de Jack Dunning suivait son cours et le jugement serait bientôt rendu. Quant à Pénélope et Wyatt, ils étaient amoureux fous.

Il n'y avait guère qu'elle dont la vie demeurait comme en suspens. On ne l'avait accusée d'aucun crime. Pénélope prétendait que les malheureux messages anonymes de Harriet n'étaient pas bien méchants, qu'elles s'étaient dit bien pis en tapissant les murs de l'auberge. Les diamants avaient été rendus aux Sinclair, qui en avaient aussitôt fait don à la collection Sinclair, en hommage à Frannie Beaudine. Harriet avait pour sa part fait la paix avec cette femme qu'elle n'avait pas connue, qui lui avait donné le jour, et qui était morte dans un dernier effort pour que son bébé mène une vie aussi agréable que possible. Force était de reconnaître qu'elle avait réussi. En dépit de ses défauts, Frannie avait agi au mieux pour le bonheur de sa fille.

Mais tout cela n'empêchait pas Harriet d'être encore hantée, jour et nuit, par l'erreur qu'elle-même avait commise en tombant sottement amoureuse de Jack Dunning. Son manque de jugement l'atterrait, la tirait du sommeil.

Près d'elle, Andy buvait tranquillement sa bière.

— Alors, te voilà héritière, maintenant ?

— Je n'en sais trop rien. Et ce n'est pas moi qui irais réclamer quelque chose aux Sinclair.

— Un jour, j'ai gagné dix mille dollars à la loterie.

Elle lui sourit.

— C'est vrai ?

— Ouais. J'ai fait de bons placements, je m'en suis bien tiré, mais je n'ai pas la fortune des Sinclair, loin de là. Et puis, dans le lot, il y a mes deux filles pour lesquelles je me mettrais en quatre, et cette fichue cicatrice.

Andy haussa les épaules, puis ajouta :

— Probable que je ne suis pas le meilleur des partis. Pourtant, si tu veux de moi, Harriet, je ne demande pas mieux. Et je crois que tu le sais.

Elle ne le savait pas. Elle s'en trouva si surprise, si bouleversée, qu'elle se mit à trembler et renversa son verre. Le vin se répandit sur sa jupe.

— Voilà que ça recommence comme la dernière fois, marmonna-t-elle.

— Harriet… remets-toi, ce n'est pas grave. Je ne voulais pas te terroriser. Oublie ce que je viens de dire.

— Non ! Andy, non… tu ne comprends pas…

Elle lui saisit le bras de toutes ses forces.

— C'est que je ne m'y attendais pas. J'en suis abasourdie. Je pensais que tu ne voulais plus me voir. Je me suis tellement ridiculisée…

Il la considéra avec tendresse.

— Tu sais, il y a des moments dans la vie où il faut faire le point, découvrir qui nous sommes et ce qui compte vraiment. Ce n'est pas toujours facile. Je t'aime depuis bien longtemps. J'aurais dû me déclarer plus tôt. S'il est trop tard, tant pis.

— Il n'est pas trop tard.

Tout le corps d'Andy parut se détendre, et il hocha la tête.

— Il fait doux, dehors. Tu aimerais venir te promener au bord du lac ?

Harriet accepta de bon cœur et courut à l'étage passer un chemisier propre. Tandis qu'elle se changeait, son regard s'arrêta sur le miroir de la coiffeuse. Du doigt, elle effleura les taches de son sur sa joue, les fines rides au coin de son œil, et elle sourit à son reflet.

*
* *

Jugeant pour le moins étrange d'être amoureuse d'un homme sans savoir où il habitait, Pénélope s'aventura par trois fois à New York dans les mois qui suivirent l'accident. Les trois fois, elle était rentrée en se disant qu'elle aimait New York, qu'elle adorait New York… mais que pour rien au monde elle n'y vivrait.

Un jour qu'ils étaient assis sur le ponton du chalet, les pieds dans l'eau claire et fraîche du lac Winnipesaukee, Wyatt lui en fit la remarque.

— Ce que tu désires vraiment, c'est voler, passer ton brevet d'instructeur et construire notre maison au bord du lac.

Ce « nous » plaisait bien à Pénélope, il lui donnait le sentiment qu'ils parviendraient à aplanir les angles et accorder leurs deux vies en dépit des complications. Son oncle à lui était ermite, et son grand-père n'était autre que le cousin de son père à elle.

— Je peux me satisfaire d'un compromis, répondit-elle.

Il lui sourit.

— Dommage que je n'aie pas enregistré ça pour passer la cassette à ton père, tiens !

— Tu as ta vie à New York. Tes parents sont là-bas, tes sœurs, ton travail. Sans parler de ton chat.

— Pill se trouverait bien n'importe où.

— Pill est un chat des villes.

Il la considéra avec hauteur. Mais Pénélope le trouvait si beau, si sexy avec son pantalon roulé jusqu'aux genoux et ses yeux noirs de jais qu'elle ne songea pas à s'en formaliser. Ses sœurs avaient les mêmes yeux. Pas Harriet. Et tout le monde en avait déduit qu'elle possédait les yeux de Frannie.

— Si je comprends bien, tu veux venir t'installer à New York avec moi, c'est ça ? demanda-t-il.

— Certainement pas !

Il éclata de rire.

— Eh bien, voilà qui est clair !

— Je viens de dire que j'étais prête à négocier un compromis. Je pourrais prospecter, trouver des clients qui me proposeraient des vols réguliers sur New York. De ton côté, tu pourrais peut-être t'arranger pour venir passer de longs week-ends ici. Ce genre de chose.

— Impossible.

— Mais… Tu es ton propre patron. Tu…

— Je n'ai plus de bureau, plus de secrétaire. J'ai cédé tout cela à un ami qui est en train de monter une grosse affaire dans les finances. Et sans demander la permission. J'ai déjà tout déménagé.

Pénélope le dévisageait sans comprendre.

— Qu'est-ce que tu me chantes là ?

— Je me suis débarrassé de tout : le bureau, la secrétaire, l'appartement. Il ne me reste plus que deux ou trois comptes en banque.

— Et le chat ?

— Madge le garde jusqu'à ce que je passe le reprendre.

— Mais qu'est-ce que tu comptes faire ?

— Ta petite entreprise avec ton père et ta tante Mary pourrait s'adjoindre avec profit le cerveau d'un Sinclair. J'en ai discuté avec eux, et ils seraient d'accord — si tu l'es aussi. Et puis, avec un ordinateur, je peux bricoler quelques petites choses à côté. New York était pour moi un lieu de guérison. Un interlude.

— Mais, ta famille…

— Ma famille a des racines, ici. Colt ne bougera pas. Lui et mon père ont du temps perdu à rattraper. Brandon doit venir le week-end prochain. Il jouera aux cartes avec Colt, et ils écraseront les moustiques comme quand ils étaient gosses. Je doute que Colt aille jamais jusqu'à New York, mais c'est déjà quelque chose. Et puis, il y a nos terres. Entre cela, ta propriété et ce petit bout de lac, ce serait bien le diable si nous ne parvenions pas à vivre heureux et dans le confort.

Bouleversée, Pénélope avala sa salive avec peine.

— Tu abandonnes tout pour moi. Qu'est-ce que je peux te donner ?

— D'abord, je n'abandonne rien. Et je ne désire que ton amour.

— Tu l'as déjà.

— Je sais.

Wyatt lui sourit, puis ajouta :

— Et cela me suffit.

J'ai tellement de gens à remercier ! D'abord mon frère Jeffrey et ma belle-sœur Janine pour m'avoir aidée dans mon travail de recherche sur le lac Winnipesaukee, mais aussi Grace Steward et son mari, feu Baldwin Steward, pour nous avoir initiés aux beautés de la région des lacs du New Hampshire. Mes plus chaleureux remerciements vont également à Robyn et Jim Carr, pour les précieuses informations qu'ils m'ont données au sujet des avions (Robyn, merci pour tout), Merci aussi à Christine Wenger qui a pris le temps de m'instruire sur les procédures policières, sur l'écriture (tout simplement merci à elle d'être là) ; et enfin, merci à Janet Evanovich, pour le thon de chez Lou et la soupe au fromage de chez Simon Pearce.

Je tiens enfin à remercier les gens de Elm Hill pour avoir été de si formidables voisins pendant sept ans : Pam et Paul Hudson, Frances Flanders, Russ et Mary Moore, Bob et Sue Fogg, les Kendall, les Harrington, les Lawrence, Larry et Mandy Traineanu, et Michelle, Zachary, Jereme et Crystal — vous nous manquez. Dianne, Amy, Meg — cette aventure est si excitante ! Merci.

Et Joe, Kate et Zachary… Vous êtes la meilleure famille qu'un écrivain puisse rêver.

CARLA NEGGERS

DANS LA MÊME COLLECTION

Par ordre alphabétique d'auteur

BARBARA BRETTON	*Le lien brisé*
JASMINE CRESSWELL	*La Manipulatrice*
WINSLOW ELLIOT	*L'innocence du mal*
TESS GERRITSEN	*Présumée coupable*
HEATHER GRAHAM	*L'invitation*
HEATHER GRAHAM	*L'ennemi sans visage*
HEATHER GRAHAM	*Le complot*
HEATHER GRAHAM	*Soupçons*
GINNA GRAY	*Le voile du secret*
KATHRYN HARVEY	*La clé du passé*
CHRISTIANE HEGGAN	*Miami Confidential*
CHRISTIANE HEGGAN	*L'Alibi*
GWEN HUNTER	*Faux diagnostic*
GWEN HUNTER	*Virus*
PENNY JORDAN	*De mémoire de femme*
PENNY JORDAN	*La femme bafouée*
R.J. KAISER	*Qui a tué Jane Doe ?*
ALEX KAVA	*Sang Froid*
ALEX KAVA	*Le Collectionneur*
ALEX KAVA	*Les âmes piégées*
ALEX KAVA	*Obsession meurtrière*
RACHEL LEE	*Neige de sang*
RACHEL LEE	*Le lien du mal*
CARLA NEGGERS	*L'énigme de Cold Spring*
MEG O'BRIEN	*Le piège*
MEG O'BRIEN	*En lettres de sang*
MEG O'BRIEN	*Pluie de sang*
EMILIE RICHARDS	*Le refuge irlandais*
EMILIE RICHARDS	*Mémoires de Louisiane*
EMILIE RICHARDS	*Le testament des Gerritsen*
EMILIE RICHARDS	*L'héritage des Robeson*
EMILIE RICHARDS	*L'écho de la rivière*

.../...

DANS LA MÊME COLLECTION
Par ordre alphabétique d'auteur

NORA ROBERTS	*Le cercle brisé*
NORA ROBERTS	*Possession*
NORA ROBERTS	*Et vos péchés seront pardonnés*
NORA ROBERTS	*Tabous*
NORA ROBERTS	*Coupable innocence*
NORA ROBERTS	*Maléfice*
NORA ROBERTS	*Enquêtes à Denver*
NORA ROBERTS	*Crimes à Denver*
FRANCIS ROE	*L'engrenage*
FRANCIS ROE	*Soins intensifs*
JOANN ROSS	*La femme de l'ombre*
ERICA SPINDLER	*Rapt*
ERICA SPINDLER	*Black Rose*
ERICA SPINDLER	*Le venin*
ERICA SPINDLER	*La griffe du mal*
ERICA SPINDLER	*Trahison*
ERICA SPINDLER	*Cauchemar*
ERICA SPINDLER	*Pulsion meurtrière*
CHARLOTTE VALE ALLEN	*L'enfance volée*

7 TITRES À PARAÎTRE EN NOVEMBRE 2005

MIRA

Composé et édité par les
éditions Harlequin
Achevé d'imprimer en août 2005

par

LIBERDÚPLEX

Dépôt légal : septembre 2005
N° d'imprimeur : 00000 — N° d'éditeur : 11569

Imprimé en Espagne